Luisa y los espejos

Novela

Editorial Planeta convoca
el Premio de Novela Fernando Lara,
fiel a su objetivo de estimular la creación literaria
y contribuir a su difusión.

Esta novela obtuvo el XVIII Premio de Novela
Fernando Lara, concedido por el siguiente jurado:
Ángeles Caso, Fernando Delgado,
Pere Gimferrer, Ana María Ruiz-Tagle
y Emili Rosales, que actuó a la vez como secretario.

El Premio de Novela Fernando Lara
cuenta con el patrocinio
de la Fundación AXA.

Marta Robles

Luisa y los espejos

Premio de Novela Fernando Lara 2013

Planeta

Diseño de la cubierta: Booket / Área Editorial Grupo Planeta
Fotografía de la cubierta: Coloreado autorizado de la imagen original en blanco y negro *La modelo Lilly Dache, sentada frente a un guepardo en una mesa de comedor.*
© Joseph Leombruno / Condé Nast / Getty Images

Primera edición en Colección Booket: septiembre de 2025

Depósito legal: B. 13.297-2025
ISBN: 978-84-670-7865-7
Composición: Realización Planeta
Impreso en España

Biografía

Marta Robles es periodista, escritora y conferenciante. Licenciada en Ciencias de la Información por la Universidad Complutense de Madrid, ha desarrollado una sólida carrera en prensa escrita, radio y televisión. Ha dirigido y presentado programas informativos y culturales en los más importantes medios audiovisuales (TVE, Telecinco, Antena 3, La Ser, Onda Cero, etc.) y colaborado en publicaciones de todo tipo (*Tiempo Panorama*, *Man*, *Woman*, *Elle*, *XL Semanal*, *La gaceta de Salamanca*, el *Magazine* de *La Vanguardia*, *Archiletras*, *Classpaper* o *La Razón*, entre otras), que la han convertido en una relevante figura del periodismo cultural y social en España. Como escritora, ha publicado más de una veintena de libros entre ensayo, biografía, divulgación y ficción. En el terreno del ensayo destacan sus *Pasiones Carnales. Los amores de los reyes que cambiaron la historia de España* y *Lo que la primavera hace con los cerezos. Historias de amor y desamor de grandes creadores*. En cuanto a la narrativa, además de alzarse con el premio Fernando Lara por esta novela, *Luisa y los espejos*, ha destacado especialmente, en el género negro, con títulos como *A menos de cinco centímetros* —finalista del premio Silverio Cañada de la Semana Negra de Gijón—, *La mala suerte* —finalista del Cartagena Negra y premio especial Aragón Negro— o *La chica a la que no supiste amar* —Premio de Narrativa Castellón Letras del Mediterráneo 2019 y Premio Nacional de Literatura Alicante Noir 2021—, al que suma la última entrega de la saga: *Amada Carlota*. Las cuatro están protagonizadas por el carismático detective Roures, y han recibido el aplauso unánime de crítica y público. Entre sus numerosos premios periodísticos y literarios cabe destacar los últimos recibidos por su trayectoria profesional: el Ateneo de las Letras de Valencia o el Premio de Cultura de la Comunidad de Madrid en la disciplina de Literatura.

A los hombres de mi vida: Luis, Ramón, Miguel y Luisito,
y a mis amigas de Costa de los Pinos (María F., Reyes,
Viri, Cristina, Carmen, Paloma y Silvia) que,
durante un cálido e inolvidable verano,
tanto me ayudaron a vivir en los espejos

1

El ataque le sobrevino en el preciso instante en el que su marido, como cada sábado, asaltaba su cuerpo inerme en el trance. Justo en el momento en el que él se aliviaba sexualmente, ella sintió una intensa punzada de dolor en el corazón. Un gemido leve, que pronto se convirtió en alarido, se escapó de su garganta. Llevaba tantos años sin preocuparse siquiera de fingir que él no podía relacionar aquel grito desgarrador con el sexo, así que se separó de ella y le preguntó asustado:

—Pero... ¿qué te pasa?

Luisa no pudo contestar. Notaba que se le partía el pecho y que no le llegaba aire suficiente a los pulmones. Se ahogaba. Él la miró aterrorizado, al tiempo que repetía su nombre una y otra vez, tapaba su cuerpo desnudo con la sábana, y corría a llamar al 112.

La ambulancia no tardó en llegar. O tal vez sí. Luisa se sentía incapaz de interpretar el paso del tiempo. Apenas notaba las caricias de Juan sobre su frente y le escuchaba decir bajito «te vas a poner bien» mientras el vehículo corría a toda velocidad por la ciudad y ella respiraba con dificultad a través de la máscara de oxígeno.

En un segundo la realidad desapareció y se transformó en una potentísima luz blanca. Tras el fogonazo, Luisa se vio jugando en el patio del colegio, fumando marihuana a escondidas en la Facultad de Bellas Artes, visitando salas de exposiciones, descifrando el significado de los cuadros entre risas, dibujando en El Retiro... Debía de estar muriéndose, porque así había leído que era la antesala de la muerte, pero se encontraba tan bien disfrutando de todos esos recuerdos que no le importaba lo más mínimo.

Ahí estaba esbozando un caballo bajo la atenta mirada de su madre. Y ahí haciendo el amor apasionadamente, con aquel compañero de clase, novio y amigo, cuyo nombre, tras el accidente, jamás volvió a pronunciar. El accidente..., otro destello de la luz blanca invadiéndolo todo, y... ahora veía su boda con Juan, la playa desierta de Bahamas de su luna de miel, el nacimiento de cada uno de sus hijos, sus graduaciones escolares, sus idas y venidas desde las universidades de Boston... Un nuevo resplandor de luz muy intensa, otra vez y, de pronto, su propio rostro, en primer plano, sin expresión, convertido en el de una mujer demasiado parecida a muchas otras, una mujer sin identidad. De fondo, como si llegara de muy lejos, una voz lejana la apremiaba.

—¡Luisa!, ¡Luisa!, ¡despierta!

Entreabrió los ojos con lentitud. Toda su familia rodeaba la cama: su padre, su hermana, su marido, sus hijos... Su universo actual configuraba un círculo a su alrededor del que parecía imposible escapar. Los cerró de nuevo anhelando recuperar ese otro tiempo anterior al accidente, olvidado durante años, que le había devuelto la luz blanca, previa a una muerte que no debía de haber sido tal. ¿Estaba viva? Sí, lo estaba, pero no quería regresar tan pronto a su presente, a su realidad. Juan insistió con vehemencia:

—Luisa, por Dios, vuelve con nosotros.

Y Luisa Aldazábal, atendiendo a la súplica, abrió los ojos del todo, miró a su familia y sonrió con dulzura. Llevaba tres meses en coma.

***

No recordaba cuántos años habían pasado desde aquel día en que dejó de sentir siquiera un breve cosquilleo en el cuerpo o en el intelecto mientras hacía el amor. O, mejor dicho, mientras cumplía con los deberes conyugales establecidos; porque aquello, amor, amor, ya no era, y tampoco se le podía llamar sexo. Solo era eso en lo que se quedan tantas relaciones pasadas por el tamiz de los años y el matrimonio: apenas un desahogo físico de él, en el que ella ya ni se preocupaba de disimular su falta de entusiasmo.

No es que no quisiera a su marido, pero había olvidado por completo en qué consistían el placer, la excitación e incluso casi la conversación de antaño. En realidad, su amor nunca fue muy apasionado. Había nacido como un bálsamo para el dolor, como un antídoto contra la fatalidad, cuando Luisa pensaba que ya nunca podría volver a enamorarse. Juan le ofreció tanta ternura y seguridad desde su primer encuentro que ella creyó que tal vez aquello era otra clase de amor.

Supo desde el principio que su relación no sería la más ardiente y que ellos nunca serían tan cómplices como para compartir los sueños, pero no sospechaba que llegaría un día en el que no se reconocerían y vivirían atrapados entre el cariño y la costumbre.

Juan, al menos, tenía sus vías de escape: su éxito profesional como socio mayoritario de un conocido bufete de abogados, sus cacerías, sus cenas de trabajo, sus congresos... Y quizá algún coqueteo intermitente e inocuo con el que estimular su vanidad masculina y sentirse admirado y deseado fuera de casa, sin pretender hacer ningún daño a la persona con quien compartía la vida sin la que, pese a la rutina o por ella, no imaginaba su vida.

Pero Luisa no tenía nada.

Su renuncia tenaz a las ilusiones de juventud le pasaba factura. Nadie tenía la culpa. Todo era consecuencia de la penitencia que ella misma se impuso aquel espantoso día. Pero pasados tantos años, tal castigo le resultaba insoportable. Hasta el día de su infarto aceptó el destino que ella misma marcara con disciplinada resignación. Ahora, recién regresada a su realidad cotidiana de la luz blanca de los recuerdos, no encontrar nada de sí misma en la imagen que le devolvía el espejo le parecía demasiado inquietante como para asumirla sin más.

Poco menos de dos años después de producirse el accidente, Luisa se casó con Juan. Tenía veintitrés años, la carrera de Bellas Artes sin terminar y sus ganas de convertirse en artista mitigadas por la tristeza. Siempre había soñado con pintar, con derramarse por los colores y las formas y transformarlos en figuras con vida propia, pero tras algunos levísimos y fallidos intentos de recuperar la intensidad creativa que había cercenado la desgracia, se quedó embarazada de su primer hijo y, once meses después, del segundo, y lo abandonó todo. Sus sueños artísticos languidecieron hasta extinguirse, atrapados entre los pañales de los niños, la casa y un trabajo rutinario en la empresa de su padre donde trataba de olvidar su dolor. Algunas veces se escapaba al parque de El Retiro sin que nadie lo supiera y, escondida entre los paseantes, se sentaba a dibujar cuanto contemplaba, como en sus años de facultad.

«No debería ser imprescindible vivir grandes aventuras para poder ofrecer emociones a través de la pintura», se decía durante años mientras llevaba al cole a los niños, iba a la oficina, hacía los deberes con sus hijos, se ocupaba de todas las cuestiones domésticas y esperaba preparada a su marido para asistir a los incontables compromisos sociales. Según pasaba el tiempo, sus ansias creativas se iban recortando y ella se sentía incapaz de pensar en otra cosa que no fueran sus pequeñas y tediosas obligaciones cotidianas.

Nada más lejos de lo que imaginara en sus años universitarios, cuando todos sus compañeros la consideraban una chica diferente a las demás, con ese extraordinario potencial de quien está destinado a trascender, a dejar su impronta en la vida.

No tenía a quién culpar de su fracaso porque, en realidad, nadie consideraba que hubiera fracasado siendo la capitana de una familia perfecta, donde todo funcionaba con la precisión de un reloj suizo. Tenía una bonita casa en una de las mejores zonas de la capital, unos hijos con unas carreras sobresalientes, un marido muy considerado en su trabajo y cuyos ingresos se habían multiplicado con el paso de los años... ¿Quién iba a entender que esa vida que tantos envidiaban no era la que ella quería? Y, sobre todo, ¿quién iba a sospechar que le producía pavor observarse en el espejo y ver que su mirada verde, antes repleta de anhelos de arte, ahora estaba vacía y se parecía demasiado a la de tantas mujeres que vivían una vida casi idéntica a la suya?

Tal vez todo hubiera seguido como estaba de no ser por aquel infarto, pero ahora, devuelta a la vida tras el coma, sentía la necesidad de regresar a sus orígenes. Parecía que la fatalidad siempre recolocaba su vida, fuera hacia la calma o hacia el torbellino. Tenía cuarenta y cinco años. Muchas personas pensarían que a esa edad no queda más camino que el señalado, pero ella se sentía rejuvenecida tras haber vuelto a esquivar la muerte y quería darse una oportunidad.

—¿Y qué piensas hacer? —le preguntó Raimundo,

uno de los pocos amigos de la facultad que conservaba de esa otra vida de su juventud—. ¿Aún quieres ser una gran artista?

—Nooooo —contestó Luisa riéndose—, claro que no. Lo que quiero es volver a leer con pasión, como lo hacía antes, acudir a las exposiciones más arriesgadas otra vez, volver a ver las películas de autor que un día me hicieron gozar y... también arriesgarme y volver a pintar. Sin ambiciones. Solo para saber si aún soy capaz de hacerlo.

—Es decir, recuperar a la Luisa del pasado —concluyó su amigo escrutando su rostro—. Pues no sé si ella se conformaría con tan poco. ¿Estás segura de que no necesitas algo más?

Ella sonrió. Era posible que hubiera algo en su interior que le reclamara la redención de la mujer que un día fue, pero se sentía tan atrapada en su particular tela de araña que tampoco quería soñar más de la cuenta.

—Te debí de asustar cuando te conté por teléfono que había tomado una gran decisión —dijo Luisa—; pero te aseguro que no quiero nada inmenso. Solo pretendo disfrutar de las cosas pequeñas, esas que me proporcionaron tanta felicidad en otro tiempo y que no han estado presentes en mi vida cotidiana... ¡en los últimos veinte años!

—Por Dios, querida Luisa —exclamó Raimundo—, creo que es la mejor idea que has tenido en esos cuatro lustros. Es posible que dentro de tu ordenadísima vida tus deseos puedan parecer casi una pequeña locura, pero creo que estás en tu derecho de enloquecer un poco. Lo necesitas. Y creo también que puedo ayudarte a enloquecer un poco más. Mira —añadió señalando un paquete que había dejado sobre la mesa—, te he traído un regalo que te gustará. Más que eso: te sorprenderá y te removerá. Hace tiempo me quedé hipnotizado con la historia de otra Luisa. Y ayer, cuando te llamé para saber cómo estabas y me dijiste que habías tomado una gran decisión, no sé por qué, recordé a esta mujer fascinante.

—¿Por qué fascinante? —se interesó Luisa, presa de una enorme curiosidad, tomando entre sus manos el paquete y empezando a desenvolverlo.

—Porque ser ella misma le costó toda su fortuna y propició su soledad..., pero tuvo una vida tan plena que estoy seguro de que compensó su trágico final. Te voy a descubrir a otra Luisa a la que ya nunca podrás olvidar. Una Luisa que, sin duda, vivió una vida inigualable sin parecerse a nadie: la Marchesa Casati. ¿Recuerdas cuando en la universidad decías que querías trascender, dejar tu huella en la vida más allá de tu muerte?

—De aquello hace ya tanto tiempo —respondió Luisa esbozando una melancólica sonrisa—. Sí, soñaba con trascender en el arte y hasta en el sexo. Dejar esa huella mía imborrable en cada piel deseada hasta convertir mi manera de amar en leyenda, ¿recuerdas tú todas aquellas bobadas de juventud?

—Cómo olvidar tu provocación constante —aceptó Raimundo riendo—. Creo que eso, de alguna manera, lo conseguiste antes del accidente. Algunas de tus víctimas sexuales de entonces aún no se han repuesto y viven del recuerdo de su relación con esa mantis que les devoró buena parte de sus sentimientos... Bien, pues la otra Luisa, a quien vas a conocer enseguida, también necesitaba trascender, dejar su huella en este mundo, pero no haciendo arte, sino convirtiéndose en una obra de arte viviente. Y no diría yo que no le interesara también convertir el sexo en arte...

—¿En serio? ¿Y quién era esa Luisa? —preguntó, entre apasionada y divertida abriendo sus ojos hasta el infinito.

—Una mujer, asombrosa como tú, que logró reinventarse a través del amor. Tú a lo mejor lo consigues a través de la lectura, de la pintura... o de otro amor, quién sabe.

Luisa hizo caso omiso al último comentario y terminó de abrir el paquete, rasgando el papel, sin cuidado, ávida de conocer a esa otra Luisa que tanto entusiasmo había despertado en su amigo. Contenía varios libros distintos. En casi todos aparecía, en distintos retratos, la imagen de una mujer misteriosa de pelo rojo y descomunales ojos fijos. Luisa revisó con atención cada detalle de aquella dama peculiar y percibió algo extraño que no podía definir. Era como si aquella mujer contuviera algo de ella misma. O como si ella misma quisiera que algo de esa otra Luisa, de la Marchesa Casati, formara parte de su ser y la despertara de su letargo.

2

Roma, 1903. Después de hacer el amor apasionadamente, desnuda sobre la cama, con su cuerpo infinito y delgado aún tembloroso, se encendió un cigarrillo. Mientras observaba el humo escapando sigiloso de su boca escuchaba las palabras de su amante, tumbado a su lado, también desnudo, como el ronroneo de un gato.

—Eres tan hermosa. Ya sabía yo que mi esbelta amazona sería capaz de cabalgar sobre mí como sobre su montura. Seguro que hasta tú desconocías ser tan carnal.

Luisa giró la cabeza, le miró sin sonreír desde el fondo de sus interminables ojos verdes y le respondió como si fuera otra distinta a ella misma:

—Lo desconocía en absoluto. Lo sabes. Pero estaba segura de que llegaría mi hora. Siempre pensé que el sexo también podía ser un arte.

—Puede y debe ser un arte... En el que nosotros vamos a invertir mucho tiempo y talento a partir de este instante. Ven. Quiero enseñarte algo.

La joven Marchesa obedeció sin rechistar y se levantó de la cama arrastrando la sábana para tapar su desnudez. D'Annunzio se la retiró inmediatamente.

—No, mi pequeña. Ha llegado tu hora y el pudor no

puede compartirla. Ven, colócate aquí, delante de mí, frente al espejo. ¿Ves nuestro reflejo?, ¿me ves a mí detrás de ti, pegado mi cuerpo desnudo al tuyo? Si nos retrataran ahora desde el espejo podría parecer que sigo en tu interior, de tan juntos como estamos. Mírate, míranos. Mira cómo nos hemos convertido en uno. A partir de ahora, Marchesa Casati, entre nosotros solo cabe la indecencia.

Sentada frente al espejo de su tocador, seria y grave, sin atisbo de sonrisa, Luisa no podía dejar de recordar las escenas recién vividas en el lecho con Gabriele D'Annunzio. De vuelta del inicio de la aventura a la Villa Casati Stampa de Cinisello Balsamo, cerca de Milán, donde vivía con su marido y su hija Cristina, la Marchesa encontró la casa más inmensa, oscura y anticuada que nunca. ¡Era tan distinta a Villa Amalia, la casa de su niñez, en Erba, junto al lago di Como! Aquella de su infancia tenía mucho que ver con su atípica madre. Recordaba con especial deleite las verdes montañas que rodeaban los extensos e inmaculados jardines de la mansión, que configuraban el primoroso paisaje. También el bello anfiteatro y la inmensa fuente con Leda y su cisne, esculpidos en mármol. Si cerraba los ojos, aún percibía el aroma del aire perfumado por las camelias, las magnolias y las rosas, y oía el tañer de las finas campanas que adornaban la mimosa y sonaban cuando las acariciaba la delicada brisa. Era el escenario perfecto para todas aquellas extravagantes fiestas que solían organizar los Amman, sus padres.

Fue en esa casa donde Luisa aprendió a comportarse con absoluta corrección hasta con un rey, porque Humberto I era uno de los frecuentes invitados de la villa. El monarca no solo era amigo de su padre, sino también un admirador de su trabajo; tanto que, en reconocimiento a sus exitosas empresas algodoneras, que no solo le convirtieron en millonario a él, sino que revertieron en unos ingentes beneficios para sus empleados, sin precedentes en aquel tiempo, le reconoció con el título de conde.

Alberto y su mujer, Lucia, formaban una pareja imbatible. Él, un impecable y celebrado empresario más que premiado por la fortuna; ella, una mujer diferente y llena de sensibilidad a la que Luisa evocaba cuando les daba a ella y a su hermana ese beso de buenas noches, impregnado en la esencia de su perfume. Sus lazos, sus perlas, sus vestidos y sus historias hacían soñar a una por entonces timidísima Luisa y a su hermana Francesca, más bella, más sociable, más risueña y con quien solo podía competir en intensidad de mirada, gracias a sus ojos verdes colosales, extraordinarios, casi sobrenaturales. Los cuentos que la condesa Amman les narraba antes de dormir desbordaban la imaginación de Luisa y la trasladaban a los convulsos mundos de los personajes reales que su madre integraba en las narraciones: la médium Cristina Trivulzio Belgiojoso, Sarah Bernhardt, la condesa de Castiglione, la emperatriz Isabel de Austria y el rey Luis II de Baviera, el archiduque Rodolfo de Habsburgo y su amante adolescente María Vetsera —protagonistas de la tragedia de Mayerling—... Todos aquellos hombres y mujeres de historias increíbles fueron convirtiéndose, a través de los relatos de su madre, en parte de la vida de una aún solitaria y reservada Luisa que, además, los tomó como fuente de inspiración.

De hecho, cada noche que pasaba en el idílico y privilegiado internado suizo en el que estudiaba junto a su hermana, rememoraba las descripciones de todas aquellas celebridades, hasta el punto de sentirlas cada vez más cercanas y reales. Una mañana se levantó inquieta y le contó a su hermana que la médium Cristina Trivulzio se le había aparecido en un sueño para alertarle de una desgracia.

Francesca, mucho menos fantasiosa que ella, le restó importancia a la pesadilla y le dijo que no se preocupara. Un par de horas más tarde, una de las gobernantas del colegio les comunicó a ambas que su madre se estaba muriendo. Al parecer, había contraído una extraña enfermedad en un viaje a Florencia realizado junto a su padre y no encontraban ningún tratamiento efectivo para curarla.

Luisa y Francesca corrieron desesperadas al lado de su madre para despedirse de ella, pero no fue posible. Lucia Amman falleció justo antes de que sus hijas llegaran. Tenía treinta y siete años. Luisa, tan solo, trece. Un año después, su padre, más rico si cabe tras un último negocio, con el que logró controlar por completo la industria algodonera, murió también por causas nunca esclarecidas, pero entre las que se encontraba, sin duda, la tristeza por la irreparable pérdida de su esposa. Luisa, con catorce años, y su hermana Francesca, con quince, se convirtieron en las herederas más ricas de Italia. Su tío Edoardo, hermano de su padre, asumió su tutela y continuó ejerciendo como consejero de la planta de algodón de su desaparecido hermano, mientras sus sobrinas se trasla daban a su casa, donde residían también su esposa y sus cuatro hijos.

La inesperada pérdida de sus padres supuso un terrible golpe para la solitaria e introvertida Luisa, que la obligó a madurar al instante. Desconsolada, se refugió en su mundo interior, blindado por completo para el resto de la humanidad. Su retraimiento, su timidez y su insólito físico, en el que destacaban su extraordinaria altura —un metro ochenta y dos centímetros— y su extrema delgadez, no favorecían sus relaciones sociales. Por eso se encontraba más cómoda en soledad, soñando episodios por vivir a través de su rica fantasía, en un mundo imaginario que cada vez le parecía más real, según lo iba alimentando con la contemplación del arte, la gran pasión de su vida.

A Luisa siempre le gustó dibujar, desde niña. Las amigas de su madre solían revisar sus bocetos y se admiraban al reconocer en ellos, claramente, a sus tíos, a sus primos y a los amigos que iban a merendar con asiduidad a Villa Amalia. Sin embargo, tras la muerte de sus padres, no volvió a hacerlo. Al menos nadie volvió a ver ninguno de sus dibujos. Prefería gastar su tiempo en contemplar el arte. Le resultaba tan fascinante visitar una galería o un museo que podía pasarse horas paseando entre pinturas y esculturas, sin cruzar una sola palabra con nadie. El arte era su pasión. No existía nada comparable para ella, de no ser ese mundo de lo sobrenatural que, tal vez por influencia de algunas de las historias más fantásticas que su madre le narrara antes de dormir, también le subyugaba. El arte, la magia... Y a partir de D'Annunzio, el sexo. En el sexo pensaba Luisa en ese mismo instante mientras, sentada frente a su tocador, cepillaba su melena y observaba su rostro inmóvil pero relajado en el espejo. Siempre había querido encontrar el significado del sexo y de la carne, pero hasta aquella noche ilícita no lo había logrado. Lo que ella vivía con su marido de conveniencia, el marqués Camillo Casati Stampa di Soncino, a quien conoció y con quien se casó a los diecinueve años —él tan solo tenía veintiuno—, distaba mucho de ser sexo.

Aunque, qué se podía esperar de un matrimonio pactado. Ni ella sabía por qué había aceptado tal enlace. Su prima Bice, la única de toda la familia capaz de sacarla de su mundo paralelo y de discutir con ella sobre todo tipo de cuestiones durante los largos paseos a caballo que compartían, siempre se lo preguntaba. Y más aún cuando, un año después de celebrarse el matrimonio, Luisa dio a luz a una niña.

—Pero Luisa, querida, ¿por qué te has casado con este panoli?

—¿Te parece poco motivo que sea un marqués apuesto, distinguido y perteneciente a una de las dinastías más sólidas de Italia?

—Tan sólida como aburrida, mi querida prima.

—El aburrimiento solo se da en almas vacías, Bice. Y mi alma siempre está llena de arte...

—... y de magia. Lo sé. Por cierto, ¿de verdad los Casati di Soncino van a permitir que llames a tu hija Cristina, como la Trivulzio? ¡El nombre de una médium para una aristócrata!

—Creo que no les va a quedar otro remedio. El título otorgado a papá de conde de Amman no es lo suficientemente antiguo, pero nuestro dinero, prima del alma, aunque también sea nuevo, es dinero; y el dinero puede comprar toda la nobleza del universo. No lo olvides nunca. Además, ese fue el pacto entre Camillo y yo. Es cierto que él deseaba tanto un hijo que no se le ocurrió pensar que vendría una niña; pero, en todo caso, ya sabes que Cristina Trivulzio era conocida como la princesa de Belgiojoso y, teniendo en cuenta la infinidad de amantes ilustres que tuvo en esos escasísimos veintisiete años de vida, como Chopin, Balzac, Delacroix o Musset, te diría que no encuentro mejor nombre y referencia para nuestra hija. ¿Acaso no dicen que Cristina Trivulzio y yo nos parecemos en la mirada?

—«Los terribles ojos de esfinge», como los describía Musset.

—Y que tanto recuerdan, según dicen, a los míos. No hay duda: mi hija se llamará Cristina, como ella, pese a la aristocrática oposición de la familia Casati. Él, desde luego, no se resistirá. Sabe que es difícil contradecirme cuando he tomado una decisión. Y su carácter sencillo y manso no da para mucho más.

—Un carácter tan sencillo como el tuyo, ¿no, Luisa querida? —añadió su prima en tono de burla.

Ahora, sintiéndose otra tras aquella cama compartida

con D'Annunzio, pensaba que no le importaba lo más mínimo estar casada.

Habían pasado tres años desde su enlace con Camillo y los propósitos de aquella boda de interés parecían estar cumplidos: ella formaba parte de la aristocracia milanesa casi más que su propio marido, y él había conseguido el dinero para mantener su tren de vida y la obligada descendencia. Ciertamente tal descendencia no era la deseada, puesto que se trataba de una niña y no de un varón en quien prolongar su estirpe, pero, por lo demás, cada uno tenía lo que pretendía de su pareja.

Apenas tres años antes, cuando decidieron casarse, ya sabían que su matrimonio no se acercaba ni remotamente a los propósitos amorosos. Lo que ninguno siquiera sospechaba es que la casi niña que contraía matrimonio con el marqués llegaría a ser una sorprendente mujer, diferente a todas las demás. Quizá la primera evidencia de que sería distinta fue su negativa a posar el tiempo requerido para ese primer retrato que exigía el protocolo de la alta sociedad al formalizarse los compromisos. Su marido se lo encargó a un afamado milanés, un tal Vitellini, dedicado en cuerpo y alma a pintar a las novias más distinguidas. Y Luisa aceptó en un principio, pero en cuanto vio su trabajo se negó a seguir posando para él. No le interesaba en absoluto ser recogida por los pinceles de un artista al que no admiraba, así que no volvió a actuar como modelo para él. El cuadro quedó inacabado, con los brazos y las manos de su protagonista sin terminar.

Luisa no estaba dispuesta a quedarse sin retrato de compromiso, de modo que se lo encargó a su primo Mario, el hermano de Bice.

Si bien su relación con Mario no era tan estrecha como la que sostenía con su hermana, con él también compartía sangre, amistad, un enorme fervor por el arte y, además, un criterio muy similar sobre la visión creativa. En cuanto observó los primeros trazos del cuadro, Luisa supo que su primo sería capaz de captar una imagen suya mucho más viva y menos convencional. Y acertó. Cuando vio el cuadro le invadió una emoción tan profunda, que no dudó en felicitar con efusividad a su pintor, primo y amigo. Era la primera vez que Luisa dejaba constancia de su capacidad para reconocer el talento de un artista, algo que, a partir de entonces, sería habitual en su vida.

Camillo y Luisa se casaron en junio de 1900. Inmediatamente después de la boda, la joven pareja viajó a París de luna de miel, justo cuando la capital de Francia acogía la Exposición Universal bajo una asfixiante ola de calor. Los Casati deambulaban por los elaborados pabellones de los distintos países, como los cientos de miles de personas que, pese a las insoportables temperaturas de aquel abrasador verano, llegaban procedentes de los rincones más recónditos del planeta. Entre los visitantes, que caminaban como hipnotizados en medio del calor y las maravillas que se ofrecían en las exposiciones de art nouveau y las naves representativas de las diversas naciones del mundo, se encontraban infinidad de celebridades. Tanto como para que muchos de los asistentes les prestaran más atención que a la propia feria. No era de extrañar, porque resultaba más que extraordinario descubrir paseando por la muestra a Auguste Rodin, Claude Debussy, Albert Lynch, Joaquín Sorolla o al mismísimo Oscar Wilde. Y allí estaban todos, como también Monet, Munch, Picasso y hasta el inventor español Eugenio Cuadrado Benéitez, que acudió a la exposición para presentar su «Excitador Eléctrico Universal», bautizado como «la Centella».

Luisa, perdida junto a su flamante marido entre los más de cincuenta millones de visitantes, solo quería recorrer los pabellones de pintura y escultura. Entre obras de arte y exaltación artística, sobre todo por parte de Luisa, la pareja conoció a Paul-César Helleu, un maestro parisino del grabado, a quien el matrimonio encargó el retrato oficial de la ya aristocrática Marchesa Casati vestida de negro y tocada con un llamativo sombrero de plumas. Aunque el artista terminó su trabajo durante la estancia del matrimonio en la Ciudad de la Luz, Luisa y Paul-César trabaron una amistad que duraría muchos años, y que sería el preludio de tantas otras amistades con artistas que marcarían la vida de la Marchesa Casati.

A la vuelta de París fue cuando los Casati se establecieron en la casa a la que Luisa había regresado tras su primer día de aventura con D'Annunzio. Era una gran mansión atiborrada de antigüedades, situada en un área rural y alejada por completo de la civilización. La propiedad se encontraba rodeada por viejos rosales de distintos tamaños y aspecto descuidado, mezclados con grandes árboles centenarios.

Además de aquella casa que, según el criterio de Luisa, estaba demasiado impregnada del pasado y totalmente desprovista de modernidad, la pareja podía disfrutar de las otras propiedades que la Marchesa heredara a la muerte de su padre, como su elegante apartamento cercano al Duomo, en el centro de Milán, o la casa de los Alpes suizos adonde los Casati se trasladaban cuando el calor del verano se hacía insoportable. Pero, por desgracia para Luisa, la mayor parte del tiempo lo pasaban en Villa Casati, donde al recorrer día tras día todas aquellas habitaciones llenas de objetos que reflejaban la vida y los recuerdos de otras personas, cuyos rostros sin interés se recogían en los vetustos retratos que adornaban las paredes, sentía que ocupaba un espacio que no le correspondía.

La siempre inquieta Luisa decidió remodelar la casa a su estilo. Desde niña había tenido un innato sentido para la decoración, así que no le costó demasiado transformar la rancia y oscura villa de los Casati y convertirla en una casa luminosa, repleta de muebles aerodinámicos y colores suaves. Sustituyó los anticuados ornamentos por exóticos adornos asiáticos y reemplazó las habituales rosas rojas de cada habitación, por orquídeas blancas y rosas.

La casa cambió por completo, pero ni siquiera esa nueva apariencia logró que Luisa la sintiera suya, por lo que vagaba por sus estancias como alma en pena, salvo cuando llegaban las visitas. Para alegrar las tardes de invierno de la Villa Casati, solían invitar a los amigos de Camillo: jóvenes parejas que, en muchas ocasiones, como sucedía con la suya, estaban conformadas por un miembro de la aristocracia italiana y otro de una rica familia proveniente del más exitoso y pudiente mundo industrial.

Uno de los alicientes de aquellas reuniones eran los juegos de ocultismo, tan en boga en la época y en los que Luisa, rodeada de velitas brillantes, enlazaba sus manos con las de sus invitados e invocaba a los espíritus. Con mucha frecuencia, trataba de establecer contacto con su admirada Cristina Trivulzio. Le gustaba tanto el personaje de la médium que no se cansaba de escuchar, casi en cada ocasión que la nombraba, cuánto se parecían sus hechiceras miradas. Luisa, además, devoraba libros sobre conjuros y prácticas mágicas. Leía y leía estudios sobre transmisión de pensamientos, magnetismo sexual, cartomancia, sortilegios de amor y odio o brujería, de manera que su conocimiento sobre todos estos asuntos iba creciendo día a día y dejando una huella indeleble en su ya de por sí magnético carácter.

Aunque le divertía mucho sentar a sus invitados bajo la iluminación espectral de las velas en torno a un tablero de ouija, no necesitaba de la compañía de nadie para preguntarles a los espíritus. A veces, a solas indagaba en su destino ayudada de un tarot que formaba parte de sus más preciados tesoros y que guardaría toda su vida.

Otra de las actividades de la pareja era la caza a caballo. Camillo Casati era un experimentado jinete y le encantaba acudir no solo a las cacerías que él ofrecía, sino a las muchas a las que era invitado. Luisa, animada por su esposo, solía acompañarlo, pero mientras las demás mujeres aguardaban pacientemente a sus maridos en las casas, ella se resistía a ser una mera espectadora y, ataviada con un voluminoso traje de montar y tocada con un inmenso sombrero, se iba a correr y a saltar con su caballo por el campo como los hombres. Era la única dama entre todos aquellos caballeros, por lo que su presencia no solía pasar desapercibida.

Fue en una de esas ocasiones, en la primavera de 1903, cuando aquella llamativa indumentaria de Luisa y su destreza como avezada y valiente amazona dejó prendado a uno de los hombres del momento. Se trataba de Gabriele D'Annunzio, la persona que cambiaría su vida.

D'Annunzio, antes que cualquier otra cosa, era un esteta. Adoraba la belleza en las letras, en las mujeres y en la vida. El escritor vivía en su propia poesía, en sus obras teatrales y en sus novelas, y hacía vivir, en todas ellas, a las decenas de mujeres que pasaban por sus brazos. Era un amante insaciable. Se decía que no podía tener menos de tres mujeres al mismo tiempo, sin contar con la sombra de la que había sido su mujer legítima y de los tres hijos del matrimonio ya extinguido. Y las amaba a todas, las rebautizaba a todas con inteligentes apodos y aún tenía tiempo para descubrir talentos artísticos, influir en la política y afianzarse en esa literatura, entre el decadentismo y el simbolismo, en la que se encontraba exitosamente instalado. Siempre vestido de modo impecable, con el bigote atusado con esmero y la barba de chivo exquisitamente recortada, nadie señalaba que fuese bajito —no superaba el metro sesenta y cuatro— y calvo. No parecía restarle ningún atractivo para las mujeres. Como tampoco su egoísmo y su megalomanía. Estaba protegido por su tan innegable como infinito talento, gracias al cual se le consideraba el autor más progresista de la época. Sus innumerables éxitos literarios, siempre acompañados de incontables y escandalosos flirteos con mujeres casadas de la alta sociedad —siempre millonarias—, y paralelos a las leyendas sobre su lujurioso apetito sexual, le granjearon el apodo de Príncipe de la Decadencia. En realidad, fue él mismo quien, en un alarde de cinismo, decidió otorgarse aquel título que le venía como anillo al dedo. No en vano él sabía cómo construir y describir personajes. Y el suyo, el de D'Annunzio, era incomparable. Tanto que se había convertido casi en un fenómeno de sugestión colectiva alabado por los hombres y mujeres más considerados de su tiempo.

Cuando el escritor tropezó con Luisa este se encontraba viviendo, entre otros, un tórrido romance con la legendaria actriz de teatro italiana Eleonora Duse. Pero eso no impidió que, al acudir a una de las habituales cacerías, se quedara impactado por «aquella esbelta y joven amazona», como más tarde describiría a Luisa.

Pese a los dieciocho años de diferencia, ambos se quedaron enredados en el beso que él depositó en el guante de la dama con una pasión que distaba mucho de la correcta formalidad. Mientras recibía su beso, Luisa sostuvo la mirada del escritor quien, perfecto conocedor de la psique femenina, adivinó que, detrás de aquella esposa y madre supuestamente convencional, se escondía una insólita amante. A partir de ese momento Gabriele D'Annunzio se convirtió en un habitual invitado a las cacerías de los Casati. El campo le importaba poco, pero estaba tan obsesionado con la Marchesa que planeaba a cada instante la manera en que podría conquistarla y obtener así esa intimidad con la que soñaba: «Una noche en Roma —escribió en *Le cento e cento e cento e cento pagine del libro segreto di Gabriele D'Annunzio tentato di morire*— ella estaba de pie a mi lado. Estábamos en casa del viejojoven Greppi, si mal no recuerdo, ese simpático embajador maquillado. Llevaba un vestido gris, un gris de perla negra. Yo estaba sentado. Su muslo estaba a la altura de mis ojos. No me pareció delgado. Me sentí turbado hasta la raíz de mi ser, pero lo suficientemente lúcido como para inventar artimañas para rozarla».

Camillo Casati, ajeno a todo, pero impresionado como toda Italia por los logros del escritor, le invitó a una cena que su esposa y él iban a celebrar en el hotel Excelsior de Roma. Tras esa cena, muy temprano por la mañana, el marqués Casati partía para una cacería mientras la Marchesa acudía a la habitación del escritor. Su historia de amor, que solo rompería la muerte varias décadas después, escribía su primera línea.

3

Desde que Raimundo le dejara unos días atrás los libros sobre la Marchesa Casati, Luisa no había hecho otra cosa más que beberse la esencia de aquella mujer. No podía dejar de mirar las fotos y los cuadros en los que aparecía retratada ni tampoco de leer lo que los distintos artistas contaban sobre ella. En la cubierta de uno de los volúmenes, La Casati aparecía con una serpiente a modo de collar y sus ojos destilaban tal intensidad que Luisa sintió que la taladraban. Cogió el libro y lo apretó contra su pecho. Sintió algo extraño. Era como si su homónima la hubiera embrujado con su inquietante y seductora personalidad desde el Más Allá. Nunca había sido aficionada a las ciencias ocultas y no creía en la invocación de los espíritus, pero sabía que el de Luisa Casati, despierto en su imaginación al correr de los renglones en los que se narraba su historia, revoloteaba a su alrededor. Y estaba segura de que eso acabaría por significar algo.

Revolvió en sus cajones y encontró un tarot sin estrenar que le regalaron en algún cumpleaños y que jamás había utilizado. Leyó las instrucciones con atención y siguiéndolas de manera ordenada y metódica dibujó, con las cartas boca abajo, la estructura que se le indicaba para descubrir su destino. Fue destapándolas una a una hasta llegar a las dos definitivas. Eran la carta de la Torre y la de la Muerte: los naipes auguraban cambios irreversibles en su vida.

Luisa, cautivada por los símbolos de las cartas mágicas, suspiró. En sus años de calma absoluta había desarrollado una especie de fobia hacia los cambios. Si durante su adolescencia y juventud solo le conquistaba lo cambiante, tras dársele la vuelta la vida y recalar en un matrimonio convencional y sereno, su personalidad inquieta de antaño se había transformado tanto como para temerlo. Hubiera debido sentir pánico al revelarle las cartas que le esperaban cambios, pero ocurrió todo lo contrario. Esas señales que le ofrecían los naipes, en las que creía por primera vez, le devolvieron al instante las ganas de cambiar. Sin saber el motivo, corrió al espejo y se miró en él. Allí estaba aquel brillo en sus ojos que no encontraba en ellos desde hacía tanto y que poco o nada tenía que ver con el miedo y mucho con la excitación.

Como si alguien accionara un resorte en su interior, se levantó de un salto y bajó a toda prisa al sótano, en busca de sus lápices y sus cuadernos de dibujo, olvidados durante años. Aún estaban allí, impecablemente ordenados. Los lápices parecían en perfecto estado, pero el tiempo y la humedad habían abombado de tal manera las páginas de los cuadernos que resultaban ya inservibles. Tenía tal necesidad de dibujar que miró a su alrededor con ansiedad tratando de hallar algún soporte donde hacerlo.

De pronto, en la pared del fondo del propio sótano, divisó, como marcadas por el paso de los días, unas manchas negras que parecían conformar una imagen. Corrió hacia ellas y allí mismo, alumbrada por una luz muy tenue y un poco tenebrosa, comenzó a trazar de manera intuitiva, el perfil de una figura. No sabía exactamente qué o a quién estaba dibujando. Sus manos volaban por la pared como impulsadas por una fuerza sobrenatural y casi sin que pudiera controlarlas. Pocas líneas después ya se podía ver con claridad que era la figura de una mujer, la de Luisa Casati. Pero lo extraño no era eso. Lo insólito es que también era ella misma

Luisa se separó del retrato sorprendida y un poco asustada. Los inquietantes ojos de ambas Luisas se habían fundido en una mirada compartida que exhalaba vida. No estaba segura de cuánto tiempo llevaba en el sótano dibujando. Le parecían segundos, pero debían de ser horas, porque su dibujo estaba acabado y era un trabajo impactante y lleno de detalles, del que no se podía retirar la mirada. Sintió ganas de gritar de emoción, pero no fue ella la que rompió el silencio y con él ese estado de embriaguez del artista que contempla su obra.

—¿Estás ahí? —preguntó Juan mientras bajaba las escaleras hacia el sótano.

—Aquí estoy —contestó ella casi en un susurro.

—Y dibujando, según parece... ¡¿En la pared?! —exclamó Juan perplejo al ver el retrato de Luisa Casati sobre el muro.

—Ya, bueno —repuso Luisa esbozando una sonrisa de cansancio derivada de la obligación de tener que justificar sus actos—. Es que no encontraba ningún sitio para hacerlo. ¿Ves cómo están mis cuadernos? —añadió mientras los señalaba.

—No, no, si no me importa —se apresuró a asegurar él—. Ya supongo que, bueno, que vas a sufrir algún cambio después de lo que te ha pasado. Lo dicen las estadísticas y... en fin, da igual, de verdad. Solo es que resulta un poco raro verte dibujando después de tanto tiempo. Déjame ver —dijo mientras se acercaba casi temeroso a la pared ante la atenta mirada de Luisa—. ¡Te has pintado a ti misma! —exclamó extrañado—. Es curioso. Nunca lo habías hecho antes, ¿o sí?

—No soy yo, es otra Luisa —intentó explicar ella.

—Pues esa otra Luisa se parece mucho a ti.

—Creo que más bien a mí me gustaría parecerme a ella. Todo se andará —dijo Luisa, misteriosa.

Juan estaba desconcertado. La situación no era para menos. Allí estaban los dos, en el sótano de su casa, en penumbra y con su mujer escondida pintando en las paredes. No sabía cómo tenía que reaccionar. Ella acababa de salir de un coma. Quizá eso lo explicaba todo.

Luisa, al lado de aquellos muros garabateados, se sentía como el mismísimo Miguel Ángel cuando, muchos siglos atrás, oculto en la cripta secreta bajo la capilla de los Médicis, en Florencia, trabajaba en el proyecto de la propia capilla y sus tumbas y dejaba algunos de sus geniales dibujos sobre las paredes de su escondite; pero Juan no entendía nada. Y ambos sabían que aquel no era un escenario habitual en sus vidas. Se atusó los cabellos con ambas manos, con impaciencia, mientras recorría el sótano de un lado a otro como un animal enjaulado, hasta que se decidió a reiniciar el discurso.

—Me parece muy bien. Dibuja. Tienes que distraerte un poco después de lo que has pasado. Pero mañana es sábado. ¿Te parece que vayamos a cenar con Borja y Ana y que después vengamos a casa a recuperar la intimidad perdida? —preguntó con una sonrisa, intentando acercarse con algún pretexto a su mujer, cuyo comportamiento no reconocía desde que despertara del coma.

—Lo siento, Juan —respondió Luisa de inmediato y con rotundidad—, pero creo que tardaré aún mucho tiempo en poder volver a esa intimidad. Ya sabes: tal y como sucedieron las cosas, la asocio al infarto y me produce pavor.

La vida le había regalado la excusa perfecta para no tener que seguir sintiéndose una muerta en los brazos de su marido, y no pensaba desaprovecharla.

—Ya, ya, claro. Lo entiendo, no te preocupes. Aunque ya sabes que nos dijeron que tu caso poco tenía que ver con un sobresfuerzo y que más bien había sido la hipertensión arterial, de herencia genética, lo que te lo provocó —trató de convencerla Juan, hasta que notó cómo la angustia le cambiaba la cara y se asustó—, pero insisto: lo entiendo, no te preocupes. ¿Y la cena?, ¿no te apetece que salgamos y que nos divirtamos un poco? Así tal vez podamos ir recuperando la normalidad.

—Prefiero que vayas tú, Juan, yo aún no me encuentro preparada para volver a la vida normal. Dame algún tiempo. Aún no sé dónde estoy. No es solo haber estado en coma tres meses tras ese infarto tan inesperado... Es, cómo te lo podría explicar, como si me sintiera otra persona.

Luisa terminó la frase sin creer que la hubiera pronunciado: era la primera vez en más de veinte años de matrimonio que contestaba con un no a una propuesta de su marido y elegía hacer una cosa distinta a lo que le proponía. No era un acto de rebeldía, sino una vía de escape para tratar de reencontrarse a sí misma fuera de esa cárcel de décadas, en la que ella misma se había encerrado y en la que su esencia había acabado por diluirse hasta desaparecer. Estaba decidido: haría lo que deseara hacer, aunque eso supusiera algunos cambios. Y en ese momento lo que estaba deseando hacer era seguir descubriendo a esa Luisa Casati que, de alguna manera, la arrastraba ya, sin remedio, para lo bueno y para lo malo, hacia su tempestuoso cosmos de emociones y de arte.

4

Completamente desnuda bajo su capa de piel de leopardo y aún más infinita que de costumbre sobre sus zapatos de tacón de nácar, Luisa se descubrió ante D'Annunzio.

De pie, frente a él, sus ojos brillaban como perfectas esmeraldas, y su cuerpo, extraordinariamente pálido, parecía más el de una muerta que el de una viva. D'Annunzio, sentado sobre el lecho, la agarró por las caderas, apoyó la frente sobre su ombligo, respiró con intensidad el delicado olor de su pubis perfumado y sintió cómo le ardían las sienes. El deseo se entrelazaba con el asombro de ver cómo esa mujer, que prometía ser fascinante desde el primer día, comenzaba a serlo aún más de lo previsto.

—Luisa, Luisa, Luisa... —murmuró él todavía con los ojos cerrados y embriagado por su esencia—. Eres como yo: la Princesa de la Decadencia. ¿No te importa que te vean entrar y salir de mi casa? Todos saben ya de esta relación nuestra y me sorprende que no te preocupe.

—¿Por qué habría de inquietarme, Gabriele? —preguntó Luisa sintiendo el cálido aliento de las palabras de él en su vientre—. ¿Crees que puedo perder algo?, ¿qué me importa que me juzguen? Necesito aprender a ser yo misma, y para ello es preciso que me comporte con la naturalidad de una amante.

—¿Somos amantes, entonces? —casi imploró más que preguntar el escritor, vertiendo de nuevo y con intención las palabras tibias sobre su sexo.

—No lo sé, ¿nos amamos? —respondió Luisa animada por la audacia de la excitación que le provocaba ese calor.

—No brillarías tanto como lo haces si yo no te amara. Te amo y no tengo voluntad para luchar contra este amor —confesó D'Annunzio, rendido, sin desviar la mirada de su sedoso vello castaño y deslizando sus manos desde sus caderas a sus rodillas en una delicada caricia.

—¿Por qué habrías de tenerla? —jadeó ella con la respiración entrecortada—. ¿Le debes fidelidad a otros amores? Tienes otro amor, lo sé. Y tal vez conserves algunos más que desconozco, pero no me importan los sentimientos que desaparecen cuando compartimos nuestro deliberado encierro.

—Pues entonces —dijo él, lamiendo a cada palabra la cara interior de sus muslos, desde las rodillas hasta las ingles—, quédate tranquila, mi niña, fiera de mi carne: a tu lado no hay recuerdos ni fantasmas, solo existes tú. Tú en mi cabeza y en mi piel, que arde al contacto con la tuya.

—Quiero además que arda tu talento y que ese fuego genial, que me subyuga, se quede prendido en el rojo del que se teñirá mi pelo... —casi gimió ella dejándose hacer. Y añadió agitada: y ocurrirá, lo sé. Sucederá, tal vez, cuando las aguas de esa Venecia de la que siempre me hablas se conviertan en mi espacio natural.

—En Venecia disfrutaremos de tu transformación, que será ya completa, sí. Pero, de momento —susurró el escritor volviendo a aferrar las caderas de Luisa con determinación y atrayéndolas hacia sus labios con un gesto brusco—, déjame probar el sabor incierto de esa otra boca tuya que vive entre la sombra de tus vestidos y la luz de mi aliento.

Los encuentros de Luisa y Gabriele eran cada vez más constantes y menos disimulados. Toda Roma era testigo de su relación y de cómo la Marchesa olvidaba a su marqués y marido en brazos del genial escritor mientras iba construyendo su propio personaje.

Entre cita y cita, empezó a aflorar ese estilo Casati que marcaría el de la propia Belle Époque y, después, el de los años veinte, en el que predominaban, sobre todo en la ropa, algunas reminiscencias de la personalidad de Lucia Bressi, su madre. Sin apenas percibir la influencia de su recuerdo, Luisa comenzó a comprarse sus mismos lazos venecianos, además de brocados y cinturones joya con los que ceñir su finísima cintura, que a ella le gustaba destacar para acentuar su extrema delgadez. Cambió el castaño natural de su cabello por un escarlata encendido al tiempo que comenzó a aplicarse unos polvos blanquísimos sobre el rostro, que a D'Annunzio se le antojaban como «polen sobre su piel seca». Además, se decidió a utilizar unas larguísimas pestañas postizas que teatralizaban sus ojos inmensos, remarcados enteramente con kajal, y a dilatar hasta el delirio sus pupilas, como si estuviera permanentemente en estado de excitación sexual, utilizando belladona. Cualquier mujer hubiera resultado ridícula con esa versión tan distorsionada de la realidad. Cualquier mujer menos la Marchesa Casati, cuya imagen aparecía magnificada tras tanto artificio.

De hecho, Luisa era ya el centro de todas las miradas en las constantes fiestas que celebraba la élite europea de la época, a las que los Casati solían ser invitados con asiduidad y que tenían mucho más interés para Luisa que para su marido. La propia Marchesa organizaba muchas de las galas benéficas con tanto gusto y exquisitez que algunas de ellas llegaron a ser legendarias. Entre las más notables destacaron el Baile Japonés, para cuya celebración mandó construir un decorado de templos y cerezos inspirados por la ópera *Madama Butterfly,* de Puccini, y la dantesca celebración del Nuevo Año, celebrado en el teatro Eden de Milán, donde los suelos fueron construidos a semejanza de los diferentes niveles de la *Divina Comedia*: el Infierno ocupaba la parte de abajo, el Purgatorio la planta intermedia y el Paraíso fue recreado en las habitaciones de la planta superior y estaba reservado para la élite de la ciudad.

En cada fiesta, Luisa iba dejando constancia de su enorme pasión por la moda al elegir unos espectaculares atuendos. Durante el mes de marzo de 1905, en varias ocasiones señaladas, asombró hasta el dislate a la sociedad romana con sus diferentes indumentarias; pero fue en el baile de Caridad por la Infancia, que se celebró en el Grand Hotel, donde de veras impactó a todos los asistentes. Luisa apareció disfrazada de emperatriz Teodora, con un traje de Sarah Bernhardt que completaba con varias piezas de joyería, entre las que se hallaba una corona diseñada por René Lalique, con la que realzaba su apariencia, idéntica a la de la fabulosa reina bizantina.

Su entrada fue tan triunfal que su amante, D'Annunzio, la celebró con un bautismo amoroso. En realidad, el autor solía otorgarle a cada una de sus amantes, a las que tantas veces inmortalizaba en su prosa y en sus versos, un nuevo nombre diferente al suyo convencional. De esta manera construía su propio universo de deidades fantásticas. Entre las pasadas había incluido los nombres de Niké, Barbarella y Basilissa..., y a Luisa decidió adjudicarle el nombre de Kore. Se trataba de una variación del nombre griego de Perséfone, la inocente doncella, hija de Deméter, convertida en Reina del Infierno tras ser abducida por Hades.

Considerando el conocimiento y la devoción de D'Annunzio hacía la mitología y las cada vez más continuas y apabullantes metamorfosis de su amante, el nombre elegido para la Marchesa resultaba sin duda el adecuado. Luisa, ya Kore, no solo parecía encarnar a la perfección a la Reina del Infierno, sino que también, amparada por su altura y delgadez, recordaba inevitablemente a ese tipo de andrógina estatua griega, de mirada enigmática, conocida con el mismo nombre.

D'Annunzio había encontrado la personificación del mito y la antigua obra de arte en aquella extraordinaria Marchesa de piel pálida y transparente, siempre empolvada hasta el delirio.

—Kore, querida —dijo el escritor mientras contemplaba extasiado su rostro pálido y divino—, nada me fascina más que esa sublime máscara de polvo sobre tu cara, pero ¿qué emoción experimentas al llevarla?

—No se puede explicar con facilidad, Gabriele —repuso ella mirando al horizonte siquiera un segundo y luego recuperando al poeta en su retina—, pero me parece que a veces, al andar, imprimo mi imagen empolvada en el aire, como si fuera un material tangible, y dejo tras ella una sucesión de impresiones que me perpetúan en los lugares por los que he pasado.

—¿Eso es lo que deseas? —preguntó él ansioso de conocer todo cuanto bullía en el cerebro de esa mujer indescifrable—. Debes saber que ese deseo de dominación de tu belleza, cuando se manifiesta, se vuelve un elemento infinito. No con cada paso, sino tan solo con ligeros movimientos, imprimes tu rostro en mi sustancia inmortal, Kore. Divina Kore, ¿te gusta tu nuevo nombre?

—Será mi nombre tras algunos cambios —respondió Luisa dibujando en su cara un gesto desafiante.

Antes de aceptar ese nombre nuevo elegido por su amante, la Marchesa decidió que esa «K» inicial era demasiado severa en apariencia y decidió alterarlo y afrancesarlo, cambiando la inicial por una «C» y añadiéndole una tilde a la «é» final. Así quedó convertido en «Coré». El nombre, al ser pronunciado, recordaba en él a aquel pobre perro de D'Annunzio, herido en una caza del zorro, al que su dueño acariciaba tiernamente tras el accidente mientras, para mitigar su dolor y su miedo, repetía su nombre con cariño: «Corazón, Corazón...», Kore, Corazón, Coré... Epatado por su osadía y su audacia, D'Annunzio no dudó en premiarla buscando un personaje en quien convertirse para ella: a partir de entonces para Coré él sería Ariel, el travieso espíritu de *La tempestad* de Shakespeare.

Aunque aquella pequeña rebeldía de Luisa respecto al nombre impuesto por su amante parecía insignificante, marcó el tono de la relación que a lo largo de los años sostendría la pareja, en la que siempre quedó de manifiesto la rotunda habilidad de la Marchesa para exceder el más escandaloso ideal femenino de D'Annunzio y dejarle atónito, embelesado y, al menos durante algunos segundos, sin palabras.

Luisa ya tenía su nombre mitológico, como todas las conquistas femeninas del escritor. Pero ella no sería igual a las demás en la vida de Gabriele. No podía ser igual porque ella era distinta a todas las mujeres de su época y el tiempo se iba a encargar de demostrarlo. Para D'Annunzio, Coré sería siempre Coré, eternamente joven, capaz de miles de transformaciones, enfundada en mil disfraces y siempre tan atenta a la magia y a la extravagancia como para mantener el alma del escritor en vilo.

Que a Camillo Casati le nombraran presidente del Jockey Club de Roma facilitó los encuentros entre su mujer y el poeta, al obligar a que el matrimonio pasara más tiempo en la capital de Italia y se decidiera a construirse en ella una casa, de cuyo diseño Luisa quería ocuparse por completo. Los Casati eligieron una de las zonas más selectas de Roma, donde residía la más alta sociedad de la ciudad, incluida la propia hermana de Luisa, Francesca, junto a su marido, el conde Padulli —un capitán de caballería italiana perteneciente a una familia de rancio abolengo—, y sus hijos. La ubicación concreta era el número 51 de la via Piamonte. Allí Luisa construyó una esplendorosa mansión que guardaba una enorme y temible mastín hembra, llamada Angelina, a la que nadie se atrevía a acercarse, puesto que solo obedecía las órdenes de la Marchesa.

Luisa se ocupó personalmente de que los jardines que rodeaban la casa no recordaran a aquellos otros desordenados y desatendidos de la Villa Casati Stampa, sino que estuvieran diseñados con mimo y que evocaran a los elegantes jardines de su niñez. La sofisticación que buscaba en el diseño era tal que incluso se hizo traer de China un arce japonés, el árbol sagrado de las pagodas, que fue el primero del país.

La villa romana de los Casati estaba llena de detalles de distinción por fuera, como dos exquisitos venados de bronce, pero también por dentro. Luisa cambió el usual estilo de damascos y terciopelos rojos de la época —«salones eclesiásticos» los llamaba ella—, por un minimalismo que dejaba ver su capacidad para anticiparse a la vanguardia: espacios semivacíos, colores suaves y galerías repletas de luz en las que no cabían objetos ostentosos, pero cuyo lujo resultaba innegable a través de los excelsos materiales utilizados, como el alabastro de las figuras en bajorrelieve de la galería o el mármol bicolor de los suelos, que eran las señas de identidad de una casa en la que flotaba la personalidad de su dueña.

La Marchesa, además, tapizó las paredes del salón en seda beige y colocó una tarima de madera ideal para bailar sobre ella. Un gran piano de marfil, un costoso espejo veneciano o una piel de oso polar eran algunas de las piezas únicas que albergaba ese «museo» en el que convirtió su admiradísima casa, siempre repleta de visitantes a los que Luisa no solo recibía en los salones principales sino también, en ocasiones, en su saloncito privado de la primera planta, con ventanas decoradas con pinturas de pájaros exóticos en colores brillantes y a la que se accedía subiendo por una amplia escalera con una elaborada barandilla de metal con elegantes volutas.

Desde su niñez, Luisa fue una gran amante de los animales. Así que, una vez instalada en su mansión romana, y a partir del primer mastín, comenzó a rodearse de todo tipo de mascotas: gatos siameses, persas y sirios y hasta un par de galgos, uno blanco y otro negro, que había elegido con tales pelajes para que hicieran juego con la decoración, y a los que adornaba con impresionantes collares de brillantes.

Estucos, una cuidadísima iluminación e incluso una pequeña fuente interior de la que manaba el agua, gota a gota, para provocar con su ritmo lento un sorprendente sonido musical, formaban parte del mágico escenario en el que la Marchesa convirtió su casa, donde no faltaban tampoco los alegres gorgojeos de los pajaritos en primavera, producidos por un curioso mecanismo adaptado para tal fin. No era extraño que los visitantes no pudieran evitar que, al recorrer sus estancias, se exacerbaran sus sentidos, porque a las visibles maravillas ensalzadas por esa delicadeza acuática encastrada en la sorprendente ornamentación había que añadir, además, el olor a incienso, característico a partir de entonces en todas las mansiones de Luisa. La Marchesa diseñó una casa tan singular y perfecta que sus ideas de decoración provocaban la envidia de cuantos la visitaban. «¿De dónde las habrá sacado?», «¿en qué se habrá fijado?», se preguntaban admirados, mientras alargaban su tiempo de estancia en aquella mansión de la que nadie quería marcharse. Sin embargo, ella y su marido sí la abandonaban en verano, cuando el calor hacía arder Roma, y buscaban en Suiza un clima más soportable.

Al comienzo del tercer verano de la relación de D'Annunzio y Casati, el escritor se acercó hasta la casa de Luisa, que visitaba con regularidad, para despedirse de su amada. El escritor sabía que la Marchesa y su marido estaban preparando ya el viaje a Suiza y quería que ella le recordara de una manera especial durante el tiempo que deberían pasar separados. Además, se le había ocurrido un ingenioso modo de lograrlo: desayunaría con ella en su casa antes del viaje y le llevaría un largo cepillo de baño que pudiera recorrer todos los recovecos de su cuerpo. Años más tarde, el escritor recordaría la escena en *El libro secreto*: «Aquella lejana mañana, ella debía partir para Saint-Moritz. Desayuné solo con ella. Creo que ya la amaba. Sin duda la deseaba como siempre. Le había llevado el largo cepillo inglés para su baño. Era una manera de tocarla en la distancia con los dedos mágicos. El marido entró. El cepillo envuelto en papel estaba sobre la mesa de la chimenea. Él lo cogió entre sus manos. Yo noté en mí un acalorado rubor».

El marido, tres años de relación después, seguía haciéndose el ciego. Demasiados intereses. Camillo necesitaba de la fortuna de su mujer para mantener su estilo de vida. De hecho, se rumoreaba que, a pesar de su título y linaje, el marqués había aportado al matrimonio solo veintisiete mil liras, junto con las treinta mil anuales que le asignaba su familia. Unas exiguas sumas en comparación con la extraordinaria fortuna personal de su esposa, conformada por diversas y lujosas casas e innumerables acciones, bonos y fondos de incalculable valor. Además, pese a su linaje de rancio abolengo, o tal vez por él, Camillo era más un hombre de campo que de sociedad y, por otra parte, la infidelidad en la Roma del momento no era nada excepcional y estaba de sobra aceptada entre tanto matrimonio de conveniencia.

No obstante, la situación comenzó a resultar bastante incómoda para el aristócrata cuando la relación Casati-D'Annunzio empezó a aparecer en las columnas más picantes de la época con el consiguiente escándalo. No era la primera vez que la prensa recogía un romance del impenitente seductor, que vivía permanentemente en los brazos de diversas mujeres casadas; pero quizá porque D'Annunzio, arrollado por el torbellino de la pasión, era incapaz de dejar de contarlo todo, empezaron a trascender los detalles sexuales más escabrosos de la pareja, que pasaban por esa enorme satisfacción de la propia Luisa al hacer realidad cualquier extravagante capricho del autor. La fascinación por el sexo, por lo oculto y por el arte dominaba esa relación casi fantástica. La Marchesa, además, pese a su juventud, ya había demostrado que no era manipulable como tantas otras mujeres y manejaba los tiempos y los ritmos de su pasión para que D'Annunzio siguiera sintiendo cada día una emoción diferente al encontrarse con ella, o siquiera al recordarla. Y el escritor, anonadado ante un sentimiento tan incomparable, no solo se negaba a ocultarlo, sino que lo confesaba en público, para escarnio de Camillo Casati, en apasionadas declaraciones como la que recogería más tarde Philippe Jullian de D'Annunzio: «Posee un don, un omnipotente conocimiento del corazón masculino: ella sabe cómo ser o aparecer increíble. Ella ha sido, de hecho, la única mujer que me ha maravillado».

5

Llevaba varias horas encerrada en el sótano. Solo quería dibujar allí. Y solo retratos de Luisa Casati. Las miradas de la Marchesa inundaban las paredes de la pequeña habitación. Sus inquietantes ojos parecían observarla desde todos los ángulos. Pero ella no se sentía intimidada. Era como si se estuviera viendo en un espejo a través de la mirada de aquella mujer, cuya figura no podía dejar de reproducir una y otra vez. Mientras revisaba las paredes y retocaba aquí y allá con su carboncillo, pensó que a la Marchesa le habrían gustado sus dibujos.

—Nos hubiéramos llevado bien —se dijo.

Luisa se recordó a sí misma en los tiempos de la Facultad de Bellas Artes, cuando su ocio y su vida estaban entregados al arte, como lo estuvo toda la existencia de Luisa Casati. En aquel tiempo solía relacionarse más con compañeros que con compañeras, porque le parecía que ellas hablaban un lenguaje distinto al suyo. Pero eso no era óbice para que hubiera encontrado mujeres excepcionales en su vida, como su propia madre o como la pintora polaca Tamara de Lempicka, de quien había recibido algunas de sus influencias artísticas más determinantes. La artista, moderna, bisexual y ajena a las convenciones, se casó dos veces, tuvo infinidad de amantes y consiguió hacerse un nombre en el París de los años veinte. Se contaba que D'Annunzio la había intentado conquistar en repetidas ocasiones y que ella le dejó plantado, la última en Il Vittoriale, el palacio y ciudadela que el escritor poseía en Gardone Riviera, antigua propiedad de la familia Wagner. El poeta trató de seducirla con sus experimentadas técnicas, hospedándola en la habitación de Leda, la alcoba de la que, supuestamente, ninguna otra mujer había salido incólume. Decían que era una sala repleta de porcelanas chinas, filigranas de oro, pieles de animales salvajes y alfombras orientales, impregnada por un intenso perfume que desprendían unos pebeteros, en cuyo centro se encontraba el enorme lecho repleto de almohadones. Al parecer, el escritor invitó a la pintora con la excusa de que le hiciera un retrato, pero no dejó de cortejarla desde su llegada, de todas las maneras posibles. Incluso hizo que el acorazado Publia —rescatado y varado para siempre en su jardín— disparase salvas en su honor, además de regalarle vestidos y joyas. Pero no sirvió de nada. Tamara no cedió a los deseos del escritor, quien, desesperado, tras varias cartas sin respuesta, irrumpió una noche en la habitación de la pintora mientras dormía. Tamara de Lempicka contó más tarde que «Gabriele se convirtió en un huracán de palabras, caricias y súplicas...», pero ninguna de sus artimañas obtuvo el resultado deseado. Ella huyó de Il Vittoriale, dejando a D'Annunzio trastornado y hundido al pensar que su fracaso se debía a su vejez. Tenía sesenta y cuatro años. Lo extraño fue que Lempicka se marchó y no quiso volver a saber nada del vate, pero, de entre los regalos que él le ofreció, se llevó un anillo adornado con un topacio y jamás se lo quitó de su dedo anular.

Luisa recordaba todos los detalles de aquella historia que tanto la sorprendió al descubrirla, y también la escasa pero interesantísima obra, síntesis de cubismo, clasicismo y realismo, de Tamara de Lempicka. Entre sus cuadros más destacados se encontraba ese famoso *Tamara en Bugatti verde*, el autorretrato de la artista con el que recordaba la trágica muerte de Isadora Duncan —estrangulada cuando su largo chal de seda se enredó en una de las ruedas posteriores de su Bugatti—, uno de sus favoritos. Le sorprendía averiguar ahora que Luisa Casati y Tamara de Lempicka tuvieron un breve pero intenso idilio, disipado en muy poco tiempo por los enfrentamientos de sus egos, pero más aún darse cuenta de que, habiendo leído tanto sobre la admirada pintora, no recordaba haber reparado en la figura de la Marchesa. ¿Cómo era posible que la hubiera pasado por alto?

Tanto Luisa Casati como Lempicka guardaban muchas cosas en común con esa Luisa que ella había sido, que dejara atrás hacía tanto y que, en los tiempos de facultad, como les ocurriera tanto a la pintora y a la mecenas, contaba más amigos que amigas. Le costaba relacionarse con mujeres, porque ella, como Casati y Lempicka, pensaba y actuaba como por entonces solo se lo solían permitir los varones. Por eso sus anhelos profesionales no estaban domesticados, ni le asustaba el riesgo como a sus compañeras de sexo; es más, el peligro, que en aquel momento era tan «cosa de hombres», era lo que más le seducía. Sabía que su actitud transgresora provocaba en las mujeres cierta incomodidad que solía derivar en que la criticaran y la juzgaran. Pero a ella le daba igual. Su energía y creatividad desbordantes, presentes no solo en su pintura sino también en su vida, estaban por encima de juicios y rivalidades. Era consciente también de que cuando la tachaban de masculina, a modo de insulto, no era por su aspecto, ni por sus modales, sino porque entendía las relaciones sin ataduras, no quería que su vida estuviera organizada a largo plazo, era igual de ambiciosa en lo profesional que los hombres y, desde luego, le divertía el sexo tanto como a ellos. Unos rasgos de su personalidad que la convertían en un ser irresistible para los varones, que se quedaban cautivados por una mujer tan libre y que asustaba y enervaba a las que no se atrevían a serlo.

Sí, se parecía mucho a las grandes personalidades de los «felices años veinte» como Tamara de Lempicka, Coco Chanel o la propia Luisa Casati. Podía haber sido el prototipo de mujer que inspiraba las colecciones de la famosa diseñadora de moda: una *garçonne* que conducía, fumaba y bebía con despreocupación. Ella lo hacía mientras vivía tan deprisa como lo hicieran las más destacadas féminas en aquel loco periodo de entreguerras. Era, además, una de las pocas mujeres de su tiempo que no pensaba ni por asomo en casarse o siquiera en comprometerse. Deseaba ser libre para vivir y para crear, en el amor y en los lienzos. Le aterraban las relaciones convencionales y la vida ordenada. Quería exprimir cada instante de su existencia. Y sabía que para lograrlo necesitaba desarrollar ese don para la pintura con el que había nacido. Un don que no podía encerrar en una relación confortable porque requería alimentarse de emociones mucho mayores que la de construir una familia.

—¿Y los hijos? —le preguntaba por aquel entonces un Raimundo jovencísimo y siempre devoto de Luisa.

—Mis hijos serán mis cuadros —respondía ella, igual de joven que él, pero mucho más vehemente—. Dejaré el mundo repleto de mis sensaciones pintadas en cada lienzo. ¡Y tendré que pintar mucho para saber qué cuadros deben permanecer y cuáles desaparecer! Recuerdo que cuando ganaba los concursos de dibujo del colegio mi padre se empeñaba en enmarcarlos todos y exponerlos en casa, pero mi madre no. Ella los miraba uno por uno hasta que encontraba el que le gustaba. Entonces me decía: «Debes elegir, decidir cuáles son las obras importantes y cuáles no merecen la pena. Las tres cuartas partes de un trabajo bien hecho consisten en rechazar. Hay que ser crítico con uno mismo, y probar y probar hasta encontrar el camino. Todos estos dibujos son correctos, pero no provocan nada; sin embargo, este caballo —afirmaba con pasión señalando uno de los pintados— parece respirar como si estuviera vivo, como si se fuera a escapar al galope del lienzo. Consérvalo, haz que pertenezca a tu galería de obras escogidas». Mis obras serán mis hijos. No, de veras, no tengo instinto maternal, sé que no está bien visto confesarlo, pero yo necesito estrujar la vida y sacarle todo su jugo. Creo que los hijos precisan que se les dedique casi el alma entera. Y mi alma está entregada al arte por completo. ¿Qué harás, Raimundo? ¿Cómo crees que será tu vida?

—Yo no soy la estrella del curso como tú, Luisa —contestaba él desde la admiración hacia su amiga y la resignación de quien se sabe mediocre—. Y aún no sé si seré ese artista que todos soñamos ser o me convertiré en un brillante profesor en esta misma facultad. No me importaría. Me gusta el arte, me gusta la pintura, pero también enseñar las técnicas a otros para que puedan desarrollar su talento. Más si sé que ese talento es mayor que el mío y puedo lograr que se concrete.

—Mientras nosotros hacemos planes, la realidad escribe nuestra historia, Raimundo. Nadie sabe lo que nos deparará el futuro. El destino lo puede cambiar todo en un instante.

6

Luisa Casati, millonaria, exquisitamente vestida, provocadora hasta la extenuación, demasiado libre y, sin duda, diferente, ya se había convertido en una de las mujeres imprescindibles de la sociedad de la época. La reclamaban en todas las fiestas y era el centro no solo de la atención de todos, sino también de sus maledicentes cuchicheos mientras ella, imperturbable, continuaba el camino hacia su absoluta transformación. La Marchesa era el barro y D'Annunzio el escultor, pero al artista la propia obra se le iba de las manos. Su tan deliberada como evidente metamorfosis física, a la par que su cambio de conducta, sorprendían y satisfacían al escritor día a día. De la reservada y tímida mujer casada y madre había emergido otra cuya sofisticación y erotismo excedían incluso a los del Príncipe de la Decadencia.

Había tanto de oculto y sobrenatural en esa relación que ambos compartían que, en la rumorología oficial de la época, en los cotilleos de los salones y en las columnas de sociedad se especulaba con la posibilidad de que Luisa fuera una bruja o estuviera hechizada. Sucedía, en cambio, que ella estaba descubriendo la poderosa herramienta que significaba ser una persona audaz y extravagante y, al

tiempo, la libertad que suponía liberarse de la asfixiante máscara de la timidez. Además, comenzaba a desarrollar una especie de narcisismo que la protegía incluso de ser conquistada del todo por D'Annunzio.

Y justo era esta imposibilidad de poseerla por entero, completada con sus compatibilidades eróticas y estéticas, la que sostenía el perpetuo interés de este, que no solo hablaba de su pureza, sino que aseguraba que ella era tan única como el legendario unicornio. Luisa era tan distinta a las demás que no reclamaba su monogamia y, en cambio, prefería compartir ideas exóticas, sabores grandiosos o incluso juegos ocultistas a aceptar las tediosas reglas de una existencia convencional. La dama jugaba con las palabras y con esa estrambótica y cambiante belleza que le hacía parecer una mujer diferente cada vez y mantener vivo el interés de todos.

Ella era ella. Única y distinta, aunque cada uno de los elementos estéticos individuales de su estilo personalísimo, a partir del que configuraba su nueva manera de ser, estaban seleccionados con cuidado, a partir de los de las mujeres que más habían marcado su personalidad. Su pelo rojo era el de Sarah Bernhardt, y la cosmética macabra, de la princesa de Belgiojoso. Ella se quedaba con la influencia, pero la transformaba en parte de sí misma, no copiaba: «Jamás desees ser otra más que tú misma —solía decir—. Nadie quiere las copias, solo se desea a los originales». Ella reinterpretaba todos los estilos alternándolos y volviéndolos tan misteriosos como su propio temperamento. D'Annunzio se sentía cautivado por esa Marchesa tan seductora como impredecible. De hecho, como recogería el escritor Harold Acton en la segunda parte de sus memorias, *More Memoirs of an Aesthete*, el italiano se preguntaba, como Andrea Sperelli, el héroe de su exitosa novela *Il Piacere*: «¿Cuál es la esencia real de esta criatura? ¿Está protegida de su continua metamorfosis o es impenetrable para sí misma y está excluida de su propio misterio? En sus expresiones, ¿cuánto hay de artificio y cuánto de espontaneidad?».

Ni la propia Luisa lo sabía. Lo que sí notaba en su interior, según se iba transformado por obra y gracia de su intensa aventura con D'Annunzio, es que cada vez se sentía más fuera de su papel de esposa y madre y más asfixiada por el ambiente rancio y aburrido de la villa de Cinisello Balsamo. Tampoco estaba contenta ya con su residencia milanesa en la estrecha calle de via Soncino. La encontraba pequeñísima, casi ridícula en comparación con las grandes mansiones de sus vecinos, además de una auténtica abominación arquitectónica. Por eso estaba decidida a rediseñarla a una escala más palaciega.

Los planes de aquella reforma sostuvieron el interés de Luisa durante un tiempo y contuvieron su insatisfacción... Pero no demasiado. Pronto todo su foco de atención se concentró en las mansiones casi encantadas de aquella gloriosa ciudad de la que Gabriele hablaba sin cesar: Venecia. Para el poeta, Venecia era la perfecta comunión entre el arte y la vida, la ciudad que encendía su deseo, «un reino flotante de lujuriosa decadencia...», como la describiría, años más tarde, en su *Notturno*. Sus pormenorizadas explicaciones sobre la Ciudad de Agua eran tan apasionadas que Luisa no podía contentarse con solo escucharlas, necesitaba experimentarlas por sí misma. Sabía que ni siquiera las sugerentes palabras de su amante, por descriptivas que fueran, podían reflejar la realidad de aquella Venecia que cautivara desde su construcción, en 1462, a intelectuales tan ilustres de todos los ámbitos como Tiziano, Carlo Scarpa, Lord Byron, Wagner, John Ruskin o Ezra Pound.

D'Annunzio la sorprendía con sus relatos sobre Venecia, pero ella percibía algo más allá de sus palabras, que le atraía como un imán hacia ese milagro flotante que su amante veneraba: sentía en su interior que ella, tal vez en otra vida, ya había navegado con anterioridad por las aguas venecianas y que en Venecia podría suceder cualquier cosa. Y sucedió al respirar por primera vez el aire de la ciudad, a la que llegó del brazo de su escritor: Luisa no estaba en Venecia. Luisa era parte de Venecia.

Durante uno de sus primeros viajes a la Ciudad de Agua con D'Annunzio, Luisa, que recorría cada rincón con la emoción de una chiquilla en busca de nuevas sensaciones estéticas, descubrió una pareja de moros esculpidos en madera pintada y uniformados con brillantes turbantes y chaquetas de terciopelo; era muy frecuente verlos guardando las entradas de los palacios alineados en los canales. Ella adoraba las pieles doradas, tostadas y oscuras. Le parecían exóticas y atractivas. Aunque los hubiera preferido vivos y a su servicio, los adquirió, sin dudar, y los colocó en el vestíbulo de su apartamento milanés, como mágica señal de relación entre esa vivienda y la propia ciudad líquida. Buscaba así mantener algún entusiasmo por la renovación de la casa de la via Soncino; sin embargo, su fervor se extinguió en muy poco tiempo. Todo el interés de reconstruir su mansión milanesa quedó diluido en su obsesión cada vez mayor por Venecia.

Luisa ya no tenía tiempo para Milán. Su horizonte y sus anhelos se encontraban en Venecia y solo en Venecia. Ni siquiera la casa de Roma, que tanto reflejaba su personalidad, le aplacaba esa acuciante necesidad de formar parte de Venecia. Claro que, en Roma, el vecindario, que seguía considerando a la Marchesa una nueva rica a la que observaba con ciertas reservas, no ayudaba a que Luisa se encontrase demasiado cómoda.

De poco servía que todos aquellos romanos pertenecientes a familias de ilustres apellidos se sintieran epatados ante la opulencia y la distinción de su inigualable residencia e incluso que se quedaran hipnotizados al verla pasar, impecable, ataviada de blanco o de negro y adornada unas veces con algunas piezas de su magnífica colección de esmeraldas, y otras con sus interminables collares de perlas: no la consideraban de su misma estirpe. Y era muy poco probable que aquello llegara a suceder. Era demasiado distinta. Demasiado libre. Las mujeres de su entorno envidiaban su sensacional apariencia. Y su fama de mujer adúltera, que seguía corriendo como la pólvora por las columnas de sociedad de los diarios europeos, tampoco favorecía su integración en la hermética alta sociedad romana de la época. Se podía hacer todo, sí, pero a escondidas, en voz baja. La hipocresía, dueña y señora de las relaciones, no admitía conductas tan transparentes como la de Luisa Casati, y menos siendo ella una mujer cuya fortuna procedía del ámbito industrial. «Dinero nuevo», criticaban entre dientes, pero luego no eludían ninguna de las celebraciones de la Marchesa porque sabían que no faltaría de nada —más bien sobraría de todo— y ellos volverían a poder criticar después de disfrutar de los agasajos.

Toda esa disparidad de comportamiento de Luisa, tan libre —libertina decían algunos—, sí propiciaba su relación, cada vez más intensa y divertida, con innumerables artistas. Tenía una especie de imán para ellos, no solo por su insólita e inspiradora presencia, sino por esa capacidad para comprender y admirar el arte que demostrara desde niña.

Poco antes de trasladarse a Roma, en 1906, la Marchesa conoció a Alberto Martini, un pintor, escultor e ilustrador trevisano, pálido y de aspecto melancólico, cinco años mayor que ella y muy bien establecido en los círculos italianos artísticos, en los que se le reconocía por el erotismo grotesco y macabro de sus dibujos en lápiz y tinta. Ambos compartían una extraordinaria fascinación por el arte, por lo oscuro, por lo distinto y, sobre todo, por Venecia, que les unió de inmediato.

Al mismo tiempo, la Marchesa trabó amistad con Filippo Tommaso Marinetti. Se trataba de un abogado, nacido en Alejandría y criado en Italia, que acababa de abandonar las leyes por las letras y de crear el futurismo. Para instrumentar esa innovadora corriente Marinetti fundó la revista internacional *Poesía*, en colaboración con el autor Sem Benelli, que se convirtió en la herramienta del movimiento y cuyas portadas, por obra y gracia de Luisa Casati, ilustró Alberto Martini, cada una con un color diferente.

La Marchesa, que se interesó con rapidez por ese submundo cultural tan creativo que representaba el futurismo, fue quien puso en contacto a Marinetti y a Martini. Los presentó en uno de sus bailes y los convenció de que colaboraran. Los dos se entendieron con rapidez, lo que satisfizo sobremanera a la Marchesa, quien gustaba de relacionar artistas entre sí además de descubrirlos y patrocinarlos. Presumía de confraternizar tanto con «talentos» consolidados como emergentes de todos los ámbitos, con los que ejercía de mecenas, trababa amistades duraderas y, en ocasiones, sostenía alguna relación amorosa puntual.

Sus conocimientos sobre arte y su incontestable intuición hacían que los artistas prestaran especial atención a sus opiniones que, además, sabían formadas gracias a la permanente contemplación del arte. Precisamente para aumentar sus conocimientos artísticos, Luisa acudía con regularidad a casi todas las exposiciones que se exhibían en Roma, Londres o París y, también, visitaba con asiduidad los más renombrados museos de las dos últimas ciudades —la National Gallery y el Louvre—, donde observaba con enorme detenimiento una y otra vez las obras de sus colecciones permanentes, además de contemplar las exposiciones temporales.

Detrás, no de la innegable capacidad para admirar y entender el arte de la propia Luisa, pero sí de su acercamiento a los artistas, casi siempre se encontraba D'Annunzio, que era quien solía presentárselos y por quien todos sentían una desmedida admiración. De hecho, el propio Marinetti desarrolló la mística del superhombre, inspirada en Gabriele D'Annunzio, antes de que este le introdujera a Luisa Casati; y sería a través de D'Annunzio como la Marchesa conocería también, durante otra de sus estancias en Venecia, al autor de uno de sus más famosos retratos, el primer artista que recogería el perfume de su alma en un lienzo, Giovanni Boldini.

Corría el año 1908 cuando Luisa regresó a Venecia al recibir la llamada de su amiga Ernesta Stern. La riquísima baronesa judía le comunicó que había encontrado para ella exactamente lo que estaba buscando: un palacio veneciano ubicado sobre el canal. La Marchesa dio rienda suelta a su desbordante imaginación y pronto empezó a fantasear con aquel palacio en el que podría pasar largas temporadas en la ciudad flotante y organizar sensacionales bailes de salón. Desde el mismo momento en el que la baronesa le habló del palacio y le dijo que requería una reforma casi total, Luisa comenzó a imaginar un escenario, diseñado por ella con meticulosidad, en el que recibiría no solo a los personajes más distinguidos y adinerados de la alta sociedad, sino también a todos esos artistas bohemios con quienes conectaba mucho mejor que con sus rancios vecinos romanos, tan apegados a las normas y a las convenciones.

Nada más llegar a Venecia, antes incluso de acercarse a ver ese palacio que ya ocupaba de continuo una parcela de su mente, Luisa acudió a una cita con Gabriele D'Annunzio. El escritor la había invitado a desayunar en el hotel Daniele, así que ella debía seleccionar con esmero su vestuario para dejarle tan conmocionado como de costumbre. Eligió un atuendo por entero negro, muy poco habitual en la época fuera de los funerales, que aligeró con uno de sus larguísimos collares de perlas.

Al llegar a la cita, la Marchesa vio que D'Annunzio no la esperaba solo. Le acompañaba un hombre de sesenta y tantos años, bajito y regordete, con un llamativo bigote gris y una abultada nariz sobre la que se sostenían unas gafas redondas. Luisa saludó primero a D'Annunzio y después se acercó a su acompañante para ser presentada, pero, al hacerlo, su collar de siete metros se enredó en el respaldo metálico de una de las sillas y las perlas cayeron como gotas de lluvia sobre el pavimento. Luisa no dudó en arrodillarse para recogerlas, mientras el extraño también se ponía a gatas para ofrecer su ayuda: «Corrimos bajo las mesas para recuperar las perlas y bajo una de ellas fue donde me encontré cara a cara con ella y vi por primera vez de cerca sus inmensos ojos». Esas fueron las palabras de ese extraño, que quedarían recogidas con posterioridad en la biografía que sobre él escribió Dario Cecchi. Se trataba del primer retratista de la sociedad de entonces: Giovanni Boldini.

El comportamiento de la Marchesa, impropio de una dama, persiguiendo a cuatro patas sus perlas por debajo de las mesas cautivó al pintor. Aquella instantánea devoción, meramente platónica, se traduciría más tarde en un espléndido retrato de la Marchesa, que se realizaría en el estudio parisino de Boldini y que requeriría de la presencia de Luisa Casati durante meses en la Ciudad de la Luz.

7

—«En Venecia puede suceder cualquier cosa» —releyó Luisa en voz alta, acompañando la frase de un largo suspiro.

Ahora que Venecia formaba de nuevo parte de su vida a través de la historia que estaba descubriendo de Luisa Casati, los recuerdos dormidos volvían a aflorar. Venecia era uno de sus destinos preferidos. Le recordaba a su madre. Ellas habían sido siempre grandes cómplices y amigas además de madre e hija, pero nunca lo fueron tanto como en Venecia. Su madre era una apasionada del arte y, al igual que ella, se emocionaba contemplando las magnas obras de pintura, escultura y arquitectura de la Ciudad de los Canales.

Al recorrer la Academia de Bellas Artes para disfrutar de los tesoros de la pintura veneciana clásica, ambas mujeres compartieron su fascinación por la incomparable luz de Venecia.

—Es increíble cómo recogen la luz en sus lienzos los pintores venecianos —se admiró Luisa mientras se extasiaba frente a un espléndido paisaje de Canaletto.

—No es extraño teniendo en cuenta la realidad que tienen que copiar, ¿no te parece? —dijo su madre—. La luz veneciana es aún más impactante fuera de los cuadros, cuando ilumina todos esos edificios casi sobrenaturales que se levantan sobre la apabullante naturaleza. Resulta tan extraordinario contemplarlos que hasta se siente la presencia divina. ¿No crees, Luisa, que viendo las obras del hombre en Venecia uno se siente mucho más cerca de Dios?

Luisa miró a su madre sorprendida. Siempre le admiraban sus pensamientos, sus ocurrencias, su manera de entender la vida. Era mayor que las madres de sus amigas, porque se había casado más tarde que ellas, pero mucho más interesante. Estudió Filosofía y Letras en un tiempo en el que pocas mujeres estudiaban carreras universitarias y viajó por medio mundo, primero con su familia —su padre, diplomático de carrera, había sido embajador en diversos destinos— y luego sola, por el empecinamiento de conocerlo todo de primera mano, para poder comprenderlo mejor. Al volver de su solitario periplo se examinó e ingresó como profesora en su universidad, donde permaneció impartiendo la asignatura de Estética durante muchos años. Las clases y los artículos en prensa fueron su vida profesional hasta que, tardíamente, ya con sus hijas a punto de comenzar sus estudios universitarios, se decidió por fin a cumplir uno de sus sueños de infancia: escribir. Con su primera novela logró una enorme consideración literaria y, al tiempo, un éxito de ventas por completo inusual. A partir de ese momento decidió entregarse en cuerpo y alma a la literatura y consiguió hacerse un hueco en el intrincado mundo de las letras españolas. Era una mujer culta, moderna, atractiva y diferente, a la que Luisa admiraba sin fisuras.

—Es cierto, mamá —dijo tras un rato de reflexión—. Esta obra parece más divina que humana. Y ¿sabes? Es tan magna que me aterra solo el soñar en compararme con sus artífices. ¿De verdad crees que conseguiré ser artista? ¿Que lograré que alguna de mis obras emocione tanto como para hacer pensar en la inspiración divina?

Su madre esbozó una blanquísima e inmensa sonrisa.

—No me cabe ninguna duda. Como tampoco que te costará un enorme esfuerzo. Lo importante en la vida es encontrar aquello que uno ama y, a partir de ese momento, dedicarle todas las horas que sean necesarias. Lo mejor, incluso, es conseguir que las horas de ocio y de trabajo casi no se distingan, que el trabajo forme parte del ocio y el ocio del trabajo, y que se disfrute del mismo modo en ambos lados de la vida. Y tú ya lo haces. El arte es aquello a lo que tendrás que dedicar más tiempo y más empeño, pero también lo que más amas y lo que más te complace.

—Sí, pero... —interrumpió Luisa.

—¿Y si no tuvieras realmente un don? —preguntó su madre, antes de que terminara la frase, adivinando sus pensamientos—. Lo tienes. Lo sé. Lo he visto. Estate tranquila, pero también alerta. Necesitarás todas esas dosis de adrenalina que favorecen las dudas mientras creas y corriges una y otra vez lo creado, hasta encontrar satisfacción, si no plena (el artista nunca la halla), al menos suficiente como para aplacar tus ansiedades.

Todas las conversaciones de aquel viaje se atesoraban en el pensamiento de Luisa. Recordaba también con especial nostalgia ese momento en el que su madre la invitó a descubrir el que, a partir de entonces, se convertiría en su cóctel favorito, el spritz.

—Tienes que probarlo —le insistió su madre en cuanto llegaron al Caffè Florian, en la plaza de San Marcos.

—¿Un cóctel ahora, mamá? —preguntó ella casi a modo de queja—. ¡Si estaba por pedir un cappuccino! ¡Aún no es ni la una!

—Da igual, confía en mí —aseguró Ángela con su habitual entusiasmo—. No se puede venir al Caffè Florian y no pedir un spritz. Además, es un cóctel perfecto para el aperitivo.

—¿Y qué lleva, si puede saberse?

—En su origen no era más que vino blanco con agua con gas o soda. Más tarde los venecianos comenzaron a añadirle Aperol o Campari, para teñir la mezcla de un rojo suave y proporcionarle un toque amargo. Una rodajita de limón, de naranja o una aceituna, según los gustos de cada barman, ¡y ya está!

En cuanto llegaron los spritz, Ángela le ofreció uno a su hija.

—Pruébalo y dime qué te parece.

Luisa levantó el brebaje rojo y brillante y miró a través de él. El universo parecía haberse detenido en su copa, y la magia de Venecia invadía cada una de las burbujas que ascendían por ella. Lo probó. Notó ese sabor ligeramente amargo crepitando en el paladar, y se sintió veneciana.

—¡Me encanta! —confesó entregada.

—Lo sabía —dijo su madre complacida. Y añadió—: no sé si lo tomaría Casanova, pero sí que traía aquí a muchas de sus conquistas, porque el Florian fue el primer café de toda Italia en el que se permitió la entrada a las mujeres. Aunque él, que quizá es el veneciano más conocido del mundo junto a Marco Polo gracias a la película de Fellini, no ha sido la única celebridad que se ha sentado en estos mismos sillones de terciopelo rojo que ahora ocupamos nosotras. Venecia ha acogido en su seno a millares de artistas de todas las épocas, y el Caffè Florian, también: Byron, Goethe, Proust, D'Annunzio, Rousseau, Modigliani y muchos más, incluida mi hija Luisa quien, muy pronto, se convertirá en una reconocida pintora. Dentro de algún tiempo, cuando alguien recuerde los artistas que visitaron el Florian, dirá: «Y, además, pasó por aquí la gran pintora Luisa Aldazábal».

—No te rías de mí, mamá —se quejó Luisa dispuesta a apurar su delicioso spritz.

—No me río —contestó su madre poniéndose seria—. Lo creo. Y tú también debes creerlo. No se puede alcanzar la luna si no se cree que se puede lograr —y añadió, dibujando de nuevo una de sus interminables sonrisas—: Sé que tú vas a alcanzar la Luna, y para que lo consigas nada mejor que la inspiración de Venecia, donde todo es posible, donde todo se mezcla y todo se renueva. Mira —dijo sacando un libro de su bolso y entregándoselo a su hija—. Te he traído un regalo que tal vez te servirá de inspiración. Quería habértelo dado mañana, cuando fuéramos a comer a la pensión Calcina, donde el autor pasó varias de sus estancias en Venecia, pero creo que ahora es el momento.

Luisa tomó el ejemplar entre sus manos y leyó en voz alta el título y el nombre de su autor: *Las piedras de Venecia*, de John Ruskin, y a continuación miró a su madre esperando una explicación.

—Ruskin fue un artista extraordinario —afirmó Ángela con convicción—. Y también un ser humano excepcional. Escritor, sociólogo, crítico de arte..., todo un maestro de la prosa inglesa. En este libro, que escribió tras sus estancias en Venecia, desarrolla buena parte de sus ideas estéticas. Creo que te gustará. He señalado una página para que la leamos juntas.

Luisa buscó inmediatamente la página marcada y leyó en voz alta:

—«Allí, durante diez siglos, los deseos de los hombres han sufrido la metamorfosis del mar; allí sus mentes se han dado encuentro viniendo del este y del oeste, y las corrientes de cien naciones se han reunido en un apretado torbellino, donde una gloria siempre nueva emerge de la espuma: el severo pisano y el soñador griego y el árabe inquieto, el lánguido otomano y el poderoso teutón; allí, la paciencia de la temprana cristiandad y el entusiasmo de la superstición medieval, y el fuego de los antiguos y el racionalismo de los infieles recientes, todos han encontrado su trabajo, y todos su tiempo. Allí han sido esculpidos los mármoles de mil montañas, cada una por quienes vivían a los pies de sus laderas, y las ofertas de mil islas se han reunido en una nube de incienso y de esta máscara y danza moruna de reinos y épocas surgió la salvaje armonía del mar, la más dulce que el alma humana haya podido concebir».

¿Dónde estaría ese libro de Ruskin?, se preguntaba Luisa ahora que los recuerdos de esa Venecia compartida con su madre inundaban sus emociones. ¿Dónde aquellas sensaciones de entonces?, ¿dónde aquellos «hombres que han sufrido la metamorfosis del mar»? Ahora le tocaba a ella transformarse y volver al camino que un día abandonara.

¿Y ser artista? Tal vez, más de veinte años después, superadas las tragedias, era el momento de volver a intentarlo, de recuperar la confianza en su capacidad para realizar sus anhelos y descubrir, por fin, si ese don en el que tanto creyó su madre era real o no. Estaba en el mejor de los caminos para lograrlo. Ese que aparecía en su imaginación, flanqueado por la figura de una mujer entusiasta y luchadora como fue su madre, y la de otra, apasionada y caprichosa, como fue la Marchesa Casati.

Para Luisa ambas tenían varias cosas en común: las dos eran enérgicas, creativas, distintas y, por encima de todo, ninguna renunciaba a sus ambiciones. Si su madre consiguió ser escritora como siempre había querido y Luisa Casati logró ser una obra de arte viviente como era su deseo, ¿por qué no podía ella también alcanzar su sueño, amparada por el recuerdo de esa inquebrantable fe de su madre que un día le hizo creer no solo que sería artista, sino que tenía la obligación de serlo, que no podía ser ninguna otra cosa?

Luisa tomó uno de los libros sobre la Marchesa que le había dejado Raimundo, lo abrió y volvió a sumergirse en sus páginas y en la vida de su homónima.

8

Luisa regresó a su casa de Roma exclusivamente para preparar su equipaje y comunicar a su marido que se marchaba a París.

—¿Será muy largo esta vez tu viaje?

—Creo que sí —contestó ella—. De momento me voy a vivir allí y no sé cuándo volveré.

—¿Y lo consideras correcto?

—Mi querido Camillo, ¿qué es lo correcto? ¿Tú lo sabes? ¿Alguna vez hemos hecho lo correcto?

—Tenemos una hija de siete años.

—Que se puede quedar perfectamente con su espléndida institutriz. Y estás tú, que tal vez encontrarás un rato para dedicarle a Cristina cuando no estés divirtiéndote en tus cacerías.

Camillo miró al suelo. Su educación le impedía montar una escena y, además, ya estaba acostumbrado a los caprichos de Luisa. Por otra parte, la vida que llevaba su mujer le importaba poquísimo y lo único que le interesaba realmente era el campo. Sin embargo, no le resultaba en absoluto divertido saber que el adulterio de su mujer corría de boca en boca... Aunque era consciente de que poco podía hacer: ella siempre haría lo que quisiera.

—¿Qué vas a hacer allí, Luisa?

—Me voy con Boldini. Me quiere retratar y no puedo desaprovechar la oportunidad, ¿no crees?

—¿Será este el amante que releve al anterior? —se atrevió a preguntar sin atreverse a mirarle a los ojos.

—Querido, me resultarían divertidos tus celos si no fueran tan vulgares. Claro que sé que no son celos, sino algo relacionado con ese honor de los antiguos linajes, ¿no? En todo caso, no debes preocuparte, Boldini tiene sesenta y cinco años y está más para pintar que para amar. Creo que solo tendremos una relación platónica. Todo quedará en un cuadro.

Luisa hablaba con su marido casi sin mirarle mientras acariciaba a uno de sus enjoyados galgos negros. Pero de pronto se levantó y se acercó hasta él clavando sus iris verdes en la mirada del marqués.

—Camillo, no quiero hacerte daño, lo sabes. Pero no puedo consentir que ahora te quejes de nuestro pacto sin palabras. No hay nada entre tú y yo, más que respeto y dinero.

—¿Respeto? —repitió Camillo alzando ligeramente la voz—. ¿Crees que el respeto es convertirme en el cornudo más famoso de Italia?

—También te convertiré en el marido de una obra de arte viviente. Dame tiempo.

—Estás loca, Luisa —repuso él.

—Es cierto, estoy loca. A los ojos de personas como tú, las personas como yo estamos locas. Pero yo adoro esta locura, Camillo. Y detesto tu cordura.

Esa sería la última conversación del matrimonio en mucho tiempo. A las pocas horas de producirse, Luisa partió para París dispuesta a convertir el hotel Ritz en su casa. Corría el otoño de 1908 cuando el lujoso establecimiento abrió sus puertas a la Marchesa Casati. Su llegada, sola, siendo una mujer casada y madre, no pasó desapercibida entre la clientela que, además, conocía su relación extramatrimonial con D'Annunzio, ya pública prácticamente en toda Europa. Algunos incluso esperaban que el escritor apareciera tras ella y que ambos se alojaran juntos sin ningún tipo de disimulo. Sin embargo, Gabriele no podía alejarse de Roma, donde se encontraba saboreando el triunfo de su nueva obra teatral, *La nave*. Allí, en la Ciudad Eterna, también estaban el marido y la hija de Luisa. Los tres habían sido «abandonados», a decir de los chismógrafos oficiales, por esa mujer, que, además de adúltera, era una madre negligente.

La Marchesa y sus extravagantes comportamientos comenzaron a ocupar la mayor parte de las conversaciones del lujoso hotel. Se hablaba de su romance con el escritor, de sus formidables atavíos, de su supuesta anorexia, de su extraña conducta. Cada vez que atravesaba el lobby a paso ligero, dejando la estela de su inconfundible perfume, el bar del Ritz hervía en murmuraciones. Se cuchicheaba en voz baja que Luisa y su marido habían llegado a un acuerdo de lo más amoral, por el cual él transigía con sus infidelidades, además de con todos sus caprichos artísticos, fuera cual fuese su precio, a cambio de poder entregarse en cuerpo y alma y sin ningún tipo de preocupaciones económicas a sus amados perros y caballos. Así, cada miembro de la pareja se ocupaba exclusivamente de sus propios asuntos.

Pero ¿y Cristina? La hija olvidada. La hija abandonada. Ni su padre ni su madre tenían tiempo para ella. Luisa ni siquiera pensaba si la niña la echaba de menos mientras firmaba los talones con los que pagaba generosamente a su estricta institutriz. Además, de vez en cuando su hermana Francesca se quedaba con la pequeña. No había por qué preocuparse. O si lo había, ella no tenía tiempo ni ganas para tal preocupación, por mucho que su proceder le granjease las más encendidas críticas sociales. A Luisa no le afectaban ni los comentarios ni los juicios. Su moral, o su falta de ella, estaba construida de un material distinto al del resto de los mortales. Tal vez era el reflejo del cinismo de D'Annunzio, todo un maestro en la materia, que ahora ella emulaba a la perfección; de hecho, incluso le divertía generar tanta conversación mientras se dedicaba a hacer realidad el mayor de todos sus anhelos: convertirse en una obra de arte viviente.

En su primera entrevista, Boldini recibió a la Marchesa con enorme entusiasmo en su estudio, La Villetta Rosa; y no era raro, porque al gran placer que suponía para él pintar a una mujer de una belleza tan particular como la de Luisa tenía que sumarle el incentivo de cobrar veinte mil francos por su retrato. Era un aliciente más con el que el pintor ni siquiera había contado, según decían algunos, o que tenía más que previsto, según otros, que subrayaban su excesivo amor al dinero.

Lo cierto es que él no trabajaba jamás sin cobrar, e incluso solía pedir más bien veinticinco mil francos que veinte mil. ¿Por qué no iba a hacerlo si Caruso, el tenor de moda, ganaba dieciséis mil cada noche? En todo caso, la Marchesa no puso reparos en pagarle la cantidad acordada, al parecer con un descuento de cinco mil francos.

—El arte se paga, mi querido amigo —le dijo Luisa al entregarle la cantidad por adelantado, el mismo día que pisó por primera vez el estudio del artista.

El pintor se figuraba que la joven y bella Marchesa no se vestiría igual que las demás para posar para él, pero aun así se sorprendió al verla llegar tan radicalmente distinta a cualquiera de sus modelos. Normalmente, sobre todo las mujeres, elegían colores claros y vestidos sencillos, pero Luisa apareció ataviada como si fuera a acudir a un elegante funeral, con un larguísimo vestido de satén negro diseñado por el modisto más famoso de todos los tiempos, Paul Poiret, y tocada con un inmenso sombrero del mismo color. Todo era negro: el vestido, el sombrero, los complementos..., todo menos la piel blanquísima de Luisa, sus ojos verdes esmeralda y un ramo de violetas de seda, que llevaba prendido en su minúscula cintura. Luisa había elegido ese único complemento de color, además de un largo collar de malla en plata y unos larguísimos guantes blancos, no solo por resultar una combinación enormemente chic, sino por la condición del color morado de alivio del luto, casi de triunfo de la vida sobre la muerte. Junto a ella también quedaría retratado a su lado, con su característico collar joya, uno de sus galgos. El de color negro, como cabía esperar.

Las sesiones de posado se desarrollaban entre los canturreos operísticos de Boldini, gran aficionado a este arte, y los cotilleos sobre la aristocracia, que al pintor le entusiasmaba comentar. Mientras iba una y otra vez del lienzo a la artista y de la artista al lienzo, Boldini ponía al día a Luisa sobre cuanto acontecía en el «todo París». El pintor poseía un carácter repleto de lo que se consideraban rasgos femeninos, lo cual resultaba desconcertante en un hombre cuya vida estaba marcada por los amores a distintas mujeres. Por entonces, a sus sesenta y cinco años y tras una fallida boda con Alaide Banti, hija de su amigo el pintor Cristiano Banti, con quien, pese a la petición de mano y a su disposición, al final no pudo contraer matrimonio —ella eligió a otro—, sostenía una relación con una de las señoras de la alta sociedad parisina, madame Joss de Couchy, a quien también había retratado.

Dado el talante seductor de Boldini y la fama de ligera de cascos de Luisa, su entorno pensó que entre ambos acabaría por surgir algún tipo de relación amorosa, pero se equivocó. Luisa admiraba mucho a Boldini, pero no sentía ninguna atracción por él, tal vez porque tenía treinta y nueve años más que ella. Y el artista, por su parte, aun siendo devoto de la Marchesa, solo pretendía su amistad, que duraría muchos años, pese a verse empañada por algunos problemas. Una amistad que se iba forjando día a día entre el artista y su modelo a mucha mayor velocidad de la que se concretaba el retrato.

La pintura no avanzaba lo que debía. Luisa deseaba fervientemente ser inmortalizada por Boldini, pero le aburría tanto la inmovilidad que a cada poco se levantaba y revisaba los otros cuadros del estudio. En uno de los óleos, la Marchesa reconoció al capitán neoyorkino Philip Lydig y a su esposa, la neoyorquina de origen cubano-español Rita de Acosta. Representaban a la élite de la clase social emergente estadounidense.

Luisa miró el cuadro con envidiosa admiración. Había oído hablar de Rita de Acosta. Una de sus hermanas, Mercedes, guionista de cine, era la amante de Greta Garbo —y con posterioridad lo sería de otras mujeres célebres, entre ellas Marlene Dietrich—, y otra de ellas, Aida, había sido la primera mujer en volar en avión propulsado en solitario con tan solo diecinueve años. Rita se casó en primeras nupcias con el multimillonario William Earl Dodge Stokes, con quien tuvo un hijo, pero pronto solicitó el divorcio. Durante el amargo proceso se supo que el marido solía golpearla y, tal vez a consecuencia de ese desgraciado hecho, Rita consiguió como respuesta a su demanda una cantidad récord para la época: dos millones de dólares. Después contrajo matrimonio con el capitán Lydig, un oficial retirado de la Armada de los Estados Unidos de quien se separaría años más tarde.

Luisa sabía bien que Rita de Acosta, a quien algunos consideraban la más pintoresca mujer de América, era una competidora en esa sociedad a la que ella pretendía conquistar. Rica, aunque no tanto como la Marchesa, también proclive a gastar grandes sumas de dinero en moda y en arte como ella, solía viajar a París, donde siempre se hospedaba en el Ritz, con su peluquero, su masajista, su chófer, su secretaria, su doncella... ¡y cuarenta baúles de Louis Vuitton! Además, había sido ya retratada por diversos artistas, y en el brillante París de la época, repleto de ellos, se relacionaba con algunos de los más destacados, como Rodin, Duse o Yvette Guilbert. Impresionada por su innato espíritu creativo, Isabella Stewart Gardner, la gran coleccionista y creadora del Museo Gardner en Boston, le preguntó a su común amigo, el pintor John Singer, quien la inmortalizó en un singular retrato, por qué Rita jamás se había expresado artísticamente —aunque más tarde escribiría la novela *Mansiones trágicas*—, a lo que él contestó: «¿Por qué habría de hacerlo? Ella es arte en sí misma». Demasiados paralelismos como para que a Luisa Casati no le inquietara su presencia en un cuadro de Boldini.

—¿Cómo se llama este cuadro? —preguntó la Marchesa con interés.

—*El paseo por el bosque* —respondió el pintor—, ¿te gusta?

—Son elegantes —concedió Luisa más atenta a los retratados que a la propia pintura—. Los conozco, desde luego. Ella es una mujer muy particular.

—Así es. Quiero que tanto el cuadro de los Lydig como tu retrato sean el centro de atención del próximo Salón de París. Dos reinas de la sociedad como Rita de Acosta y tú para el salón de arte más de moda del mundo entero. Creo que no se hablará de otra cosa.

Luisa se desencajó. No le gustaba en absoluto que le comparasen con nadie, y menos con una mujer como aquella, distinta de todas esas esposas vaciadas de personalidad por sus maridos y por las convenciones.

—Te aseguro, Boldini, que mi retrato dejará huella —afirmó con absoluta convicción.

—Si lo acabamos, querida, si lo acabamos... —repuso el pintor con cierta ironía—. Porque siempre llegas tarde.

Luisa tenía tantos compromisos en París, y aborrecía tanto quedarse quieta, que no encontraba el momento para plantarse frente al pintor. Además de sus frenéticas jornadas de compras, la Marchesa no faltaba a sus citas con la actriz francesa Cécile Sorel, que con tanto éxito había representado el papel de su admirada Sarah Bernhardt y con la que Luisa inició una curiosa relación que, según algunos, traspasaba el umbral de la amistad.

Uno de aquellos días, Luisa convidó a su amiga a un almuerzo en Larne, uno de los mejores restaurantes de París, situado en la calle Royale, arteria que, desde la plaza de la Madeleine, conducía a la muy cercana plaza de la Concorde. La Marchesa visitó tres o cuatro tiendas antes de acudir al almuerzo y, en una de ellas, compró un delicado ramo de lilas para la actriz, que le entregó con más que sospechosa devoción. Cécile Sorel lo recibió sin parar de hablar de moda, de hombres o de cualquier otra cosa que no fuera teatro, mientras revisaba cuanto ocurría a su alrededor a través de los espejos colgados sobre las paredes blancas y doradas del restaurante. La actriz quería saber cuanto sucedía en las otras mesas. Sabía que muchas de ellas estaban repletas de admiradores de su trabajo y de su elegancia, y le complacía que guardaran silencio para escuchar sus palabras, aunque fuera desde la distancia. Incluso la propia Marchesa Casati, aún en proceso de superación de su timidez, estaba impresionada por el comportamiento, la locuacidad y sobre todo por la manera de vestir de la actriz, que valoraba por encima de su talento interpretativo. A la Sorel le encantaba encandilar a una mujer de tan reconocido estilo como Luisa Casati, y no dudaba en alabar también, en respuesta a los elogios de la Marchesa, su innegable instinto natural para lo teatral. Ambas quedaron tan satisfechas con sus mutuas gentilezas que el almuerzo no solo resultó un éxito, sino que fortaleció la incipiente amistad entre las dos mujeres, que duraría más de dos décadas.

Tanto compromiso social, sin embargo, retrasaba la conclusión del retrato de Luisa. Aún tendrían que pasar muchas semanas más para que el pintor considerara su trabajo terminado por completo y viera complacida su autoexigencia. La Marchesa, mientras, aprovechaba las horas y los minutos en ese París que tanto le divertía y que tan caro le costaba: gastaba a diario una pequeña fortuna en todo tipo de compras y en diferentes extravagancias tales como disfrutar de interminables veladas regadas por los más excitantes licores, incluida la absenta, también conocida como «hada verde», cuyos efectos sobrepasaban lo etílico y se convertían en narcótico, no se sabe si debido a su graduación de más de setenta grados o a otros poderes que le otorgaban algunos artistas. Según ellos, ese líquido verde era tan mágico que suponía una vía directa al delirio más creativo.

La Marchesa, entretenida y divertida en París, no volvió a Roma hasta Año Nuevo. Y esa larga estancia en la capital francesa no hizo sino confirmar la desintegración de su relación con Camillo Casati y la total desatención a su hija Cristina. A quien no había abandonado en esos meses en París era a Gabriele D'Annunzio, con el que seguía intercambiándose cómplices cartas. Pero el escritor no vivía sus mejores momentos. De hecho, la vuelta de Luisa a Roma coincidió con dos enormes fracasos del poeta: la producción de *Fedra* y la desafortunada presentación de su propia agua de colonia, Aqua Nunzia. La Marchesa trató de ayudarle por todos los medios y adquirió una gran cantidad de frascos de aquel perfume lacrado, pero no fue suficiente.

Esos dos varapalos profesionales y financieros obligaron a D'Annunzio a autoexiliarse en la Ciudad de la Luz para escapar de las críticas y, sobre todo, de sus acreedores. Allí, donde pocos meses después, el 14 de abril, el Salón de París abriría sus puertas, se reencontró con una Luisa nerviosa y debutante como protagonista de un cuadro expuesto en una muestra de tal envergadura. Cientos de lienzos de diversos tamaños y firmados por los artistas más reconocidos recogían pinturas de distintos estilos. Desnudos provocadores y sensuales, paisajes anodinos, retratos formales, bodegones clásicos y hasta alguna revolucionaria muestra del incipiente arte abstracto, aún poco aplaudido por la crítica, convivían en aquella exhibición de calidades desiguales. Entre decenas de obras de escaso interés destacaban dos del mismo artista: el retrato de Luisa Casati y el del matrimonio Lydig, ambos de Boldini.

El pintor, enfermo en la cama, no pudo acudir y se perdió la reacción unánime del público y la crítica, que hubiera satisfecho su vanidad. Podía sentirse orgulloso de la espectacular acogida de sus obras. De entre las dos, ambas celebradas, la que más sorpresa causó y mejores críticas se llevó fue la de la Marchesa. Los temores de Luisa de verse ensombrecida por la ilustre Rita de Acosta Lydig desaparecieron en cuanto percibió que la repercusión de su cuadro estaba siendo aún mayor que la del retrato de sus «rivales». La obra *La joven mujer con galgo*, calificada por muchos de misteriosa y por algunos hasta de tenebrosa, despertó de inmediato una enorme curiosidad. Los comentarios se sucedían: «¿Quién es la protagonista?», querían saber unos. «Esa mirada agresiva de la modelo ataviada de ese color negro sugiere un halo demoniaco», opinaban otros. Todo el mundo quería conocer detalles de la identidad de aquella joven mujer con el galgo, mientras las reseñas se sucedían. De entre ellas, probablemente la más impactante fue la del crítico de arte Arsène Alexandre, que escribió en *Le Figaro*:

Hoy el talento de Boldini ha alcanzado su clímax. No temo escribir que el retrato de la Marchesa Casati es la más bella pieza de pintura pura de todo el Salón. Paradójicamente, el artista obtiene su verdadera grandeza de lo que en arte parece justamente el enemigo de esta: la marcada negación de las líneas. La armonía del negro y el violeta es de una extraordinaria fuerza. Me recuerda a la técnica de los viejos maestros. El viejo Tintoretto nunca pintó unos negros más hermosos; Goya nunca investigó de manera más sugerente el enigma de un bello rostro. La cara de la Marchesa es extraña. Hay algo casi de brujería en sus grandes ojos que lanzan fuegos cruzados, en ese semblante de anti-Gioconda que corona el largo signo de interrogación de su cuerpo enfundado en satén negro...

Luisa estaba emocionada con tan tumultuosa recepción de su retrato. Nunca un pequeño capital —ínfimo para una mujer de tan extensa fortuna—, apenas veinte mil francos, podía haberse invertido mejor. A la suprema mención de *Le Figaro* había que sumar, además, diversas críticas de los más variados medios, entre las que se incluían los versos, bastante mediocres, del conde Robert de Montesquiou, reconocido esteta, cuya opinión siempre resultaba relevante entre la intelectualidad parisina y en especial importante para Luisa Casati, que conocía su amistad con D'Annunzio.

La Marchesa se sentía feliz. Sin embargo, su alborozo se nubló al comprobar que, a excepción de la revista de moda *Femina*, ningún periódico reproducía su retrato, mientras que, en muchas de las publicaciones de la exposición, incluida la del propio Salón de París, aparecía la imagen del cuadro de los Lydig. Luisa envió varias cartas quejándose al estudio de La Villetta Rosa; quería saber a qué se debía aquella ausencia de su retrato en las revistas cuanto antes. Boldini le respondió, con tranquilidad, que él siempre había detestado las reproducciones porque por lo general eran horribles y, además, le producían la impresión de que prostituían su trabajo. El pintor debió de pensar que Luisa entendería y compartiría su punto de vista, pero no fue así. Luisa no solo no se quedó en absoluto contenta con sus respuestas, sino que insistió en su empeño de conseguir que su cuadro saliera en las revistas.

La furia de la Marchesa se acrecentó cuando supo que el artista iba diciendo que era ella misma quien se había negado a que se reprodujese. Luisa escribió varias cartas iracundas más a Boldini desde Italia hasta que al fin el pintor decidió retractarse y le envió una nota que muchos años después de su muerte recogería en el libro *Boldini, Parisien d'Italie*, la periodista Emilia Cardona, con quien el pintor contrajo matrimonio tres años antes de su muerte.

> *Querida Marchesa, anoche con una marca de mi bolígrafo autoricé a todos los periódicos franceses y extranjeros a reproducir mis pinturas y la de la Marchesa en particular. Así podrá divertirse viendo las horrendas reproducciones que aparecerán a partir de ahora.*

Luisa se quedó complacida con las palabras de Boldini. Al final había logrado lo que quería, así que ya no quedaban obstáculos para que el pintor y la modelo pudieran recuperar su inestimable amistad. Aunque poco iban a verse en esos días porque, tras su éxito en París, ella tenía otro objetivo: conquistar esa Venecia de la que se había ido enamorando a través de las apasionadas descripciones de D'Annunzio. Quería recorrer sus canales y verse reflejada con mil caras en las aguas de la laguna. La Marchesa imaginaba ya sus fiestas de disfraces en esa ciudad tan teatral como ella misma. Sabía que el escenario era inigualable y estaba convencida de poder superar incluso las que había ofrecido en París y Roma. El dinero no suponía un problema, así que solo le faltaba encontrar el lugar adecuado. Por eso, cuando por fin su amiga de ascendencia judía y aficiones espiritistas, la baronesa Ernesta Stern, le confirmó que el palacio sobre el Gran Canal del que le había hablado se podía alquilar, se sintió eufórica. No solo le gustaba la ubicación y los detalles que le trasladaba la baronesa, además había algo en el nombre del palacio que le resultaba apasionante y era la presencia de los leones. Ella adoraba a los animales, pero muy especialmente a los felinos y, de entre ellos, a los leones.

Estaba decidido: convertiría el palazzo Venier dei Leoni —que así se llamaba— en el espacio más exclusivo de Venecia, en una mansión donde los hombres y las fieras convivirían en armonía, en el mismísimo Jardín del Edén. Comenzaba ya su aventura veneciana.

9

Tras varios días casi sin dormir ni comer, el rostro de Luisa se había vuelto afilado y sus pómulos aún parecían más marcados que de costumbre. Las oscuras ojeras resaltaban en particular el color verde hoja de sus ojos, y su piel, por algún fenómeno extraño, había empalidecido hasta otorgarle un aspecto enfermizo. Se pasaba horas y horas en el sótano dibujando y leyendo, sin prestar atención a nada de lo que, durante tantos años, había conformado su vida. En medio de esa vorágine de sensaciones extraordinarias que la devoraban, no pudo evitar rememorar cómo había llegado hasta esa vida en blanco y negro, en la que nadie de su entorno juvenil la habría imaginado jamás.

Recuperó el recuerdo de aquellos días largos y emocionantes en los que no existía la rutina, de los varios amantes ocasionales de su mismo curso, e incluso de aquel profesor que le enseñó más técnicas sexuales que pictóricas. Fueron años cargados de intensidad en los que ser criticada, sobre todo por sus compañeras de curso, por su comportamiento inusual y al tiempo admirada, por profesores y amigos, por su sobresaliente talento le provocaba mucha más satisfacción que preocupación. Le entusiasmaba no pasar desapercibida nunca y ser el centro de atención de comentarios y miradas. Ser el objeto de deseo del escaparate de su vida no le resultaba desagradable, al contrario: le incitaba a deslumbrar a cuantos seguían su evolución. Se sentía tan libre y feliz que ni siquiera pensaba en la posibilidad de un amor de mayor consistencia.

Pero de pronto, de manera inesperada, descubrió una complicidad irresistible en una mirada. ¿Sería la otra mitad de ese ser andrógino del Olimpo que se describía en la mitología griega, tan poderoso por contener en sí mismo los órganos sexuales masculinos y femeninos como para que Zeus le lanzara un rayo, lo partiera en dos y lo lanzara a caminar por el mundo siempre en busca de su otra mitad?

En pocos días, Emilio, que así se llamaba el propietario de aquella mirada tan tentadora, se convirtió en la obsesión de Luisa. Al joven arquitecto que, tras acabar su proyecto de fin de carrera en Barcelona, decidió que, en realidad, le interesaba más la pintura y se inscribió en Bellas Artes le sucedió lo mismo. Compartían quinto de carrera, talento, atractivo personal y una extraordinaria complicidad intelectual. Cabeza, corazón y cuerpo. Se convirtieron casi en uno, ya fuera fundidos el uno en el otro, haciendo el amor, intercambiando opiniones cercanísimas sobre el arte o paseando juntos por la ciudad. Su relación era tan completa que hizo que se eclipsaran todas esas veleidades sexuales a las que Luisa se había entregado antes de conocer a Emilio y que no se resistiera a confesarle a su madre, confidente y amiga, unos sentimientos tan nuevos como profundos.

—¿Sabes, mamá? Pensé que el verdadero amor no se reconocería con tanta facilidad, pero cuando estoy con Emilio percibo que es un amor verdadero, no solo por toda esa intensidad física que me deja sin aliento, sino por algo mucho más importante: porque saca lo mejor de mí y me convence de que soy capaz de realizar cualquier reto.

—Aprovecha ese sentimiento —le aconsejó su madre, sabedora de que eso era amor y no un mero trámite sexual, como las tantas otras relaciones anteriores de su hija—. Sentir es el verdadero regalo de la vida. Y la vida es mucho más corta de lo que parece a tu edad; por eso hay que disfrutarla con infinito entusiasmo. Hasta ahora tu única preocupación era la de desarrollar tu talento artístico hasta, incluso, en tus relaciones personales. Te preocupaba más epatar y convertirte en inolvidable para los demás que gozar tú y construir momentos imborrables para ti misma. El amor verdadero te enseñará a conseguir algo más. Tienes que ser capaz de desarrollar, además del talento artístico, una estructura mental que te ayude a regocijarte con cuanto te ofrece la vida. Y no hay nada más sensacional que el sentimiento amoroso. Si te deleitas con él te volverá un ser más generoso y puro, que camine hacia la luz y la creación; si por el contrario lo sufres, te conducirá a las tinieblas. El amor es como la droga: exalta lo mejor y lo peor de los seres humanos.

Por fortuna, a Luisa y a Emilio su amor les volvía seres brillantes. Ella tenía veintidós años, él veintisiete, unas edades perfectas para comenzar a diseñar la vida que querían vivir juntos. Empezaron pactando que no se casarían, que no tendrían hijos y que no se cansarían de explorar cualquier universo artístico. Únicamente solos podrían arriesgarse a lanzarse al vacío de la creación, sin que su talento se diluyera en las preocupaciones cotidianas. Emilio, además, había heredado un considerable patrimonio tras la muerte de su padre que era más que suficiente para que pudieran subsistir; y, por si eso fuera poco, estaban a punto de recibir un regalo de la diosa Fortuna: en la propia escuela querían organizar una exposición solidaria con los trabajos de los alumnos más sobresalientes. Entre ellos, los de Luisa y Emilio.

Ella participó con dos retratos muy lempickianos. El

primero representaba a su madre, que era una mujer muy alta y delgada, rubia, de ojos oscuros y boca perfectamente dibujada, a la que pintó al lado de su Mini Cooper verde, vestida de negro, con un jersey amplio, un pantalón masculino y unas gafas de sol que apenas dejaban ver su mirada. Destacaba por encima de todo su inmensa y blanca sonrisa. El otro cuadro era una estampa de una mesa sobre la que se apoyaba, en su correspondiente marco, la foto de unos caballos salvajes y, a su lado, sin jarrón, como abandonadas, las habituales calas de tantas pinturas de Lempicka. Ambos cuadros navegaban entre el realismo y el cubismo y, además de la influencia de la pintora polaca, destilaban una modernidad y un sentido del color extraordinarios.

Emilio, por su parte, presentó solo un cuadro que recogía el puente de Carlos de Praga, el más viejo de la conocida como la más bella ciudad de Europa y el segundo más antiguo de la República Checa. El trabajo requería especial esfuerzo, porque la estructura de dieciséis arcos, asentada sobre el río Moldava, estaba decorada con treinta estatuas y personajes ilustres situados a ambos lados, que el pintor reflejaba escrupulosamente. La minuciosidad de su pintura hiperrealista era asombrosa.

Los tres cuadros fueron comprados por una prestigiosa galerista a la que se conocía en el mundillo artístico como descubretalentos. Poco después, uno de sus profesores les entregó una tarjeta de Norema Lorenzo, la galerista, diciéndoles que tenía mucho interés en contactar con ellos.

Lo demás sucedió de manera tan rápida e inesperada que les pareció milagroso. Norema Lorenzo les invitó a participar en una exposición colectiva en su galería en el plazo de cuatro meses. No podían retrasarse en la entrega de sus obras si querían estar presentes en ella, y ya les avanzaba que los otros pintores con los que compartirían espacio eran artistas consolidados. Cuando les anunció que entre sus compañeros de muestra estarían Alfonso Fraile y Torrens Lladó, se quedaron sobrecogidos por la responsabilidad que se les estaba exigiendo y al tiempo fascinados por la oportunidad que se les ofrecía. Debían aportar seis cuadros cada uno, entre los que se contarían los que la galerista había adquirido ya. Emilio tenía otro cuadro terminado en el que se representaba el Ponte Vecchio de Florencia y Luisa estaba dándole las últimas pinceladas a un retrato de su padre, elegantemente vestido con un traje oscuro y besando en la frente con delicadeza a su hermana Carmen, ataviada con un vaporoso vestido blanco. Eso significaba que a Luisa le quedaban tres cuadros por pintar y a Emilio, cuatro. Sabían que contaban con muy poco tiempo, pero deseaban tanto participar en aquella muestra que se comprometieron sin dudar. Su exaltación no tenía límites y su pánico tampoco. Se encerraron en el estudio de Emilio y durante casi un mes se entregaron a su trabajo. Apenas comían, ni dormían y casi ni se hablaban, pero se sentían tan felices como inquietos en ese huracán de sensaciones ambivalentes que se desarrolla en el proceso creativo. Al final de ese mes sin descanso, delgados como velas, y exhaustos en ese vaciado de sí mismos, tenían un cuadro más cada uno. El de Emilio recogía el puente que tal vez conocía mejor y más veces había fotografiado: el famosísimo puente de los Suspiros de Venecia. Luisa había retratado su propia espalda desnuda, con el cabello castaño y ondulado resbalando por su palidez y, a su lado, a dos hombres que parecían ignorarla, ataviados de esmoquin, engominados y con bigote, muy al estilo de los años veinte, fumando. Ambas pinturas eran excelentes y ellos mismos se dieron cuenta antes de que la madre de Luisa se lo dijera.

—Sorprendentes. Ambas —aprobó Ángela.

—¿De verdad lo crees, mamá?

—Sí. Estoy impactada. Ya habíais dado antes muestras de vuestro talento, pero estas nuevas pinturas tienen... alma. En todo caso no hay más que veros para intuir que cada uno de estos cuadros os han arrebatado un poco la vuestra.

—Un poco de nuestra alma y también un poco de nuestro cuerpo —bromeó Emilio—. No me reconozco en los espejos y a Luisa casi no la encuentro fuera de ellos.

—Pero ¿coméis? —preguntó Ángela preocupada.

—¡Qué pregunta, mamá! ¡Como si no te hubiera visto a ti con la misma tensión y angustia escribiendo y casi sin probar bocado cuando estabas a punto de terminar una novela!

—Bien, pues hoy, descanso —zanjó Ángela—. Aún os queda mucho por pintar en muy poco tiempo, y creo que como no hagáis un paréntesis ahora para tomar fuerzas no vais a soportar tanta tensión.

—Me parece buena idea —aceptó Luisa contenta—. ¿Sabes de qué tengo capricho? Me encantaría ir a Sotosalbos, al restaurante Porche de las Casillas, a comer cordero, ¿os gustaría?

—¡Mi alma por un suculento cordero! —aprobó Emilio con entusiasmo.

—Pues no se hable más: yo invito —dijo Ángela.

—¿Y papá y Carmen?

—Vives en la inopia, hija. Tu padre está en Santander, con sus socios, pasando revista al solar en el que va a construir un nuevo edificio; y Carmen está esquiando en Suiza con esa amiga suya riquísima de la que nunca recuerdo el nombre.

—Pues lo siento, me hubiera gustado que fuéramos todos juntos. Estoy muy sensible con tanto trabajo y os echo de menos a todos. A ti siempre te siento cerca, pero ¡ellos parecen estar tan lejos!

—Es una cuestión de afinidades. Tu padre y Carmen son más prácticos y nosotras, más románticas. Pero eso no significa ni que no nos queramos todos, ni que seamos mejores unos que otros. De hecho, yo no hubiera podido llegar a ser quien soy sin tu padre, que siempre respetó mi espacio y jamás quiso que fuera otra persona, por muy complicada que a veces le resultara mi personalidad, tan ciclotímica como la tuya.

—Perdonadme, chicas —interrumpió Emilio—, pero preferiría continuar con esta charla de diván delante de un cordero. ¡Estoy hambriento!

El Mini verde de Ángela estaba aparcado justo delante del portal. Luisa se empeñó en conducir. Siempre le había producido una sensación de libertad que, tras un mes de encierro, sabía que le vendría bien. Nadie se quejó. Ángela prefería que condujera su hija, que era quien conocía bien el camino, y a Emilio le daba igual quién lo hiciera con tal de llegar al destino y tener la oportunidad de devorar ese cordero con el que ya soñaba. Era un 25 de noviembre. El aire del otoño ya se había vuelto frío y amenazaba con llover. Sin embargo, tras cruzar el interminable puerto de Guadarrama, el cielo se descubrió de nubes y un tibio sol otoñal iluminó el aire. Solo había que desviarse hasta Segovia y luego seguir carretera adelante, sin entrar en la ciudad del acueducto, hasta alcanzar ese recóndito paraje en el que se ubicaba Sotosalbos, justo pasado Torrecaballeros.

—No corras tanto, Luisa, no tenemos prisa —advirtió Ángela al darse cuenta de que Luisa estaba pisando demasiado el acelerador.

—Mamá, por favor, ¡si a ti siempre te ha gustado la velocidad!

Fueron las últimas palabras que se escucharon. Justo en ese momento, poco después de tomar la desviación hacia Segovia, apareció un coche en su mismo carril, en sentido contrario, adelantando a un camión. Luisa iba demasiado rápido como para poder reaccionar. Frenó por puro instinto y dio un volantazo para tratar de evitar la colisión, pero de manera ineludible, el pequeño coche recibió el impacto en el lateral y salió disparado de la calzada dando vueltas de campana hasta estamparse contra un árbol.

Ángela y Emilio murieron al instante. Luisa se rompió ambos brazos y se golpeó gravemente la cabeza, pero no perdió la consciencia en ningún momento. En su memoria se quedó impreso, como un tatuaje imborrable, el olor a sangre y sudor del accidente. La sangre y el sudor de las personas a las que más quería en el mundo y a las que ella había matado.

10

Luisa miró con detenimiento el palazzo Venier dei Leoni y esbozó una sonrisa de complacencia. Apenas era una ruina espectral, símbolo de la oscura decadencia de la familia que llevaba su nombre, pero ella ya sabía en qué se convertiría.

Durante muchos años, la poderosa dinastía veneciana Venier quiso conseguir que su hermoso palacio situado sobre el Gran Canal, al lado del palazzo Dario, enfrente de la Prefectura, fuera el más grandioso de todos los de Venecia. Y para ello, tras derribar el edificio anterior de 1749, le encargó al arquitecto Lorenzo Boschetti, autor de la iglesia de San Bernabé, un ambicioso proyecto. El nuevo edificio debería aunar el estilo del Renacimiento y el Barroco, contar con la más amplia fachada de todos los palacios del Gran Canal y repartir su indiscutible esplendor en una planta baja, una intermedia, dos plantas nobles y un ático. A sus pies se desmayaría un enorme jardín, el único privado de la ciudad, donde los cipreses se dispararían hacia el infinito y las parras pugnarían con las hiedras por ganar su espacio y colorear los muros de verde.

Sin embargo, el sueño de los Venier quedó inconcluso. Tras construirse la planta de la calle, cuya fachada, revestida con delicadeza, con la blanquísima piedra de Istria, se enmarcaba con un par de gigantescas columnas que flanqueaban la entrada principal, la fortuna de la familia veneciana empezó a menguar. Las ocho ventanas ojivales que miraban al lago, sostenidas por una pared también de piedra blanca, embellecida por ocho cabezas de rugientes leones situados justo al nivel del agua del Gran Canal, serían el último vestigio del sueño de los Venier, que se vieron obligados a abandonar el proyecto para siempre. A partir de ese momento, el glorioso palacio, por cuyo jardín, según se contaba, había caminado un león encadenado, cambió la opulencia de los tiempos pasados por la decadencia y la ruina del edificio inacabado y comenzó a ser conocido en Venecia como el Palazzo Nonfinito.

Desde entonces pasó por numerosas manos hasta llegar a las de la propietaria actual, la condesa de la Baume-Pluvinel, que residía en el vecino palazzo Dario. Ella lo convirtió en una especie de pensión en la que alojaba a sus amigos cada verano, pero jamás invirtió en su mantenimiento, por lo que, al pasar los años, el edificio se encontraba en unas miserables condiciones. Posiblemente nadie hubiera accedido a quedarse con el palacio y pagar por él una cuantiosa renta, de no ser Luisa Casati. La excéntrica Marchesa ya había mostrado interés al hablarle la baronesa Stern de él, pero ahora que lo veía estaba entusiasmada. Sabía que aquel era el palazzo que ella quería habitar en Venecia y también en qué quería transformarlo. A los pocos días de su llegada a la ciudad llenó el edificio de obreros: pintores, carpinteros, tapiceros... Los mejores y más caros profesionales se pusieron a sus órdenes para restaurarlo. Ella deseaba que lo reparasen con minuciosidad, para que quedara en perfectas condiciones, pero sin restarle ni un ápice de ese aire decadente y un poco tenebroso con el que se sentía tan identificada.

Tras varios meses de trabajo sin descanso el resultado fue fabuloso. El salón brillaba gracias a los reflejos dorados de los candelabros de cristal realizados por uno de los mejores artesanos de Murano. El resto de la iluminación emergía del interior de unos vasos de alabastro rugoso coronados por unas rosas de marfil e incrustados en unas masas de ámbar y cristal de roca, que determinaban a la perfección la cantidad de luz de la estancia para proporcionarle un halo de misterio. Una escalera en metal, de un verde grisáceo, conectaba la planta principal con la baja. Las ventanas de todo el edificio, vestidas con gruesos cortinones negros y visillos de encajes dorados, enmarcaban la decoración del palazzo, cuyo interior reproducía el esquema de la Villa Casati en blanco y negro, con la excepción de un salón decorado por completo con láminas de oro. La locura de Luisa por conseguir la perfección en el interior de su nueva residencia veneciana le llevó a hacerse traer, en cada una de sus estadías en Venecia, el mismísimo suelo de mármol de su casa de Roma, en damero blanco y negro, para colocarlo en el palacio veneciano. Luisa le dedicó también mucho tiempo y especial dedicación al proyecto de los paisajistas que, tras mucho esfuerzo, pudieron convertir el jardín, tal y como ella deseaba, en una auténtica e inesperada jungla por la que pudieran pasearse con comodidad los pavos reales y los mirlos albinos, a veces casi perdidos entre los cipreses, las hiedras y los lagos. Pero se trataba de una jungla muy diferente a cualquier otra, que irradiaba un aspecto de total irrealidad, al haber sido pintados de dorado buena parte de sus árboles.

Tal dispendio no pasó desapercibido entre los venecianos, sobre todo entre los vecinos más próximos. «¿Quién es esa mujer que puede gastar tal cantidad de dinero en reparar ese engendro inacabado?», se preguntaban. Su confusión, además, aumentaba al comprobar que aquella frenética actividad de los trabajadores en absoluto se traducía en una remodelación exterior. No podían imaginar que Luisa adoraba el aspecto inconcluso y misterioso de su palacio, que ya consideraba el lugar perfecto para reinventarse.

Ahora que había encontrado el escenario para sus metamorfosis y sus hazañas sobrenaturales necesitaba una persona de confianza para viajar por las mágicas aguas de Venecia. Requería un gondolero devoto, dispuesto a atenderla a cualquier hora del día o de la noche, y también a aceptar sin reservas tanto la estética exagerada y llamativa de la propia Marchesa como la que tenía reservada para su uniforme dieciochesco, realizado en terciopelo, complementado con un chaleco bordado, una peluca empolvada y un casquete de piel de pantera. El atavío de su primer gondolero y de todos cuantos después estuvieron a su servicio se convertiría en una seña de identidad de la flota de la Marchesa. Causaba verdadera conmoción entre los venecianos, pero no más que la propia embarcación, blanca, en vez de negra como las demás góndolas de Venecia, y decorada con damascos negros, pañuelos de seda y pieles de tigre y leopardo.

Tal vez tigres, y desde luego leopardos vivos, es lo que hubiera deseado tener la Marchesa en su residencia veneciana, pero tras hacer traer a sus galgos desde Roma, solo se atrevió a adquirir un par de guepardos africanos. Estos animales, mucho más dóciles que los leopardos, provocaban el mismo pánico entre los viandantes de la plaza de San Marcos, cuando la Marchesa los sacaba a pasear, con sus collares de diamantes, idénticos a los que habitualmente llevaban también sus galgos o cuando permanecían sentados junto a ella, en la terraza de su palazzo sobre el Gran Canal. Todo era parte del espectáculo y de la personalidad de esa Luisa de 1910, ya transformada, ya megalómana y más obsesionada que nunca con convertirse en una obra de arte. Tanto como para introducir en su vida todo lo teatral y fantástico que admiraba desde niña.

Si en su casa de Milán colocó aquellos dos moros esculpidos en madera, para enlazar su casa de la Villa Soncino con la Ciudad de Agua ahora hizo realidad su sueño de tenerlos a su lado vivos y contrató al primero de sus asistentes de color. El gigante negro al que Luisa gustaba ataviar con indumentaria llamativamente morisca se llamaba Garbi. Y no solo no pasaba desapercibido entre los célebres invitados de la Marchesa, sino que se convertiría en uno de los alicientes de sus fabulosos bailes de máscaras.

Un palacio, árboles dorados, bestias salvajes, criados disfrazados con exquisitez, todo era tan impresionante como excesivo. Pero Luisa necesitaba más intensidad y más teatralidad en todo: en sus puestas en escena, en su vestuario... Decidió que debía continuar extremando el maquillaje elegido al principio de su transformación hasta lograr un aspecto insólito. Sin haber cumplido treinta años, escondía la frescura de su rostro tras un polvo aterciopelado que blanqueaba su cara casi como si fuera la de una muerta, y delineaba sus ojos con gruesas líneas de kajal e incluso, en ocasiones, con tiras de terciopelo negro adheridas a sus párpados con pegamento. El aspecto teatral que aquella misteriosa negrura confería a su mirada verde se aumentaba gracias a unas larguísimas pestañas postizas y a las sombras también negras o azul tinta. El intenso bermellón en los labios y un encendido color amapola en el cabello, conseguido gracias a una especialísima henna traída de algún recóndito lugar de Oriente, completaban el cuadro de su cara.

D'Annunzio adoraba ese rostro pálido y empolvado, y ese halo rojo y negro que envolvía a la Marchesa. En realidad, adoraba la imagen y cada gesto de la nueva Luisa Casati: hasta la manera en que se quitaba las horquillas del sombrero con sus brazos en arco, para liberar su melena de fuego, pero, sobre todo, siempre, más que otra cosa, esa mirada suya mitológica, sobrenatural, con la pupila del ojo izquierdo ligeramente descentrada y siempre empapada en belladona, cuya magia inspiraría algún párrafo de la novela que por entonces estaba escribiendo, *Forse che sì forse che no*: «... de su cuerpo, de su gracia, de su potencia, de los pliegues de su vestido, de todas las líneas de su persona, de lo que está alrededor de su cintura —con la fatalidad del agua que corre hacia abajo, del vapor que sube hacia arriba— se formó algo breve e infinito, algo escurridizo y eterno, normal e incomparable: la mirada, esa mirada...». Era la mirada que el escritor imaginaba cerrando los ojos y pensando en su amada y recreándose en ella, en esa nueva Luisa que ya era otra. Además de sus ademanes o su maquillaje, la Luisa de Venecia teatralizó también su indumentaria, que se volvió aún más sorprendente y extraordinaria al liberarse de aquellos lazos venecianos, recuerdo de su madre, que la Marchesa fue erradicando una vez instalada en su lugar de origen. En esos momentos su personaje recién inventado requería una apariencia más exótica, que consiguió gracias al indiscutible genio de Mariano Fortuny y Madrazo.

Fortuny había nacido en Granada diez años antes que Luisa, en el seno de una familia volcada por completo en el mundo del arte. Su padre, Mariano, fue considerado el mejor pintor español del siglo XIX después de Goya, y su madre, Cecilia Madrazo, también provenía de una familia de artistas, pues era hija del pintor Federico Madrazo, hermano a su vez de Raimundo Madrazo. Mariano, que se trasladó con su madre, sus hermanos y su tío Raimundo a París a la muerte de su padre, muy pronto comenzó a demostrar su talento artístico pintando con Jean-Joseph Benjamin-Constant. Pero además de pintar, estudió dibujo y química en Francia y Alemania antes de trasladarse de nuevo con su familia a Venecia, en donde, ubicado en el palazzo Pesaro degli Orfei, asentaría al poco tiempo su taller. Antes de instalarse definitivamente en aquel estudio, sus inquietudes artísticas le llevaron a recorrer Europa y a investigar diferentes campos artísticos, que abarcaban desde la pintura hasta las técnicas de iluminación para las artes escénicas pasando por la fotografía, la escultura, la arquitectura, la escenografía y el diseño.

Sus creaciones en el mundo de la moda, en las que recuperó el gusto por la indumentaria de la Antigua Grecia a través de su personalísimo estilo, caracterizado por largas túnicas fabricadas con telas ligeras con pliegues muy finos, conseguidos gracias a una máquina que inventó para poder realizarlos, eran verdaderas obras de arte. Pero lo que a la Marchesa más le interesó del trabajo de este artista fue su diseño textil que, gracias a sus conocimientos de química, pudo innovar rotundamente, con un tintado de telas y unos estampados trabajados de tal manera que parecían piezas antiguas. En ellos cabía desde lo más moderno y geométrico hasta todo tipo de motivos provenientes de las culturas griega, egipcia, renacentista, asiática o india. A Luisa le fascinaban esas larguísimas túnicas conocidas como «delphos», en honor a su inspiración griega, sus espectaculares bufandas coloristas y con motivos geométricos llamadas «knossos» y, sobre todo, sus interminables pañuelos estampados con motivos orientales, sus capas de terciopelo y sus mantones, que resaltaban esa belleza macabra que a ella le gustaba acentuar.

De hecho, vestida con una túnica de brocado rojo y una capa de piel negra de Fortuny fue cuando, tras entrar en la plaza de San Marcos, acompañada por sus dos galgos adornados con sendos collares de brillantes y turquesas, y seguida por su fiel Garbi con su chaleco, su turbante y un parasol para cubrir la cabeza de la Marchesa, los venecianos comenzaron a llamarla «la Casati».

Entretanto, en Roma, Camillo, su marido, continuaba haciendo su vida con total normalidad. No echaba de menos a su esposa, ni la relación puramente de conveniencia que existía entre ellos. Ya se había hecho a la idea de que sus vidas corrían paralelas, de que era difícil que volvieran a coincidir y de que lo sensato era centrarse en sus quehaceres y olvidarse de Luisa. La decisión de esta de alquilar ese palacio veneciano, que su marido jamás pisaría, no hacía más que confirmar su separación. Sin embargo, tal vez por la propia desidia de los dos, y porque cada uno estaba muy ocupado en sus asuntos particulares, retrasaron su separación legal cuatro años más.

La hija de ambos, Cristina, que ya había cumplido nueve años, fue enviada por sus padres a un colegio católico francés apartado del mundo. Camillo y Luisa seguían sin tener tiempo para ella. El marqués continuaba al frente del Jockey Club en Roma e iba de cacería en cacería, y Luisa vivía su alocado sueño veneciano. Cristina no tenía lugar en sus vidas. Y, además, no era mala idea alejarla de una sociedad en la que los chismes sobre sus padres corrían de boca en boca, sobre todo tras la aparición de la novela ya terminada de D'Annunzio, *Forse che sì forse che no*, en la que el personaje protagonista, Isabella Inghirami, recordaba demasiado a una Luisa Casati, de quien describía algunos de sus rasgos más característicos y públicos, sabiamente mezclados con sus comportamientos íntimos y privados, hasta entonces desconocidos. La propia Luisa Casati también formaba parte del relato con su nombre real.

Mientras Coré quería saber cuántas plumas de oca había utilizado su Ariel para aquella obra —D'Annunzio solo escribía con ellas—, el resto del mundo sospechaba que la Marchesa había fabricado tinta mágica para que su amante escribiera cada una de las líneas de *Forse che sì forse che no* y cosechara un gran éxito con ella.

—¿Te ha gustado, Coré? —le preguntó el escritor cuando volvieron a encontrarse a solas en la alcoba, poco después de la representación de la obra.

—«Puede que sí, puede que no» —contestó Luisa sonriendo a su amante mientras, tras haberse quitado el vestido, se despojaba de sus largos guantes, despacio, con enorme sensualidad, como la protagonista de la novela de D'Annunzio, y se quedaba sentada sobre la cama sin más vestimenta que sus medias negras sujetas por un liguero del mismo color—. Lo que más me ha divertido es aparecer como la protagonista de la novela y como la rival de esta con mi propio nombre. Resulta ingenioso.

—Más que ingeniosa es la manera en la que te quitas los guantes —repuso él, admirado.

—¿Por hacerlo en último lugar? Excepto las medias, claro: quiero conservarlas puestas para acariciar tus muslos con ellas, ¿te parece oportuno?

Luisa se levantó de la cama. Su pálido e interminable cuerpo parecía de alabastro en contraste con esas ligerísimas medias de seda negra sujetas al liguero. Solía llevarlo bajo sus extraordinarios vestidos, sin más ropa interior, para que su sexo quedara libre. Su delicado pubis, cubierto por un suave vello castaño, brillaba a los ojos de D'Annunzio como un diamante, mientras ella caminaba impúdicamente, de un lado a otro de la habitación. «Por todo lo que tenía de frágil, de flexible y de lasciva, parecía una de las grandes criaturas de Miguel Ángel...», había escrito el propio D'Annunzio en su novela. Y lo cierto es que había algo de renacentista en esa nueva Marchesa cambiante y distinta en cada encuentro y en cada situación.

—Ven, desnúdate y túmbate boca abajo, Gabriele —le ordenó Luisa enérgica.

D'Annunzio obedeció, divertido y fascinado por la gloriosa transformación de esa mujer que siempre conseguía impactarle. Una vez tendido en la cama y sin ropa,

Luisa, con su desnudez embellecida por el liguero y las medias negras, se tumbó sobre el cuerpo del escritor hasta dejar su piel tan adherida a la suya que solo se diferenciaba el fin de un cuerpo y el inicio del otro por el color, níveo el de ella, algo menos transparente el de él. En el lateral izquierdo del lecho, como siempre en todas sus habitaciones desde su primer encuentro amoroso, un espejo reflejaba su imagen. D'Annunzio miraba y se admiraba de la estampa reflejada: dos en uno, como de costumbre. Luisa apenas resistió unos minutos varada sobre el cuerpo de su amante, sonriendo a la par que él al espejo, y luego comenzó a frotar su pecho y su sexo por su espalda y sus piernas. Su melena roja parecía un ramo de encendidas amapolas que iluminaba la estancia, mientras sus pezones oscuros y diminutos iban volviéndose dos clavos de acero al contacto con la piel del escritor. Tras un rato sin palabras, solo gozando del roce de las pieles, y con la respiración agitada por la excitación, Luisa se quedó casi encastrada en el cuerpo de D'Annunzio, como si fuera una pieza de un mecano encajada sobre la otra. Su pubis huesudo casi taladraba el final de la espalda del escritor.

—Gabriele, querido, me gustaría tener pene para poder penetrarte —le susurró jadeante Luisa al oído.

Él sintió cómo el deseo inflamaba su miembro pegado al colchón y con un gesto rápido dio la vuelta al liviano y hermoso cuerpo de Luisa, la colocó de espaldas, apoyada sobre sus manos y rodillas, como un animal, frente a él, y se dispuso a poseerla. Todo comenzó a temblar cuando, en un intento vano de penetrarla, D'Annunzio comenzó a golpearla rítmica y casi frenéticamente, mientras sudaba sobre el arco de su carne, oculta la cara de ella entre su pelo y abandonada a las manos del escritor, que asistía perplejo a la inexplicable e inexistente respuesta de su pene, de repente, deshinchado. Con sus poderosas manos, Gabriele atenazaba con apasionada rabia las delicadas caderas de Luisa e insistía e insistía con desesperación, pero solo lograba golpearla una y otra vez, hasta que, exhausto, se desplomó. Nunca un fracaso estuvo tan lleno de deseo. Tal vez por eso Luisa nunca lo consideró un fracaso. Él, sin embargo, creyó sentir, dolorosa, la primera punzada de la vejez. Tenía cuarenta y siete años.

11

«Emilio, mamá...»

Por primera vez desde que se produjera el accidente, Luisa pronunciaba sus nombres, aunque fuera en un susurro inaudible. Estaba sola y no pudo evitar derramar todas las lágrimas que eludió mostrar tras la pérdida. El mismo día del accidente, consciente y padeciendo unos dolores insoportables derivados de la rotura de sus dos brazos, cayó en un estado de silencio del que nadie consiguió arrancarla durante semanas.

Al principio, las visitas a su cuarto de hospital eran frecuentes, pero tras observar su inexistente respuesta dejaron de producirse. Cuando abandonó la cama de aquella habitación en la que las enfermeras la volteaban, la lavaban y le daban de comer como si no existiera, debido a su incapacidad transitoria y a su mutismo, su padre trató de convencerla para que visitara a un psiquiatra que le ayudara a superar el shock. Pero ella se negó. No quería ayudas. No quería ni hablar ni vivir después de ese accidente en el que ella también había muerto, aunque pareciera estar viva.

Varios meses después, reintegrada a su oscura realidad y sin más palabras en sus días que las respuestas imprescindibles, tuvo que acatar los deseos de su padre y comenzó sus sesiones con el psiquiatra, a quien acudía sin haber derramado ni una lágrima tras el accidente.

—¿Por qué crees que no has llorado, Luisa?

Luisa no contestó. Apretó los labios con rabia y dejó que el facultativo siguiera hablando.

—¿Sabes que es muy importante hablar de aquello que nos provoca dolor? Si no, el dolor se adhiere a nuestras vísceras y acaba deshaciéndonos. Es imprescindible nombrarlo, aprender a convivir con él y guardar el luto correspondiente, con lágrimas o sin ellas, pero permitiendo que aflore.

Luisa levantó la cabeza y clavó sus enfurecidos ojos verdes, que parecían dos mares en tormenta, en los del médico.

—¿Quieres que exhiba delante de ti mi dolor con impudicia? —soltó de pronto con una desmesurada cólera—. ¿Por qué habría de hacerlo?, ¿por qué contigo?, ¿quién eres tú para entender lo que me duele y por qué?

—Un profesional al que quizá prefieras contarle aquello que no deseas que conozcan los demás —respondió el médico sin perder la compostura.

Una extraña carcajada estalló en la garganta de Luisa. Se levantó y comenzó a caminar por la estancia mientras pronunciaba su discurso con ira.

—No me importa que se sepa que me duele la ausencia, ni que se vea que he dejado de ser yo, ni que se me culpe de un accidente del que soy responsable por completo. No quiero aplacar mi dolor porque no quiero disfrutar de la vida. No quiero vivir y sé que hacerlo va a ser una tortura.

—Solo tú, Luisa, podrás protegerte de ti misma —le advirtió el médico—. Y tal vez hablando conmigo lo consigas.

—¿Acaso no entiendes que no quiero protegerme del

sufrimiento y que quiero padecerlo como condena mientras viva? Hablaría contigo si me pudieras explicar por qué no morí yo en vez de ellos. ¿Podrías? ¡Era yo quien debía haber muerto! —Luisa frenó su furia e inundó su mirada de resignación antes de añadir—: Por eso he decidido vivir como si estuviera muerta. Esa es la dolorosa penitencia que he elegido y de la que no quiero que me libere nadie. Tampoco tú. No vendré más. Pero me adaptaré a la realidad, no temas. Aunque eso sí: siendo otra.

Luisa pensó entonces que jamás se recuperaría. Y de alguna manera tenía razón. Una parte de sí quedó muerta y enterrada junto a sus seres más queridos y le resultaba no solo imposible sino casi indecente pensar siquiera en rescatarla. En esa penitencia que se había autoimpuesto quedaba especialmente señalada la prohibición de coger un lápiz o un pincel. Pintar a solas, sin Emilio, le recordaba demasiado su mundo perfecto recién creado y destruido. ¡Echaba tanto de menos a su madre y a su amor! ¿Qué haría sin ellos y sin pintar? ¿Qué vida llevaría? Se sentía como una extraña en las conversaciones con su padre y su hermana. Y detestaba todos y cada uno de los días de aquella vida vacía, que no creía que le correspondiese vivir.

Desde esa existencia ajena a sí misma comenzó a tratar de reconstruirse, de perdonarse, de respirar sin pensar que era la responsable de que ya no estuvieran aquellos a los que más amaba. Su proyecto de convertirse en artista o, mejor dicho, de desarrollarse como la artista que ya era había muerto como ellos en aquel accidente. Ahora tendría que inventarse otro camino. Pero ¿cuál? Pasó meses leyendo sin parar y encerrada entre las cuatro paredes de su cuarto. Leía mucha novela porque encontraba en la ficción, en las aventuras y desventuras irreales de otros, si no el consuelo, al menos la distracción necesaria para poder olvidarse por un momento de su desgracia; pero desechaba el ensayo, que tanto le apasionara siempre, porque no quería indagar en las profundidades del pensamiento, al que tanto tiempo dedicara junto a las víctimas del accidente.

Decidió que su condena sería no poder llenar jamás el vacío de su ausencia, y su peor castigo, dedicarse a cualquier actividad prosaica donde no hubiera ni rastro de creación y no cupiesen ni el arte ni la poesía que impregnaron su pasado. Vagaría por días iguales, por jornadas monótonas, sin más excitación que la luz del amanecer y del ocaso, sin otra preocupación que la de repetir la rutina de cada jornada. Ese mundo sin sobresaltos, perfecto para otros, sería su cárcel para siempre, hasta que la liberase una muerte con la que seguía soñando.

Nunca había sido muy creyente, pero tras el accidente la opción de no creer, de que no existiera una eternidad en la que reencontrarse con sus seres queridos y perdidos, le pareció insoportable. Por eso optó por acondicionarse una parcela en el cerebro en la que todo quedaba sujeto a la voluntad de Dios. ¿También la muerte o el infortunio? En sentido estricto, sí, pero al margen del designio divino marcado por los protestantes, a través del libre albedrío aceptado previamente por los católicos. Ella pudo elegir no acelerar en aquel coche. Y, sin embargo, lo hizo. Nadie la obligó. Ahora podía escoger el suicidio. Llegó a planteárselo y lo descartó. Suponía más dolor para su padre o su hermana y no le aseguraba el reencuentro en el cielo o el infierno.

¿Qué debía hacer? No podía seguir atrincherada en sus lecturas y en su amargura: aun torturada para siempre era necesario que tomase decisiones y que siguiese adelante.

—Hija, ¿te resultaría muy agobiante trabajar en mi oficina? —le propuso una mañana su padre—. Sé que el mundo de la construcción no es el que más te interesa, pero creo que necesitas distraerte y salir de casa, hablar con gente... No puedes seguir encerrada y sola.

Luisa miró a su padre con ternura. Nunca consiguió tener con él esa complicidad natural que la unía a su madre como un cordón umbilical, pero le quería mucho. Sabía que era un hombre bueno de verdad. La vida le había sonreído. Pertenecía a una familia muy humilde y, sin embargo, tenía una carrera universitaria —era economista— y una empresa de construcción a través de la que casi le había llovido el dinero. Idolatraba a su fallecida mujer, a la que echaba en falta tanto o más que Luisa, aunque no lo evidenciara de la misma forma que ella, y adoraba a sus dos hijas. Tres mujeres muy diferentes, por más que Luisa y su madre conectaran como si fueran una sola. Las tres con gran personalidad. Ahora solo dos a su lado, y una de ellas casi muerta en vida.

—Claro que no —repuso Luisa sin dudar, esbozando una cariñosa sonrisa—. Estoy siendo muy egoísta. Mi mundo se ha parado, pero sé que el tuyo también lo ha hecho al no estar mamá. Lo que pasa es que tú siempre has sido tan equilibrado que resulta extraño pensar en que las cosas te puedan doler como a los demás. ¿Cómo estás, papá? Hace ya casi un año de la pérdida y no te lo he preguntado ni una sola vez.

El hombre dibujó un rictus de inmensa tristeza en su cara y miró a su hija con ese amor paternal incuestionable e incomparable. Acarició su delicado rostro con su mano y miró dentro de sus ojos verdes como si se reflejase en un espejo. Pensó en lo curiosa que era la genética. Luisa y su madre no se parecían en nada. Ella era mucho más como él y como toda su familia: el mismo color de ojos, el pelo castaño oscuro ondulado, la piel transparente y clara... Su hermana Vera era un calco de su desaparecida esposa. Parecían dos gotas de agua, con esas sonrisas interminables, esos ojos oscuros y rasgados, esa piel canela y esas melenas rubias y lacias. Y, sin embargo, por dentro, Luisa era idéntica a Ángela, y Vera, exacta a él. Luisa reproducía en su personalidad y en sus comportamientos ese encanto de su madre, esa vena de locura y de pasión por la vida que le conquistó nada más conocerla. Haberla perdido suponía tener que aprender a vivir sin la alegría y la creatividad con la que Ángela había pintado todos y cada uno de sus días desde su galaxia particular. Y lo hacía por sus hijas, a las que adoraba, pero con tan pocas ganas como la propia Luisa.

—Bien, Luisa querida —mintió su padre—. Estoy bien.

Lo dijo casi en un susurro mientras sus ojos verdes se llenaban de lágrimas.

Luisa abrazó a su padre.

—Sé que también es difícil para ti vivir sin ella, papá. Y me gustaría poder estar mejor para ayudarte, pero...

—Shhh —musitó él—. No digas nada más y ayúdate a ti misma, será la mejor manera de ayudarme a mí.

12

Apenas siete años después del inicio de la relación entre D'Annunzio y la Marchesa ya no quedaba ni rastro de aquella joven y esbelta amazona que cautivara al escritor. Casi todo en ella había cambiado: su rostro, su pelo, su carácter..., solo se mantenía inalterable esa mirada verde y apoteósica que aún parecía serlo más tras su transformación veneciana. Venecia era en buena parte la culpable de esa metamorfosis que empezara en aquel beso del poeta en su mano enguantada. Las apasionadas historias que D'Annunzio le relatara desde entonces le hicieron ligarse irracionalmente a esa ciudad acuática con la que tan identificada se sentía. Si la Marchesa hubiese sido una ciudad sería Venecia. Si Venecia hubiera sido una mujer sería Luisa Casati. Tal vez por eso, a la par, la ciudad y la mujer irradiaban un poderoso influjo sobre el mundo del arte. Venecia se había convertido en el centro neurálgico de las artes y cada vez atraía a más artistas de todos los ámbitos, que deseaban alojar sus talentos en ella. Y entre los atractivos que encontraban en tan sublime destino estaba el ya famoso palazzo de la Casati, que siempre les dejaba sin palabras. No era extraño su asombro. Para empezar, eran recibidos por Garbi —el gigante nubio que parecía sacado de un relato exótico— y por otros sirvientes semidesnudos y adornados con alhajas de oro; y más tarde los *gondolieri* de confianza de la Marchesa, ataviados con sus extravagantes uniformes, les paseaban por los canales en las góndolas blancas de Luisa. En ocasiones, ella los acompañaba también a recorrer los canales, con un atuendo incomparable, casi siempre rematado con su loro verde, Bracadabra, posado sobre su hombro. No era el único de sus animales que viajaba en la góndola; alguno de sus sirvientes solía sujetar dentro de la misma a alguna otra bestia: a veces un par de monos, otras, sus míticos guepardos. Cuando la góndola pasaba cerca de los puentes los espectadores aplaudían el excepcional espectáculo. Y la Marchesa se sentía feliz. Hasta que, a los pocos meses, comenzó a aburrirse de sus propias extravagancias.

Luisa necesitaba algún nuevo aliciente. Algo distinto, impensable, inimaginable. ¿Qué podría ser? ¿Otro amante? ¿Otro palacio? No. Debía ser algo con lo que sorprender al mundo. Algo con lo que asombrarlo y, al tiempo, atemorizarlo. Algo como... reptiles, sí. Serpientes frías y aterradoras para casi todos, pero no para ella. Luisa compró innumerables ejemplares de todos los tamaños y de diversas especies. Algunas eran inofensivas, otras verdaderas asesinas. La Marchesa las incorporó a su vida y a su historia para siempre y, de cuando en cuando, las lucía enroscadas a su cuello o en su brazo, a modo de joyas, causando estupor a sus invitados y a los visitantes de Venecia, que observaban, entre divertidos y horripilados, las reiteradas muestras de excentricidad de la Marchesa.

Fue una serpiente la que le sirvió de complemento en ese verano de 1909, en el que llegó al Grand Hotel des Bains, en la isla del Lido de Venecia, el joven bailarín ruso Vaslav Nijinsky y Luisa preparó una cena en su honor. El bailarín, siempre controlado por el despótico Diáguilev, creador de los Ballets Rusos, se había convertido en el ídolo europeo amado por todas las mujeres y por muchos hombres también. No solo su baile sino su sola presencia, plena de estética hermafrodita, se requería y celebraba en el mundo entero. Además de su talento, la propia belleza de su persona inspiraba diversas obras de arte, aunque no siempre de la misma calidad. Jacques-Émile Blanche lo pintó como un ídolo persa, andrógino, sin sexo y cubierto por refinadas sedas en una corte de ensueño repleta de alfombras y preciosos tapices, mientras que John Singer Sargent, el otro pintor de las señoras —los retratos de las grandes damas se los repartían entre él y Boldini—, lo retrató con cara de elfo/hombre/mujer, riéndose con su largo cuello enjoyado. Por su parte, el gran Rodin, quien lo consideraba un genio de una belleza absoluta, lo hizo posar para él desnudo; y el pintor, escenógrafo y diseñador de vestuario, Léon Bakst lo pintó también casi sin ropa.

Venecia estaba revolucionada por su llegada en compañía de Diáguilev, del propio Bakst y del director escénico Alexandre Benois; pero también por la presencia de la impredecible bailarina y excelsa profesora de danza americana Isadora Duncan. Luisa, atenta siempre a las celebridades que recibía Venecia, decidió ofrecerles, como de costumbre, su ilimitada hospitalidad.

Fascinada por la imagen de la elegantísima Isadora, que gustaba de bailar descalza con la melena al viento y era paradigma de la no convencionalidad, no dudó en invitarla a cenar junto al reconocido bailarín ruso, de quien todo el mundo hablaba, a su palazzo Venier dei Leoni. La noche prometía. Los invitados, acompañados por sus respectivos séquitos, gozaban de un demostrado talento que haría que la noche fuese única. Cada cual eligió, además de sus mejores galas, sus más destacadas joyas para la ocasión, así que era tal la profusión de destellos en la sala que cuando Luisa por fin apareció con un collar con un incalculable número de perlas todos pensaron que su visión era producto de una alucinación. Y no era para menos. En medio de aquel entorno surrealista donde la decoración y los invitados refulgían, Luisa, decidida a ser la más surrealista de la escena, no dudó en aparecer casi desnuda bajo sus collares y con una serpiente recorriendo su brazo a modo de pulsera. D'Annunzio, ataviado al estilo dieciochesco, se encargaba de servir a sus invitados.

La noche se fue animando entre las conversaciones y el alcohol hasta tal punto que Isadora, vestida con una túnica transparente, se soltó el cabello, se descalzó y decidió levantarse e invitar a Nijinsky a bailar un *pas de deux*. Diáguilev, que aborrecía el estilo de baile de la Duncan y que le había negado la entrada en sus Ballets Rusos cuantas veces la bailarina se lo había demandado, frunció el ceño con disgusto, pero todos los asistentes se apresuraron a prestar atención a los artistas. Sus bailes y estilos eran opuestos, sin discusión; y aunque Isadora permitió que Nijinsky la guiara, cuando al final del baile, entre sonoros aplausos de los asistentes, soltó su mano, dijo acompañando a sus palabras con un afectado gesto:

—¡Qué vergüenza que no fuera mi alumno a los dos años! ¡Le habría enseñado a bailar!

Nijinsky, ofendido, se dispuso a abandonar el palazzo, mientras D'Annunzio, más que animado por los vapores del alcohol y tan dictatorial como siempre, le instaba a que bailara más para él.

—¿Y por qué no escribes tú para mí? —respondió furibundo Nijinsky.

Los egos enfrentados amenazaban con arruinar la noche, pero el desastre estaba aún por acontecer: uno de los pequeños monos imitadores del particular zoo de Luisa Casati procedió a reproducir los movimientos de Isadora Duncan con total exactitud, provocando la cólera de la bailarina y el regocijo de todos los demás. Isadora, enfurecida, abandonó también el palazzo, al tiempo que lo hacía el resto de los asistentes a la aciaga reunión.

Luisa, disgustada, decidió paliar el efecto de aquella desastrosa fiesta sumiéndola en el olvido con la organización de una nueva serie de eventos, todos ellos increíbles, cuya preparación y realización costaba auténticas fortunas. Y por supuesto, lo consiguió, porque pese a la airada salida de los bailarines de su casa, no hubo invitado que se resistiera a acudir a su llamada para poder disfrutar, de primera mano, de las más inimaginables e impagables maravillas.

La Marchesa nunca reparaba en gastos con tal de lograr lo que deseaba: obras de arte, joyas, animales exóticos, manjares exquisitos, alcoholes exclusivos o incluso un criado veneciano que durante las fiestas alimentaba de tanto en tanto a un pavo real, para que se quedara parado en la balaustrada de una de las grandes ventanas sobre el Gran Canal. Gastaba y gastaba hasta la indecencia, con la despreocupación de quien siempre ha vivido en la opulencia sin haber tenido que esforzarse para obtenerla. No pensaba en el precio de sus excentricidades, cada vez más exacerbadas, ni le interesaba en absoluto lo que podía depararle el futuro: como tantas otras personas arropadas por la fortuna y el privilegio, solo quería vivir el presente con total intensidad y sin considerar, ni por un segundo, que tal vez algún día su situación podría cambiar.

Para vivir en ese estado de apasionamiento constante, Luisa, además de sus particulares dispendios en todo tipo de caprichos carísimos como insólitos, necesitaba la permanente presencia de diferentes personalidades de la época, aunque no siempre aplaudieran todos sus comportamientos. Mercedes de Acosta, hermana de Rita Lydig, calificó una de las puestas en escena de Luisa Casati, toda vestida de blanco y con un lirio en la mano, de «mal teatro», aunque insistió en no querer criticar su «disfraz», puesto que ella misma, aunque nunca se había vestido de virgen como la Casati, sí se había disfrazado de franciscana. Hubo algunos otros intelectuales y artistas que tampoco celebraron todas las extravagancias de Luisa, pero eran muchos más los que se sentían embelesados por ellas. Además, a la Marchesa jamás le importaban las críticas y las prefería, con mucho, a pasar inadvertida. De hecho, se divertía avivando las murmuraciones comportándose siempre como quería, sin importarle normas o convenciones, saltándose los protocolos y actuando y vistiendo de manera tan llamativa como escandalosa. Sabía bien que, igual que Mercedes de Acosta podía censurarla un día por la blancura de su vestuario, también habría quien, si elegía el negro, se preguntaría malévolamente si se había quedado viuda de repente, aunque supieran que su marido andaba cazando, tal vez en Gallarate, Bracciano o Bretaña. No ignoraba que su personaje público era tan venerado como aborrecido. Lo único importante es que jamás pasara desapercibido. Siempre chismorrearían sobre sus vestidos, sobre sus amantes, sobre sus valores artísticos... Incluso sobre si su matrimonio era real o un mero contrato de conveniencia. La realidad respecto a este último asunto era que el matrimonio llevaba mucho tiempo muerto por completo y que los cónyuges apenas tenían algún tipo de relación. Su casi anecdótico encuentro en el primer Circuito Internacional de Vuelo en Brescia, en septiembre de 1910, donde coincidieron con Giacomo Puccini y con Gabriele D'Annunzio, que era un auténtico fanático de los aviones y no podía faltar, acalló durante algún tiempo las habladurías; pero tras aquel breve encuentro, apenas se vieron durante los años previos a un divorcio, que aún tardaría cuatro años en formalizarse legalmente.

A los pocos días de aquella exhibición Luisa regresó a Venecia de nuevo dispuesta a transformarse con la ayuda de alguno de sus admirados creadores. En este caso fue el diseñador del vestuario del Ballet Ruso, Léon Bakst, quien obró el milagro y consiguió que su vestuario, repentinamente cansada del blanco y el negro, y si no aburrida, menos interesada en los diseños de Mariano Fortuny, al ser ya devotas del artista demasiadas damas de la sociedad, explotara en llamativos diseños y colores. Bakst puso brillantes azules, centelleantes naranjas y osados verdes en el armario de Luisa que, una vez más, volvió a asombrar a todos con su indumentaria.

Sus creaciones tenían mucho que ver con esa Venecia de cuento que Luisa recreaba en su imaginación. Y eran tan teatrales y sorprendentes como la propia Marchesa, quien sabía que no había mejor escenario para lucirlos que cualquiera de sus insólitos bailes de máscaras. Como prueba fehaciente del enorme éxito de los diseños de Bakst interpretados por Luisa Casati, circuló por la ciudad una fotografía en la que la Marchesa vestía un disfraz de bailarina persa con múltiples velos azules y dorados, que se completaba con un gorrito cónico adornado con perlas y con unas babuchas curvadas en la parte delantera con dorados en el talón. En la imagen aparecía agarrada de la mano de Boldini, subido a un improvisado estrado circense para, desde su corta estatura, poder alcanzar la de su altísima amiga.

Atrás y olvidada quedaba aquella desavenencia tras su primera experiencia como pintor y modelo. Lejos de romperse, la amistad entre Boldini y Luisa se había fortalecido con el paso del tiempo. El pintor visitaba a Luisa con frecuencia en Venecia. Desde el día en que se conocieron y vio cómo la Marchesa recogía a gatas las perlas caídas sobre el pavimento, le divirtieron tanto sus extravagancias como sus interesantes consideraciones estéticas y su audaz conversación. Además, estaba tan agradecido a su generosidad y hospitalidad que quiso demostrárselo como a ella más le gustaba: con un romántico dibujo en el que la representaba en su esplendorosa góndola. También Bakst capturó su extraña belleza en un par de retratos al carboncillo.

Ninguno de ellos dibujó, sin embargo, aquellas apariciones de Luisa en la plaza de San Marcos acompañada de sus guepardos enjoyados y envuelta en piel, que quedó para siempre como su imagen más conocida y repetida entre mil y una leyendas gracias a la ilustración realizada por Joseph Paget-Fredericks en los años cuarenta. Tampoco recogieron con sus lápices alguna de esas epatantes apariciones en las que llevaba más perfume que ropa... Ni sus animales salvajes ni su desnudez, casi completa, lograban robarle protagonismo a sus grandes ojos inmóviles, de pupilas sobrenaturalmente dilatadas por la belladona que recrearon tantos artistas. Alberto Martini, a quien muchos considerarían más tarde el precursor del surrealismo, decía que su apariencia era tan irreal que le otorgaba el aspecto exacto de una escultura egipcia. Gracias a sus sublimes vestiduras, a esos ojos descomunales y sus comportamientos impredecibles por completo, la Casati era ya, sin discusión, el mayor espectáculo de Venecia.

El fotógrafo Adolph de Meyer y su mujer y musa Olga se encontraban entre sus más devotos admiradores. Se trataba de una pareja unida por su homosexualidad individual y su enorme dependencia de una droga que comenzaba a ser frecuente: la cocaína; circunstancias que no restaban ni un ápice de talento a la cámara genial de De Meyer, de donde nacían unas espléndidas producciones en blanco y negro, cargadas de erotismo y reclamadas en revistas tan prestigiosas como *Vogue* o *Harper's Bazaar*. Meyer, además, publicaba en tales revistas exquisitos artículos sobre el mundo del lujo, que tan bien conocía gracias a sus relaciones con las personalidades más destacadas de la época, entre las que se encontraba la Marchesa más sorprendente del planeta. Su personaje preferido.

La reputación de De Meyer creció tanto que se convirtió en uno de los fotógrafos mejor pagados del mundo. Tanto como para permitirse, durante cada septiembre de la Belle Époque, alquilar el pequeño palazzo Balbi Valier y encontrarse con la inspiradora Casati.

Luisa les invitó a varias cenas en su casa, a cuál más original; pero ninguna fue tan delirante como aquella donde uno de los invitados era una figura de cera masculina de tamaño real. A partir de ese momento empezó a correr el rumor de que, en algún lugar del corazón, la figura contenía una urna donde la Marchesa guardaba las cenizas de amantes del pasado. Un rumor que a Luisa le divirtió tanto como para animarle a pensar que llevaba sobre sí el aura macabra de su admirada Cristina Trivulzio.

Quizá fuera esa aura lo que hizo que el escritor británico Cecil Roberts no pudiera dejar de describir hasta el menor de los detalles de las andanzas de la Marchesa, mientras Meyer la fotografiaba una y otra vez.

D'Annunzio, tras revisar con cuidado cada uno de aquellos retratos realizados por el genial fotógrafo en blanco y negro, no pudo evitar colocar una inscripción mística sobre uno de ellos, en el que Luisa aparecía reclinada sobre una silla, cubierta de perlas y sujetando un cigarrillo, tal vez de marihuana: «La carne es simplemente el espíritu prometido a la muerte».

13

Luisa no pretendía repasarlo todo ni descubrir cómo había llegado a un universo al que no creía pertenecer. Pero fue ese mismo universo el que la salvó del vacío en el que se vio sumida tras el accidente. Un universo que llevaba el nombre de su marido escrito en los planetas. Fue él quien le devolvió el interés por vivir, aunque se tratase de una vida distinta.

El mismo día en que se conocieron en la oficina de su padre, Juan le propuso recorrer Kenia. Él era un atractivo fiscalista muy reconocido y valorado, pero también un hombre solidario y un apasionado del mundo animal. Colaboraba desde hacía mucho tiempo con una ONG con la que viajaba con regularidad a África, y no se le ocurría ningún otro método más infalible para conquistarla que llevarla con él.

Juan era inteligente, ingenioso y su conversación siempre resultaba interesante. Tanto como para despertar el interés adormecido de una Luisa siempre ansiosa de novedades. Sin darse cuenta, se vio a sí misma apartando su pena y dejándola anestesiada en algún lugar de su corazón, al tiempo que aceptaba ponerse en ruta con un extraño.

El viaje, arriesgado por ser dos desconocidos quienes

iban a compartirlo, resultó inolvidable. Perfecto. Desde la primera cena en Nairobi con los británicos fundadores de la ONG en el más antiguo y selecto de los restaurantes, el Tamarind, hasta la estancia, a la vuelta a la capital keniana, en el mítico hotel de las jirafas, el Giraffe Manor, pasando por la convivencia con los no menos míticos masáis, que compartieron con ellos su mantequilla artesana y la carne de antílope. Ni Luisa ni Juan se animaron a probar esa leche de vaca ensangrentada, que según les contaron es el secreto de juventud de la raza, porque se sentían tan jóvenes y plenos como para no necesitarla.

Sobrevolaron en avioneta el lago Turkana y los poblados de los Samburu, los Rendille, los Gabra y los somalíes; visitaron algunas de las zonas más pobres del país, donde convivieron con los aborígenes en sus míseras cabañas; ocuparon una tienda en un campamento, en plena selva, en la que los feroces rugidos de los animales salvajes parecían tan cercanos como para apagarlos en un abrazo protector. Como caprichoso colofón de un viaje encantador, se desplazaron hasta la isla de Lamu, donde se hospedaron en el afamado y lujosísimo hotel Peponi, donde disfrutaron de una ginebra con tónica sobre su terraza, prácticamente colgada sobre el mar.

Juan, diez años mayor que Luisa, llevaba una exitosa carrera profesional a su espalda, de modo que podía permitirse tales lujos y ofrecérselos a una Luisa que gozaba como una niña. El entorno y la situación fueron tan propicios como la manera en la que fluyó el sexo entre ellos, sin forzarlo, como si fuera parte de la conversación. Fue un sexo liberador, a partir del cual ambos fueron conscientes de que su relación tenía más futuro del que, al menos Luisa, había previsto en un principio.

—Eres extraordinaria —la admiró él bajo el ventilador de su habitación en el hotel Giraffe Manor, a su vuelta de Lamu, tras hacer el amor.

Luisa se estiró sonriente, desplegando su brillante y ondulada melena castaña sobre la almohada y sintiendo una agradable sensación de bienestar. En la ventana se veía dibujada la silueta de una jirafa.

—Tú sí que eres un mago —repuso Luisa—. ¡No sé cómo has logrado que me sienta tan bien! Creí, de verdad, que jamás volvería a tener ganas... ¡de tener ganas! Y ya me ves: envuelta en esta sábana y deseando alimentar a uno de estos bichos cuellilargos.

—¿Te gusta? Creo que es el único lugar del mundo en el que se puede dar de comer a una jirafa desde las habitaciones del segundo piso.

—Lo encuentro delicioso —reconoció Luisa sin dejar de sonreír.

—Como tú, princesa. Pero dime —repuso Juan sujetando con cariño su rostro entre sus manos y depositando un beso en su nariz—, ¿no te gustaría, además de darle de comer a las jirafas, pintarlas? Tu padre me dijo que estabas a punto de convertirte en toda una artista cuando...

Juan dejó de hablar al ver el rostro de Luisa ensombrecerse. La pintura era lo que ella más amaba en el mundo, pero no solo iba ligada al recuerdo de las dos personas de cuya desaparición se consideraba responsable, sino que casi le parecía una traición compartirla con alguien más.

—No quiero hablar de pintura, al menos por el momento —dijo cambiando el gesto y recuperando el tono jovial—. Además, me dijiste que no te interesaba el arte...

—... siempre que no te interese a ti. Es verdad que no tengo conocimientos artísticos y que el mundo del arte nunca me ha interesado mucho, pero todo eso puede cambiar si es importante para ti —expuso Juan con dulzura.

Luisa se rindió ante la delicadeza y el cariño con el que le hablaba. Tomó una de sus manos entre la suyas y le confesó:

—Ahora no podría pintar. Aunque quisiera. No noto, mi, mi... mi don. Es como si hubiera olvidado todo, como si mi talento hubiera muerto también. Puede que no lo recupere jamás. O tal vez algún día. No sé decirte. Supongo que tendré que aprender de nuevo muchas cosas.

—No te preocupes —contestó—. Lo harás solo si quieres y cuando quieras... Y tendrás mucho tiempo para decidirlo. Toda la vida si lo deseas. ¿Quieres casarte conmigo?

Una boda de cuento de hadas, un viaje a Bahamas y la felicidad serena, que tantos no logran entender y que probablemente es la verdadera felicidad, llevó a Luisa a un estado de paz antes desconocido. Era cierto que no amaba con tanta pasión, ni se reía con tanto estrépito, ni exprimía la vida con tanta intensidad como antes del accidente. Pero se sentía dichosa y, sobre todo, tranquila. ¿Enamorada?, ¿cómo se sabe que alguien está enamorado? A veces solo se valora el amor cuando se pierde. Es difícil analizar el corazón. Si el dolor de la ausencia ponía de manifiesto en Luisa cuánto había querido a quienes ya no estaban, cómo lo mitigaba la presencia de Juan podía ser una señal de un nuevo tipo de amor. El amor es, más que cualquier otra cosa, un deseo. Una mirada. Y puede haber tantas clases de deseo y de mirada como de amor.

Este no era un amor ni por asomo parecido al que había sentido por Emilio, pero era amor. Un amor con el que combatir la tristeza, la melancolía, el sentimiento de culpa y, sobre todo, el dolor de la ausencia.

Durante muchos años fue feliz. O tal vez solo se creyó feliz, pero con creerlo le bastó para gozar plenamente de la vida que le había tocado. No se hacía demasiadas preguntas y tenía su alma adormecida por los vapores de una existencia apacible, sin muchos vaivenes ni demasiadas sorpresas y repleta de comodidad, de orden y de racionalidad. Su marido la adoraba, sus hijos eran maravillosos y su vida, serena y sencilla, sin grandes alborozos ni tampoco grandes problemas. Luisa se volcó en su familia, aprendió a cocinar, decoró su casa dejando en ella la prueba de ese talento artístico que no había llegado a desarrollar de manera profesional y hasta disfrutó de ser el ama de casa perfecta. En ocasiones, echaba de menos su vida anterior, pero intentaba evitar los recuerdos, porque siempre derivaban en ese momento lleno de sangre y dolor, cuya imagen seguía estampada en su cerebro con total nitidez.

Después de nacer su segundo hijo, hasta se atrevió a comprarse de nuevo todos los útiles para pintar; pero solo consiguió dibujar el mismo caballo con el que, en su infancia, su madre había descubierto su talento de artista. Lo reproducía una y otra vez, de modo obsesivo, hasta que decidió enterrar sus cuadernos y carboncillos en el sótano. Hubieron de pasar varios años más hasta que retomara la costumbre de acercarse hasta el madrileño parque de El Retiro, muy cercano a su casa, para dibujar, a escondidas de su familia y oculta entre la multitud, las diversas escenas cotidianas. Y lo hizo en contadas ocasiones. Después, todas sus herramientas de trabajo quedaron en el cajón de los recuerdos y dormidas en el mismo sótano que ahora había llenado de imágenes de Luisa Casati. ¿O eran suyas?

Se notaba muy cambiada. No es que hubiera regresado a sus orígenes, pero sabía que quería sentir como una vez había sentido y necesitaba que volvieran a sorprenderla, si no la vida, acaso los sueños. Reconocía la necesidad de escaparse de esa existencia tranquila, en la que se había refugiado del dolor durante años. Recordó los versos del «Hombre que mira al techo» de Mario Benedetti: «... o sea que / no sé hasta cuándo estaré sereno / porque la calma ya no da abasto / hay que confiar y yo confío / no hay mal que dure cien años...».

No quería más calma, ni más rutina, ni más vida perfecta; quería huir de la convención y volver a apasionarse, sobre todo con el arte que tanto la hiciera gozar y que ella misma borró de su vida durante tantos años. Y sabía que, para esa tarea, tenía una cómplice perfecta que le haría navegar por los mundos más estrambóticos y sorprendentes. Y no era otra que Luisa Casati.

14

La vida de la Marchesa se desarrollaba entre la extraña e insólita paz de su zoo particular, donde convivían las especies más diversas sin altercados graves, y sus espectaculares fiestas, donde también la mezcla de egos y personalidades era una constante bomba de relojería que Luisa controlaba con maestría para evitar confrontaciones. Resultaba sorprendente que la Marchesa consiguiera que ni entre sus artistas ni entre sus bestias hubiera prácticamente ninguna dentellada, pero es que poseía un inigualable don para tratar con las fieras más salvajes, por muy humanas que fueran. Y todas encontraban un espacio junto a ella: un mono que desprendía un terrible hedor, las serpientes que a veces utilizaba como joyas y entre las que destacaba una descomunal boa constrictor llamada Anaxagarus, que la acompañaba en muchos de sus viajes por el continente, o cualquiera de aquellos artistas cuyas megalómanas conductas podían resultar más peligrosas que los afilados colmillos de sus guepardos.

Eso sí, según su legión de seguidores, Luisa prefería la compañía de hombres y animales porque, aunque contara con algunas conquistas femeninas en su haber, detestaba a las mujeres. Y es probable que así fuera, porque Luisa aborrecía repartir la admiración y atención de los varones que tanto la adoraban con otras mujeres, con las que, además, le aburría competir.

La Marchesa, que no soportaba la rutina de una vida normal y hacía de la extravagancia su norma, tampoco resistía que se alabara a otra mujer que no fuera ella. También necesitaba el halago femenino, pero prefería despertar la envidia entre sus congéneres antes que recibir su aprobación. Quería epatarlos a ellos más que a ellas, a quienes, salvo excepciones, consideraba atrapadas en las convenciones y sometidas a las normas impuestas por los hombres. Y lo conseguía. Con su actitud, su personalidad y con sus carísimas fiestas que ni ellos ni ellas querían perderse.

La más monumental de cuantas celebró en Venecia fue sin duda el Gran Baile Pietro Longhi, en la plaza de San Marcos. «¡Qué ocurrencia!», decían algunos de sus detractores. «No conseguirá jamás que le autoricen a hacer una mascarada en San Marcos». Pero sus devotos, que conocían bien a esa Luisa capaz de cualquier cosa —dispendios de todo tipo incluidos— con tal de obtener lo que deseaba, aseguraban: «La Marchesa lo logrará. Siempre obtiene lo que quiere».

Y así fue. Luisa utilizó su fama, su poder y su dinero para involucrar al alcalde, a concejales, a la Policía... Todos, rendidos y recompensados, permitieron a la Marchesa utilizar la mismísima plaza de San Marcos como salón de celebraciones, así que tal baile de disfraces no solo sería único, sino que pasaría a formar parte de la propia historia de la ciudad. Antes de celebrarse la expectación era tal que hubo que plantear las más exhaustivas medidas de seguridad. El jefe de la Policía ordenó que un batallón de *carabinieri* con uniformes de gala guardara la entrada y la salida del Palacio Ducal. Los venecianos alquilaron los balcones de sus casas a precios exorbitantes para que los espectadores, que se situaban incluso en los tejados, pudieran atender mejor al insuperable espectáculo, del que no podían disfrutar los curiosos apostados en las esquinas de la plaza, debido a que doscientos sirvientes formaban un cuadrilátero humano para proteger a los invitados.

La iluminación de las mesas del centro de la plaza se lograba gracias a pirámides humanas —cuyos integrantes vestían libreas escarlatas y empolvadas pelucas blancas— desde las que se sujetaban los vistosos candelabros. Bakst diseñó no solo los vestidos de los sirvientes sino también los de los invitados más destacados, que acudían a la llamada de Casati para compartir sus deliciosas excentricidades, pagadas con esa fortuna infinita que la Marchesa dilapidaba sin decoro y sin contención.

Los invitados, los venecianos, los turistas y los viajeros estaban deseando disfrutar de tan singular espectáculo, en el que la presencia de aquella mujer convertida ya en una leyenda viva era parte del mismo. Su entrada al baile resultó incluso más impactante de lo esperado. De repente, desde más allá de las aguas, empezó a oírse una misteriosa música. Provenía de una góndola en la que viajaba una pequeña orquesta iluminada por cientos de linternas chinas. Era el acompañamiento musical que anticipaba la llegada de la anfitriona del baile. Trompeteros, portadores de banderas y un trío de halconeros la precedían también en medio de una expectación que arrancaba suspiros entre los asistentes.

Finalmente, cual si fuera una reinterpretada diosa del amor, Luisa emergió de las aguas ataviada con un resplandeciente vestido de satén dorado, con falda de miriñaque, acompañado de un abrigo de encaje negro.

Dos jóvenes lacayos emplumados y sus ya famosos guepardos, sujetos por unas correas prendidas a sus collares adornadas con turquesas y diamantes, flanqueaban a la Marchesa como si fuera la deidad que parecía. Su soberbia imagen resultaba tan espléndida como espectral.

El público congregado enmudeció ante la imagen sobrenatural, que admiraba boquiabierto, hasta que un aplauso contagió a los demás y la Casati acabó recibiendo los vítores enfervorecidos de cuantos allí se encontraban. Una vez más era protagonista y reina de su propia fantasía convertida en realidad; la dueña y señora de un universo sensacional al que le había arrastrado, desde el mismo instante de su primer encuentro, el respaldo incondicional y la complicidad inquebrantable de su amante, Gabriele D'Annunzio.

Su romance traspasaba ya los límites de la aventura y se encontraba sostenido en el apoteósico deslumbramiento que la Marchesa provocaba en el escritor. Su relación era diferente a las que D'Annunzio mantenía con otras mujeres, porque Luisa valoraba cada vez más su independencia y comprendía y hasta reclamaba la de su amante. Y esta actitud, tan poco frecuente entre las mujeres de todos los tiempos, añadía una potente intensidad a sus encuentros, porque el escritor sabía que nunca le pertenecería del todo y que jamás estaría con él más tiempo del estrictamente preciso. Como escribiría más tarde el autor francés Philippe Jullian: «Ella siempre trató a D'Annunzio de igual a igual, siempre supo cómo sorprenderle y también cómo desaparecer antes de que él se acostumbrara a sus locuras».

Unas locuras que D'Annunzio había fomentado y hecho crecer en el interior de una Luisa cuya personalidad excedía cualquier previsibilidad. Como relata D'Annunzio en *El libro secreto*:

> Esta noche me espera. Preparo mi cuerpo como para la tumba. La última noche de vida.
>
> Hay partes de su cuerpo que no se olvidan. No se sien-

ten vivir… Yo siento vivir mi cuerpo entero, desde el dedo del pie a la frente, como dentro de un aleteo de fiebre.

Estoy dentro de la góndola. Atravieso el canal. Me acerco al palacio. Una fina lluvia cae iluminada por el resplandor de la luna velada. El olor verde de la marea baja. El chapoteo del agua contra los escalones.

Veo relucir los reflejos de oro sobre las vidrieras. La alfombra atigrada desciende dentro del agua.

Algo de blanco, algo de lunar… Ella está ahí con sus dientes resplandecientes entre sus labios duros. Ella con su vestido de plata y perlas: los largos pantalones plateados, la blusa de perlas bordadas, el espléndido casquete, la pluma vertical.

Yo la abro, yo la acuesto. Yo la encuentro, me arrodillo delante de ella. Encuentro dentro de su cuerpo suntuoso y metálico esa otra boca sombreada. Ella está caliente, casi ardiendo… Toda ella.

Mi corazón se para. Lo he apuntalado en un féretro de plata. El mundo se desvanece.

Adiós, gloria, adiós, dominación.

15

Juan recorría la habitación de un lado al otro, con las manos en los bolsillos, inquieto y molesto. Llevaba muchos días observando la extraña transformación de su mujer y, aunque quería respetar su espacio, no se sentía nada cómodo. Desde que Luisa volviera del coma no era la misma persona: siempre sumida en sus cavilaciones, sin pensar en sus obligaciones... ¡Ni siquiera llamaba a los chicos con regularidad! Era como si necesitara otro contexto, otra vida. Y así debía ser, porque la última ocurrencia era un viaje a Venecia, sola y sin ningún motivo.

—¿Cómo que te vas a Venecia? —inquirió casi levantando la voz, algo que era absolutamente insólito en él.

—Sí, me voy, Juan —repuso Luisa con tranquilidad—. Tengo que irme.

—Pero explícame por qué... —Juan hablaba sin dejar de recorrer la estancia de uno a otro lado—. Nunca has viajado sola en estos veinte años que hemos compartido. No nos hemos separado salvo por asuntos de trabajo. Y, sí, yo me voy solo a las cacerías porque a ti no te divierten. ¡Pero no se me ocurriría irme sin ti sin ningún motivo! ¿Me podrías decir, al menos, a qué vas o por qué quieres ir?

—Escúchame, Juan —anunció Luisa con tal firmeza que le hizo detenerse de golpe—. No sé lo que me sucede ni tengo nada que reprocharte. Te quiero, quiero a mis hijos, pero... ahora ellos estudian fuera, tú tienes tu vida en tu trabajo y, sí, muchas veces te vas a cazar, a un congreso, o adonde sea. Y yo, sencillamente, sigo el curso de un universo que a veces dudo de que sea el mío. Tú das por hecho que tus ausencias y mi rutina no deterioran nuestra existencia, pero sí lo hacen. Es posible que no hubiera reparado en ello si la propia vida no me hubiese obligado a recapacitar tumbándome de golpe en una cama de la que no se sabía si saldría o no, pero ahora siento carencias y vacíos. Y lo que es peor, no sé con exactitud ni quién soy ni dónde estoy.

Luisa bajó los ojos. Se sentía cansada y triste. No quería dañar a su marido ni pretendía hacerle ver a él lo que a los ojos de ella eran sus defectos «Te quiero pese a tus defectos y mis reproches», rezaba la frase de Oscar Wilde que ahora se le venía a la cabeza. Solo necesitaba que respetara su decisión de ir a Venecia, incluso aunque no lo comprendiera. Sería más fácil, porque estaba decidida a irse lo hiciera o no.

—Juan, mi amor —insistió con suavidad—, cuando me desperté de mi sueño me di cuenta de que llevábamos muchos años dormidos y quietos. Demasiados para mí, aunque lo desconociera. Mi urgencia tras el coma fue volver a interesarme por aquella que fui antes incluso de conocerte, cuando los vientos de la desgracia no me habían arrancado el corazón. No te pido que lo entiendas, ni tampoco te estoy diciendo que no haya sido feliz todos estos años a tu lado; pero sabes, como yo, que en los últimos tiempos nos faltan muchas cosas que tú rellenas fuera de casa y yo simplemente hago como que olvido que nos faltan. Pero es cierto que no están, que se fueron para siempre... o quizá solo para un rato, no lo sé. Lo importante es que sepamos los dos que no están y que si queremos que nuestra vida continúe será necesario luchar por recuperarlas. Y yo quiero hacerlo, de veras. Aunque para eso me tengo que recuperar antes a mí misma. A la que fui antes de ti. Y luego ya veremos si «ella» te conquista o te espanta. Mi empeño no es volver a intentar ser artista, pero sí volver a gozar con el arte y pintar, no ya un lienzo, sino cada día con un color nuevo y distinto... Y también buscar que las diferencias entre nosotros nos vuelvan a emocionar. Saber que tus labios son distintos a los míos. Temblar cuando me besas...

Luisa hizo una pausa en su discurso y respiró profundamente antes de continuar:

—No quiero volver a acostarme contigo como si no estuviera mientras me haces el amor. Y no me digas que no sabías que no sentía nada desde hace tiempo, porque llevas años sin verme disfrutar como antes. No te culpo de nada, en serio, también yo lo había aceptado; pero ahora creo que tenemos que cambiar el rumbo de las cosas o ser valientes y tomar caminos distintos.

Juan la escuchaba sin poder mirarla. Sus ojos castaños humedecidos luchaban por no dejar escapar las lágrimas. Sabía que la estaba perdiendo. O que la había perdido ya. Y también sabía que no podía vivir sin ella. Que no quería. Durante muchos años temió que el fantasma del arte se la arrebatara, pero en la calma creyó que ya sería suya para siempre. Era cierto que sabía que ya no gozaba. Desde hacía mucho. Pero pensó que también eso formaba parte de la vida conyugal y no le dio importancia. Lo importante era ser la familia unida que eran. La que conformaban junto a sus hijos. Y, sin embargo, era posible que un infarto, un coma o cualquier otra advertencia de la naturaleza lograra que dejaran de serlo. Él no podía hacer ni decir más. Tenía que asumir la realidad y confiar en que el destino les deparase lo mejor para todos. Aunque ya no tenía claro qué era lo mejor y lo peor. Y mucho menos si lo que era bueno para él lo era también para Luisa y viceversa.

—Márchate si quieres —susurró—. Si es lo que necesitas... Pero no sé qué te va a dar Venecia que no te demos nosotros, los que te amamos desde siempre, los que estamos a tu lado cada mañana y cada noche...

—Juan, yo te quiero —le interrumpió ella con tanto cariño como contundencia—. Y te debo toda mi calma... Pero esa mujer que viste pintada en las paredes el sótano, esa otra Luisa y su recuerdo y la Venecia en la que ella vivió son las que pueden liberarme de toda esa serenidad que ahora no me deja respirar. Es posible que este viaje me haga sufrir y me demuestre que ya no soy ni artista ni tan siquiera la sensible espectadora del arte que un día fui. Pero también puede que suceda todo lo contrario: que me descubra que, pese al tiempo transcurrido, aún tengo la posibilidad de teñir cada amanecer de azules y amarillos y cada ocaso de rojos y naranjas. Y de emocionarme. Y de sentir la zozobra de no saber cómo terminará el día, ni la obra que empiezo... Pero no temas, no te abandonaré si acabo siendo yo. Lo que es probable es que me vaya de tu lado para siempre si no consigo serlo de nuevo.

—Vete, Luisa, vete... —accedió Juan desbordado por su propia impotencia ante una situación que no era capaz de asimilar—. Que sepas que te esperaré, aunque ya en esa delgadez a la que te ha llevado la otra Luisa, y en ese maquillarte tanto tus preciosos ojos y cambiar el color de tu pelo, veo más a ese espectro del muro que a ti. Y eso sí que lo temo: porque yo te amo a ti y no a ella.

Luisa levantó la cara hacia el cielo, volvió a respirar profundamente y luego se apresuró a contestarle:

—¿Y quién soy yo, Juan? ¿Tú lo sabes? ¿De quién te enamoraste?, ¿de mí o de lo que quedó de mí tras el accidente? Supongo que no quisiste preguntarte quién era antes de ti y sencillamente consentiste que mis sueños se fueran disipando. Pensarías que esos anhelos de ser artista que te describí con vaguedad, de lo que preferí no hablarte más por lo mucho que me dolían, no eran más que un capricho y no una pasión, una necesidad de devolver al mundo un don. Es tan fácil justificar cualquier comportamiento que nos resulte conveniente... Y no hay conducta más provechosa para un varón que la de la mujer que lo abandona todo, decide ocuparse de él y solo de él y le hace brillar celebrando sus éxitos y aplacando sus fracasos. Es cierto que fui yo quien eligió actuar así. También que lo hice sin mucho esfuerzo, tal vez porque, en parte, soy realmente así; pero también soy otra que, además de aplaudir tus logros, tan ajenos a mí, podría optar a aquello que más ansía, y es esa emoción artística que mantiene en permanente expectativa al alma. No sé si volveré a pintar, aunque ya lo he hecho sobre las paredes de nuestro sótano, pero necesito comprobar si queda algo en mí de la artista que un día se atisbara en mi interior. Y será el reflejo de esa otra Luisa y de su Venecia el que me ayude a alcanzar la gloria de, al menos, haberlo intentado.

16

Aquella iba a ser una de sus más largas estancias en Venecia. Luisa permanecía demasiado tiempo en ninguna parte, pero Venecia era el lugar en el que se encontraba más cómoda y donde podía dar salida con mayor facilidad no solo a todas sus extravagancias, sino también a sus inagotables anhelos artísticos. Y más en aquellos días en los que la fiel devoción de los Meyer y el reencuentro con Martini hacían que se sintiera especialmente feliz. Alberto Martini era uno de sus más queridos amigos. Entre ambos se había establecido desde el primer momento una corriente magnética que desbordaba sensaciones y ofrecía magníficos resultados, como sucedió con aquella primera colaboración con Marinetti que en su día facilitara la Marchesa. Ahora ambos acababan de acordar la firma de un nuevo contrato que iba a quedar sellado en una cita que Martini no olvidaría jamás.

La imagen de una Luisa vestida de rojo pálido y oro, cuyas pupilas inmóviles y brillantes al recibirlo para rubricar el acuerdo destilaban, según contaría años más tarde el propio pintor en sus memorias, «una majestuosidad bizantina», quedó impresa en la retina de Martini para siempre. Gracias a este fructífero pacto verían la luz, en las siguientes dos décadas, más de una docena de retratos y otros muchos dibujos menores. Unos trabajos que satisficieron muy especialmente a Luisa, quien encontraba en la estética macabra del artista el mejor reflejo de su propia personalidad. Martini representó a Luisa como una excepcional Juana de Arco; como la primera bailarina del siglo XVIII conocida como «la Camargo»; como una amazona a lomos de su caballo, vestida con la armadura, el casco emplumado de César Borgia y su boa constrictor enrollada a sus pies; como Medusa...

Cada cuadro contaba una historia distinta y fascinante sobre una Luisa Casati, siempre diferente, a la que le interesaba muy en especial esa capacidad de Martini para metamorfosearla en cada una de sus pinturas. Si alguna destacaba de entre todas ellas era sin duda la titulada *Un lento despertar después de la metempsicosis*. El título, inspirado en el poema de Verlaine «Kaléidoscope» («... *Un lent réveil après bien de métempsycoses: Les choses seront plus les mêmes qu'autrefois...*»), recogía el espíritu de una de las inquietudes más constantes de Luisa: la metempsicosis, el traslado del alma a otro cuerpo. En el cuadro, la Marchesa aparecía de pie, cerca de la orilla de un lago veneciano iluminado por la luna, y su esbelta figura iba transformándose en la de una mariposa, por lo que su brazo derecho aparecía representado como una resplandeciente ala de tal insecto.

Luisa se mostró enormemente complacida con el trabajo del artista, que recogía su preocupación por la posibilidad de transmutarse en otro cuerpo, no necesariamente humano, y en el que el protagonismo se repartía entre ella misma y la mariposa en la que se estaba convirtiendo. La pintura, un enorme pastel de tres metros de altura que sería expuesto en la Exposición Internacional de Venecia de 1914, también sería conocida como *Mariposa nocturna*. A Luisa le parecía apasionante la posibilidad de llegar a ser lepidóptera y volar libremente en las noches oscuras, o de posarse sobre alguna piel conocida y advertir de su presencia con un breve aleteo. Era hermoso pensar en albergar su alma en la de un animal. Casi en la de cualquier animal. De hecho, los animales formaban parte de su vida de tal forma que, durante la ejecución de la obra, Martini se vio obligado a trabajar mientras varios loros escalaban el cuerpo de la Marchesa y un cóndor recorría libremente la estancia en la que trabajaba.

Muchos consideraban que ese constante rodearse de animales, algunos de ellos más que inusuales, tenía que ver con su condición de hechicera; pero aquella fauna exótica y sorprendente poca relación guardaba con la brujería y mucha con la manera de entender la vida de una mujer que, según le explicó a Martini, realmente creía en la transmigración del alma a su muerte, ya fuera en otro ser humano o en un animal. Y ella, que siempre lograba gracias a su ingenio y a su dinero convertir en realidad cualquier sueño, pensaba en cómo podría elegir el camino correcto de su alma, cómo haría para dirigirla hacia ese otro ser —humano o animal— en cuyo cuerpo viviría, de nuevo, una vida diseñada en exclusiva por ella. Luisa estaba tan acostumbrada a realizar todos sus deseos que ni siquiera descartaba poder diseñar la eternidad.

—¿De verdad, mi querida Marchesa, crees que podrías convertirte en una mariposa?

—O en cualquier otro animal, incluso en esa Medusa en la que me has transfigurado con tu arte, Martini —contestó vehemente Luisa—. Pero yo creo que antes que en cualquier otro ser viviente, real o no, me transformaré en un león. Desearía ser un león. Por eso quiero que me proporciones una cabeza de león en tu obra, porque cuando me miro en los espejos reconozco un león en mí: me veo y me siento como un león. No como una leona. Nunca. Como un león.

—Ayer eras Medusa, hoy un león... e incluso hace pocos días me hablabas como si creyeras ser el propio fénix.

—El fénix no es más que otra ave —se impacientó Luisa—. Y yo no quiero volar, al menos no hoy. Quiero sentir la tierra bajo mis garras de león y rugir al destino que nos balancea por la existencia sin desvelarnos si existe la eternidad, si accederemos a ella vagando de forma en forma, humana o animal, o desvestiremos nuestra alma de nuestro cuerpo y seremos puro espíritu. Dame la cabeza de león. La quiero, la necesito...

—Está bien, pero tú deberás consentir, entonces, en ser admirada en tus distintas formas recogidas en mis pinturas. Sabes que me reclaman continuamente una exposición de tus retratos.

—¡De ninguna manera! Tu arte no es comercial, tu arte va más allá de este mundo y deberías entenderlo.

—¡Perderé oportunidades y una fortuna! —se lamentó Martini.

—¿Y qué es la fortuna comparada con la dignidad del arte? ¡Nada! —contestó Luisa sin recordar aquel primer retrato de Boldini, que ella misma se empeñó en que fuera reproducido tantas veces como fuera posible.

Martini se rindió. Ya era mucho lo que había recibido de la Marchesa por más que fuera lo que perdiera. Además, a Luisa le sucedía lo mismo con los artistas que con los animales: era capaz de disolverles toda la fiereza con solo mirarlos a los ojos.

Fue también, por entonces, cuando Luisa conoció, una vez más a través de D'Annunzio, a la escultora rusa Catherine Barjansky, que creaba pequeñas figuras de cera adornadas con finas telas y joyas. Las obras de la joven, esposa del famoso chelista Alexander Barjansky, dejaron tan anonadada a la Marchesa que, además de hacerle un encargo, la incluyó inmediatamente en su círculo de amistades. Su actitud con Barjansky causó extrañeza entre sus amigos, poco habituados a verla en compañía de mujeres. Pero para Luisa, Catherine era más una artista que una mujer. No existía competición posible con ella puesto que Luisa sería su mecenas. Y un mecenas no podía despreciar un arte tan personal como el de Catherine. Menos aún renunciar a uno de sus retratos. La Marchesa estaba más volcada que nunca en los universos artísticos y en su empeño de convertirse en una obra de arte viviente, y para ello consideraba necesario que su personalidad fuera reflejada por todos y cada uno de los artistas que más valoraba, una y otra vez. De hecho, pensó que el maestro Boldini debía volver a inmortalizarla. El pintor italiano no pudo satisfacer su demanda de inmediato porque se encontraba inmerso en la realización de varios encargos y Luisa tuvo que esperar un tiempo; pero al final consiguió lo que quería y Boldini volvió a pintarla, esta vez de perfil, como una mujer fatal ataviada con el plumaje de un pavo real. Fue una obra magna que, como la primera, tampoco dejó indiferente a nadie y que colmó de satisfacción a su protagonista. También le complació coincidir, de nuevo de la mano de D'Annunzio, con el escultor conocido como el Rodin ruso, un aristocrático artista, el príncipe Paul Troubetzkoy, que contaba entre sus modelos al propio D'Annunzio, a Boldini —con quien muchos equiparaban su trabajo en la escultura—, a León Tolstoi montado sobre su caballo Delirio e incluso al mismísimo Augusto Rodin, quien declaró su admiración hacia su colega, tras ver parte de su obra en la exposición de la galería Hébrard de París. El resultado de esa cita con el también conocido como el «escultor vegetariano» —su amigo también vegetariano Bernard Shaw decía con un punto de humor que Troubetzkoy podía hacer cualquier cosa con un animal, excepto comérselo— fue una delicada escultura de Luisa con uno de sus galgos, que fue exhibida junto a *Un lento despertar tras la metempsicosis*, de Alberto

Martini, en la Exposición Internacional del Arte de Venecia en 1914.

Se trataba de dos visiones casi opuestas de la misma mujer. Por un lado, la espectral y tenebrosa de Martini; por otro, la casi ingenua de Troubetzkoy. El artista, a través de un modelado virtuoso y lleno de nervio, con cierto carácter impresionista, reflejaba casi a una niña cuidando con amor de su perro. Ver ambas obras juntas dejaba constancia de que Luisa Casati contenía muchas mujeres diferentes en su interior y podía ser cualquiera de ellas, en función del momento y la situación.

La exposición, que se celebró en los meses previos a la Primera Guerra Mundial, rechazó otros dos cuadros que recogían la imagen de Luisa Casati realizados por el pintor Giulio de Blaas, por considerar que la Marchesa tenía ya suficiente presencia en el evento artístico. Y Luisa, complacida con la gran acogida de las obras que protagonizaba, encajó bien la negativa de los organizadores. Tenía muchos más motivos para celebrar que para molestarse. Como la mejor manera de hacerlo era con una breve pero gloriosa excursión en góndola, reclamó la presencia de Emilio Basaldella, su más fiel gondolero. Quería que la condujera desde la muestra hasta su fantástico Palazzo Nonfinito mientras respiraba la deliciosa y gélida brisa veneciana y paseaba su nuevo éxito por los canales. A Luisa le gustaba contagiar su alegría cuando se sentía feliz, pero en cuanto se montó, pletórica, en su singular embarcación, la única blanca de la laguna, no halló reflejo a su júbilo en su gondolero, que se mostraba muy abatido. La Marchesa le ordenó que interrumpiera el viaje y le pidió, con cariño, que se sentara frente a ella en la embarcación.

—¿Qué ocurre, Emilio? ¿Ya no te resulta interesante tu trabajo? ¿Has perdido el gusto por navegar por las mágicas aguas del canal y ser el más perfecto capitán de mi góndola? En los últimos días has faltado al trabajo y hoy estás triste y pareces ausente... Adivino en tu mirada que algo te ocurre. ¿Ya no te divierte Venecia?

—Señora Marchesa —respondió Basaldella—, la bella Italia me tiene embelesado, hasta tal punto que no puedo mirar las aguas brillantes de Venecia sin ver en sus espejos su maravilloso rostro...

—¿La bella Italia? —preguntó extrañada Luisa—. ¿Es tu país lo que te hace sufrir en estos tiempos de cambio, donde todo anda a punto de desmoronarse y desde Venecia se ve como si nosotros fuéramos ajenos a ese mundo que se quiere robar la vida a sí mismo?

—No, señora. Mi preocupación no es mi país, Italia, sino una joven que porta su nombre: Italia Paoluzzi. La amo con desesperación. Pero su padre no piensa que un gondolero sea lo que ella merece.

—¿Cómo dices? ¡Seguro que no te conoce bien! Iré a hablar con él —decidió Luisa.

—No, se lo ruego, señora Marchesa —balbuceó el gondolero asustado, que de sobra conocía el carácter de la Marchesa—, no creo que logre nada más que perjudicar a la propia Italia.

—¡Basta! —gritó ella haciendo el propio gesto con la mano—. No hay amor verdadero que pueda morir de interés si yo puedo salvarlo. Y el tuyo es verdadero. Se nota en cómo te arrebata la vida. Y el amor tiene eso: te da la vida mientras te la roba.

Al poco, Luisa Casati iniciaba una cruzada particular para convencer a la familia de Italia Paoluzzi de todos los méritos de Emilio Basaldella para pretenderla y convertirla en su esposa. La Marchesa envió cientos de cartas a la casa Paoluzzi exaltando las virtudes del gondolero. La familia de Italia rehusó, carta a carta, las propuestas de Luisa Casati hasta que, tras verse literalmente empapelada, cedió ante tan irreversible empecinamiento y acabó consintiendo en que la pareja contrajera matrimonio. Emilio e Italia se casaron en abril de 1914, agradecidos para toda la eternidad a aquella mujer apasionada por el arte, la vida y el amor, fuese suyo o de otros.

Basaldella continuó a su servicio y fue quien guio su góndola hasta la veneciana isla del cristal, a Murano, en donde la Marchesa coincidió con el joven pintor mexicano Roberto Montenegro, precursor y protagonista del arte contemporáneo en su país y difusor del arte y la cultura mexicanos en el extranjero.

Montenegro acababa de comprar una vasija negra con asas en forma de delfines. Justo cuando iba a transportarla a su góndola, recibió una inesperada proposición. Otra cliente, una estilizada y elegante señora, deseaba el objeto que acababa de adquirir Montenegro y le ofrecía cualquier otro objeto de la galería, incluso de mayor valor, a cambio del suyo. El artista, intrigado, accedió, pero solo con la condición de conocer a tan caprichosa compradora.

—¿Cómo se llama? —le preguntó Luisa a Montenegro.

—Roberto, Roberto Montenegro. ¿Y usted?

—¿No sabe quién soy? ¿Nunca me ha visto? —inquirió irritada la Marchesa.

—¿Debería? —preguntó él entre extrañado y desafiante.

—Debería soñar conmigo a partir de ahora... —respondió Luisa abriendo desmesuradamente sus grandes ojos y entregándole una tarjeta—. Y lo hará. Sin duda. Como también pintará mi retrato.

Montenegro aún desconocía el poder de la Marchesa, pero su mirada había perforado de tal manera sus pupilas que le parecía imposible renunciar a ninguna proposición suya. Mientras recibía la tarjeta de la dama, junto con su aún incierto encargo, llegó la siguiente proposición:

—¿Cenará conmigo mañana? —La Marchesa no esperó respuesta—. Deberá venir en góndola. Le esperaré a las ocho en el palazzo Venier dei Leoni, donde resido. No tiene pérdida. Es el único inacabado. Me gusta que las cosas no tengan final. Al menos no el esperado.

La noche siguiente el pintor fue a cenar al Palazzo Nonfinito con la Marchesa y otros elegantes invitados procedentes del mundo del arte y de la aristocracia. Durante horas charló con todos y respondió a sus innumerables preguntas sobre México bajo el brillo dorado de la decoración de la singular vivienda de la Marchesa. Sin embargo, a lo largo de la velada, ella no mencionó en ningún momento el retrato que el día anterior, en su surrealista encuentro, le dijo que le encargaría. No tardaría mucho en hacerlo. Hacia las dos de la madrugada, justo antes de marcharse, la Marchesa le indicó cuándo podría posar para él, y así quedó acordado el encargo.

Al poco tiempo Montenegro retrató a la Marchesa vestida por Poiret, con un traje persa y sujetando una fruta en su mano, en las escaleras de su palacio, como homenaje simbólico al mito de Kore, con cuyo nombre Luisa fuera bautizada por D'Annunzio. En el retrato también se recogía la figura de un hombre situado a su lado, que le ofrecía un recipiente con corazones humanos. A Luisa le gustó tanto que ordenó que aquel dibujo fuera el que ilustrara sus felicitaciones de Navidad. Impresas, cómo no, en papel dorado.

17

El viaje a Venecia se le hizo interminable, pero al llegar a su destino todo el cansancio desapareció en un instante. Tenía un sentimiento contradictorio. Por un lado, le parecía como si la propia Venecia la reconociera a ella al igual que ella reconocía a Venecia; por el otro sentía la sorpresa inevitable que siempre provocaba la ciudad, se hubiera visitado antes o no. En el *vaporetto* que la llevaba a la plaza de San Marcos, mientras observaba el espectáculo de las construcciones que se extendían como prodigios en equilibrio a lo largo de los canales y se contemplaban, narcisistas, en el reflejo de sus aguas, se preguntó qué hacía allí y qué esperaba encontrar.

Al descender de la embarcación y arribar a la plaza la duda desapareció. Allí se encontraría a sí misma o tal vez, incluso, encontraría al mismo Dios, cuya existencia desterró por completo tras el accidente y al que, a veces, como en su día le contara su madre, parecía más sencillo hallar en las obras inmortales del hombre que en la tragedia inexplicable que rodea de continuo a los seres humanos. Echó un vistazo a su plano de Venecia y se dirigió al entramado de callejuelas minúsculas que habrían de conducirle hasta el pequeño hotel Splendid Venice. Se lo habían recomendado en la agencia de viajes. No era uno de los hoteles míticos de la ciudad, pero tenía una buena ubicación y un precio razonable para ser un cuatro estrellas. Iba a estar tan solo tres días en la Ciudad de los Canales, así que le pareció una buena idea permitirse una suite. Al llegar a la habitación, decorada con primor en tonos blancos y malvas, abrió la ventana sobre el río Orseolo y se integró en la agitada vida veneciana.

Hacía sol, lo que confería a la ciudad aún más encanto del habitual; así que apenas dejó el equipaje salió del hotel dispuesta a recuperar su esencia. Desanduvo lo andado y volvió a la plaza de San Marcos, epicentro de la ciudad, recorriendo las estrechas calles venecianas abarrotadas de pequeños comercios. Los cristales de Murano convertidos en ceniceros, figuras, pulseras o anillos invadían cada rincón. En algunas tiendas dormían, misteriosos, algunos excelsos espejos venecianos, y en otras refulgían las incontables copas de regios cristales de colores. Tras una mirada a la plaza, y muy especialmente al Caffè Lavena, Luisa casi pudo ver, a través de su imaginación, a su homónima y a D'Annunzio sentados al lado de los archifamosos guepardos de la Marchesa.

Ayudada por la guía *La Venecia secreta de Corto Maltés,* se dirigió hacia un pozo extraordinario, que reproducía en su decoración, tallada en el brocal, en la misma piedra, el entramado de una cesta de mimbre. Era un homenaje a su madre, que admiraba los tantos pozos imprescindibles en una ciudad construida sobre el agua pero sin agua para beber, y más que ninguno ese que era el preferido de Hugo Pratt, el veneciano autor del famoso Corto Maltés. Desde su ubicación, en la corte Gregolina, se atisbaba el pequeño y bello campanario de la iglesia de Santa Cruz de los Armenios. El lugar era tan encantador como lo recordaba, así que decidió permanecer un momento respirando la soledad de aquel rincón escondido, tan sorprendente en una ciudad siempre repleta de turistas, viajeros y supervivientes de otras vidas, que pretenden vivir la última al amparo de las rarezas de un escenario inigualable.

De vuelta a la plaza de San Marcos, Luisa no pudo evitar casi correr hasta el Caffè Florian para tomarse el característico spritz con su prosseco, su soda y su toque de Aperol o de Campari rojo bermellón «como los terciopelos del propio caffè». Todo le recordaba a su madre. Cerró los ojos y, al poco, con enorme sorpresa, descubrió que estaba llorando. Sus primeras lágrimas de duelo públicas, veinticinco años después de la pérdida, que escondió de inmediato tras unas gafas de sol de pasta negra que su madre solía llevar en sus años de juventud.

Salió del local empapada en esas lágrimas inesperadas, casi insólitas, y cruzó la plaza para alcanzar el Caffè Lavena, casi enfrente del Florian. Tenía que comer algo, y ningún sitio le parecía más adecuado que la terraza de ese café, donde tantas veces se encontraron la Casati y D'Annunzio o, mucho antes, Wagner y Cosima Listz. Pidió un sándwich y un *espresso* y, mientras esperaba, se dedicó a observar cuanto pasaba a su alrededor. La plaza, la catedral, la gente, todo le parecía susceptible de ser recogido en un lienzo. En su enorme bolso llevaba un cuaderno que salió prácticamente solo de su encierro junto con sus carboncillos. En él comenzó a dibujar cuanto veía.

Pequeños apuntes de la propia plaza fueron naciendo, mágicamente, de la punta de su lápiz. Tan concentrada estaba en su tarea que ni siquiera reparó en que alguien se acercaba a su mesa.

—*Lei parla italiano?* —le preguntaron de pronto.

Luisa levantó la cabeza de su cuaderno, sorprendida. Un hombre rubio, de casi dos metros y enorme sonrisa, la miraba desde las profundidades de sus clarísimos ojos verdes. Su pelo dorado y largo, un poco despeinado, brillaba al sol veneciano. Parecía un magnífico vikingo del siglo XXI enfundado en un sencillo vaquero y un grueso jersey azul grisáceo. Luisa, sonriendo también sin poder evitarlo, contestó:

—*No, mi dispiace, non parlo italiano, però parlo spagnolo ed anche inglese e francese se volete* —respondió orgullosa tras utilizar el escaso vocabulario italiano que conocía.

—¿Español? —preguntó en perfecto castellano el rubísimo desconocido—, ¿eres española?

—Sí, de Madrid —dijo Luisa casi enrojeciendo, desentrenada ante miradas de tanta intensidad.

—Nunca lo hubiera imaginado.

—¿Y eso por qué? —preguntó Luisa extrañada y apabullada por la inesperada situación.

—Porque las españolas no vienen solas a Venecia a menos que tengan el corazón roto. Y menos aún se atreven a sentarse a pintar solas en la plaza de San Marcos —contestó mientras tomaba asiento tranquilamente a su lado sin haber sido invitado.

—Bueno —repuso ella—, a mí un infarto casi me parte el corazón en dos y he vuelto a esta vida sin saber si soy española del todo o si tal vez fui veneciana o al menos viví en Venecia en alguna otra vida anterior. Pero ¿qué eres tú?, ¿un adivino?, ¿un sociólogo?

—No —contestó él riendo—, solo soy un veneciano de adopción. Un solitario que lleva encerrado en esta tierra de agua varios años y que ya suele distinguir, en la mirada de cada viajero, hasta los propósitos de su viaje.

—Veneciano de adopción, pero español de nacimiento, ¿no?

—Gallego, sí. De un pequeño pueblo llamado Laxe, situado justo en el mismo centro de la Costa da Morte en A Coruña, ¿lo conoces?

—Recuerdo vagamente haber estado recogiendo uñas de gaviota en la playa inmensamente blanca y de aguas gélidas de Laxe hace mucho, en otra vida muy anterior a esta que acabo de recuperar. Pero me sorprende que seas de allí. No recuerdo que quedaran vikingos en el lugar —comentó Luisa atreviéndose de pronto a jugar con la ironía.

—Tienes razón —aceptó el mismo vikingo que recogía la broma con una sonrisa—, pero mi madre era de ascendencia sueca y en la rubísima familia de mi padre, gallego, debió de haber también mucho mestizaje vikingo. En Galicia no es algo extraordinario. Cuando los vikingos llegaron por primera vez a la costa de Ribadeo, allá por el año 844 u 846, y se encontraron con esa misma lluvia que tiempo atrás espantara a los musulmanes, les recordó tanto a su tierra que concitaron todos sus esfuerzos en conquistar enseguida Coruña, que por entonces era una isla, conocida desde tiempos muy remotos por su antiquísimo faro, uno de los más antiguos de Occidente. Sin embargo, tras varios años de intentos de conquista y de encarnizadas batallas, los vikingos fueron vencidos por los gallegos y tuvieron que abandonar Jacobsland, que era como llamaban a Galicia. Eso sí, lo hicieron dejando vestigios de su cultura y de su raza por toda la zona, ¡y se sospecha que también en muchas vecinas del lugar! Como puedes comprobar —afirmó al tiempo que agachaba la cabeza y agarraba por sorpresa la mano de Luisa para obligarla a que se la recorriera—, mi cráneo es totalmente vikingo, ¿lo notas?

Luisa retiró la mano como si aquella cabeza despidiera fuego, temerosa del contacto repentino con un desconocido; pero de pronto se relajó y decidió que aquello no era otra cosa más que parte de la vida nueva que le tocaba vivir, y volvió a preguntar, curiosa, sonriendo...

—¿Historiador o antropólogo, tal vez?

Los ojos verdes de ambos se encontraron a la luz del tibio sol primaveral de Venecia. Se respiraba la humedad de siempre, pero algo amortiguada por el exiguo calor de esos rayos que, cuando acarician, poco importa lo que toquen, porque contienen una incomparable luz que todo lo mueve y transforma.

—No, solo conozco la historia de mi tierra, porque la he tenido que contar varias veces a lo largo de mi vida —confesó él sonriendo una vez más, y añadió—: ¿De verdad no has notado que soy escultor?

Luisa le observó con detenimiento y pensó que tendría que haberlo adivinado. Se le notaba el alma de artista en los gestos, en la piel bronceada marcada por las gruesas arrugas de quien nunca se ha protegido del sol y en sus bellas e inmensas manos, fuertes pero huesudas, de uñas algo descuidadas, tal vez erosionadas por el barro o el bronce.

Luisa rio. Su boca color cereza ofreció todos sus dientes blancos al desconocido, a quien no podía dejar de sostener la mirada.

—No sabía que a los escultores se les notara tanto que lo fueran —reconoció, sin dejar de reír nerviosamente.

—En cambio, yo siempre reconozco a un artista —aseguró él con seriedad fingida y sin retirar ni por un instante su mirada de la suya, antes de añadir sonriendo de nuevo—: entre otras cosas porque comen poco. No has probado tu sándwich. Tal vez quieras que un «veneciano» te lleve a comer algo a algún otro lugar menos típico que este.

—Por qué no —contestó Luisa animada—. Tengo aún tres días para recorrer Venecia.

—¿Tres días? Te faltarán tres meses, tres años o trescientos: Venecia nunca se recorre ni se conoce del todo. ¿Vamos?

—Vamos, sí —repuso Luisa mientras guardaba sus

carboncillos y su cuaderno en su bolsón—, pero aún no sé ni cómo te llamas.

—Gabriel —contestó él—, ¿y tú?

—Luisa —tardó en responder ella, estupefacta al escuchar su nombre.

18

La Marchesa solía combinar sus estancias en Venecia con viajes por todo el mundo. Regresaba a Roma periódicamente para visitar a su hermana Francesca, quien se mantenía ajena a todas sus excentricidades y a las habladurías de la gente, a las que daba poco crédito. Lo más insólito era que Luisa visitaba también a los hijos de su hermana, mientras que mantenía en la distancia a la suya, que continuaba internada en un colegio católico en Francia. Ni siquiera durante las vacaciones la veía demasiado, tal vez porque la incipiente adolescente de trece años rechazaba vestirse con los modelos que su madre, más que sugerirle, pretendía imponerle, adecuados para una joven de mucha más edad.

Cristina había heredado su altura, pero no su carácter, y pretendía llevar una vida corriente, aunque fuera del colegio tuviera que hacerlo siempre acompañada por su eficiente *fräulein*.

En aquella época, que el contacto entre padres e hijos de las clases más elitistas fuera casi remoto no era inusual, así que el desinterés que Luisa y Camillo demostraban por Cristina no resultaba extraordinario. Existían muchas otras circunstancias de su comportamiento —sobre todo del de la Marchesa— mucho más criticables para la sociedad del momento. Pero la hermana de Luisa, que no juzgaba su delirante vida como tantos otros, sí la reprendía por dejar tan abandonada a la niña. Y lo hacía con tanta insistencia que Luisa se cansó pronto de sus regañinas y comenzó a espaciar las visitas a su casa. En una de esas cada vez más largas ausencias, Francesca contrajo una virulenta meningitis que la desfiguró y, a partir de entonces, Luisa, aunque continuaba visitándola de cuando en cuando, dejó de invitarla a sus veladas públicas, donde lo más importante era la apariencia.

En lo más profundo de sí, Luisa guardaba la marca imborrable de la envidia que sintiera de niña hacia una hermana en la adolescencia mucho más bella, extravertida y capaz de relacionarse con el mundo que ella; pero el motivo por el que la apartó de su vida social fue otro: La vida de Luisa estaba tan marcada por la estética que no soportaba la idea de exhibir a una hermana deforme. Reconocía su crueldad..., pero no podía evitarlo. Era parte de su excentricidad que, a su vez, no era su manera de defenderse de un mundo siempre demasiado hostil para una persona de su antigua y enfermiza timidez. La relación entre las hermanas se enfrió tanto que sus lazos quedaron casi segados. Luisa, para apaciguar sus remordimientos, incrementó su ritmo de viajes y se convenció a sí misma de que no tenía tiempo para dedicarle a Francesca.

Viajaba constantemente. De Venecia a Roma. O a París, centro neurálgico de la vida artística e intelectual de la Belle Époque, donde organizaba algunos espectáculos tan sorprendentes como las surrealistas fiestas del palazzo Venier dei Leoni o la histórica mascarada de la plaza de San Marcos.

Algunas de las apariciones de la Casati en la Ciudad de la Luz se volvieron legendarias. Resultó memorable la ocasión en la que se vistió completamente de negro para encarnar a Lady Macbeth y completó el disfraz con la réplica en cera de una mano ensangrentada clavando una daga en su garganta. O aquella otra en la que entró en la Ópera de París con su roja cabeza coronada por plumas de pavo real y con su brazo derecho embadurnado de la sangre de un pollo recién degollado por su chófer. También esa en la que acudió a la actuación de los Ballets Rusos con un traje de plumas que se iban cayendo a cada paso, hasta dejarla prácticamente desnuda. U otra más, en la que se colocó unos cuernos de carnero dorados para acudir a la cena que ofrecía el barón Maurice de Rothschild.

Elegir la misteriosa Venecia como cuartel general había disparado su imaginación y el talante macabro con el que siempre impregnaba, de una u otra manera, casi todas sus apariciones públicas. Cuanto más extremas eran, mayor atención y aplauso despertaban en su corte de admiradores y emuladores. Todo lo que hacía Luisa marcaba tendencia. Ella, que además de Roma, Venecia y París adoraba Saint-Moritz, puso de moda este último destino entre la alta sociedad para las vacaciones invernales. Si antes el paradisiaco lugar era el elegido por muchos adinerados visitantes para sus estadías durante los meses de calor, a partir de que Luisa se instalara en invierno en los hoteles Montreux Palace o Carlton, después de decorarlos a su gusto con gruesas cortinas de brocado, tapizados de terciopelo, pieles de oso o tigre alfombrando los suelos y una colección de bolas de cristal y toda suerte de objetos relacionados con la magia sobre las mesas, sería el lugar más frecuentado por la *jet set* internacional durante los meses de más bajas temperaturas.

La Marchesa esquiaba por las mañanas cubierta por un enorme abrigo de piel oscura, que solo dejaba a la vista un pedacito de sus finísimas piernas, sus botitas cortas de cuero y su rostro; aunque, como complementaba el conjunto con un sombrero de cosaco, también de piel, que se calaba hasta las cejas, este quedaba casi oculto entre tanto pelo, a excepción de sus ojos verdes, siempre refulgentes. Si su atuendo mañanero de esquí llamaba la atención no lo hacían menos algunos de sus paseos vespertinos sobre un trineo arrastrado por una cuadriga de caballos blancos.

Fue en Saint-Moritz donde Luisa conoció al príncipe Adalberto de Prusia, hijo del káiser Guillermo II de Alemania. O, mejor dicho, donde tuvo un encontronazo con él, porque el príncipe eligió a otra reconocida belleza de la época, la marquesa de Rudini, en vez de a ella, para compartir un paseo. Luisa —según contaría el escritor y periodista británico Michel Georges-Michel (autor de dos novelas, *Dans la fête à Venise* y *Nouvelle Riviera*, en las que aparecía un personaje, la Casinelle, inspirado en la Marchesa) en *Dames étranges*—, enfurecida, contrató los servicios de un conductor privado y le ordenó que siguiera con su coche de caballos al de la pareja.

Al llegar a la altura del otro carruaje, la Marchesa, a voz en grito, volvió a ordenar al conductor que adelantara al coche del príncipe. «Pásalo, pásalo, ¡quiero volverlo loco! —dijo. Y añadió chillando al acercarse, para que el príncipe lo escuchara bien—: Este hombre es muy guapo, pero no tiene gusto. Acabará en una agencia de viajes de vendedor». Como si le hubiera echado una maldición o pudiera predecir el futuro, la profecía de Luisa Casati se cumplió: años más tarde, tras la Segunda Guerra Mundial, el príncipe Adalberto se ganaría la vida vendiendo automóviles.

La ira de la Marchesa, sin embargo, se desvaneció de inmediato tras el incidente. Detestaba que un hombre eligiese a otra mujer, pero aquel no le interesaba en absoluto. Y menos en ese momento, cuando toda su atención estaba concentrada en conseguir arrancar a D'Annunzio de los brazos de sus numerosas amantes y hacerle caer rendido nuevamente en los suyos, en ese escenario blanco y fascinante en el que se encontraba. Quería compartir la belleza de aquel entorno con Gabriele y ratificar ese poder que sin duda ejercía sobre el escritor y que tantas veces había demostrado ya en previas ocasiones. Era tanta su urgencia de verle que no dudó en implorarle su presencia a través de una delicada nota escrita en tinta dorada sobre un pergamino negro coronado por una calavera y una rosa. El escritor no necesitó más ruegos que ese «ven» de su amante y respondió velozmente a su demanda, notificando su llegada en los primeros meses de 1913, al tiempo que la del pionero del cine mudo italiano, Giovanni Pastrone. La Marchesa movilizó al personal del Carlton para preparar el adecuado recibimiento a su amante.

Como de costumbre, además de las orquídeas blancas y rosas, Luisa hizo colocar en sus habitaciones los espejos que siempre los acompañaban en sus encuentros amorosos. Todo quedó preparado para que nada más verse y tras despedirse de Pastrone, subieran al cuarto, con la premura de dos chiquillos enamorados, a regalarse los abrazos pendientes.

Nevaba fuera. Y desde la cama, tras el amor, Luisa y Gabriele se protegían del frío arropados por una manta de piel oscura. Luisa, apoyada sobre el pecho de él, contemplaba la imagen de ambos en el espejo. De pronto, como alertada, se giró hacia el lado contrario desde donde, a través de la ventana, se atisbaba la oscuridad rota por el brillo de una esplendorosa luna llena, atenuado por el misterio de la nieve que caía y que proporcionaba una lúgubre estampa a la estancia, apenas alumbrada por el rescoldo del fuego de una chimenea situada frente al lecho.

—¿Escuchas, Gabriele? —preguntó Luisa de espaldas al escritor y ligeramente recostada sobre el codo para ver mejor el exterior.

—Nada —repuso él con la mirada perdida en el breve resto del fuego.

—Es como si la propia nieve hiciese ruido al caer, o tal vez sean las pisadas de algún espectro... —dijo ella casi en un susurro.

D'Annunzio volteó su cabeza casi desnuda de pelo hacia la cabellera roja de ella y sonrió. Solo Luisa era capaz de encontrar fantasmas en todos los rincones.

—Creo que la compañía de Giovanni Pastrone te ha desatado la imaginación, Coré.

—La imaginación y la realidad son parte de la misma cosa. Lo sabes. ¿O acaso nosotros mismos no conformamos un espejismo? A veces estamos, otras desaparecemos...

—Tú serás real para siempre en el reflejo que tantos artistas captan de ti.

—Y tú lo serás en tus propias obras, desde luego. Pero escucha: una de ellas será esa película que te ha encargado Pastrone. Dotar de sentido a un cine al que aún no han llegado las palabras, con muy pocas tuyas, tan solo las de los intertítulos, pondrá a prueba tu talento. Esa primera película se llamará *Cabiria* y su éxito está asegurado —sentenció Luisa con rotundidad mirando al vacío como si estuviera poseída.

D'Annunzio, tumbado aún boca arriba, volvió a sentir la sobreexcitación que siempre le provocaban los augurios de esa mujer única en su vida. ¿Cómo sabía que la película se llamaría *Cabiria*? Habían hablado del argumento, pero ni siquiera el propio cineasta había sido informado del título. Ella era de otro mundo. De otro universo. Quizá de ese Más Allá del que tantas veces parecía regresar. La sintió tan espectral que necesitó tocar su carne para saber que no era un espíritu. Su vientre ardía, así que no dudó en deslizar las tibias yemas de sus dedos hacia su pubis de algas transparentes, que fue separando cuidadosamente para encontrar la puerta de aquel mar de deseo. Ella, en silencio y con la respiración entrecortada, se dejaba hacer mientras iba sintiendo cómo se construía, a través de las caricias cada vez más aceleradas de su amante, un haz de calambres que le recorría la espalda. Su cuerpo quedó rígido y arqueado cuando su alarido rompió el silencio de la noche. Su orgasmo, brillante como el resplandor de una estrella, se quedó enredado en la mano del escritor.

19

Luisa y Gabriel. Gabriel y Luisa. No daba crédito. No podía ser producto de la casualidad. La famosa serendipia no daba tanto de sí. Caminaba por la misma Venecia en la que un día reinó Luisa Casati, al lado de un hombre que se llamaba como el amante de aquella mujer por la que se sentía casi poseída. Era realmente como si la propia Marchesa hubiese desplegado sus poderes sobrenaturales e invadiera el espacio que la circundaba con su espíritu.

Gabriel la sacó de sus pensamientos:

—Trata de no pensar tanto en Venecia —dijo—, lo importante es sentir.

—Sentir. ¿Por eso estás aquí?, ¿te trajo el sentimiento amoroso? —inquirió audazmente Luisa empujada por una enorme curiosidad.

—No —repuso él sin sentirse agredido en absoluto por la pregunta tan directa de una desconocida—. Más que traerme, me retuvo el sentimiento artístico. Venecia siempre estuvo en mi horizonte. Y era el único lugar en el que podía salvarme. Pero es una larga historia. Te aburriría.

—Te aseguro que no. Y no tengo prisa —se apresuró a contestar ella.

—Está bien. Creo que ya ha pasado el tiempo suficiente como para poder contarla. Sobre todo, a una desconocida —concedió él—. El principio de la historia no se desarrolla en Venecia sino en mi estudio de El Escorial, en Madrid. Hace un par de años recibí la visita de un árabe que se me presentó, a través de mi agente, como familiar de Al Nahayan, el emir de Abu Dabi. Nunca llegué a saber su verdadero grado de parentesco, si es que existía, que creo que no, pero no tardé mucho en descubrir que su fortuna debía de ser igual de ilimitada que la de la familia real. Quería una gran escultura de sí mismo para colocarla en un inmenso parque de su propiedad, dentro de una finca absolutamente desértica que poseía en los Emiratos. La propuesta me pareció insólita, porque generalmente ese tipo de escultura monumental o la encargan las instituciones o se realiza a modo de homenaje, pero él me dio a entender que deseaba que su esencia permaneciera vigilante en su territorio cuando ya no estuviera en el mundo de los vivos, e incluso se permitió la broma de decir «aunque ese momento tarde mucho en llegar». Le pregunté cómo había llegado hasta mí, a lo que él respondió, mientras paseaba entre las esculturas de mi estudio, diciéndome que había visto varias de mis obras monumentales en un escogido recorrido por España acompañado por un poderoso hombre de la economía española del que prefería omitir el nombre. Al parecer, el cliente potencial llevaba muchos años invirtiendo en nuestro país en áreas diferentes y, en ese momento, se había entregado a las energías renovables. Uno de sus socios, gran admirador de mi trabajo, fue quien le explicó quién era yo al pasar casualmente junto a una de mis obras y advertir su enorme interés.

Al llegar a ese punto de la historia, algún mecanismo del cerebro de Luisa le hizo retroceder veinte años atrás y darse cuenta de que sabía perfectamente quién era aquel

Gabriel aparecido sobre las aguas de Venecia para acompañarla, al menos ese día, en el periplo por la ciudad.

—¡Claro! —le interrumpió al percatarse de lo que hasta ese momento no había recordado—. ¡Tú eres Gabriel Quiroga! Aún recuerdo esa enorme escultura tuya, *El viajero*, si no me falla la memoria. ¿Dónde estaba...? En Murcia, ¿no? Me pareció muy impactante...

—Esa escultura es de hace más de veinte años —indicó Gabriel torciendo el gesto—. Alguna otra cosa hice después...

—No te ofendas. Te sorprendería lo lejos que he estado del arte en estos últimos veinte años —respondió Luisa tratando de justificarse.

—Y, sin embargo, eres artista —aseveró él—. Vi por encima de tu hombro tus apuntes y observé cómo usabas el carboncillo: los artistas tenemos algo imposible de ocultar.

—¿Soy artista? ¿Fui artista? ¿Qué es ser artista? —se preguntó ella en voz alta, al tiempo que respondía a la afirmación de su acompañante—. ¿Tener un don?, ¿desarrollarlo? ¿Algo que de manera incontrolable se apodera de uno? Recuerdo haber leído hace mucho, no sé si a Freud o a Jung, o quizá a ambos antes de que eligieran distintas sendas en la bifurcación del camino del pensamiento, que la vida del artista está llena de conflictos porque dentro de sí luchan dos potencias: el hombre común y corriente y la implacable pasión creadora que, en ocasiones, le obliga a pisar todos sus deseos personales. Probablemente mis deseos, o la falta de ellos, prevalecieron sobre mi pasión creadora. O la extinguió la tragedia sin más —reflexionó ella—. En definitiva: pude haber sido una artista, pero la vida parece que me tenía reservados otros planes. Pero no quiero hablar de lo que ya conozco. Al menos ahora. Te lo ruego, sigue con tu historia.

—Sigo, sí. Pero no sin hacerte una precisión a ese discurso tuyo tan dubitativo: el artista no deja de serlo jamás, porque no se aprende a ser artista, se nace artista. El don se desarrolla o se atenúa, aunque nunca deja de existir. Ya lo discutiremos cuando estés preparada; entretanto, continúo con mi relato. No me gustó aquel hombre. Era una cuestión de piel, de química o quién sabe de qué; así que tampoco me entusiasmó su encargo. Pero no lo rechacé. He trabajado mucho por encargo, sin considerar jamás que hacerlo fuera menos artístico que desarrollar un proyecto personal. Mis obras más reconocidas de grandes personajes universales fueron encargos. Siempre le encontré un especial interés al reto de interpretar una personalidad literaria, política o anónima, más aún si estaba viva, porque me ofrecía la oportunidad de conocerla durante el tiempo que debíamos pasar juntos como artista y modelo. Pero aquel encargo hubiera deseado rehusarlo. Sentí algo extraño desde el momento en el que aprecié cómo observaba el cliente las esculturas de mi estudio. Su mirada era tan libidinosa cuando se detenía en la desnudez de las imágenes femeninas que... Como puedes suponer, nunca creí que los desnudos artísticos estuvieran destinados a motivar el onanismo, ni aunque fuera mental. Y eso era lo que traslucía la mirada de aquel hombre. No pude evitar que me repelieran sus gestos y comentarios respecto a mis mujeres desnudas de bronce y a punto estuve de declinar su propuesta. Solo mi vanidad sostenía la duda entre aceptar o no. Él alababa con vehemencia mi trabajo público más conocido y aseguraba que solo quería que lo retratara yo y que estaba dispuesto a aceptar todas las condiciones que le impusiera. Mi agente, además, insistía en la importancia de aquel encargo, no solo por el propio cliente, sino por sus relaciones con el mundo de la economía española, así como por la puerta a Oriente que abría a mi trabajo. Y, por si fuera poco, recibí más de una llamada de personalidades influyentes, tanto de la cultura como de la política españolas, que me animaban a retratar a aquel hombre, «un inversor de una importancia vital», según decían, para la maltrecha economía española del momento. Así que, pese a mis intuiciones y recelos, me comprometí a hacer la escultura, si pagaba la cantidad que le fijaba: la misma que había reclamado en ocasiones anteriores a gobiernos de distintos países por las esculturas de sus presidentes. Pensé que una cifra tan elevada le desanimaría, pero la pagó completa y sin reparos al hacerme el encargo. Y yo, en aquel momento, no podía rechazar ese dinero.

—¿No podías? ¿Por qué? —volvió a interrumpirle ella—. No quiero ser indiscreta, pero entiendo que un artista de esculturas monumentales y retratista de jefes de Estado no debería tener problemas de dinero. ¿O sí?

Gabriel se detuvo, la miró directamente a los ojos y sonrió malévolo.

—¿Me estás preguntando por mi cuenta corriente? Debo haber despertado un gran interés en ti.

Ella se sonrojó por la mirada y por la pregunta.

—Por Dios, no —balbuceó—, el interés es solo por tu historia, si prefieres que no te pregunte...

—Te respondo —prosiguió sin atender a su rubor—. Nunca me importó el dinero, porque mi carrera, además de exitosa, siempre fue muy rentable. Pero además de la enorme crisis económica de los últimos años, que ha vapuleado a todos los mundos y en especial al del arte, tengo tres hijas, una de veintiocho años, otra de veintiséis y otra de veintitrés, que han estudiado en los lugares más recónditos del planeta las materias más peregrinas. Son fantásticas, pero aún hoy no han conseguido ser del todo independientes. Son de tres madres diferentes, con sus tres casas correspondientes, que también han dependido de mí hasta hace bien poco. Y luego ha habido algunas otras mujeres en mi vida...

—... que también te han salido caras —terminó ella. Y añadió casi con una carcajada—: ¡Lo que no sé es cómo te atreves a acercarte a una más sin conocer sus pretensiones!

—Tal vez porque he reconocido a la mujer que siempre anduve buscando —dijo enarcando las cejas e inmovilizándola con su mirada—, o quizá porque solo quería liberarme contándole mi historia a una desconocida.

—Muy bien —contestó Luisa con una sonrisa y sintiendo que recuperaba sus ganas de seducir de otros tiempos—. Sigue con tu historia entonces... Aunque no te aseguro que esta desconocida sea del todo inocua.

—Me arriesgaré —respondió él con sorna—. Continúo. Cuando terminé aquella escultura sabía que la ejecución era impecable, pero yo seguía sin estar satisfecho. Algo en mi interior continuaba diciéndome que tenía que haber rechazado el encargo. El hombre retratado era, como me figuré al conocerlo, despótico y cruel. Pasé muchas horas frente a mi modelo y mientras lo retrataba iba acrecentándose mi antipatía. Una escultura de un hombre muerto debe contar la historia de su pasado; en la de uno vivo tiene que caber su presente e incluso anticipar algo de su futuro. La mirada de aquel hombre vivo que centelleaba al relatarme sus éxitos empresariales destilaba una ambición desmedida. Y su crueldad. Algo que no sabía explicar me prevenía contra él. No fueron tantas las veces que posó para mí, pero en cada una de ellas descubría algo que me desagradaba. Mi trabajo a solas con aquella escultura, que emergió del barro con una potencia sobrenatural, fue terrible. La odiaba, pero también la amaba porque era mía. Tanto que me iba robando mi propio cuerpo poco a poco mientras yo configuraba el suyo. No solo me dejó sin más carne que la de un moribundo, sino que noté que me adelgazaba el alma. No me gustaba aquel tipo, pero su escultura, potente en el barro, una vez fundida en bronce resultó fabulosa precisamente porque logró recoger esa mirada suya que a mí tanto me repugnaba. Cuando fui invitado a colocarla sin basamento, sobre el propio suelo, en un parque fantasma de su propiedad, fui recibido con honores de jefe de Estado. La opulencia en la que vivía «mi escultura andante» era inenarrable. Estuve apenas dos días en su mansión. El segundo, un griterío histérico en medio de la noche me alertó de que algo sucedía. Apenas comprendo el árabe, pero por los gestos deduje que habían descubierto a una de las mujeres de mi hospitalario anfitrión con uno de sus conductores. Yo la había conocido esa misma tarde. No se trataba de una mujer sin formación o sin recursos económicos. Había estudiado en Suiza, en uno de los colegios más caros del mundo, y después se había graduado en Historia en Oxford, pero al regresar a su tierra volvió a esconder bajo el burka sus vestidos de las marcas más ostentosas y se decidió a cumplir con las obligaciones de esposa que le marcaba su religión musulmana. No debía de ser feliz en aquel matrimonio compartido con otras mujeres. O quizá se enamoró de otro hombre. Y los acababan de descubrir. Era una noche oscura, así que apenas pude contemplar la escena desde la ventana de mi suntuosa habitación, pero sí escuché los alaridos de los amantes en aquel patio. Los estaban apaleando. En la ventana de enfrente, mirando el espectáculo, impasible, se encontraba «mi modelo». No recuerdo si grité o si permanecí callado. Tampoco cómo sobreviví a aquella noche una vez que el silencio volvió a apoderarse de ella. Nunca supe hasta dónde llegó aquella paliza. No quise descubrir si estaban vivos o muertos. Pero a la mañana siguiente vi restos de sangre en el patio. Pregunté con cautela, como si no hubiera sido testigo de lo ocurrido, y la respuesta que me dieron fue que se había producido «un incidente sin importancia». No quise, no pude o no me atreví a indagar más mientras escapaba a toda prisa del escenario del crimen.

—¿Murieron? —preguntó Luisa horrorizada.

—Morimos los tres. También yo, o quizá solo yo. Como te digo, nunca lo llegué a saber. —Gabriel perdió su mirada verde en el horizonte y luego la volvió hacia ella acompañada de una sonrisa—. Pero como ves, Venecia puede resucitar a los muertos.

—Para eso estoy yo aquí, para resucitar —aseguró Luisa tratando de dibujar también una sonrisa en su rostro tras el impacto de la historia.

—Pues entonces déjame que te dé mi receta de la vida. O al menos que te enseñe lo que me hizo revivir en Venecia. Ven, acércate, es más fácil entenderlo desde aquí —le dijo deteniéndose unos pasos por delante de ella, justo frente a la pared de la Basílica de San Marcos que más próxima se encuentra al Palacio Ducal—. Tras aquel episodio, pagué, más que mis deudas, mis atrasos y me vine a Venecia con aquel dinero ensangrentado, a lavarlo en sus canales. Quería reflexionar sobre mi vida y sobre el compromiso del arte, necesitaba encontrar un rumbo y un destino en mi manera de trabajar e incluso, tal vez, hallar el sentido de la propia creación artística. Y un día, caminando como hoy contigo, me encontré con esta pared y ese extraordinario conglomerado de hojas de mármol aplicadas en pares simétricos, como alas de mariposa, sobre ella. Parecen de diferentes tipos de mármoles, pero es como si estuvieran cortados del mismo bloque, como si fueran láminas de chapa y hubieran sido ordenados, unos frente a otros, en coordenadas verticales. Había visto esa misma pared en otras muchas ocasiones, pero no la miré hasta entonces. Y de pronto, aquel entramado de mármoles me sugirió un mundo entero de nuevas imágenes. ¿Qué te parece?

—Bellísimo —musitó Luisa mientras contemplaba el muro, extasiada, y atendía al propio relato del artista, que también encontraba fascinante—. ¿Y qué sucedió después?

—Pasaron muchas cosas. Pero sobre todo una: había estado leyendo *De statua*, de Leon Battista Alberti, tan moderno hoy como en el Renacimiento, y me sorprendió cómo el autor abría su tratado declarando que los artistas recibían muchas veces su inspiración de la observación, más que de la propia naturaleza, de sus cambios. En un tronco partido o en una nube mutante podían ver imágenes y semejanzas, efigies y simulacros. Y ahí encontraban la inspiración. En realidad, yo había percibido muchas de esas imágenes potenciales en la pintura de Masaccio, Signorelli y otros, pero nunca las había relacionado directamente con la escultura —hizo una pausa—. Al mirar esa pared como si nunca la hubiera contemplado antes vi monstruos y hombres y carne y plantas... Cada esquina me sugería tantas cosas que se me disparó la imaginación. Luego, en una conversación de artistas en un bar cercano a la Academia de Bellas Artes, me di cuenta de que yo no había sido el primero en tener esta percepción. Ruskin ya la había mencionado en alguno de sus libros, y en el de Dario Gamboni, *Imágenes potenciales*, también se hacía referencia a la Capilla de San Clemente, una ermita de oración creada por los filones de mármol que se encuentran dentro de San Marcos. De alguna manera, estas configuraciones antropomórficas parecían sugerir a Leon Battista Alberti la supremacía de la pintura sobre la escultura. Y eso volvió a hacerme reflexionar.

—Bueno —se animó a comentar Luisa—, Miguel Ángel decía que la escultura se hacía a fuerza de quitar, pues lo que se hacía a fuerza de poner se acercaba más a la pintura, ¿no?

—Todo depende del ángulo desde el que se mire. Por una parte, está el trabajo sustractivo, que implica eliminar materia de un bloque, cuyo resultado es una talla, que es un trabajo de martillo y cincel y que en principio solo se utiliza sobre el mármol duro; pero frente a este trabajo está el arte de modelar material blando, que puede ser cera, barro, yeso... Y ahí hay una técnica aditiva. Si comparamos ambas, tal vez podríamos llegar a la conclusión de que la talla de la piedra o la madera conllevan mayor dificultad, porque no hay posibilidad de rectificar. Según el padre del modernismo, Jacob Epstein, en la talla hay un carácter definitivo y una tensión constante del escultor. Y así lo consideraron muchos artistas un siglo antes que Epstein; pero como esa talla exige, además, un gran esfuerzo físico, hay quien considera que la escultura es un arte manual, sin ningún componente mental. Y eso la desprestigia. El propio Da Vinci no defendía que la escultura fuese algo mecánico, pero sí hablaba de liberación de la naturaleza. Y es cierto que hay algo en la escultura de instantáneo y de mecánico, que obliga a dejar la mente en blanco mientras se trabaja en ella.

—¿Le estás restando mérito a tu trabajo? —se extrañó Luisa, conocedora de los grandes egos de los artistas.

—No, no, no —respondió él al tiempo que hacía el signo de la negación con su dedo índice—. Si hubiese decidido decantarme por la rama más valorada del arte, quizá habría optado por la arquitectura, mucho más considerada por los griegos. Y fue lo que estudié; sin embargo, elegí la escultura, o tal vez ella me eligió a mí, quién sabe. En cualquier caso, hay que detenerse de vez en cuando para evaluar el camino y saber hacia dónde conduce. No se trata de escapar siempre hacia delante. Ahora estoy en otro momento en el que mis manos son más las de un alquimista y tal vez requieren más del pensamiento que otras técnicas. Y quizá eso es lo que me hace recuperar los aprendizajes de otros tiempos y analizarlos desde la perspectiva de otra edad y otro momento vital, que es posible que derive en una gran obra... o en un gran fracaso. Es el riesgo del artista, aunque no deba pensarlo jamás.

Luisa sintió la fresca brisa del aire veneciano soplando

sobre su melena rojiza. Llevaba tanto tiempo sin sostener una conversación como aquella que sentía como si miles de mariposas distraídas se hubieran instalado en la boca de su estómago. Era como si en su interior estuviera aleteando, inquieta, su personalidad perdida. En ese momento no recordaba ni su edad ni su condición; su familia quedaba a kilómetros de distancia y lo único a lo que podía prestar atención era a esa ciudad, tan enigmática como luminosa, a la que había llegado de la mano de la Casati. También a ese escultor desconocido de quien, de pronto, sabía casi más que de sí misma. En su relato, y casi de pasada, había descubierto que estudió Arquitectura, como su fallecido amor. Estaba emocionada y conmocionada por la sucesión de coincidencias. Y aún quedaba otra más:

—Vamos —dijo él arrebatándola de sus pensamientos—, quiero llevarte a uno de los puentes más hermosos y mágicos de Venecia, aunque para eso tendremos que tomar el *vaporetto* y bajarnos en L'Accademia. La vida y la muerte se encuentran en el ponte de la Ca' Bala.

20

La película muda *Cabiria*, inspirada en la novela de Gustave Flaubert, *Salambó*, y ambientada en Roma en la segunda guerra púnica, tuvo el aliciente de contar con el escritor más célebre de Italia, Gabriele D'Annunzio, solo para redactar los intertítulos. El filme, que tuvo un éxito sin precedentes, aumentó aún más la fama del escritor, que fue generosamente remunerado con la sorprendente cantidad, para tan escaso trabajo, de cincuenta mil liras. Animado por el éxito, un año después estrenó el filme *The Devil's Daughter* (*La hija del Diablo*) basado en su aclamada obra de teatro *La Gioconda*. El personaje principal, una vez más inspirado en Luisa Casati, que había contado con la magistral interpretación en el escenario de la actriz conocida como la Divina Eleonora —Eleonora Duse, antigua amante de D'Annunzio—, fue encarnado en el cine por la *sex symbol* del momento, Theda Bara.

Fue tal el reconocimiento, que el escritor no dudó en atreverse con otra ambiciosa producción de ficción, en este caso teatral: *El martirio de san Sebastián*.

D'Annunzio escribió la obra en francés para la estrella de los Ballets Rusos Ida Rubinstein, cuya sola presencia despertaba siempre curiosidad y parecía asegurar el éxito;

pero ni siquiera la singular belleza y el exagerado divismo de la prestigiosa actriz, que se negaba a ocupar otro alojamiento en París que no fueran las dos suites adyacentes del Ritz destinadas a las clases reales o a no utilizar más de una vez ninguno de sus trajes, sirvió de reclamo para la obra, que resultó un completo desastre.

Contaba con todos los ingredientes: el texto de D'Annunzio, la interpretación de Ida Rubinstein, la música de Claude Debussy y la escenografía y el vestuario de Léon Bakst, pero tras los extensos aplausos del día del estreno que parecían augurar que sería la revelación de la temporada, *El martirio de san Sebastián* tuvo que ser retirada a los doce días, por falta de público. En tan rotundo fracaso pudo influir que la obra hubiera sido condenada tanto por el Vaticano como por el arzobispo de París, pero lo cierto es que los que acudieron a verla, animados por las estrellas del cartel y expectantes ante la presunta indecencia que la condenaba a los ojos de la Iglesia, la encontraron más aburrida que escandalosa.

La Marchesa, que permanecía a una intermitente distancia del poeta mientras este celebraba sus mieles, reapareció de nuevo, divina y protectora, para acompañar a su escritor en las hieles y tratar de atenuar su decepción y su vergüenza. D'Annunzio combatía algo mejor su abatimiento de la mano de su siempre incondicional Luisa. Con ella acudía a ver a sus perros, «los genios benignos», como los llamaba él, cuya plácida compañía atemperaba su desánimo.

Los amantes, ambos devotos de los animales, los alimentaban con carnes de primerísima calidad regadas con un carísimo coñac envejecido, como premio a su incuestionable lealtad. El escritor pensaba que sus nobles perros no merecían menos y que cualquier recompensa a su fidelidad era poca. La lealtad, la fidelidad, el compromiso de defender aquello en lo que se cree y a aquellos en los que se cree, en los buenos y en los malos momentos, era la cualidad que más valoraba en esa etapa en la que la misma sociedad que poco antes le veneraba ahora le daba la espalda.

D'Annunzio, que había navegado varias veces entre el éxito y el fracaso, sabía bien que las personas podían pasar de la admiración al olvido en un chasquear de dedos, dependiendo de reconocimientos e intereses. No era sencillo encontrar lealtad en los seres humanos. Le resultaba más fácil hallarla en sus perros. En ellos y en la Marchesa, que no era de este mundo. Por eso los amaba. A los canes y a Luisa. Ella siempre se mantenía a su lado en los peores momentos y no le exigía más que aquello que sabía que él era capaz de darle. Y tal vez por eso, la Marchesa recibió de D'Annunzio más que ninguna otra mujer.

El escritor apreciaba la lealtad de Luisa, pero más aún su completa independencia. Ella no quería que él le perteneciera y jamás consentiría en pertenecerle a él. Ni siquiera contemplaba la fidelidad. Luisa era leal a D'Annunzio, pero solo fiel a su libertad y a su locura. ¿Locura? ¿Estaba loca la Casati? Sí. Poseía la locura de la vehemencia, de la pasión que acrecentaba su indiscutible talento para reconocer las capacidades de los artistas y potenciarlas hasta el infinito, a través de su propia necesidad, no solo de convertirse en una obra de arte, sino también de alimentar su insaciable intelecto.

Podía resultar contradictorio que una mujer como ella, tan caprichosa como para ser considerada la patrocinadora oficial del primer costurero del mundo, Paul Poiret —al que solo Ida Rubinstein, quien además de actriz era una rica heredera, pagaba sumas comparables por sus diseños—, fuese también una mujer sensible y leal con sus amantes y amigos. Pero Luisa, no solo los ponía en contacto, conseguía que se relacionaran entre sí e impulsaba sus logros artísticos y personales, sino que también los acompañaba en sus horas bajas, cuando la sociedad les volvía la espalda y se sentían fracasados. Si Luisa estaba tocada por la locura, esa debía de ser la gracia que la convertía en un ser excepcional a los ojos de pensadores y artistas.

La figura de la Marchesa era tan compleja e irresistible como para que el padre del popular retratista parisino Jacques-Émile Blanche, un reputado psiquiatra, la considerase digna de sus estudios psicológicos, por su niñez inspirada en el modelo de la condesa de Castiglione; o para que, para el propio pintor, retratarla se convirtiera en una auténtica obsesión.

Asimismo, para el joven escritor Jean Cocteau, quien la definió como «la bella serpiente del Paraíso terrestre», fue el referente del modernismo, y para el fundador de los Ballets Rusos, Serguéi Diáguilev, el reto inalcanzable de convertirla en una de las protagonistas de sus coreografías. No consiguió llevarla a los escenarios en *Le Dieu Bleu*, como danzarina, pero sí como una figura que acompañaba al en el escenario. Quería que, al menos, su estilizada silueta, enfundada en un romántico traje masculino de Bakst, que el propio diseñador teatral exhibiría más adelante en una exposición, iluminara el espacio escénico con su elegancia.

Luisa cubría todas las expectativas del universo artístico por su particular y personalísima apariencia, en la que se resumía todo el vanguardismo de una moda emergente y rompedora; pero también por su capacidad para comprender y asimilar cualquier nueva tendencia artística y por su empeño en apoyarlas desde su nacimiento. La Marchesa impulsó a infinidad de artistas, incluido Diáguilev, pese a negarse a bailar para él. Y podría haberlo hecho, porque su talento para el baile, que incluso se llegó a destacar en el mismísimo *New York Herald*, quedó más que probado tanto en las fiestas de Roma o Venecia, como en la del hotel Palace de Saint-Moritz, donde ganó el primer premio de danza, bailando junto a un desconocido acompañante *El pájaro de fuego*, de Igor Stravinski.

Corrían los años previos a la Primera Guerra Mundial cuando tuvo lugar aquel baile. Luisa, en un gesto altruista, ofreció tal premio como contribución particular a un evento benéfico de caridad. Pero para sorpresa de todos, su «generosa» donación no era más que una rosa de terciopelo negro. Fue un acto, más que de provocación, de deliberado surrealismo, que muchos criticaron e interpretaron como una burla. Para Luisa aquella rosa poseía un inmenso valor, pero casi nadie lo entendió. La «hazaña» de la Marchesa, que fue recogida por la edición parisina del *New York Herald* y que resultó irracional para casi todos, fue celebrada con entusiasmo por el compositor y novelista lord Berners —de nombre real Gerald Hugh Tyrwhitt-Wilson—. El músico, que apenas había recibido algunas lecciones de Stravinski, era sobre todo un autodidacta con un grandísimo talento, cuya sensibilidad y sentido del humor sirvieron de gancho instantáneo para su amistad con Luisa Casati.

En su primera obra importante, las *Tres pequeñas marchas fúnebres* para piano, de 1914, ya se advertía ese peculiar sentido del humor y esa aguda ironía que tendrían continuidad en toda su música y que resultarían fundamentales en su relación con la Marchesa. Lord Berners fue, sin duda, uno de los compositores más impredecibles de la música británica, cuyas célebres bromas y comportamientos, rayanos en el absurdo, resultaron el complemento perfecto a la extravagante y atípica personalidad de Luisa. Lord Berners seguía a la perfección el juego intelectual, a veces tenebroso, de la Marchesa. Y aunque no le divertían tanto como a ella las siniestras tendencias de su amiga, fue él quien la acompañó a atender una de sus debilidades, surgida de sus obsesiones infantiles: la pasión por las réplicas humanas. Si en su día Luisa sentó a la mesa, en la cena celebrada con el barón y la baronesa de Meyer, a un maniquí masculino de talla y apariencia reales, ahora quería proporcionarle dos extraños compañeros a esa figura. El primero reencarnaría a María Vetsera, la joven baronesa que en 1888 conoció al archiduque Rodolfo de Habsburgo a través de su prima María Luisa Mendel von Wallersee y comenzó una relación idílica con él pese a que este no buscara una amante, sino una compañera de suicidio.

La noche del 30 de enero de 1889 la pareja fue encontrada muerta en misteriosas circunstancias en el refugio de caza del emperador Francisco José I, en Mayerling. Nunca se supo realmente lo sucedido, porque el gobierno imperial lo ocultó. Pero con el paso de los años fueron trascendiendo escabrosos detalles, de los que se deducía, o bien que el príncipe asesinó a su amante y posteriormente se suicidó de un disparo en la cabeza, o bien que ambos decidieron quitarse la vida y matarse el uno al otro.

Ninguna de estas versiones llegó a comprobarse, como tampoco se desveló si María Vetsera estaba embarazada del barón o no, en el momento de su muerte. Para evitar alimentar el escándalo, los restos mortales de Rodolfo recibieron un funeral imperial en la Corte de Viena, pero el cuerpo de la baronesa fue enterrado a toda prisa en el monasterio cisterciense de Heiligenkreuz. Muchos años después, en 1945, según el libro del médico alemán Gerd Holler, *Mayerling: Die Lösung des Rätsels*, cuando la artillería soviética bombardeó el monasterio en el que reposaban los restos mortales de Vetsera, un proyectil de largo alcance desplazó la placa de granito que cubría su tumba y el propio Holler fue llamado a examinar sus restos. Descubrió que no había daño alguno en su esqueleto. Sorprendido, esperó a que se abriese el Archivo Secreto Vaticano donde se revelaba que la familia real Habsburgo-Lorena, de religión católica, tuvo que pedir una dispensa al papa para celebrar un funeral católico para Rodolfo, su hijo suicida. Ante la demanda, el papa envió a su nuncio a Mayerling, quien escribió un minucioso informe acerca del incidente ocurrido en el refugio de caza, en el que se certificaba que solo se había ejecutado un disparo, lo que, sumado al hecho de que el cuerpo de Rodolfo presentaba contusiones y cortes, algo inusual en un suicidio, sustentaba la posibilidad de que la pareja hubiera sido atacada y de que la baronesa muriera a causa de los golpes recibidos y no de un disparo. De ahí nacería la hipótesis de un supuesto complot urdido por los servicios secretos austriacos y franceses, dada la ideología liberal de Rodolfo y la negativa del archiduque a asesinar a su padre y alzarse contra su política. Todo quedó en pura especulación. Nunca se desentrañó el misterio de ese crimen, que tantas veces relató la madre de Luisa, la condesa Amman, a sus hijas ante la fascinación sobre todo de la pequeña Luisa, ya de niña devota de lo oscuro y lo macabro.

La Marchesa finalmente conseguiría comprar una muñeca de cera, recreación perfecta de la baronesa María Vetsera, a un erotómano fetichista que, obsesionado como ella por el extraño episodio, encargó una doble perfecta de la fallecida. Luisa, obcecada con la reconstrucción de la tragedia desde su niñez, perdió interés por la historia al comprobar que el crimen de Mayerling se había popularizado a través de libros y postales, cual si fuera un souvenir. La vulgarización del sangriento episodio le provocó un instantáneo rechazo, pero siempre conservó una cierta curiosidad sobre los aspectos más desconocidos del asesinato y mantuvo a su invitada de cera sentada a la mesa de su comedor veneciano junto a los más diversos y destacados invitados, que no siempre disfrutaban tanto de su presencia como su anfitriona.

La segunda figura que encargó fue una reproducción

exacta de ella misma que realizó Neuilly Workshops, artífice de los bustos colocados en los escaparates de las peluquerías más elegantes. El maniquí tenía los mismos inquietantes e inmensos ojos verdes de Luisa, y su pelo color zanahoria había sido confeccionado con la propia melena de la Marchesa. Luisa sonreía cuando escuchaba rumores sobre si había permitido sacar un molde de su cuerpo desnudo para conseguir mayor verosimilitud y alimentaba el morbo vistiendo a su gemela de parafina con sus propios vestidos duplicados. La muñeca tenía su sitio en la mesa y un tocador privado en el palazzo Venier dei Leoni, donde descansaba en una inmensa urna de cristal cuando no estaba divirtiendo a su propietaria. A Luisa le gustaba utilizarla para gastar bromas. Pero alguno de los convidados a las cenas no solo no se rio con la presencia de su doble, sino que llegó a sufrir un ataque de nervios al ser incapaz de distinguir a la Marchesa real de la falsa. Luisa se la llevaba a sus pruebas de ropa en el taller de Paul Poiret, donde compraba los modelos a pares para ambas, lo que hizo que D'Annunzio escribiera en *Le cento e cento e cento e cento pagine del libro segreto di Gabriele D'Annunzio tentato di morire*: «Uno para la cera, otro para la carne; uno para la viva y uno para la muerta», y comenzara a tomar notas para su relato corto *La figura de cera*, donde al final, la Luisa irreal cobra vida para sustituir a la real, estrangulada por el protagonista masculino. En uno de sus encuentros el vate, también abducido por lo oscuro y sobrenatural le leyó una línea de su obra.

—«Tienes la cara que permite a una mujer esconder su alma...».

—¿Eso has escrito en *La figura de cera*? Mi adorado poeta, creo que también lo piensas. Pero me gusta que lo escribas, y más en francés —dijo la Marchesa sentada en uno de los sofás de su lujoso salón dorado veneciano.

—No hago más que darte placer en cualquier lengua

que me pidas —repuso él, redoblando el sentido de la frase y contemplándola desde la butaca contigua.

—Las lenguas tienen el sabor de tus palabras pronunciadas de distintas maneras —concedió Luisa. Y luego, atendiendo a las connotaciones sexuales, añadió—: y también el de la sangre que haces brotar en mi cuello y que dejas coagulada tras tus besos en mi piel.

—Las marcas señaladas en tu piel transparente —apenas musitó el poeta mirando más allá de los ojos de ella—. Tu alma no lo es. Pero yo la conozco bien, escucho su sonido más que el de tu corazón y, a veces, inspirado por ella, etérea e intangible, me descuelgo escribiendo las notas en francés, como tú deseas, para *La figura de cera*. Pero, te lo advierto: ten cuidado, sabes que las palabras pueden devolverle la vida a la muñeca. Y tal vez robártela a ti.

La Marchesa sonrió provocadora, se acercó a Gabriele y se inclinó para depositar un breve mordisco en su labio inferior. Luego separó su rostro del suyo y volvió a sonreír antes de decir, casi con sorna, burlándose de su amante.

—Mi querido Gabriele, ¿aún no sabes que no temo a nada en la vida, pero mucho menos a la muerte?

—Te equivocas. Hay algo que sin duda te aterroriza —repuso él.

—¿Tú crees?, ¿y qué es? —preguntó ella desafiante.

D'Annunzio dejó que el silencio invadiera la estancia por unos instantes antes de responder, con voz grave:

—La posibilidad, ciertamente remota, de ser olvidada, de no trascender.

21

Luisa y Gabriel cabalgaron a lomos del *vaporetto* rumbo a L'Accademia en silencio. Las voces de sus compañeros de viaje, venecianos en visita rutinaria y turistas llegados de todos los rincones del globo, provocaban a su alrededor un ruido de incesante y laborioso termitero que, junto al propio sonido de las embarcaciones surcando las aguas, era más que suficiente para llenar el espacio entre ellos. El viento esculpía las facciones de Luisa, apoyada en la barandilla del barco-bus, en su perfil iluminado por el sol. Parecía estar siempre sonriendo por el efecto de unos altísimos pómulos sobre los que descansaban sus bellos ojos de un extraño color verde oscuro, agrisado a veces, enmarcados por las oscuras pestañas. Su pelo, castaño, se veía ahora iluminado con los reflejos rojizos que le había robado al recuerdo de su admirada homónima, en un deseo inconsciente de parecerse más a ella. Se la veía frágil. La piel pálida. La delgadez extrema. No era excesivamente alta. Un metro setenta. Nada comparable con esos ciento ochenta y dos centímetros de la Casati, más singulares aún en la Belle Époque. Pero la longitud de sus extremidades le hacían aparentar más altura.

Volvió la cabeza hacia su acompañante. Estaba tan cerca de ella que deseó y al tiempo temió que fuera a besarla. En vez de eso, el escultor parecía entretener sus afanes en el vuelo de su pelo rojo, que dibujaba formas extrañas en el aire. Al poco llegaron a su destino. El bello ponte dell'Accademia, el único de madera de toda Venecia, recibía a los visitantes. Ante ese puente se encontraba la Scuola della Caritá, actual sede de las Galerías de la Academia y, en el edificio contiguo, el Monasterio dei Canonici Lateranensi, la Academia de Bellas Artes, que albergaba en su interior la inigualable colección de pinturas venecianas: Bellini, Tiziano, Veronese, Tintoretto, Tiepolo, Canaletto... Todos retrataban el indescifrable secreto de Venecia en sus cuadros.

—L'Accademia —dijo Luisa—, donde no se sabe si la pintura es Venecia o Venecia una pintura. Debo revisitarla en estos tres días de vida.

—Desde luego —respondió Gabriel—. Pero antes déjame que te dedique un puente.

—¿Por qué un puente? —preguntó Luisa recordando, una vez más sorprendida por la coincidencia, a su antiguo amor de juventud, también arquitecto, incipiente artista y siempre obsesionado con los puentes.

—Porque en los puentes es donde fluyen los pensamientos y los sentires. En ellos se unen o se separan los destinos, cristalizan o no los espejismos y los sueños pueden convertirse en realidad o hacerse añicos.

Luisa sintió cómo se le quebraba el alma y no pudo evitar que la punzada de dolor intenso y antiguo aflorase a sus pupilas. La mirada transparente de Gabriel se diluyó en esa tristeza de otro tiempo que dormía en sus ojos. Como si la complicidad fuera un designio no escrito, el escultor percibió y casi sintió la reavivada pena de ella.

—¿Sucede algo? —preguntó, aquejado por ese mal que padecía Luisa y cuyo origen desconocía.

—No, no pasa nada —contestó ella casi en un susurro—. Más bien ocurrió algo hace ya mucho tiempo. Y caminó por otros puentes. Deseo conocer el que tú me quieres mostrar, pero me duelen los recuerdos.

Él le tendió la mano, pero ella negó con la cabeza.

—No soy libre —confesó.

—Está bien —respondió él conformándose, sin preguntar, y dejando descansar la suya a lo largo de su fornido cuerpo.

Juntos, pero sin tomarse de la mano, aunque sujetos ya por algún indefinible encantamiento, caminaron rumbo al puente mientras Gabriel le iba explicando el recorrido a Luisa.

—Hemos torcido por esta calle, Nova Sant'Agnese, la segunda a la derecha tras la galería, porque quiero que al menos veas el escaparate de esta tienda en la que posiblemente no repararías. Aquí se venden las friulanas, las zapatillas de los gondoleros. ¿Ves su diseño antiguo y ligeramente orientalizado? El remate en pico, mirado desde quien las calza, ofrece forma de corazón. Lo más curioso es que la zapatilla que corresponde al pie derecho y la del izquierdo son exactamente iguales y se adaptan a cada uno con el uso. ¿Te gustan?

—Mucho —respondió Luisa—. Me gustan las cosas distintas.

—Veamos más, entonces. A la derecha de la tienda, como ves, se abre la piscina Venier, llamada luego de Sant'Agnese, donde se originó la terrible epidemia de peste de 1630. Continuamos por la calle de la Chiesa y enseguida tomamos la fondamenta dei Leoni.

—¿Fondamenta dei Leoni? —preguntó Luisa con urgencia—. ¿No es ahí donde se encuentra el palazzo Venier dei Leoni?

—Sí —contestó él—, pero ahora lo llaman el Palazzo Nonfinito por su...

—... magnífica estructura arquitectónica truncada —terminó ella—. Lo sé. Necesito entrar.

—Lo entiendo, la colección de Peggy Guggenheim que alberga es excepcional, pero...

—No, no lo entiendes —le interrumpió ella—. Es una antigua propietaria del palazzo Venier dei Leoni, como a ella le gustaba llamarlo, quien me ha traído aquí.

Gabriel se detuvo un segundo para mirarla y luego dijo mientras dibujaba en su cara una enigmática sonrisa:

—Hummm, intuía que venías de la mano de Luisa Casati. ¿Cómo te ha atrapado la Marchesa?

—Supongo que como a tantos artistas: con su capacidad para transformarse y vencer la timidez con enorme audacia y con esa imperiosa necesidad suya de convertirse en una obra de arte. Debió de ser realmente deslumbrante —contestó Luisa.

—La Casati. La conozco bien —reconoció él—. Hay algo de ella en ti, ¿sabes? Bien. Son las dos y media; te prometo que a las tres estaremos comiendo y regresaremos al palazzo a eso de las cuatro y media. No cierran hasta las seis y en ese momento recibirá una luz casi sobrenatural. Confía en mí.

—Está bien —aceptó ella sonriendo—. ¡Por qué no hacerlo si eres el más antiguo de todos mis desconocidos!

—Mira —señaló él—, ¿ves? Esta es la verja de entrada del Palazzo Nonfinito. Dejémosla atrás con la promesa de volver y prosigamos por el ponte de San Cristóforo, justo a espaldas del magnífico palacio Ca' Dario, cuya fachada de mármoles polícromos es una de las más destacadas del canal, ¿te gusta?

—Es fantástico, sí —se admiró ella.

—Como tantas cosas bellas, está ensombrecido por una maldición: todos sus propietarios han fallecido en extrañas circunstancias y de muerte violenta —explicó el escultor antes de proseguir—: Continuemos. Crucemos deprisa también este encantador Campiello Barbaro y el ponte de San Gregorio sobre el río de la Fornace.

—¡Llevamos ya dos puentes! —se quejó ella en medio de una carrera que no sabía adónde conducía.

—Lo sé, pero creo que este recorrido es preciso hacerlo con rapidez, casi sin detenerse ante tanta maravilla. En Venecia hay que tener destinos, como en la vida. Si uno se queda varado en todos sus prodigios, podría perderse la gran emoción de escoger algunos. Sigue conmigo, aunque no sea de mi mano. Vamos a cruzar dos campos más, hasta el portal de l'Abbazia, para alcanzar el puente del mismo nombre. Venecia está repleta de puentes y canales y cada uno debe elegir el suyo. Y aquí, en el Gran Canal...

—... la fantástica Santa Maria della Salute —terminó de nuevo Luisa—. El edificio más fotografiado de Venecia después de la catedral de San Marcos y de los arcos de la plaza.

—Así es. Y con razón. Para los venecianos es una virgen muy milagrosa, porque les liberó del flagelo de la peste en 1630. Un año más tarde, como agradecimiento, se edificó primero una iglesia de madera y más tarde este inigualable templo. Tardaron más de cincuenta años en concluirlo, y se dice que la inspiración para el diseño procedía de la imagen del templo de Venus Physizoa. Una referencia muy curiosa del humanismo renacentista, que sincretiza a la madre pagana y a la cristiana.

—Es espectacular —reconoció Luisa impactada por la belleza del edificio.

—Y, según cuentan, está repleto de misterios y simbologías. Lo construyó Longhena, que probablemente era judío y quiso aunar en su obra judaísmo, cristianismo y paganismo. Al parecer, los tres pensamientos tienen su espacio en esta iglesia, solo hay que descubrirlos. Sígueme, alcancemos la punta de la isla sobre el agua: la Punta de la Aduana; detrás de nosotros el retablo dorado sujeto por dos atlantes entre los que gira la Fortuna que señala la dirección del viento, de Falcone. Lo rodeamos y ya estamos en la fondamenta delle Zattere.

Hacía un calor nada habitual en Venecia en esa fecha. La apresurada carrera mezclada con la velocísima clase de arte e historia había perlado con finas gotas de sudor la frente del escultor.

—Es increíble cómo calienta este sol de octubre —dijo resoplando Gabriel mientras se retiraba con ambas manos los mechones de rubísimo cabello de la cara y dejaba al descubierto por unos segundos su frente.

—Tranquilízate —dijo Luisa al ver su desesperada urgencia por cumplir con la promesa del horario—, tengo tres días, como te dije. Si no llego hoy, mañana pasaré el día a solas con la Marchesa Casati.

—¿Tan pronto te quieres deshacer de mí? —preguntó Gabriel con insólita gravedad, como si le fuera la vida en su respuesta.

Luisa sonrió con timidez y contestó:

—No me puedo deshacer de lo que no es mío.

—Sigamos, sin pertenencias entonces, como lo haría ella —resolvió él restándole importancia a ese instante de dependencia entre ambos—. Solos, aunque caminemos en compañía. O mejor, acompañados, pero sin robarnos la soledad. Mira este primer puente que ahora nos encontramos. Tiene un bello nombre, es el ponte dell Umiltà. Una virtud que no suele florecer entre los artistas, como sabes. Si continuamos por esta misma fondamenta, evitando torcer la cabeza y mirar otras pequeñas y bellas callejuelas, llegaremos por fin a otra más, la fondamenta Ca' Bala y a nuestro destino: su puente.

Gabriel se había hecho seguir en su carrera imparable por Luisa. Una vez allí, la miró con urgencia y casi le imploró:

—Ahora sí te necesito a mi lado. Crucemos juntos este puente.

Luisa no pronunció palabra alguna, pero se acercó con timidez a Gabriel. Juntos fueron recorriendo, muy despacio, el ponte de la Ca' Bala hasta alcanzar su mitad, donde el escultor se detuvo.

—No hubo jamás ninguna familia Bala, como algunos se han empeñado en asegurar para justificar el nombre del puente —susurró Gabriel mientras fijaba su mirada en los enigmáticos ojos de raíces verdes y doradas de ella, resplandecientes al sol—. Este es el ponte de la Ca' Bala, del árbol de la vida, del conocimiento, frente a los puentes del otro lado, que hemos recorrido a toda prisa, rodeados de muerte y de peste. Su secreto queda ahora desvelado para ti.

El escultor colocó entonces, con delicadeza, una de sus inmensas manos sobre el cuello de Luisa y agachó la cabeza para depositar un beso en la comisura de sus labios. Ella sintió un estallido de deseo. Notó cómo le ardían las sienes al tiempo que escuchaba los desbocados latidos de su corazón. Se apartó.

—No, no —dijo turbada—, no puede ser, no. Regresemos, te lo ruego.

22

La Belle Époque estaba a punto de concluir. Luisa intuía que algo iba a cambiar pero, sumergida en su mundo irreal entre espectral y artístico, trataba de mantenerse al margen de cuanto sucedía. Pero ni la devota amistad de su reciente amigo, el artista alemán Alastair —cuya galería de imágenes de su musa que, según el también ilustrador, además de historiador del arte, biógrafo, esteta, novelista y dandi, Philippe Jullian, podría haber servido para ilustrar una revista de moda en el infierno con el Marqués de Sade de editor en jefe y la Casati como única modelo— distraían suficientemente su atención.

Luisa organizó varias exposiciones en Francia e Italia para poner en valor a ese barón Hans Henning Voigt, más conocido por su sobrenombre artístico de Alastair, cuya grotesca sensualidad y su aspecto pintoresco —maquillado de blanco, vestido con capa negra y aspecto de diabólico Pierrot— restringían su reconocimiento; pero ni siquiera así logró abstraerse de la realidad. Tampoco lo consiguió viajando a Berlín para encargar otra réplica suya en cera a Lotte Priezel, cuyas figuras eran mucho más eróticas que las de la escultora rusa Catherine Barjansky, y que la interpretó como una Madonna coronada y semidesnuda. Luisa parecía querer huir, escaparse de la guerra que se atisbaba en el horizonte y que sabía que marcaría el final de una época.

Al regresar a su suite del Ritz de París en el verano de 1914, acompañada por Barjansky, y encontrar que no se hablaba de otra cosa que no fuera el asesinato del archiduque Francisco Fernando de Austria y su mujer Sofía Chotek en Sarajevo, presintió que la guerra era inminente.

—No te inquietes —le había dicho D'Annunzio, poco antes—, no hay por qué preocuparse todavía.

Pero el escritor no estaba en lo cierto y los temores de Luisa se confirmaron casi de inmediato. A finales de julio Austria declaró la guerra a Serbia, y Rusia y Alemania entraron rápidamente en el conflicto. Al poco, el resto de las grandes potencias se sumó a la guerra, mientras Italia mantenía su neutralidad.

A última hora de la tarde del 4 de agosto de 1914, cuando quería encargar su desayuno para el día siguiente, ningún camarero ni tampoco el recepcionista del hotel respondieron a su llamada. Furiosa, como siempre que en los hoteles no atendían a sus demandas en el mismo instante de solicitarlas, Luisa corrió escaleras abajo hasta la entrada principal, tras encontrar los pasillos desiertos y el ascensor estropeado. Al llegar, descubrió que el hotel estaba repleto de soldados uniformados.

La Marchesa comenzó a gritar como si hubiera sido tiroteada. De pronto, se convirtió en una mujer frágil, que parecía un espectro dentro de un lujoso vestido prestado. Su sensual pelo rojo, siempre brillante y aterciopelado, se le había erizado y le confería la apariencia más de un animal acorralado que de una sofisticada dama de la época. Barjansky, testigo de los acontecimientos, nunca olvidaría aquella visión de Luisa Casati. La misma que parecía determinar que su época, «la Bella Época», la Belle Époque, había finalizado, y que el arte, lo único importante e imprescindible en la vida de Luisa Casati, quedaría relegado casi al olvido en ese escenario de muerte y miseria en el que iba a quedar convertido el mundo entero.

Su suite, siempre decorada en consonancia a su extraña estética, con butacas y sillones tapizados con pieles de tigre y leopardo, figuras de oro, jade y alabastro sobre los muebles, y su enorme boa reptando por las alfombras a la espera de que el personal del hotel le ofreciera sus conejos vivos para comer, no sería más que un recuerdo, tal vez un espejismo.

Luisa sintió pánico. No temía a la muerte, pero sí a la desaparición del imperio artístico que había construido en torno a sí misma, donde ella era musa e inspiración además de mecenas. Durante unos minutos, tal vez incluso durante algunos días, reflexionó a solas, en silencio, sobre su exagerada vida. Ajena a las preocupaciones familiares, con su hija abandonada en manos de sus educadores, sin un marido real... Había expuesto una relación ilícita a los ojos de todos, con descaro, y nunca había ocultado los intercambios de sexo y pensamiento con diversos artistas, sin que le provocara ningún sentimiento de culpa. Pero ahora, en aquel momento de incertidumbre donde todo amenazaba con derrumbarse, su existencia parecía vacía y sin sentido. El arte, que siempre la redimía de todo, que lo justificaba todo —su despótico comportamiento, su excentricidad, el derroche de su fortuna y su amoralidad—, no podría ser su tabla de salvación en tiempos de tragedia. Ella lo sabía sin necesidad de consultar su mágico tarot.

La Marchesa se sentó a repasar algunas de las cartas que había recibido de D'Annunzio en los últimos años tratando de encontrar en ellas alguna señal, algún indicio de esperanza entre sus renglones. Eligió una al azar enviada por el escritor al mismo hotel Ritz en el que la revelación de la guerra se le había hecho innegable. Escritas con su trazo inconfundible sobre el blanco papel, apenas un año antes, allí permanecían retenidas las palabras del poeta:

No sé qué decir, no sé qué hacer. He pasado la noche en la angustia. Me parecía sin fin, sin embargo, he visto en la ventana el resplandor del amanecer con no sé qué temor. El día está desierto. No sé lo que está a punto de suceder fuera de mí. Toda la tarde de ayer está confusa en mi memoria como un sueño interrumpido.

Le juro que no tengo ninguna consciencia del hecho extraño. Solo sé que tenía en la boca el sabor de la sangre y que he sufrido sed a lo largo de la noche, por no querer beber.

No me atrevo a hablar de esta cosa misteriosa y loca. Si viese esta mañana mi rostro, me perdonaría. Solo tengo ganas de desaparecer.

Dígame qué quiere que yo haga. Rompa, con una sola palabra, su silencio atroz. No prolongue mi tormento intolerable.

¿La volveré a ver? Tal vez mi oscuro presentimiento de ayer noche no mentía.

Dígame una palabra. Mi vida no fue nunca tan rica y tan miserable.

GABRIELE D'ANNUNZIO

Querida amiga,

Me despierto en la tristeza confusa que sigue al día del error o la desventura.

No sé explicar lúcidamente qué ocurrió en mí. Le pido perdón otra vez. Llevo el castigo dentro. Me encuentro miserable y ridículo. Y su misma ironía no puede hacerme tanto daño como el que yo mismo me hago. Sea generosa. Per-

done y olvide. Y no desconozca la sinceridad de mi devoción y de mi gratitud.

GABRIELE D'ANNUNZIO

Luisa recordó aquellos días del año anterior, ya tan lejanos. En el juego de amantes, un resbalón del poeta en su conducta y la distancia señalada con estrategia, a través de la ironía, para que el alma de Gabriele, una vez más, quedara a su merced. El arte de la correspondencia. El arte de las palabras. El arte ahora innecesario durante la guerra.

Y la angustia, no del juego del amor y del arte y de las palabras, sino de la crueldad del ser humano despojado de virtudes y caprichos y entregado al desatino de matar. La Belle Époque se desvanecía para siempre.

Y Luisa, en los felices años veinte que seguirían a la guerra, sería como todos, aunque envuelta en lujos y vicios: una superviviente más.

23

—¿Qué has venido a buscar a Venecia? —preguntó Gabriel a Luisa, hipnotizado por el musgo de sus ojos, una vez finalizado el almuerzo de *gamberetti* con polenta, acompañadas de un vino blanco verdicchio.

Luisa sostuvo su mirada verde oscura en la mirada verde clara de él, con sus grandes ojos fijos y serenos. Se sentía viva en Venecia, en las historias de Gabriel, en el enigmático halo de la Casati, que le confería a ella misma un aire de misterio, y en el propio tiempo que notaba que se escurría para no volver jamás. Percibió en su interior esa urgencia de la Marchesa por exprimir cada instante y decidió que, a partir de entonces, todos y cada uno de los momentos que le quedaban por vivir serían únicos e irrepetibles.

—He venido a buscarme a mí misma —desveló—. A veces es preciso marcharse para encontrarse. Abandonar toda la realidad que nos rodea para ser capaces de romper ese círculo donde hasta los sueños se vuelven rutina. Desaparecí tras la pérdida de mis dos personas más amadas hasta entonces, mi madre y mi amor, que murieron en un accidente de tráfico; y la vida que luego elegí, acogedora, cómoda y tranquilamente feliz, con mi marido y mis hijos, estranguló tanto mi personalidad que un día vi en el espejo a otra que no era yo. Es probable que por eso me muriese un poco, pero he resucitado. Como tú. Solo que a mí me ha empujado, desde el Más Allá, una mujer de otro tiempo que llevaba mi nombre y cuyo amante respondía, porque el azar así lo quiso, al tuyo. ¿Entiendes ahora la sorpresa que disimulé torpemente cuando me dijiste cómo te llamabas?

—¡Gabriele D'Annunzio! —se admiró él. Y al segundo añadió sorprendido—. ¡Es cierto!

—Así es —confirmó Luisa—. Y ella, ya lo sabes, era la Marchesa Casati. Una mujer enormemente rica, caprichosa, extravagante, amoral... Y también capaz de potenciar y descubrir todo tipo de manifestaciones artísticas. Su Palazzo Nonfinito, que ahora alberga el Museo Peggy Guggenheim, fue con seguridad mucho más glorioso cuando ella lo habitaba rodeada de animales exóticos de todas las especies. Yo regresé a la vida tras un coma, un amigo me regaló varias biografías de la otra Luisa y... ¡volví a pintar! Supongo que he venido a Venecia a darle las gracias a la Casati por devolverme las ganas de vivir.

—Y de ser artista, ¿no? —inquirió él aprovechando su pausa.

—Tal vez. No lo sé. No creo que la vuelta al arte sea tan natural como la vuelta al agua. No se olvida, como tampoco se olvida nadar, pero no sé si se puede retomar la condición artística con la misma facilidad. ¿Sabes que me sorprende que me hayas traído a comer precisamente a la pensión Calcina? Mi madre, que era una gran admiradora de Ruskin y sabía que él había pasado largas temporadas alojado aquí, también lo hizo en un fin de semana inolvidable que disfruté con ella en Venecia.

—¿También era artista?

—Escritora. Tardía, realmente, pero con una carrera brillante y muy fructífera que hubiera continuado de no haberse dejado la vida en el coche que yo estrellé —explicó Luisa con amargura.

—Te culpas —adivinó él—. Y, sin embargo, la casualidad, la coincidencia o el destino son los que construyen y destruyen, hasta cuando nos juntan con los nombres de otros. Deja que la vida que ha vuelto a ti fluya. ¿Quieres que vayamos al Palazzo Nonfinito?

—No, te lo agradezco —respondió ella—. Iré mañana. Y debo hacerlo sola. Necesito encontrarme con Luisa allí, sin testigos. Aunque quizá por la tarde podrías llevarme a tu estudio. Me encantaría ver ese trabajo que me has anticipado. Además —añadió ella para recordárselo a sí misma—, debo volver al hotel y revisar mis mensajes, ver mis correos. Tengo una familia. Y necesito descansar un rato, son demasiadas emociones en muy poco tiempo y no deseo volver al colapso.

Se levantaron y, caminando de nuevo en silencio, como si se conocieran de otro universo y compartieran esa confianza que otorga comodidad al compartir los tiempos sin palabras, alcanzaron el *vaporetto* y regresaron a la plaza de San Marcos. Cuando Luisa se dirigía al entramado de callejuelas que la conducían hasta su hotel, él se acercó a respirar brevemente el perfume de su nuca.

—¿Estás segura de que no quieres que te acompañe? —le preguntó.

Ella no respondió. De espaldas a él, ya rumbo a su hotel, levantó la mano en señal de despedida, sin dejar de caminar y sin mirar atrás. Gabriel desapareció entre la multitud. La luz de aquel 22 de octubre comenzaba a extinguirse. El sol se derrumbaba sobre el agua y Venecia se desvanecía en los colores del ocaso.

Luisa llegó a su habitación extenuada por la emoción. En su móvil la lucecita roja le indicaba que había recibido varias llamadas. Miró la pantalla con desinterés y optó por echarse un rato sobre la cama. Pensó en Gabriel. Aún sentía la huella de su mano sobre su cuello, su aliento en la nuca. El inesperado calor de su cuerpo le resultó adormecedor. A los pocos minutos estaba soñando.

Le despertó el timbre de la puerta. Un camarero le traía un ramo de rosas rojas, con una nota escrita en una tarjeta de color azul, como los cientos de telegramas cruzados entre la Marchesa Casati y su escritor:

> Te espero para tomar café mañana en el Lavena a las cuatro. Era allí también donde tu Luisa y Gabriele D'Annunzio solían encontrarse, ¿no? El mismo lugar en el que nos conocimos. ¿Crees que es todo pura coincidencia? ¿Qué parte escribe la casualidad y cuál el destino?
>
> GABRIEL

Como si fuera una autómata, dejó la nota sobre la mesita, abrió el grifo del lavabo y remansó un poco de agua en su interior, colocando el tapón. Depositó allí las rosas, desnudas ya del celofán y tras haber aspirado su aroma, hasta que pudiera conseguir un recipiente en el que colocarlas. Mientras trataba de zafarse de la mirada de su recién desconocido, imposible de borrar de su memoria, el parpadeo del teléfono seguía recordándole que la reclamaban. En el buzón de voz escuchó varios mensajes de su marido y uno de cada uno de sus hijos. Sintió que los amaba profundamente a los tres, pese a estar en Venecia, sumergida en esa búsqueda de su identidad olvidada, de Luisa Casati e incluso de los Gabrieles del pasado y del presente. Sin embargo, no pudo evitar pensar también en que no dejaría de acudir a la cita del Lavena por mucho que ahora no quisiera más que hablar con su familia.

Marcó el número de su marido, temblorosa, sabiendo que le sería imprescindible, si no mentir, al menos omitir.

—¿Sí?

—Soy yo, Juan.

—¡Por Dios, Luisa! ¿Dónde estabas? —respondió enfadado—. ¡No has dado señales de vida, no sabíamos nada de ti ni los chicos ni yo! He llamado al hotel y me han dicho que te habías registrado, así que nos hemos quedado algo más tranquilos; aunque francamente, ¿tanto te cuesta llamarnos?

—Lo siento. De veras —respondió ella—. Me he enredado yendo de un lado a otro. Me dejé el móvil en la habitación sin darme cuenta y llegué tan cansada que me quedé dormida al instante. Me ha sorprendido mucho que me buscarais con tanta ansiedad. Pensé que estaríais cada uno a lo vuestro, como de costumbre. No son más que las seis de la tarde y son muchas las veces en las que no sé nada de vosotros hasta que llega la noche.

—Pero ¿acaso no te das cuenta de que es la primera vez que viajas sola y de que estás muy extraña desde que saliste del coma? ¡Estamos todos preocupados por ti! Tu padre ha venido a verme, inquieto. Tampoco se explica por qué te has ido a Venecia. Y, además, estás tan delgada, Luisa. ¿Has comido? —preguntó Juan derivando el tono del nerviosismo y el reproche hacia la ternura.

—Sí, sí —se escabulló Luisa, que no quería dar explicaciones sobre el almuerzo—. No te preocupes. Además, ahora me voy a acercar hasta el Florian para tomarme un spritz y un sándwich.

—Me parece muy bien si es lo que te divierte, pero ten cuidado al regresar al hotel. ¿Está cerca de San Marcos?

—A cinco minutos de la plaza. ¿Quieres que te llame al volver?

—Pues, si no te molesta demasiado hacerlo, me encantaría —respondió Juan con cierta ironía, inusual en él.

—Está bien —dijo ella haciendo caso omiso al sarcasmo—. Llama tú a los chicos y a mi padre, por favor, y tranquilízalos. Diles que los quiero. A ellos y a ti, Juan.

Se hizo un silencio al otro lado del teléfono.

—¿Juan? ¿Estás ahí?

Él aún demoró un poco más su respuesta.

—Sí, estoy aquí —susurró. Y tras varios segundos de incómodo silencio añadió—. ¿Sabes hace cuánto tiempo que no me decías que me querías?

Luisa colgó aterrada. ¿Le había dicho que le quería porque le quería o solo porque los sentimientos que le despertaba Gabriel le provocaban remordimientos? La Luisa libre de su juventud no hubiera reaccionado así. Y mucho menos Luisa Casati, a quien la fidelidad le parecía algo intrascendente. Pero ¿acaso quería ser alguna de ambas? ¿Y acaso había sido infiel? Miró las flores, más hermosas tras refrescarse, abrió la ducha, se desnudó y se sumergió bajo el torrente de agua para tratar de ahogar sus desasosiegos.

24

La guerra lo cambiaría todo. O casi. La Marchesa, acostumbrada a la metamorfosis permanente, consiguió adaptarse sin demasiado esfuerzo al nuevo mundo en el que le tocaba vivir. Sabía que muchos de los artistas a los que ella misma había impulsado en el pasado sucumbirían ante la fuerza arrolladora de otros nuevos y visionarios, que representaban a las corrientes artísticas más avanzadas. El fauvismo —bautizado así tras la frase del crítico francés Louis Vauxcelles *«Mais c'est Donatello parmi les fauves»*[1] al ver las obras más representativas de este arte rodeando una estatua del escultor renacentista en el Salón de Otoño de París de 1905— fue el puente hacia el impresionismo y el impulsor del arte abstracto. Henri Matisse, padre de esta corriente artística, pintó *Lujo, calma y voluptuosidad*, que fue considerada como la obra síntesis del postimpresionismo y que al tiempo se convirtió en el manifiesto de los fauvistas. La simplificación de las formas y la utilización de los colores más explosivos serían su seña de identidad, de la que, en 1914, solo quedaría representación en las obras de sus artistas más destacados y arries-

1. «Pero este es Donatello entre las fieras».

gados. Y si de entre sus representantes había alguno al que le gustara especialmente el riesgo, ese era el holandés Kees van Dongen. Máxime si conllevaba algún tipo de compañía femenina.

Las mujeres, desnudas o vestidas, eran el tema recurrente de la obra de Van Dongen. Sus coloridos retratos exhalaban tal grado de erotismo que era casi impensable suponer que no existía relación entre el pintor y su modelo. Y, ciertamente, era algo poco usual: Van Dongen pintaba aquello que deseaba... o deseaba aquello que pintaba. Durante los años previos a la guerra la compañía de su mujer y sus hijos frenó algunos de sus impulsos más alocados, pero cuando comenzó la contienda, ya prácticamente extinguido el fauvismo y encaminado el movimiento hacia su evolución, la familia de Van Dongen quedó atrapada en Holanda y él encontró en su camino a Luisa Casati.

Corría el desesperado año de la guerra cuando el pintor y la musa se perdieron en sus miradas descaradas y provocativas, en la delgadez extrema de ambos y en las ganas de no contener las emociones. El alto y barbudo Van Dongen deseó retratar a la grácil y espectacular Marchesa nada más conocerla. Y lo hizo. Las primeras imágenes de Luisa inmortalizada en su altura, gracia y palidez por los pinceles de Van Dongen quedaron enfrentadas, dentro del propio lienzo, a sus grandes aliados: los espejos.

No serían los únicos cuadros que Van Dongen pintaría de ella. Arrastrada por una tempestuosa pasión, Luisa consentiría en protagonizar diferentes obras de ese pintor, que se dejaba llevar por la fiera (*fauve*) que llevaba dentro, tanto en el arte como en el sexo. Los detalles de su tórrido romance corrieron por las conversaciones de los salones parisinos al tiempo que el pintor entraba en ellos de la mano de su poderosa amante. *Le Sloughy Bleu*, *La Vasque fleurie*, *Femme en Blanc*, *Chez la Marquise Casati* o *L'Ama-*

zone, que serviría de ilustración a la cubierta del catálogo de la exposición de la Galería d'Antin en 1917, fueron algunas de las pinturas que, plenas de color y erotismo, surgieron de la descontrolada emoción que la Casati provocaba en el pintor.

—Me gustan tus escandalosos ropajes, mi desnuda hechicera. Pero has de saber que yo no los veo: para mí siempre estás sin ropa, caminando frente a los espejos para que pueda contemplar tu anverso y tu reverso y pintarlos sin remedio. No podrás contener a mi fiera —dijo Van Dongen mientras Luisa posaba para él desnuda bajo un ligero vestido de gasa.

—Sabes bien, Kees, que soy capaz de calmar a la más salvaje de las criaturas, por eso viven todas a mi alrededor casi en total armonía —respondió Luisa con los ojos cerrados y sin moverse, mientras acariciaba a uno de sus perros.

—No me importan las bestias —exclamó él de pronto, soltando los pinceles y acercándose a su cuello—, pero quiero saber qué sucede con todos esos musculosos sirvientes tuyos negros y semidesnudos que se pasean por el palacio veneciano, ¿también gozan de tu cuerpo, como se cuenta en los salones parisinos?

—¿Por qué lo preguntas? —repuso ella abriendo los ojos hasta el infinito y fulminándole con la mirada. Luego volvió a cerrarlos, para, acostumbrada a posar, permanecer exactamente tal y como estaba retratándola su amante—. El sexo no importa. A veces tampoco el amor. Solo ser leyenda. Mis gondoleros hablan, cuentan, ¿qué habrá de mentira o de verdad en sus discursos? Ni yo lo sé. Aunque mis uñas se prendan a tu espalda y no pueda acallar mis aullidos de loba cuando me posees, no es el sexo lo que me provoca tanto placer cuando me entrego a ti, sino mi admiración por tu trabajo y tu admiración por mi sensibilidad artística.

—¿No sabré, entonces, jamás, si te comparto con otros amantes? —continuó él pretendiendo indagar, temeroso, aquello a lo que ella no le daba respuesta.

—Desde luego que lo haces —espetó ella desafiante—. Me compartes con carnes y espíritus. Yo no te pertenezco. Jamás perteneceré a nadie.

—¿Es cierto, entonces, que hubo amantes que te perdieron y se suicidaron y cuyos espíritus vagan a tu alrededor persiguiéndote por el Palazzo Nonfinito, y que tú compartes su mundo espectral?

La Marchesa no respondió. Le gustaba aparecer ante todos, incluidos sus propios amantes, como un ser indescifrable. Con treinta y cinco años estaba considerada una de las mujeres fatales más irresistibles de su tiempo. Su código de amoralidad le permitía comportarse como una provocadora sexual que, sin ser realmente tan bella como otras mujeres, despertaba la curiosidad y hasta el desconcierto tanto masculino como femenino. Su vestuario, su misterio, sus certezas artísticas y su descaro contribuían a que fuera la dama más deseada de su época. También lo hacían las historias increíbles sobre sus encuentros amorosos heterosexuales y homosexuales que narraban los gondoleros, a decir de muchos azuzados por la propia Luisa. Amaba escandalizar. Tanto que, para generar más confusión, se colocaba a menudo el brazalete de oro en el brazo izquierdo y la pulsera en el tobillo derecho que las lesbianas utilizaban para reconocerse entre sí, mucho antes de tener relaciones con personas de su mismo sexo. Navegar en las conversaciones de unos y rendirse a los abrazos de otros era pura diversión para la Marchesa; pero solo tenía un único y verdadero amor, que se mantenía en el tiempo, constante e inalterable, con independencia de los amantes que pasaran por su vida. Y no era otro que su adorado Gabriele D'Annunzio.

La relación entre ellos sobrevivía a las aventuras paralelas de ambos, tal vez por el vínculo mágico que habían construido y porque su relación incluía todo tipo de emociones, también el sadismo. El escritor a veces hablaba de Luisa refiriéndose a ella como «la Divina Marchesa». Pero el nombre no era la única alusión a Sade: los juegos preliminares al sexo, que practicaban hasta en las propias góndolas de Luisa, con frecuencia dejaban marcas visibles en la piel casi transparente del cuello de la Marchesa y le provocaban terribles inflamaciones en sus labios tras los furiosos mordiscos del escritor.

Era cierto que su unión podía considerarse más una amistad amorosa, repleta de complicidades y de compañerismo —evidente en esas ganas de él de hacer caminar a su amiga/amada por los senderos de las artes, y en ese apoyo incondicional de ella al escritor, en los mayores éxitos y los más estrepitosos fracasos—, pero para ambos esa relación, que alternaban con tantos otros amantes y se elevaba muy por encima de sus mundos diarios, era la más importante de todas. Por eso, pese a sus vidas disolutas y a sus incontables compañeros de cama, se guardaban una lealtad construida sin juramentos, desde la que compartían alegrías y penas. También secretos y nostalgias. Los dos, seres diferentes y sensibles, entregados a los vicios y excentricidades, mantenían una parte de su alma limpia, pura y generosa, para intercambiársela entre sí. Su entorno apenas podía entenderlo. Pero eran tiempos convulsos en los que comprender resultaba mucho menos imprescindible que aprender a sobrevivir. Unos vivían en el interior de ese cruento conflicto bélico que lo impregnaba todo y que lo dejaría todo tan marcado como el cuello blanco de la Casati mordisqueado por D'Annunzio; otros trataban de subsistir al margen de él.

Justo al inicio de la contienda, poco antes de que se produjera la aparición de Van Dongen en la vida de la Marchesa, Luisa y Camillo Casati decidieron por fin separarse legalmente y acabar con ese matrimonio que nunca lo fue. Su hija Cristina, de trece años, eligió quedarse con su madre, quien consideró que debía seguir en el colegio católico francés, para que le enseñaran algo tan importante, según le dijo la Marchesa a su hija, como contradictorio respecto a su propia vida: a aborrecer la vanidad. Al poco tiempo, una Cristina ya adolescente abandonaría la institución francesa para ingresar en la Universidad de Oxford, a lo que su madre accedió con la condición de que residiera en una casa privada tutelada por una gobernanta.

En la separación, como durante el inexistente matrimonio, la vida de los ya excónyuges sería distinta por completo. Camillo se implicó en la guerra y alcanzó el rango de mayor en la Armada italiana bajo las órdenes del general Luigi Cardona, a la espera de poder volver a recluirse en el castillo familiar de los Casati en Cusago o en su residencia de Villa San Martino, en Arcore. Nada que ver con la desenfrenada vida de su ya exesposa, que escapaba de la guerra viajando de país en país, mientras se rendía a diferentes pasiones sexuales o artísticas. Luisa disfrutaba de un desenfrenado romance con Van Dongen cuando conoció a Jacob Epstein en Londres, en un almuerzo-homenaje al escultor como reconocimiento a varios de sus proyectos. El artista de origen estadounidense había recibido su primer encargo pocos años antes, en 1907: la talla de dieciocho figuras para la sede de la Asociación Médica Británica en Strand. El tema era la procreación, y Epstein puso tanto énfasis en el desnudo y trató el asunto de manera tan descarnada que, según algunos críticos, ofendía al público. El escándalo fue de tal magnitud que unos años más tarde, en 1935, sus esculturas serían mutiladas. En el mundo artístico más elitista de su tiempo, por el contrario, obtuvieron un reconocimiento inmediato, que propició que poco después el escultor recibiera el nuevo e importante encargo del sepulcro de Oscar Wilde para el cementerio del Père Lachaise en París.

Para tan destacada obra, Epstein interpretó al poeta como un ángel-demonio alado al que las autoridades, agraviadas de nuevo por la desnudez de la estatua, cubrieron de alquitrán. Poco les importó que la obra del artista estuviera inspirada en los grandes toros alados asirios del Museo Británico y en el simbolismo exótico del propio Wilde. No todo fue negativo para el escultor durante su estancia en París para realizar la tumba del escritor. En ese tiempo, hacía 1912, Epstein pudo conocer a Brancusi, Picasso y Modigliani e intercambiar criterios artísticos y emociones. Al año siguiente se estableció en Pett Level, Sussex, y durante un periodo de intensa actividad realizó *The rock drill*, una figura mecanicista de escayola de un hombre montado sobre una taladradora, que se convertiría en una de las obras capitales de la primera escultura moderna, a cuya estética vanguardista, entroncada con el futurismo y el cubismo, renunciaría el escultor con posterioridad. También por entonces conoció a la Marchesa; Epstein quedó deslumbrado, pero más que por su extravagancia por su casi perversa obsesión por el arte. Luisa apenas retrasó unas horas su contestación cuando él le propuso retratarla una tarde y, a la siguiente, se presentó por sorpresa en su estudio.

No había luz. Estaba a punto de nevar y el sistema eléctrico se había estropeado. Luisa se sentó en una silla que el escultor rodeó de velas para iluminar su cara. Epstein, impactado por tan enigmático rostro, olvidó su enjuto esqueleto y se concentró en sus sobrenaturales ojos verdes. Tal vez por el efecto de la luz de las velas, o quizá a consecuencia de la belladona, que hacía que se marcasen venas ensangrentadas en la esclerótica, aquellos ojos parecían más sobrenaturales que nunca. Al irse Luisa, el escultor, poseído por la intensidad de su modelo, no pudo dejar de trabajar en toda la noche. Las horas fueron pasando una tras otra, mientras él iba concretando los detalles de la máscara de Luisa Casati, que quedó terminada al amanecer.

Recién terminado ese espléndido busto de Epstein, sin renunciar ni a los pinceles ni a las caricias de Van Dongen y tampoco a los intermitentes encuentros con D'Annunzio, apareció en la vida de la Marchesa el pintor galés Augustus Edwin John. El artista, de quien se decía que era «el hombre que podía pintar como Dios», quedó también impresionado por los enormes ojos verdes de la Marchesa, por su manera de caminar, como si danzara y por su inteligencia sutil y a veces maliciosa... Y cayó, como todos, en su tela de araña. Para él, Luisa encarnaba la tentación. Según contaría más tarde en sus memorias, ella poseía una «exótica e indomable sofisticación», que le condenó no solo a pintarla sino a compartir su lecho brevemente, pero con enorme intensidad. Otra conquista de Luisa. Pero una retratada más en la cama del artista: Augustus Edwin John solía acabar durmiendo con todas las mujeres que aparecían en sus lienzos. Y se contaba que su voracidad sexual era tan excelsa como su pintura.

A diferencia de otras de sus modelos, a las que olvidaba tras una única pintura y una noche de sexo, el artista, cautivado por la Marchesa, quiso que ella tuviera mayor presencia en su obra. Sus retratos, muy diferentes a los de Van Dongen, capturaban la personalidad de sus modelos, entre los que se encontraba Yeats, Joyce o Dylan Thomas, a través de un análisis de su interior tan profundo que podía llegar a resultar cruel. Por eso la Luisa de sus cuadros resultó mucho más realista y auténtica que la que reflejaban otros pintores. Ella dijo de él, jugando a rozar el equívoco respecto a la alcoba y al lienzo: «John pinta como un león». El mismo «león» que rugía en su lecho y que alternaba con el «fiero» Van Dongen.

Ambos artistas, por su parte, por supuesto, sostenían también otras relaciones. De hecho, John evitó como pudo que un día otra de sus amantes, la duquesa de Gramont, coincidiera con Luisa Casati en su estudio. Sabía que tal encuentro entre las dos, supuestamente amigas pero realmente competidoras, podría resultar fatal. Y él las necesitaba a ambas: una, la duquesa de Gramont, era quien le había ofrecido el uso de un estudio con apartamento en París tras quedarse sin residencia; y la otra, Luisa Casati, era su mecenas. Que ambas mujeres gozaran de otras vidas paralelas no era óbice para que John, que las conocía bien, supiera que no debían encontrarse en su estudio.

Aunque la Marchesa no era fácil de conocer, ni para los más expertos conquistadores de mujeres. Ni el mismísimo D'Annunzio dejó de sorprenderse hasta el último segundo de su vida ante sus insólitas reacciones. Y en aquellos momentos, además, Luisa parecía ser un cúmulo de multitudes ella misma, desplazándose como un rayo de un destino a otro y gozando de abrazo en abrazo.

Era como si, de manera inconsciente, necesitara vivir a la máxima velocidad y extraerle a ese tiempo convulso y atribulado todas sus posibilidades. Quería más artistas en su vida y verse en las obras de los más extraordinarios. Entre ellos, Ignacio Zuloaga, uno de los más importantes pintores españoles de finales del siglo XIX y principios del XX, quien también realizó un retrato de la Marchesa que sería considerado como la más macabra y grotesca de sus obras —el propio artista decía que había pintado a un fantasma nocturno elegantemente vestido—. Pero no olvidaba la amistad con sus grandes amigos de tantos años, como Cécile Sorel, Paul Poiret o el barón y la baronesa Meyer. Todos ellos trataban de encontrar divertimentos que les ayudaran a olvidar la cruda realidad de la guerra. Como el cine mudo, donde D'Annunzio ya tenía su parcela de gloria. También la conseguiría en la contienda: el escritor, pese a los fracasos que le llevaron de Italia a París para escapar de sus acreedores, sumaría su implicación en todas las artes a un destacado papel durante la Gran Guerra. Él fue uno de los artífices del relevante protagonismo en la contienda a su Italia natal, tras la vuelta a su país, tras su autoexilio, a los pocos meses de iniciarse el conflicto.

Durante el inicio de la guerra D'Annunzio intentó en varias ocasiones unirse a la lucha en Italia, pero al tener más de cincuenta años y ninguna experiencia, sus reiteradas peticiones fueron denegadas. En su autoexilio en París, visitó a las tropas parisinas y las sedujo con su aplastante retórica; pero tras recibir un telegrama de una de sus más famosas examantes, Eleonora Duse, en el que le instaba a que cambiara de lado en el frente, regresó de inmediato al bando italiano, que era lo que deseaba desde el principio. De vuelta a su patria, el gobierno italiano se vio obligado a reconocer la influencia del escritor y a aceptarlo en sus filas.

No fue asignado a ningún cuerpo, pero rotaba entre ellos para utilizar su autoridad entre los soldados. En la última de sus misiones perdió la visión del ojo derecho en un accidente aéreo y el izquierdo le quedó parcialmente afectado. Previamente, el 9 de agosto de 1918, organizó una de las mayores hazañas de la guerra al conseguir que nueve aviones realizaran un viaje hasta Viena para lanzar sobre la ciudad panfletos propagandísticos, como comandante del escuadrón 87, conocido como la Serenísima en honor a su amada Venecia.

Antes de que se decidiera su participación activa en la guerra, D'Annunzio se encontró de nuevo con Luisa en Roma. En aquellos días de incertidumbre, el mundo de lo oculto adquirió incluso más relevancia de la que ya tenía en los recientes tiempos pasados. Y no podía ser menos para ellos dos, absolutos fanáticos de lo sobrenatural. De hecho, en la medianoche del golpe del 20 de junio de 1915, Luisa y Gabriele se encontraban en las ruinas de las tumbas de via Appia Antica, invocando los espíritus de los ancianos guerreros. La gente pensaba que esta exagerada devoción de la pareja hacia todo lo relacionado con el Más Allá era una especie de juego, pero no era cierto. La vida después de la muerte, la trascendencia y la magia siempre estaban presentes en su día a día, sus actos, su realidad... Por eso, tras sufrir el accidente, D'Annunzio no pudo evitar recordar aquella noche durante la guerra, cuando Luisa, tras compartir una cena en el hotel Regina de Roma con Isadora Duncan y con él, decidió llamar a su quiromante para que les vaticinara el futuro con sus cartas del tarot.

La hechicera no acertó en todas sus predicciones respecto a Isadora Duncan, porque si bien le pronosticó un enorme reconocimiento internacional, también le auguró una encantadora vida, gracias a la protección de los ángeles, que jamás se llegó a cumplir. Todo lo contrario: la vida de la bailarina estuvo marcada por la desgracia. Su marido se suicidó; perdió a sus hijos en un terrible accidente cuando el coche en el que viajaban con su niñera cayó al río Sena, y ella murió estrangulada al enredarse su largo echarpe en la rueda de su coche.

Sin embargo, en lo que a D'Annunzio se refería, la pitonisa acertó por completo: le vaticinó que volaría por el aire y conseguiría grandes empresas, pero que caería, se vería a las puertas de la muerte y luego regresaría de ella para vivir con mayor gloria... Y era en esa situación en la que se encontraba. La gloria existía tras el accidente, pero también dos situaciones que D'Annunzio no soportaba: la oscuridad casi total y la inmovilidad.

Desatendiendo las recomendaciones de los médicos,

que le advirtieron de que podía perder por completo la visión si no permanecía en la cama sin moverse lo más mínimo, el escritor viajó a Venecia, donde se instaló en La Cassetta Rosa, un pequeño palacio situado justo enfrente del palazzo Venier dei Leoni de Luisa. Allí escribió su sombrío *Notturno*, en el que describe el palazzo de la Marchesa como la ruina encantada en la que las circunstancias lo habían convertido. Un edificio hechizado y abandonado por su propietaria, que durante los convulsos años de la guerra, olvidados los bailes de máscaras de la Venecia de antaño, viajaba por toda Europa e incluso abandonaba el continente cuando le era posible, en un vano intento por escapar de ese asfixiante mundo de miseria del que se negaba a formar parte.

En uno de esos viajes, la Marchesa se rompió el brazo derecho al llegar a su casa de Roma, por lo que no tuvo más remedio que permanecer durante algún tiempo en ella. Pero, aun así, encontró una nueva diversión: pedir a sus numerosos visitantes que redactaran las cartas que ella les dictaba para su adorado poeta. D'Annunzio agradecía las muestras de afecto de Luisa, pero no eran consuelo suficiente para paliar el dolor de sus heridas y el de la reciente muerte de su madre.

Tras su recuperación, el escritor rescató su espíritu patriótico y volvió a recorrer Italia ofreciendo discursos para arengar a la población. Cuando en septiembre de 1919 la contienda terminó, las ideas nacionalistas de D'Annunzio eran tajantes y muy celebradas por muchos de sus conciudadanos, dispuestos a seguirle al fin del mundo.

La cesión de la ciudad de Fiume en la Conferencia de París le irritó tanto que decidió liderar a los nacionalistas italianos de la ciudad para que se apoderasen de ella y forzasen la retirada de las tropas angloamericanas, francesas y británicas que la ocupaban.

Trató de convencer a los dirigentes reunidos de que Italia debía anexionarse de nuevo la ciudad, pero cuando la petición fue denegada, decidió declarar él mismo Fiume como un estado constitucional independiente: el Estado Libre de Fiume, antecedente y presagio del posterior sistema fascista italiano. D'Annunzio se nombró a sí mismo Duce e intentó organizar una alternativa a la Sociedad de Naciones para las naciones oprimidas y selectas del mundo, como la propia Fiume. Para lograrlo, intentó sin éxito realizar alianzas con varios grupos separatistas de los Balcanes y, además, ignorando el Tratado de Rapallo, declaró la guerra a Italia. Dieciséis meses después, cuando la Armada italiana bombardeó la ciudad, no le quedó más remedio que rendirse.

Tras el incidente, D'Annunzio se retiró, obligado, a su villa Il Vittoriale en Cargnacco, una pequeña localidad a orillas del lago di Garda, en el municipio de Gardone Riviera. En ese lugar pasaría el resto de su vida escribiendo y convirtiendo su voluntaria prisión no solo en su propio mausoleo, sino en un santuario de los más decadentes excesos.

Hubo quien creyó que, enterrado en vida en aquel búnker, su influencia desaparecería, pero se mantuvo intacta en la ideología de Benito Mussolini. El escritor nunca estuvo directamente involucrado en los gobiernos fascistas italianos, pero su espíritu sí estaba en ellos.

Entretanto, en los estertores de la Primera Guerra mundial, en la primavera de 1919, la hermana de Luisa, Francesca, falleció víctima de la gripe española. Luisa se sintió tan sola y desamparada como tras la temprana muerte de sus padres. Y, como siempre había hecho, se dedicó a espantar el dolor huyendo de un sitio a otro, pero sin dejar traslucir su tristeza en ningún lugar. Igual se la podía ver paseando con sus guepardos por Oxford que recorriendo los hielos rusos, visitando a la realeza en

Irlanda, Francia y Polonia, o en la India, donde le aseguraron que era la reencarnación de un tigre, por lo que se tiñó el pelo a rayas amarillas y negras. Quería verlo todo, pero también huir de su propia angustia, de su soledad y de su desprotección. Y lo hacía a su manera: sin lágrimas ni muestras de dolor. Su comportamiento era tan inusual que cada uno de sus pasos, los de la Reina de lo Extraño, como la apodaban en algunos diarios de la época, la prensa parisina los seguía al milímetro para ofrecérselos a su legión de admiradores.

En medio de este frenético ritmo de viajes, Luisa se entusiasmó con el trabajo de algunos pintores españoles. Le impresionó especialmente el cuadro de *La maja maldita*, de Federico Beltrán Masses, que se exhibía en una conocida sala de exposiciones de Londres. Tanto como para dejarse llevar, una vez más, por sus impulsos y presentarse sin avisar y en medio de la noche, dos días después de ver la obra en la capital británica, en el estudio del artista en Barcelona.

Iba envuelta en un exquisito abrigo de terciopelo negro adornado con uno de sus interminables collares de perlas y acompañada por uno de sus galgos rusos. Al abrirle la puerta, el sirviente del pintor, epatado por tal aparición, no dudó en despertar al artista, que entre enfadado y curioso salió a recibirla. Toda su ira desapareció al verla: era una prodigiosa aparición. De nuevo, la imagen de Luisa conquistaba la sensibilidad de un artista. El pintor permaneció en silencio, atónito, mirándola como si fuera un milagro. Y entonces ella, imperativa, le contó por qué estaba allí.

—Soy la Marchesa Casati —se presentó Luisa—. Hace dos días vi en Londres *La maja maldita* y decidí que deseaba que me pintara como a ella. He traído conmigo esta bola de cristal azul que me regaló D'Annunzio. La quiero en mi cuadro. Coja sus pinceles, porque solo dispongo de esta noche para usted.

Beltrán Masses no pronunció ni una palabra, pero obedeció sus órdenes como un autómata. Turbado por la autoridad de la dama, y casi como si estuviera hipnotizado, tomó sus pinceles sin rechistar y comenzó a retratarla.

Horas más tarde, el lienzo recogía la imagen más lánguida y enigmática de la Marchesa, tumbada sobre un diván y aferrada al regalo más preciado del más formal de sus amantes: la bola de cristal azul. Era el corazón de la Marchesa, moldeado por D'Annunzio y dividido entre la magia y el arte. La misma magia que le hacía anticiparse a corrientes y tendencias, entender de una manera muy particular la vanguardia y, desde esa atalaya de comprensión artística, convertirse en el espíritu protector de todo lo moderno; en especial, de lo relacionado con los futuristas y los cubistas, cuyo trabajo, rechazado por muchos, amadrinó desde el primer momento al descubrir las similitudes de su expresión artística y su manera de vivir.

Tanto el propio Marinetti, creador del movimiento futurista, como el resto de los artistas cofundadores como Carrà, Balla, Boccioni y Depero coincidían con la Marchesa en esa necesidad de vivir a toda velocidad. En sus cuadros se repetían una y otra vez las imágenes de ruedas, automóviles, trenes y aviones con los que pretendían provocar esa sensación de celeridad en el espectador. Todos retrataron a Luisa Casati, e incluso el propio Marinetti le dedicó su retrato pintado por Carrà «a la gran futurista Marchesa Casati, con sus ojos lánguidos de jaguar que se ha tragado las barras de hierro de su jaula».

Luisa respondió a los halagos de los futuristas dejándose inmortalizar por ellos y adquiriendo obras de todos. El primero del grupo en captar su imagen en tres retratos fue Giacomo Balla: *La Marchesa Casati con galgo e pappagallo*, *Fluidita di forze rigide della Marchesa Casati* y *La Marchesa con gli occhi di mica e il cuore di legno*. El último fue, sin duda, el más exitoso e impactante de todos sus retratos.

Se trataba de una escultura realizada en madera pintada y cartón. Bajo las formas de cobre que representaban el pelo de la Marchesa, se escondía un gran par de ojos formados con láminas de mica. Los labios sonrientes de Luisa se representaban con remolinos rojos que destacaban sobre su rostro pálido, y un corazón de madera escarlata dominaba la parte inferior izquierda de la obra de arte. La pieza, además, era movible, por lo que, si el espectador le daba la vuelta al corazón, los ojos pivotaban y aparecían parpadeando. La imagen de la escultura ocupó la portada del 30 de marzo de 1919 del periódico *Il Mondo*, coincidiendo con la Exposición Futurista de Milán. Y más tarde pasó a formar parte de la colección privada de Marinetti.

También el escultor, diseñador gráfico y escenógrafo italiano Fortunato Depero inmortalizó en varias ocasiones a la Marchesa. Los presentó Marinetti y su conexión fue instantánea. Depero, que había abandonado el simbolismo para abrazar el futurismo tras conocer a Marinetti, además de publicar el manifiesto «Reconstrucción Futurista del Universo» junto a su colega y amigo Giacomo Balla, decidió reinterpretar el tradicional espectáculo de marionetas de acuerdo con las ideas futuristas, cuya estética se inspiraba en el dinamismo, las máquinas y las nuevas tecnologías. Rehízo las antiguas figuras de madera con formas geométricas y colores brillantes, que las dotaban de una apariencia robótica, y las puso a bailar al son de los acordes de los nuevos compositores del momento, como Maurice Ravel o Béla Bartók.

Luisa, cómplice de Depero, acudió a la primera representación de su futurista en Roma, una vez más como madrina y promotora del futurismo. El espectáculo, titulado *Bailes plásticos*, obtuvo un rotundo éxito.

Animado por la notoriedad de tal acontecimiento, Marinetti escribió un nuevo manifiesto, «El manifiesto de la danza futurista», se lo dedicó a la Marchesa y programó diversas actuaciones en la villa romana de Luisa para ella y sus siempre ilustres invitados. Entre ellos se encontraban diversos miembros de los Ballet Rusos además de Pablo Picasso y Jean Cocteau, a quienes subyugó tanto la personalidad como la vestimenta de su excepcional anfitriona.

—Es increíble su vestido —le dijo el pintor al escritor refiriéndose a Luisa—. Todo bordado de perlas, con su gorguera al cuello. Parecería sacado de un retrato isabelino si no fuera por ese escote que le llega más abajo del ombligo.

—Su indumentaria es siempre asombrosa —añadió el poeta—. Pero es mucho más interesante el alma que encierra. Es el alma de una hermosa serpiente del paraíso terrenal. Bella, peligrosa y aquejada siempre por el mal de los artistas reinterpretado en ella, su mecenas, hasta el delirio: la vanidad.

25

Antes de abrir los ojos percibió cierto nerviosismo en la boca del estómago. Era un sentimiento que no recordaba, en el que se mezclaban el entusiasmo de su juventud y una no tan agradable sensación de angustia. Luisa tenía la cabeza repleta de imágenes: la plaza de San Marcos, la tienda de las friulanas, la siempre impactante basílica de Santa Maria della Salute, el ponte de la Ca' Bala... Y ese beso de Gabriel prendido a su boca por el viento de la magia y frenado por un ataque de conciencia.

Tras la ducha de rigor, mientras se cepillaba el pelo frente al espejo, notó un ligero temblor en todo su cuerpo. «¿Por un beso?, ¿por medio beso?», se preguntó. Las rosas desde su jarrón, sobre la mesita, insistían en recordarle que el día anterior no había sido uno cualquiera. Las miró, las acarició y las contó como si fuera una niña. Eran trece flores, no la habitual docena. Sonrió pensando en la originalidad de su admirador.

Se vistió con unos pantalones ceñidos, un amplio jersey de cuello vuelto, unas botas de agua Hunter y un chaquetón marinero masculino. Todo negro. En su mano derecha el anillo de casada y en la izquierda un reloj de oro, antiguo, que en su día perteneciera a su madre.

Estaba muy pálida y su pelo rojo iba adquiriendo día a día un tono más misterioso. Pensó que, para ser la Casati del siglo XXI, le harían falta unas perlas y unas plumas en la cabeza, pero naturalmente no pensaba colocárselas: quería que la personalidad de la Marchesa la envolviera, pero no que la absorbiera. Además, le hubiera gustado más haberla disfrutado como mecenas que vivir su enloquecida vida. ¿O tal vez le hubiese divertido hacerlo?

El día se había levantado algo menos soleado y una pizca de bruma envolvía la luz veneciana. Hacía fresco y se notaba la humedad, aunque sin amago ni parte previsto de lluvia. Estaba ansiosa por llegar al palazzo Venier dei Leoni y se dijo a sí misma que debía hacerlo, si no en góndola, como la propia Casati, sí al menos en una de esas Riva formidables que se desempeñan como taxis de agua de la ciudad.

Pero desechó la idea: prefería desembarcar desde el mismo *vaporetto* en el que había viajado con Gabriel el día anterior e ir caminando por la misma ruta que compartieron. Entre el recorrido hasta la plaza desde su hotel y el viaje en *vaporetto*, apenas tardó quince minutos en llegar a L'Accademia, cuyos pintores clásicos pospuso para la jornada siguiente. En ese instante su único destino era el palazzo Venier dei Leoni. Aceleró el paso y sin equivocarse, como si la propia Marchesa la guiara, fue recorriendo el camino y llegó rápidamente al Palazzo Nonfinito. Lo había visitado antes, en aquel ya lejanísimo viaje a Venecia en compañía de su madre, cuando aún no conocía a Luisa Casati.

Penetró en su santuario de manera casi reverencial. Habían pasado muchos años desde aquella primera visita cuando aquel lugar no era para ella más que la Casa-Museo Peggy Guggenheim, pero recordaba perfectamente ese jardín, que ahora parecía un poco espectral por esa caprichosa climatología veneciana. Al verlo de nuevo, ahora bajo el influjo de la Marchesa, no solo contemplaba la realidad, sino que su imaginación reconstruía los tiempos de apogeo de Luisa Casati rodeada por toda suerte de animales y prodigios.

Sentía su presencia de una manera extraordinaria. Era como si la Marchesa hubiera recuperado la carnalidad y paseara junto a ella o como si ella misma se hubiese convertido en un fantasma. Fue recorriendo las tumbas de los perritos de Peggy Guggenheim, sepultados en el jardín, tratando de adivinar dónde estarían enterrados los guepardos, los loros, las serpientes y el resto del exótico zoo de Luisa. Veía las esculturas y los neones casi sin verlos, mientras que más que caminar danzaba, empujada por una brisa ligera. Como si alguien la arrastrara de la mano, corrió al rincón donde se encontraba el Árbol de los Deseos de Yoko Ono cual si fuera el Árbol de la Vida de la Biblia, el mismo que acabó dejando a Adán y a Eva sin Paraíso y del que Dios promete conceder comer su fruto a los vencedores. Pero ¿a los vencedores de qué?, ¿de la tentación?, ¿del sufrimiento?, ¿del sacrificio? ¿Quiénes son los vencedores de la vida? ¿Los que satisfacen sus propios deseos y son coherentes con sus dones sin dudar respecto a las prioridades?, ¿o tal vez aquellos que consiguen que sus vidas sean felices atendiendo a los designios del destino, que les coloca en uno u otro lugar según sus caprichos?

Sin dudarlo, agarró uno de los papelitos que se ofrecen al lado del Árbol de los Deseos y se dispuso a escribir el suyo: «Escribe que deseas sentirte viva cada día de tu vida —le pareció escuchar—. Escribe que no deseas ser la copia de nadie, que tú eres un original». ¿De dónde provenían aquellas voces?, ¿de sí misma? ¿Era Luisa Casati quien le hablaba? Dejó el papel en blanco. Aún no sabía de verdad cuáles eran sus deseos por mucho que el viento se empeñara en dictárselos.

Entró en el palazzo y recorrió con la vista, uno tras otro, los Dalí, Braque, Duchamp, Picasso, Kandinsky... Embriagada por la belleza de los magníficos cuadros salió a la terraza sobre el canal y respiró sobre los leones de piedra de Istria que rugían al agua. Se sentía amparada por una espectacular escultura del genial Calder, varias de cuyas incomparables obras, incluido el excepcional cabecero de la cama de Peggy Guggenheim, habían encontrado su acomodo definitivo en este museo. Al lado de esa gran escultura roja, amarilla y azul del artista-ingeniero se encontraba otra que quizá fuera la más representativa de todas: el bronce de Marino Marini titulado *Ángel de la Guarda de la ciudad.* Una figura masculina a caballo, con el miembro enhiesto, velando Venecia desde el propio canal.

Cruzó el edificio y se dirigió al otro lado del jardín, el de la cafetería, donde se escondía el milagro de una exposición temporal de los vorticistas, aquellos precursores de la máxima modernidad con los que Epstein, uno de los escultores retratistas de Luisa Casati, a quien Gabriel había citado en su paseo del día anterior, estuvo vinculado durante algún tiempo. En el Museo Guggenheim se respiraba cubismo, abstracción, vanguardia...

A la Marchesa le hubiera gustado, aunque tal vez le resultaría demasiado diáfano y poco misterioso y echaría en falta algo de ese orientalismo con el que ella abarrotaba los espacios más desnudos y modernos, con el afán de proveerlos de una inédita identidad.

Llevaba casi tres horas en el museo, el tiempo se había esfumado en un suspiro. No había comido nada por la mañana, a excepción de un café bebido, así que se encontraba desfallecida. Decidió salir del recinto para almorzar. Antes de hacerlo se detuvo unos instantes ante la leyenda del neón de Maurizio Nannucci:

CHANGING PLACE
CHANGING TIME
CHANGING THOUGHTS
CHANGING FUTURE

Cerró los ojos y volvió a escuchar la voz que su inconsciente le adjudicaba a Luisa Casati. Le decía: «Cuelga tu deseo de vivir en el árbol, exígele a la vida sentirte viva cada día. Vive, vive».

—No tengo que pedírselo a nadie —se dijo a sí misma—. Eso es cosa mía.

Salió del museo ebria de ese arte moderno que le había dejado dilatadas las pupilas como si hubiera recurrido a la habitual belladona de Luisa Casati y dirigió sus pasos hacia un restaurante llamado Ai Gondolieri, en la misma fondamenta dei Leoni, que le había recomendado su amigo Raimundo. El sitio era precioso, sí, pero mucho más para ir acompañada que sola. Aun así, decidió quedarse a comer.

Como el restaurante estaba especializado en carnes pidió un filete de angus argentino *alle bacche di ginepro* y una copa de vino tinto, un brunello, para acompañarlo. Mientras se encargaban de su comanda no pudo evitar echar un vistazo a las otras mesas. En una de ellas, sentado con una jovencita rubia, estaba, oh, sorpresa, el mismísimo actor John Malkovich. Contaba ya una cierta edad, pero ella lo encontró igual de interesante que en *Las amistades peligrosas*. Al parecer, el restaurante era un lugar muy frecuentado por celebridades del cine y de la política, aunque lo raro era encontrar algún sitio especial en Venecia por el que no hubiese pasado algún personaje destacado. Una ciudad de nadie y para todos, que embelesa a cualquiera que se pueda permitir hundirla un poco más bajo sus pies.

Tras la carne, deliciosa, disfrutó de una espléndida

mousse de chocolate y pidió un *espresso* para terminar. Justo cuando estaban a punto de traérselo, un hombre apuesto y elegante se acercó a ella.

—Es usted española, ¿verdad? —dijo dejando un levísimo acento italiano en su correcto castellano.

—Sí —contestó Luisa sorprendida—, ¿se me nota?

—No en su físico. Podría ser de muchos lugares —dijo él sonriendo—, pero me ha parecido escucharle mezclar palabras españolas e italianas al encargar la comida. ¿Me permite que me siente?

Luisa repasó con disimulo al hombre. Debía de tener unos cuarenta años, todo lo más. El pelo negro y rizado, los ojos amarillos como los de los lobos y una boca amplia y bien dibujada. Llevaba unos pantalones Dockers beis y un jersey de cuello vuelto azul marino. Sin duda era un hombre muy atractivo.

—Sí, sí, claro —respondió Luisa un tanto extrañada al ver ese interés que de pronto, después de tantos años, parecía suscitar entre los hombres de Venecia.

—La he visto antes en el museo y debo reconocer que la he seguido hasta aquí. Parecía estar compartiendo el devenir entre obras de arte con otra persona —le confesó el desconocido.

—Puede ser que lo hiciera —repuso ella sonriendo—. Ya sabe que la imaginación es la más prodigiosa herramienta del ser humano. Pero me sorprende que entre tanta obra de arte se fijara usted en mí.

—Destila usted arte —sentenció con rotundidad su acompañante—. Es bastante sorprendente. No sé si es artista o trabaja en el mundo del arte, pero usted no es una visitante más. Tengo cierta facilidad para reconocer los comportamientos de las personas.

—¿Ah sí?, ¿y eso por qué?, ¿es usted psicólogo? —preguntó Luisa evitando confirmarle nada sobre sí misma.

—Soy escritor. En realidad, durante muchos años

solo fui periodista; hasta hace seis. Entonces gané el Premio Strega con mi primera novela y a partir de ahí me consideraron escritor.

—El Strega, ¿de verdad? ¿No es ese el premio literario más importante de Italia?

—Bueno, es un premio —confirmó él esforzándose en mostrar cierta falsa modestia que era evidente que tenía poco que ver con su personalidad—. Pero sí: es el de mayor reconocimiento de Italia. De hecho, ganarlo me ha permitido poder vivir de mis libros desde entonces, lo que en estos tiempos no es habitual.

—Y ahora anda por Venecia en busca de historias y de personas, ¿no?

—No, exactamente; aunque debo confesar que aprovecho cualquier detalle para mis relatos. Y, por si quiere saberlo, debo decirle que usted podría ser un personaje de alguno de ellos —sonrió y continuó hablando—: Estoy aquí porque mi tío es el veneciano con la cabeza más dura del planeta. Es anticuario. ¿Ha visto un pequeño local atiborrado de objetos que hay en una callecita paralela a esta? Pues es el suyo. Tiene ochenta años, pero no quiere dejar de trabajar ni marcharse. Y está solo a excepción de mí, así que...

—¿Usted también es veneciano, entonces?

—Lo soy. Como toda mi familia. Pero mis padres y mi hermana mayor fallecieron en un accidente de aviación siendo yo muy niño. Mi tío fue mi tutor y la persona que me crio. Estuve a su lado hasta que me fui a estudiar fuera. Y luego ya no volví más que para visitarlo.

—¿Y por qué habla perfectamente español? —inquirió Luisa una vez más sorprendida.

—Por lo que se consigue hablar otra lengua con rapidez, sin haberla aprendido en la niñez: por amor.

—¡Ah! —exclamó ella sin atreverse a preguntar más.

—Estudié español de niño —se apresuró a concretar

él—. Mis padres tenían una casa en Mallorca a la que, tras fallecer ellos, seguí yendo cada verano con mi tío y mi tía, que también vivía entonces. Allí, a los quince años, conocí a mi primera novia, con la que me casé muy joven... —hizo pausa deliberada mientras la miraba a los ojos, sonriendo de nuevo— y me separé pocos años después.

—Casi parece el argumento de una novela. En fin, yo creo que, llegados a este punto —ofreció ella esbozando también una amplia sonrisa—, deberíamos tratarnos de tú, ¿no te parece?

—Estaba deseando que lo propusieras —contestó él, ampliando su gesto y mostrando su blanquísima dentadura.

Entre risas y sensaciones, Marcello, que así se llamaba su nuevo «desconocido», acabó ampliándole el resumen de su vida. Tenía cuarenta y dos años, se había casado, «por esas cosas que suceden», con veinte, y tenía una hija de diecinueve y otra de diecisiete, que vivían con su madre en España, aunque pasaban largas temporadas con él en Roma, donde residía. Su padre había sido un marchante de arte muy reputado y tal vez por eso él siempre fue un apasionado del arte, aunque no tanto como de las letras. Estudió Periodismo con la convicción de que podría dedicarse a la literatura algún día. Y aunque tardó algo más de lo previsto, al final, su sueño se había hecho realidad.

—¿Y tú? —preguntó él.

—Yo tengo algún año más que tú —dijo ella sin querer concretar su edad—, iba para pintora, pero me casé, tuve dos hijos, me abandoné, y ahora he venido a Venecia, *à la recherche du temps perdu*, pero guiada por la imagen de una mujer fascinante a la que descubrí, casi por casualidad, al despertar de un coma.

—Caramba, qué resumen más escueto y preciso. Podrías ser periodista —bromeó él.

—O escritora también, quién sabe. Tengo las letras en los genes. Mi madre lo fue.

—¡Qué coincidencia! —se asombró él.

—Pues sí. Pero debo decirte que ya no me llama la atención: desde que pisé San Marcos he encontrado Venecia repleta de casualidades. Y ya, para acabar de buscarlas, ¿conoces la historia de Luisa Casati?

—¿Luisa Casati? ¿La Marchesa?, ¿la amante de D'Annunzio?

—En efecto. Todas ellas. Debo decirte que es esa mujer no solo quien me ha arrastrado a Venecia y me ha devuelto las ganas de pintar, sino quien, de alguna manera, ocupa todo mi espacio. Vivo con ella metida en los huesos. Me tiene fascinada su historia. Pero me extraña que sea casi una desconocida en España y que aquí, en la propia Venecia, no se sepa tanto de ella como yo esperaba. Debió de ser un espejismo.

—Bueno, yo más bien diría que vivió encerrada en sus espejos y acabó por creer que lo que se reflejaba en ellos era la realidad. Ella no fue un espejismo. Su historia tal vez sí... —Marcello miró el reloj y dijo de pronto—: Debo irme. Es tarde. Tal vez querrías cenar esta noche conmigo.

—No, lo siento —contestó Luisa con cierto pesar—. Esta noche tengo otro compromiso.

—¡Ah, Venecia! —se admiró él riendo—. Donde las oportunidades llegan como las gotas de lluvia, todas seguidas. Aquí todo sucede en un segundo. ¿Puedo pedirte tu teléfono, entonces?

—Desde luego —aceptó ella sin demora—. Me gustaría que me dejaras también el tuyo. Y que tengamos la ocasión de hablar más de Luisa Casati.

—Me parece bien —aceptó sin condiciones él—. Que Luisa Casati nos una, como hizo con tantos artistas.

26

Los años iban pasando. Atrás, muy atrás, quedaba ya aquella niña solitaria de antaño o incluso la joven amazona que en su día cautivara a D'Annunzio. Luisa era muy distinta tras su transformación, su contacto con el arte, la guerra, sus múltiples amantes y las diversas experiencias sobrenaturales que otorgaban a su existencia un sentido diferente. La Marchesa disfrutaba con pasión de cuanto la vida le iba entregando, sin temor a que sus pecados estuvieran siendo contabilizados o a que su fortuna, inmensa, acabara por extinguirse y con ella también su mundo fantástico. Solo le inquietaba el paso del tiempo. Como tantas otras mujeres hubiese vendido su alma al diablo a cambio de no envejecer y quedarse siempre como en todos aquellos retratos de tantos artistas rendidos a sus encantos. Por eso falsificó su pasaporte, se redujo la edad en diez años y cambió la característica fotografía de identificación por una diminuta reproducción de un retrato suyo, realizado por la pintora francesa Elisabeth Chaplin, en el que se encontraba muy favorecida. Luisa era tan influyente en la Europa de la época que se las arregló para salvar, sin demasiada dificultad, los impedimentos legales para hacerlo.

Tras superar los años de la guerra, los más privilegiados, como Luisa, volvían a satisfacer muchos de sus caprichos, pero siempre desde la intuición de que debían disfrutarlos a toda prisa, como si el tiempo de felicidad estuviera medido y la tragedia acechara en el horizonte. Luisa, que durante la contienda se había evadido cambiando de escenario una y otra vez, decidió alejarse de lo que podía recordarle la oscuridad de ese tiempo, trasladándose a Capri. El caprichoso entorno de aquel destino solo apto para ricos, situado en la bahía de Nápoles, en la costa noroeste de Italia, lo había convertido en paraíso para artistas, homosexuales e inadaptados de clase alta de todos los lugares del mundo. Allí, el director de la Real Academia de las Artes de Londres, lord Leighton, el retratista americano John Singer Sargent o el mismísimo Oscar Wilde —quien años atrás, tras caer en desgracia al ser acusado de sodomía y encarcelado en Inglaterra, buscó refugio en Capri, oculto bajo el pseudónimo de Sebastian Melmoth— se encontraban en libertad.

La bella Capri, que una vez fuera conocida como la mitológica «isla donde se esconden las sirenas» y donde también residía una extensa comunidad de lesbianas, tras la llegada de Luisa, en el verano de 1920, sería conocida como «el paraíso de los vicios».

La Marchesa no podía haber elegido un lugar más apropiado para sus nuevas excentricidades. Una vez más, dominada por el mundo de lo oculto, comenzó su andadura en Capri sorprendiendo a todos ataviada con un sombrero de astróloga del que pendían largos velos que envolvían su persona. Llevaba también campanas a modo de pendientes, un marcadísimo maquillaje, la bola de cristal regalo de D'Annunzio en su mano y todos sus animales —los guepardos, la boa, los galgos, el loro y hasta un búho— a su alrededor.

Mucho antes de desembarcar en la zona, Luisa Casati

había escogido como residencia la Villa San Michele, propiedad del doctor Axel Munthe, el médico privado de la reina Victoria de Suecia y, además, escritor y coleccionista de antigüedades, a quien engañó para conseguir alquilar su mítica mansión. El doctor y la Marchesa se intercambiaron infinidad de cartas, durante largo tiempo, en las que Munthe invitaba a Luisa Casati a alquilar la villa algún día, pero sin concretar fecha. Claro que Luisa no necesitaba las indicaciones del doctor ni de nadie para decidir el instante preciso para hacer cualquier cosa; así que se presentó en la Villa San Michele cuando quiso y sin avisar. Munthe no la esperaba a ella, pero menos aún a su interminable corte de sirvientes, animales, maletas y objetos diversos.

Poco antes de su aparición, el doctor Munthe, aterrado por los rumores sobre la excéntrica personalidad de la Casati, consideró que sería mejor desestimar la idea de alquilarle la villa. Por eso cuando Luisa llegó y dejó sus decenas de maletas a las puertas del jardín de la Villa San Michele, mientras reclamaba furiosa que le dejaran entrar, Munthe ordenó a su jardinero que hiciera justo lo contrario y le indicara a la señora que se marchase al hotel Quisisana o al Paraíso, que no estaban lejos.

Munthe creyó que así recuperaría la tranquilidad y que la enojosa inquilina se marcharía sin rechistar. No conocía a la Casati. Esa misma tarde la doncella de Luisa apareció en su casa, histérica, y le rogó que dejara entrar a la Marchesa en la villa, porque estaba volviendo loco al personal del hotel debido a que su equipaje seguía frente a la puerta de San Michele. Munthe desatendió sus desesperadas peticiones hasta que el propio director del hotel Paraíso se acercó para suplicarle también que cambiara de opinión y que, al menos, concediera a esa Marchesa demente, por el bien de todos, permanecer una noche en la villa, antes de regresar a su casa de Roma. Ante tal presión Munthe acabó por acceder, pero con la condición de que el equipaje de Luisa Casati se dejara fuera de San Michele, para evitar que la indeseada huésped se quedara más tiempo del pactado en su interior. A la mañana siguiente, cuando se acercó a la villa, Luisa le esperaba en la puerta, y el equipaje no se veía por ninguna parte.

—Insistí en que solo le dejaría pasar la noche en la villa con la condición de que dejara el equipaje fuera —bramó Munthe.

Luisa le miró desafiante y dibujó una maliciosa sonrisa en su rostro.

—¿Pero no ha sido usted quien me ha consentido entrar en la villa? ¿Acaso desconoce la ley? ¿No sabe que cuando me dejó entrar me dio también el derecho de permanecer tanto tiempo como me apetezca? He contactado con mis abogados y están preparando todos los papeles, doctor Munthe.

—Esto es un completo atraco, señora —contestó atrapado por ese acuerdo original que la Marchesa tenía en su poder firmado por él mismo y que le incapacitaba para tomar cualquier resolución distinta a la de ver cómo la Marchesa se instalaba plácidamente en su villa, arropada por su capricho y por la ley.

Pese a su indignación, Munthe sabía que la Marchesa tenía razón y que, en tales circunstancias, la amparaba la ley. Así que aceptó a regañadientes la situación sin saber que, además, aquel alquiler supondría la completa y total remodelación de esa casa que durante tanto tiempo había sido su paraíso particular.

Lo que Luisa Casati y del doctor concebían como paraíso distaba mucho entre sí. Mientras él definía el suyo como «una casa abierta al sol y al viento y a la voz del mar, como un templo griego, con luz, mucha luz en todas partes», Luisa lo entendía como un reino de oscuridad, propio de Hades o de ella misma. Con esa visión, tan contrapuesta a la del doctor, decidió construir su paraíso remodelando la visión del de Munthe y transmutando su celestial Villa San Michele en una estancia más propia de Perséfone, diosa del Infierno. En un abrir y cerrar de ojos, las pesadas cortinas doradas y negras tomadas prestadas de su palazzo veneciano bloquearon la luz del sol e hicieron invisibles a los ojos ajenos la excelsa colección de muebles de ébano que la Casati había ordenado llevar a la villa, en tanto que las alfombras negras y las pieles de animales escondieron los bellos mosaicos de sus suelos.

Luisa hizo colocar también una piel negra de oveja sobre la pared de un salón convertido en un santuario para sus rituales de magia. En la misma habitación, en otra de las paredes, escribió de su puño y letra varios proverbios en francés con pintura negra. De entre todos ellos, solo uno resumía su filosofía personal: «Atreverse. Querer. Conocer. Ser silencio». Para la gente común esta frase no significaba nada; para quienes habían tenido contacto con los llamados libros esotéricos entrañaba mucho sentido. El mago, escritor y ocultista francés Alphonse-Louis Constant, más conocido por los iniciados como Éliphas Lévi, escribió en *La clave de los grandes misterios,* que la combinación de la inteligencia y el coraje es la madre del éxito en este mundo. También que, para empezar, uno tiene que saber que para lograr se necesita querer, para querer es necesario atreverse, y para cosechar en paz los frutos de la propia audacia se requiere silencio.

Luisa, en Capri, estaba más volcada que nunca en lo sobrenatural. Por eso solo conservó tres objetos de la decoración original de la Villa San Michele: un grupo de bustos griegos sobre cuyos cuellos colocó unas brillantes cadenas de oro, como si fueran los guardianes de su espacio mágico; una gran cabeza de Medusa para que protegiera su casa y una esfinge egipcia de granito rojo, que vigilaba sobre la bahía de Nápoles y que, según la superstición, si se tocaba con la mano izquierda convertía los deseos en realidad.

Entre la nueva y extraña decoración de la villa y la decisión de Luisa de vestir de negro, en Capri se desataron los chismorreos y la gente empezó a especular sobre si la Marchesa podría estar practicando ceremonias de magia negra en ella. Se contaba que dormía en un ataúd, al igual que uno de los personajes míticos de su infancia, Sarah Bernhardt, que un sirviente desnudo apostado sobre la piel de un animal balanceaba su cama, suspendida en el aire y sujeta al techo con cortinas de seda, cual si fuera un columpio...

Las excentricidades de Luisa aumentaban día a día. Mientras sus sirvientes iban vestidos con elegantes pantalones de montar rojos, o casi desnudos, a excepción de sus adornos dorados, como en los tiempos más esplendorosos del palazzo Venier dei Leoni, ella no solo desistía de elegir cualquier otro color que no fuera el negro, sino que complementaba su oscura indumentaria con algún reptil al cuello a modo de joya, como hiciera años atrás, en tantas ocasiones.

Aunque no siempre iba vestida así. A Compton Mackenzie lo recibió tumbada sobre una piel de oso y completamente desnuda. El escritor encontró tan fascinante la escena que comenzó a invitar a la Marchesa a sus cenas en Casa Solitaria, la mansión en la que se alojaba junto con su esposa, Faith, quien además sostenía una tórrida relación con la pianista Renata Borgatti, célebre entre la infinidad de lesbianas de la isla.

Pero Luisa Casati no solo impactaba por su atuendo, por la decoración de su casa o por sus extraños comportamientos. Además, exhibía siempre detalles del más exquisito lujo, que pagaba con su inagotable fortuna. Se hizo traer los ciervos de bronce de su casa de Roma y los colocó en la entrada principal, flanqueando una rugiente cabeza de león de piedra, conectando así la villa con su Palazzo Nonfinito y añadiendo más sabor veneciano aún a la mansión; una tarea que remató alfombrando sus jardines con cientos de centelleantes flores realizadas en cristal de Murano y sopladas especialmente para ella. Tal locura y dispendio no fueron producto de su habitual derroche, sino del de D'Annunzio.

Nada más instalarse en Capri, Luisa comenzó a enviar telegramas e invitaciones a sus más íntimos amigos, entre los que se encontraban Depero, Diáguilev y, naturalmente, el escritor. Este no tardó mucho en visitar a su Coré, y lo hizo precedido por aquel suntuoso regalo. Su detalle de mantener los brillos del cristal en las flores del jardín de la Marchesa le costó cientos de miles de liras, pero él disfrutó tanto de Capri y de la inigualable Luisa como para sentir compensado su gasto. En sus múltiples visitas, a última hora de la tarde, era muy frecuente ver al escritor a solas con su Coré. Solía entonces recitarle algunos de sus versos o incluso cantarle canciones compuestas por él mismo.

D'Annunzio, sus venados de bronce, la cabeza del león, los brillos venecianos... Estaba claro que la Villa San Michele ya era la casa de Luisa Casati y que su anterior propietario quedaba olvidado.

Mientras veraneaba en Capri, Luisa recibió a la pintora Romaine Brooks, una americana expatriada que no solo había sido la amante formal de D'Annunzio —a quien él llamaba Cinerina o la Pequeña Gris, en honor a su paleta de blancos negros y grises, y a lo que la artista respondió pintando tres magníficos retratos del poeta—, sino que, además, contaba en su haber numerosas conquistas femeninas.

Su auténtico nombre era Beatrice Romaine Goddard, aunque tras un breve matrimonio de conveniencia con John Ellington Brooks decidió quedarse con su nombre para siempre. No se sabe cómo cayó en los ardorosos brazos de D'Annunzio, pero sí que su romance finalizó cuando otra dama, enamorada por entonces del escritor, la señora de Goloubeff, la amenazó de muerte con una pistola si no finalizaba tal relación.

La bella Nathalie Cross había conocido a D'Annunzio estando aún casada con el riquísimo ruso Viktor de Goloubeff, convertido en París en conde de Goloubeff. La pareja, que contrajo matrimonio en 1909 y tenía dos niños, había llegado, casi desde el principio de su matrimonio, al acuerdo de que cada cual actuase por su lado con absoluta libertad, siempre que ambos mantuvieran un comportamiento digno. Y, en esas condiciones pactadas —y por entonces muy habituales en la sociedad francesa—, mientras el conde sostenía mil aventurillas pasajeras, su esposa Nathalie conoció a D'Annunzio y encontró en él una razón para vivir. No quería separarse del escritor ni un segundo; por eso no dudó en retenerlo, incluso con dinero, y le ingresaba treinta mil francos anuales. En ese contexto, apareció la pintora Romaine Brooks, con quien el poeta comenzó un romance que concluyó tras esa amenaza a punta de pistola de Nathalie Goloubeff.

Romaine Brooks, a quien sus relaciones lésbicas no le impidieron enamorarse del escritor y pintar esos tres retratos suyos, decidió retirarse no solo por tan agresiva intimidación de la amante oficial de D'Annunzio, sino también por la humillante propuesta que este le hizo de que relevara a la Goloubeff en su responsabilidad de ingresarle esos treinta mil francos anuales, para que así él consintiera en abandonarla. Romaine Brooks, desolada, viajó hasta Capri, a petición del vate, donde la esperaba su eterna y siempre complaciente amiga íntima: Luisa Casati.

La Marchesa no solo recibió a la pintora con los brazos abiertos, sino que además, le pidió que la inmortalizara en uno de sus inquietantes retratos, que le granjearían el apelativo de Ladrona de Almas. Fue Robert Montesquiou, gran amigo de D'Annunzio, quien la apodó de tal manera tras ver esos cuadros, y el propio D'Annunzio quien se la «envió» a Capri a Luisa, con la secreta intención de que la Marchesa, pura prolongación del propio escritor, continuara su romance inacabado. Y así ocurrió. Romaine y Luisa sostuvieron un idilio sustentado, como todos los de la Marchesa, en el arte y la creación. Aunque en este caso a la Marchesa no le resultó en absoluto fácil conseguir que la Cinerina de D'Annunzio —ahora ya también su Cinerina— la retratase.

—Agradezco mucho el interés pero... —se resistía Romaine tratando de inventar alguna excusa para evitar lo que ella, conociendo a su ya amiga de lecho, consideraba una tarea demasiado exigente—, prefiero no hacerlo. No puedo: me resulta imposible encontrar un lienzo del tamaño adecuado para este proyecto.

—¿Y qué tamaño es ese? —preguntó Luisa, que no se rendía jamás.

—Tu tamaño real —respondió Romaine en la creencia de que sus requerimientos frenarían a Luisa.

—¡Ah, eso! —respondió Luisa sin inmutarse—. Lo tendrás, descuida.

—Ya, pero... —añadió Romaine, quien al ver que esa excusa fallaba inventó otra nueva petición sobre la marcha—, es que además necesitaría que posaras completamente desnuda.

Luisa sonrió triunfante. ¡Pedirle a la mujer más vanidosa de la Tierra, la más acostumbrada a convivir con su propia desnudez y hacerle partícipe de ella al resto del mundo, que se desnudase! Estaba claro que, pese a sus abrazos, no la conocía en absoluto. Aceptó sin dudar. Y Romaine, sin escapatoria, optó por pintar el retrato de una Luisa más fatal que nunca. Por aquel cuadro, como por la mente de la creadora, deambulaban los sentimientos cada vez más contradictorios, que la Casati provocaba en ella. La fascinación que la Marchesa ejercía sobre la pintora se iba transformando en repulsión mientras el retrato avanzaba y su autora sufría la presión constante de aquella mujer exigente e insólita, que demandaba su alma, tanto en su relación personal como en su arte.

Brooks comenzó a sentirse exhausta, más por la intensidad de la propia retratada que por el trabajo que estaba realizando para ella. Pero, pese al cansancio, percibía que aquella obra era distinta, que recogía algo de esa mujer extraña, tan fascinante como desquiciante, que parecía pertenecer a un universo diferente al de los demás. En el cuadro, la palidez del cuerpo de Luisa —larguísimo y andrógino—, quedaría resaltada bajo una capa negra desplegada, que parecía un ala de murciélago, gracias a los pinceles de una impresionada Romain. Según su biógrafo Michel Desbruères, su visión pictórica de Luisa la describía como «una especie de pájaro fantástico en las rocas o un ángel caído sin nada humano en ella».

—¿Qué te parece? —le preguntó Romaine al enseñarle su retrato finalmente terminado a Luisa, pensando que gritaría, espantada, al verse.

Esta se entretuvo un rato frente al lienzo. Parecía estar archivando en su memoria cada uno de los detalles que se recogían en él. Se paseó de un lado a otro sonriendo enigmática hasta que, sin retirar la mirada de su inquietante gemela, declaró:

—Eres un genio. —Después se volvió hacia la pintora y añadió a modo de surrealista felicitación—. Sin embargo, detesto ese retrato porque no soy yo: yo nunca hice nada tan teatral. Es verdaderamente enorme.

El desarrollo de aquella pintura resultó tan agotador física y emocionalmente para la artista, que supuso el final de la relación entre ella y su modelo. Romaine Brooks abandonó Capri y regresó a París, donde continuó con su carrera mientras sostenía algún idilio intermitente y sin importancia con otras renombradas personalidades y mantenía su intensa y duradera relación de siempre con la escritora Natalie Clifford Barney. Los cincuenta años de unión, un tanto peculiar y supuestamente libre, entre ambas mujeres, concluyeron tras la última de las infidelidades de la escritora, que la pintora, a sus noventa años, no fue capaz de soportar. Seis años más tarde, Romaine Brooks falleció sola, sin amor, y habiéndose desprendido de casi todas sus pertenencias, de casi todas sus pinturas. Menos de una: bajo su lecho de muerte, oculto, conservaba el lienzo enrollado del retrato de Luisa Casati.

27

Luisa sabía que la Casati no había vivido solo en Venecia, y que Roma, París o Capri fueron también importantes destinos en su vida. Pero le interesaba la Luisa veneciana más que ninguna porque había sido en Venecia donde se completó esa transformación de la Marchesa, que comenzó nada más conocer a D'Annunzio.

Y tal vez eran sus propias ganas de transformarse las que le conducían a la plaza de San Marcos a toda prisa. El café con Marcello había prolongado la comida demasiado y ella tenía una cita con Gabriel a las cuatro. No quería retrasarse. Deseaba más de lo que se reconocía volver a verlo.

En el *vaporetto*, de camino al Caffè Lavena, miró el reloj con desasosiego y comprobó que casi era la hora. Iba a llegar tarde. Pero no la inquietaba el retraso de unos minutos, sino escuchar los acelerados latidos de su corazón y sentir una inmensa opresión en su pecho. Era como si le faltara el aire. Se asustó al pensar si esa emoción tan descomunal podría afectar a su maltrecho corazón y producirle otro infarto. Recordaba haberse sentido muy bien en la bruma blanca de la luz de su pasado, pero ahora no quería volver a la antesala de la muerte. Justo ahora anhelaba vivir.

Descendió del *vaporetto* con rapidez y caminó deprisa hacia el Lavena. Desde la distancia, reconoció la figura inconfundible de Gabriel. Estaba sentado, dibujando. Intentó frenar sus pasos para no mostrar tanta ansiedad, pero en cuanto él levantó la mirada y, al verla, la saludó estirando hasta la exageración el brazo y agitando enérgicamente su mano, se notó descontrolada y absurda.

—Hola —susurró, nerviosa al llegar, mientras él se levantaba para recibirla—. Creo..., creo que he llegado algo tarde.

—¿De veras? No me he dado cuenta —respondió atravesándola con la mirada—. En Venecia el tiempo fluye de otra manera. Todo se diluye «como el agua en el agua», tal cual lo contaba Borges.

—«Como el agua en el agua». Es la descripción más sencilla y gráfica que he escuchado jamás. Tan hermosa como un ramo de trece rosas rojas. Muchas gracias por las flores.

—¿Ves? Tu sensibilidad artística continúa viva. Por eso te ha conmocionado la belleza de la frase de Borges —contestó él, invitándola a sentarse con un gesto, sin desviar su mirada de la suya. Y añadió—: De nada. Gracias a ti. Hacía mucho que no sentía ganas de mandar flores. Y como alguna vez mandé doce, me pareció buena idea cambiar de número y elegir el trece. Un número maldito para algunos, pero que otros consideran el número de la transformación. El tuyo, en este momento. Te pido un café y nos vamos, ¿quieres? Tienes que evaluar mi nuevo trabajo, ya que tan bien conocías el antiguo...

—Te advierto que, rebuscando en mi memoria, he acabado por recordar muchas más obras tuyas, así que no te rías de mí —repuso ella advirtiendo su toque de ironía y observando al tiempo las diversas páginas color sepia que descansaban sobre el portafolio de cuero marrón que se encontraba sobre la mesa—. Antes de irnos —añadió señalándolas—, ¿podrías enseñarme tus dibujos?

Gabriel le tendió algunas de las láminas al instante. Luisa fue examinando una a una con detenimiento. En todas ellas aparecía el reflejo de esa Venecia en la que se habían encontrado. Un puente, una góndola, el campanario de una pequeña iglesia... Los trazos firmes y contundentes del artista contaban con emotividad la historia de una ciudad única.

—¡Son apasionantes! —se emocionó Luisa mientras admiraba la minuciosidad de cada trazo—. Están hechos con... ¿café? —preguntó sorprendida.

—Café y tinta —contestó él sonriendo y ofreciéndole la carpeta entera a Luisa—. ¿Te gustan?

—Mucho —repuso ella sin poder despegar la vista de los dibujos y pasando las láminas una a una con celeridad para poder verlas todas—. Muchísimo. Me encanta este caballo, ¿dónde está?

—Es la estatua ecuestre de Bartolomeo Colleoni. Debería haber estado aquí, en San Marcos, al menos si hubieran respetado sus deseos; pero los venecianos son muy suyos y siempre tratan de evitar el culto a la personalidad de los *condottieri*; por eso la estatua de Bartolomeo se erigió como él quería, pero no se colocó en San Marcos sino en el campo de San Giovanni e Paolo, donde se encuentra la Scuola de San Marcos. Es una plaza menos prestigiosa, pero al menos tiene el topónimo de San Marcos.

—¿Y de quién es la escultura? ¿De Donatello?

—Casi aciertas. Donatello era el escultor más afamado de su siglo, el XV, pero se la encargaron a Verrocchio, su discípulo. No ibas descaminada, porque al parecer Verrocchio intentó emular en esta obra a la estatua ecuestre del *condottiero* Gattamelata, de Donatello.

—Me gustaría verla —dijo Luisa sin levantar la vista del dibujo de Gabriel—. Siempre me gustaron los caballos. El animal en sí y cualquier representación artística de él. De hecho, de jovencita los pintaba de manera recurrente.

—Pues no es sencillo —advirtió Gabriel enarcando sus rubias cejas—. Tanto en la pintura como en la escultura se percibe al instante si el caballo está vivo o muerto.

Luisa, una vez más sorprendida, le miró a los ojos, sonriendo.

—Eso decía mi madre. Y es lo primero en lo que me he fijado: este caballo de tinta y café está vivo.

—Su *espresso, signora* —anunció el camarero mientras lo dejaba sobre la mesa.

Gabriel pagó mientras Luisa se bebía el café a pequeños sorbos. En cuanto lo terminó, ambos se levantaron.

—Son las cuatro y media. ¿De cuánto tiempo dispones?

—El resto del día es tuyo —respondió Luisa sin evitar que la frase expresara casi devoción—. Y aún me quedaré un día más en Venecia.

Caminaron rumbo a los *vaporettos*, de nuevo en silencio, como si entre ellos existiera esa corriente mágica y extraordinaria en la que no se necesitan las palabras más que cuando estas encuentran sentido y no se dicen por decir.

El astillero donde Gabriel tenía su estudio se encontraba en la Giudecca, frente a la laguna, por lo que tomaron la línea 2 del *vaporetto* y cruzaron hasta San Giorgio, donde esperaron un par de paradas en dirección Piazzale Roma-Redentore. Allí descendieron del barco y caminaron hacia al nuevo hotel Molino Stucky, que sortearon para seguir hacia su destino.

Al pasar por la iglesia del Redentore, Gabriel preguntó a Luisa:

—¿Conoces la Fiesta del Redentore?

—No —respondió ella—. ¿Es muy famosa?

—Una de las más celebradas por los venecianos —le

explicó él—. Una vez al año, un puente flotante conecta la iglesia con el resto de Venecia. La fiesta dura varios días y acaba el tercer domingo de julio, tras una regata. Está dedicada al Redentor, para recordar el final de la terrible epidemia que en el verano de 1576 provocó en la ciudad una verdadera hecatombe. Solo en aquel año murieron más de cincuenta mil personas. Se eligieron algunas islas para utilizarlas como hospitales y acabaron convirtiéndose en lazaretos que permitieron el alejamiento de la ciudad de gran parte de la población infectada. Al final de la epidemia el Senado dio cumplimiento a un voto solemne y ordenó la construcción de la iglesia del Redentor. En la noche del sábado, las fondamenta de la Giudecca y de las Zattere se adornan con guirnaldas de globos multicolores y centenares de barcas, también adornadas para la fiesta con globitos «a la veneciana», transforman la laguna en una fiesta de luces y colores, mientras la gente se prepara para asistir al gran espectáculo de los fuegos artificiales. Resulta muy impresionante verlo todo iluminado por la luz de las velas y con cientos de personas de fiesta.

—Debe de ser increíble —convino Luisa imaginándolo.

—La celebración se prolonga hasta la salida del sol, con una degustación de la imprescindible *anara col pien*, pato relleno. Y al día siguiente, hay una pintoresca procesión a lo largo de ese puente flotante construido para la ocasión, que concluye, después del rito religioso, con la regata —terminó de contar Gabriel—. Ven, sígueme, tenemos que cruzar ese pequeño puente. Mira, ahí a la izquierda, justo en la entrada al astillero está Al Storico da Crea. Es un restaurante de comida típicamente veneciana, muy agradable, con una espléndida vista sobre el puerto, en el que suelo almorzar con frecuencia.

Continuaron caminando, en la misma dirección, entre

los almacenes pertenecientes al propio astillero, donde había cientos de barcos de diversos modelos —desde algunas viejas góndolas de carreras hasta todo tipo de embarcaciones a motor—, muchos de ellos albergados en los talleres de reparación. Entre todas aquellas naves, algunas de las cuales estaban siendo transformadas gradualmente en espacios para la Bienal, se encontraba el estudio del escultor.

—Es aquí —anunció Gabriel parándose frente a un gran portón y abriendo una pequeña puerta situada justo en el lateral—. Pasa.

El espacio era bastante largo y relativamente estrecho. Tenía la estructura característica de los talleres de reparación de barcos. Justo al fondo se veía, casi como si fuera el duplicado de la propia entrada, otro portón metálico con otra pequeña puerta en su parte izquierda. El techo era altísimo y tenía una gran claraboya que parecía nueva, en el centro, por la que penetraban los rayos de sol que convertían la estancia, que de otra forma hubiera ofrecido un lóbrego aspecto, en una sala de asombrosa claridad. El lugar estaba repleto de figuras de bronce de grandes dimensiones, unas realistas y otras abstractas dentro de la propia figuración. Había también escayolas, algunos moldes e infinidad de bloques de mármoles diversos, situados a la izquierda de un tanque de madera de grandes dimensiones en torno al cual, a cierta altura, para poder ver desde allí su interior, se había construido una plataforma metálica. En un lateral, con una ventana detrás, se encontraba una mesa muy larga donde Gabriel depositó su portafolio con los dibujos de tinta y café. Sobre ella había también una gran pantalla de ordenador colocada en una de las esquinas, y diversos papeles, unos con dibujos y otros con anotaciones numéricas, todos ordenados a la perfección... En la pared de detrás de la mesa, junto a la ventana, pegadas sobre el propio muro, las fotos de tres jóvenes espectaculares. Las tres eran altas, rubias y tenían los ojos transparentes: tres perfectas valkirias.

—Son mis hijas —dijo Gabriel al ver que Luisa las revisaba con atención.

—Es innegable. Y para ser de tres madres diferentes se parecen mucho entre sí —observó Luisa.

—Es cierto. Creo que las tres han salido a mí. Aunque si luego revisas bien sus miradas, a cada una de ellas les sale su madre en los ojos. Y no sé si por ese motivo, o pese a él, las tres son maravillosas.

De pronto, varios gatos también rubios salieron de los rincones y comenzaron a restregar sus estilizados cuerpos contra las perneras del pantalón de Gabriel.

—¡Cuántos gatos! —se sorprendió Luisa.

—Espero que te gusten —dijo él—. Son parte de mi vida.

—Me parecen unos animales bellísimos —contestó Luisa—. Mi madre coleccionaba figuras de gatos porque decía que además de ser bellos, en Egipto los consideraban animales sagrados que protegían contra los malos espíritus.

—En Venecia —repuso Gabriel—, más que combatir a los malos espíritus se enfrentaban a unos seres corpóreos más peligrosos: las ratas. Hacia la segunda mitad del siglo XIV muchas naves volvían de Oriente trayendo no solo preciosos cargamentos sino también a unas hambrientas ratas asiáticas, portadoras de la muerte negra. Así que los venecianos, además, de recurrir a la ayuda divina, decidieron importar de las islas Dálmatas al enemigo histórico de la rata. Desde entonces el gato ha sido insustituible en Venecia e incluso existe un lugar de acogida para los gatos venecianos.

—Son unos animales tan hermosos como desconcertantes —dijo Luisa—. Unas veces cariñosos, otras distantes... Supongo que es su manera de demostrar que, pese a tener dueño, son libres.

—No hay que olvidar que, aunque sean los más pequeños de entre todos los de su especie, son felinos, y jamás pertenecen a nadie. Según un proverbio dáncalo: «Dios creó al gato para dar al hombre la posibilidad de acariciar a la pantera». Pero dejemos a los gatos. Ven —dijo tendiéndole la mano—, aquí sí puedes, ¿no?

—En realidad, no —dijo Luisa tomando su mano—, pero quiero hacerlo. Tampoco será pecado...

Gabriel sonrió cómplice al incipiente descaro de Luisa y la condujo de la mano hasta el epicentro de todos esos bloques de mármoles diversos.

—¿Ves todos estos increíbles mármoles? —dijo señalando las piedras de diferentes texturas y colores—. Todos proceden de Mestre. Los romanos valoraban el mármol no solo por su apariencia, sino también por su procedencia. Juntaban diferentes mármoles en sus mosaicos, no tanto por razones estéticas como para demostrar la vasta extensión de su imperio. De ahí los increíbles mosaicos de San Marcos y los de la iglesia de Santa María y San Donato en Murano. Precisamente en Murano fue donde yo tuve un momento de inspiración, al ver que los venecianos habían incluido en los mosaicos, que estaban hechos originalmente de piedras, el mismo cristal que usaban para la creación de distintos objetos de formas diversas. A partir de ese momento no pude dejar de pensar en ambos materiales: el vidrio y la piedra. Por eso acepté una invitación para visitar los trabajos de cristal y esmalte de Orsoni, en Cannaregio, donde se continúa trabajando con ellos para realizar los mosaicos. Me pareció que, ya que estaba en Venecia, era el momento de entregarme a la historia de la ciudad a través de esos materiales a los que estaba asociada.

—¿Fue entonces cuando decidiste aparcar la escultura realista?, ¿tu identidad de siempre? —preguntó ella soltando su mano, un poco incómoda, mientras miraba todos aquellos pedazos de mármol que parecían tener vida propia.

—No del todo —explicó cruzando los brazos bajo su poderoso pecho—. Durante el primer año no trabajé. Solo estudiaba, leía y dibujaba la Venecia que iba descubriendo, con tinta y café, mientras buscaba la motivación que me hiciera olvidar el siniestro episodio que me había traído hasta ella. En Venecia, la propia ciudad es arte. Más aún, es el reflejo del poder y de la gloria del hombre, que ha conseguido reducir a la naturaleza hasta construir una increíble ciudad sobre el agua. Eso sí, cuando el *aqua alta* empapa sus suelos, recuerda a los venecianos, a cada pisada, que esa naturaleza dominada puede pegar un repentino zarpazo y acabar con cualquier maravilla humana. Cuanto más tiempo se pasa en Venecia, más sobrecoge el milagro de su existencia y más se teme que desaparezca.

Llevaba ya un año aquí cuando recibí la visita de un coleccionista británico. Al parecer, tenía alguna pieza mía comprada en una exposición internacional hacía varios años, y quería encargarme un busto de su mujer, una recién licenciada en Bellas Artes húngara que, según me explicó, admiraba mucho mi trabajo. Les dije que no. Todavía no estaba preparado para aceptar un nuevo encargo y aunque quería que de mis manos siguieran emergiendo formas humanas, deseaba hacerlo, casi de manera natural, como si fuera el propio milagro de la vida. Así se lo expliqué a ambos, que conformaban una pareja volcada en el mundo del arte. Y de pronto, para mi sorpresa, tras nuestra conversación, él me hizo una insólita proposición: aparcábamos por un tiempo el encargo del busto, pero adquiríamos el compromiso de que lo primero que saliera de todo aquello que quería probar, de todas esas nuevas técnicas que debería ejecutar con nuevos materiales, sería para él, que quería invertir por adelantado en ese proyecto, aún absolutamente inmaterial.

—Sorprendente. Está claro que no creían solo en tu trabajo sino también en tu esencia de artista, que ya conocían. Pero, aun en esas condiciones, me sigue pareciendo muy arriesgado zambullirse, tras tantos años de éxito, en concepciones artísticas radicalmente diferentes. E insólito que alguien que busca tu sello financie un cambio de tal calibre.

—En el mundo del arte nada es sencillo ni insólito —sentenció Gabriel—. El arte puede llegar a ser tan sublime como inútil. Hay incluso quien piensa que cuanto más inútil, más sublime es. Así que no es raro que en torno a él se deslicen todo tipo de caprichos, sobre todo entre quienes se los pueden permitir. Y en cuanto al riesgo, yo creo que el mayor de los riesgos es no arriesgarse. Además, la excitación que provoca el riesgo no tiene parangón. Y, de todos modos, probar técnicas nuevas supone un riesgo muy medido. Se puede encontrar otro camino o fracasar, pero el artista no puede pretender ser sublime siempre, aunque deba intentarlo en cada obra. Y si al final el camino emprendido no lleva a ninguna parte, se puede volver al punto de partida, ¿no crees?

—Supongo que sí—contestó Luisa—. Los artistas deben arriesgarse. Más si se cruzan con personas que creen en ellos sin fisuras y piensan que todo es posible, como tu cliente inglés, o como mi Luisa Casati.

—No sé si mi cliente inglés cree que todo es posible como la Marchesa, pero saber que está ahí, tener ese compromiso, hace que no me vaya a rendir hasta que consiga lo que quiero. Y respecto a Luisa Casati, me alegra que la revivas con tu interés. Llevaba demasiado tiempo olvidada en esta Venecia que escribió excelsas páginas de su historia gracias a ella.

—Me llama la atención que no sea más conocida, que no haya más referencias suyas. Fue una de las mujeres más retratadas del mundo. Y casi seguro la que gastó más dinero para impulsar el arte y convertirse en «una obra de arte viviente», como ella misma decía. Me duele que su sueño de trascendencia no fuera el que ella pretendió.

—¿Crees que no? ¿Y entonces cómo ha logrado despertarte a ti de tu letargo artístico? ¿No crees que tal vez ella pueda seguir teniendo una relación directa con los artistas?

—Quizá sea eso —concedió Luisa—. Pensaré en ello, te lo aseguro. Pero ahora, volvamos a tu proyecto. ¿Qué tienen que ver el vidrio y la piedra con ese enorme tanque de madera?, ¿y qué contiene?

—¿Qué puede contener un tanque en Venecia? —preguntó él como respuesta—. ¡Agua! El agua es siempre vida, pero en Venecia más, porque se camina y se sueña sobre ella. Hice construir ese tanque de agua y en un principio vertí grandes cantidades de cristal derretido dentro de él, para observar la variedad de formas en las que podía convertirse, una vez solidificado, al enfriarse. Así juntaba dos elementos característicos de Venecia y era la esencia de la ciudad la que esperaba que se tradujese en formas diversas. Pero no resultó. Y no solo porque el cristal líquido al golpear el agua y solidificarse acaba quebrándose, sino porque las imágenes que se rompían transparentaban el recuerdo de cuanto yo quería olvidar. Así que decidí cambiar de material y comencé a utilizar plomo, cuyo punto de fusión es más bajo, y ahí sí descubrí un mundo completo de fabulosas formas libres de mí, que hablaban de esa pared de mármol de San Marcos.

»Al principio construí un tanque pequeño, pero según iba trabajando, el proyecto se volvió más ambicioso y adquirió mayores proporciones. Me di cuenta de que iba a necesitar cantidades ingentes de plomo, por lo que contacté con los restauradores que acababan de cambiar el tejado de la iglesia de Santa Maria della Salute y gracias a ellos pude comprar grandes cantidades de chatarra de ese plomo bendito en el que encontré el principio del milagro. Empecé vertiendo el plomo en el agua y dejando al azar esculpir de manera caprichosa esas mil y una formas que observaba emerger del agua y del vapor desde la plataforma de al lado. Una vez solidificadas, solo podía sacarlas del tanque utilizando la misma grúa que usan para sacar y meter los barcos en el agua.

—¿Y dónde están? —preguntó Luisa con ansiedad.

—Ahora te las enseño. Ten paciencia. Quiero explicarte de dónde salen. Cuando se vierte el plomo en el agua fría y caliente se produce una reacción entrópica de la que resulta una evidencia física, una forma determinada. Se trata de una imagen bastante misteriosa, porque parece contener otras imágenes dentro de sí. No son imágenes concretas, claro. Requieren de la imaginación de cada cual, pero a veces es sorprendente lo mucho que se parecen a la realidad. En Austria y Hungría se venden figuritas de plomo que se funden y se tiran en el agua la noche de Fin de Año. Creen que las formas que aparecen tienen un significado y que auguran lo que deparará el año nuevo. Es como la lectura de los posos del café, o como lo que se hace en Salzburgo, donde se dejan ramas en las minas de sal para formar conglomerados de cristal de formas y tamaños impredecibles.

—Pero es la naturaleza, la Providencia o aquello en lo que uno crea lo que establece las formas que resultan de verter el plomo en el agua, ¿no? —quiso saber Luisa.

—Siempre es la naturaleza o la Providencia la que guía la mano del artista —contestó Gabriel—, pero en este caso más. Y tal vez por eso el resultado es tan sorprendente. Ven —dijo tomándola de nuevo de la mano y llevándola justo detrás del tanque, donde se encontraba una enorme figura formada por hilos de plomo—, esta es.

—¡Una sirena! —se asombró Luisa al contemplar la

escultura de dos metros formada por enrevesados hilos de plomo, conformaban con claridad, con muchas imágenes dentro de sí, la de una perfecta ondina.

A Luisa le embargó una emoción que la partía en dos. Sentía ganas de llorar y de reír. Gabriel le había hecho sentirse parte del proceso creativo. Era como si aquella escultura les perteneciera a los dos, o como si solo ambos pudieran ver a esa sirena perfecta y hasta percibir su olor a mar. Gabriel miró a Luisa con los ojos humedecidos, se colocó tras ella, le levantó la ondulada melena, respiró su frágil cuello y lo besó con delicadeza repetidas veces. Luisa se quedó paralizada por una corriente de calor, casi febril, que penetraba en su cuerpo y en su razón. Él siguió besando su nuca mientras deslizaba sus manos poderosas y repletas de historia desde sus hombros hasta sus dedos, que acarició uno a uno, con lentitud, como si estuviera reconociéndolos. Entonces la giró y tras un beso interminable en el que sus cuerpos quedaron adheridos como si estuvieran haciendo el amor, susurró en el oído de ella, con una pasión casi tangible:

—Te deseo desde el mismo instante en el que te vi en el Caffè Lavena. No sé si fue ayer o hace un siglo. Sé que te deseo desde entonces y siento que es un deseo antiguo e irrefrenable.

—Estoy... estoy casada —balbuceó ella aturdida y con voz temblorosa, pero sin hacer amago de separarse de él.

—Lo sé. Y créeme que me había jurado a mí mismo no volver a quedar atrapado en un amor ilícito. Pero entiendo que tu compromiso no es tan firme si tras resucitar has venido a Venecia sola buscando tu arte en la magia de Luisa Casati y en su historia de amor con Gabriele D'Annunzio. Y si el reflejo de esa Luisa que te ha revivido eres tú, el de su amor por Gabriele soy yo. Si es solo la casualidad lo que ha hecho que nos hayamos encontrado en Venecia y que nuestros nombres sean los suyos, que se encargue el destino, que es quien escribe las coincidencias, de desdibujar este torbellino de emociones que ambos hemos sentido desencadenarse en apenas unas horas.

28

Luisa iba conquistando Capri día a día. Su excentricidad era un reclamo tan poderoso como el de su generosidad. Vivir al lado de la Marchesa era disfrutar de los más extraños caprichos de la vida. Y más en un lugar en el que no existían límites para los deseos. Capri era tan sibarita como decadente, casi el propio reflejo de Luisa Casati. La hipocresía de algunos, como el británico Hugo Charteris, conde de Wemyss, agregado del Servició Diplomático Británico y hermano del almirante de la flota, quien, tras censurar las libertades sexuales de la isla, fue encontrado en plena faena amorosa con su joven chófer italiano, una noche de luna llena en los acantilados de detrás de la Villa San Michele, provocaba hilaridad en ella. La Marchesa, puro escándalo en sí misma, no se escandalizaba por nada y se movía con soltura entre las muestras de diferentes sexualidades o las fiestas donde nunca faltaban las drogas. Así eran las que se celebraban en Villa Lysis, la casa del aristócrata, poeta y dandy Jacques d'Adelswärd-Fersen.

Fersen, quien se quedó con ese nombre en homenaje a su pariente Axel Fersen, un conde sueco que fuera uno de los amantes de María Antonieta, heredó una considerable fortuna a los veintidós años, tras la muerte de su padre. Este, fundador de una empresa acerera con la que consiguió pingües beneficios, legó a su hijo una cantidad más que importante, que le convirtió en uno de los solteros más solicitados en los círculos más distinguidos, donde esperaban poder casarlo con alguna joven de la aristocracia. Sin embargo, el barón Fersen, escritor de homoeróticos versos y editor de la revista mensual de arte libre y crítica *Akademos*, donde se exaltaba el desnudo masculino, no estaba interesado en damas y tampoco en hombres adultos, lo que le hubiera ahorrado muchos problemas legales en Francia: prefería a los adolescentes de dieciséis o diecisiete años, con los que departía en supuestas tertulias literarias. Tales relaciones pederastas acabaron provocando su caída social, ya anticipada por el escándalo provocado por algunos de sus escritos, que fueron considerados un asalto contra la moral. Fersen acabó siendo arrestado tras ser encontrado en su apartamento con muchachos de entre doce y diecisiete años en compañía de su amigo el conde Albert Hamelin de Warren. Ambos estaban rodeados de diferentes herramientas eróticas, además de otros objetos que sugerían la posible realización de misas negras con los propios jóvenes. Fue acusado de comportamiento indecente con menores y condenado a seis meses de prisión, una multa de cincuenta francos y la pérdida de sus derechos civiles durante cinco años.

Cuando recuperó la libertad, estaba tan defenestrado en la sociedad parisina, que decidió trasladarse a Capri, paraíso ya de la homosexualidad, en el que se refugiaban tantos aristócratas y artistas internacionales. Compró un terreno en lo alto de una colina, en el extremo nordeste de la isla, cerca de donde el emperador romano Tiberio había construido su Villa Jovis dos milenios antes, y edificó allí su vivienda. La mansión, inicialmente llamada La Gloriette, fue rebautizada como Villa Lysis, en claro homenaje al famoso diálogo socrático sobre la amistad y el amor homosexual, y compartida por Fersen con su joven amante romano, de solo quince años, Nino Cesarini. La adolescente belleza del chico quedó inmortalizada no solo en una estatua de bronce que Fersen colocó en su jardín, rodeada de orquídeas, sino también en diversos cuadros y fotografías que el escritor encargó a prestigiosos artistas. Algunas de estas imágenes, en las que el joven aparecía ataviado como emperador romano o santo cristiano, fueron tan difundidas que se llegó a especular con la posibilidad de que Fersen las estuviera explotando de manera comercial. Pero Capri era un lugar sin ley y ese tipo de actuaciones ni siquiera llegaban a generar alboroto y más si las protagonizaba un hombre de la influencia en la isla de d'Adelswärd-Fersen.

Luisa fue invitada a las míticas recepciones de Villa Lysis al poco de establecerse en Capri. Fersen y a todo ese entorno homosexual que él encabezaba y que tanta presencia y poder tenía en «la isla donde se esconden las sirenas» recibían con entusiasmo los sensacionales vestuarios de Luisa, siempre tan teatrales. Además, Fersen estaba muy interesado en la celebración de ceremonias paganas y rituales de lo oculto, a las que Luisa, que era una auténtica experta en ellos, solía acudir escondida tras los largos velos que colgaban de su sombrero de astróloga y siempre acompañada de la preciada bola de cristal regalo de D'Annunzio. El escritor y la Marchesa no solo adoraban lo sobrenatural, además poseían una completísima colección de hechizos y misterios —que según las malas lenguas estaban encuadernados en piel humana—, que dejó extasiado a Fersen. La Marchesa, que pronto descubrió que las celebraciones de Fersen eran más «rosas» que negras, estableció con él, casi a modo de divertimento, un código ritual: durante las visitas de D'Annunzio se encendería una antorcha en el balcón de San Michele en señal de satisfacción amatoria. La llama podría verse desde Villa Lysis y entonces Fersen encendería otra para indicar que sucedía lo mismo con alguno de sus pretendientes. Aunque no se sabe si desde la residencia de Fersen se vería la realidad o cualquier otro producto de la imaginación, porque en tal casa se veneraba el sexo y lo oculto y más todavía las drogas.

La absenta, el opio, el hachís o la cocaína eran sustancias habituales desde la Belle Époque entre las clases más adineradas. La cocaína se puso tan de moda que los joyeros más exclusivos, como René Lalique o Georges Fouquet, crearon pequeñas y extraordinariamente lujosas cajitas de oro, plata y esmalte, además de cornucopias, corazones, colgantes y toda suerte de orfebrería para viciosos, que guardaban en ellas la droga como si fuera un auténtico tesoro.

Luisa era una experta en drogas desde hacía mucho tiempo. El uso habitual de la belladona en sus pupilas la convertía en una consumidora habitual y llevaba años bebiendo absenta. En su círculo, las drogas eran muy frecuentes. Se utilizaban en las fiestas de sociedad para departir en público, y más aún en privado, para potenciar el sexo. De entre los amigos de Luisa, los barones de Meyer, con quienes tanta relación había tenido en Venecia, siempre fueron devotos absolutos de la cocaína en sociedad; y el propio D'Annunzio era un gran admirador de sus efectos en el terreno sexual. Luisa, aunque de cuando en cuando también la consumía, prefería el efecto alucinógeno del opio, que fumaba con especial fruición en Villa Lysis, donde Fersen presumía de tener el mejor opio de la isla. El efecto de esa droga era determinante para Luisa, porque la predisponía a alcanzar esos paraísos sobrenaturales en los que ella se consideraba reina absoluta. Pero como sabía que Gabriele sentía debilidad no por el opio sino por la cocaína, siempre tenía preparada una cajita-joya repleta de tal droga para sus encuentros amorosos.

—Los jarrones de cristal de Murano del jardín de la Villa San Michele guardan tus flores, una vez más. Estamos juntos de nuevo. Pero te propongo una satisfacción aún más completa —ofreció el escritor a su cómplice y amante en el lecho compartido de su casa de Capri.

Luisa le miró con sus ojos cuádruples y brillantes producto de la belladona y le respondió sonriendo:

—¿Compartir otra amante como Romaine Brooks, tu Cinerina, tal vez? Lo siento, querido: de momento estamos solos —respondió traviesa—, pero tengo algo para ti. Mira hacia la cómoda. ¿Ves?

Allí, rodeada por velas, se encontraba una pequeñísima caja de oro y esmalte.

—Ábrela —ordenó Luisa tumbada sobre la cama y solo ligeramente cubierta por una bata de seda negra que hacía resaltar la palidez de su cuerpo desnudo.

Gabriele abandonó la cama de un salto, se acercó corriendo a la cómoda, cogió la cajita, la abrió sin dudar y encontró en ella varios gramos de la más pura cocaína.

—¿Sabías que era esto lo que quería? —preguntó D'Annunzio mirándola asombrado.

—Siempre me he anticipado a tus deseos —contestó ella mientras le acercaba una copa de champán en la que él disolvía varias pizcas del preciado polvo blanco.

—Blanco como tu cuerpo —dijo él también desnudo antes de apurar la burbujeante copa hasta el final.

Luisa conectó el gramófono, una suave música hindú comenzó a sonar y ella empezó a danzar sensualmente mientras D'Annunzio la admiraba e iba notando el efecto de la cocaína en su cabeza y en su pene. La excitación casi le nublaba la vista, al tiempo que su miembro se mostraba cada vez más erecto.

—Dios ha dotado al hombre de pene y cerebro —afirmó Gabriele mientras se acercaba bailando a Luisa—, pero no de sangre suficiente para ambos.

D'Annunzio, bailando con torpeza en torno a la exquisita danzarina Luisa, llenó otra copa de champán y volvió a diluir más cocaína en ella. Se la bebió nuevamente de un trago y colocó a Luisa frente al espejo, al tiempo que, pegado a su espalda, reproducía sus sinuosos movimientos y recorría su pecho con las yemas de sus dedos. Sin despegarse de Luisa, Gabriele la condujo hasta el lecho, la tumbó, desanudó el cinturón de su bata de seda y comenzó a devorar su sexo con ansiedad. De pronto Luisa se escabulló del beso de su amante y se levantó. Su bata, volando como si fuera un murciélago en torno a su blanquísimo cuerpo, pareció dotarla de alas negras y convertirla en un vampiro de roja cabellera. Gabriele también se puso en pie. Ella rellenó una nueva copa de champán en la que dispersó más polvo de cocaína, bebió, la dejó sobre la mesa, se sentó en el borde de la cama y ordenó a Gabriele:

—Acércate.

Gabriele lo hizo sin dudar. Ella tomó entre sus manos con delicadeza su pene erecto y se lo introdujo en la boca donde, con suavidad, pero con la contundencia debida, le hizo explorar todos los universos fluidos del paraíso, hasta que la humedad se convirtió en un diluvio blanco, puro elixir de la vida, que Luisa dejó correr por su garganta.

Extenuado, D'Annunzio se derrumbó sobre el colchón junto a Luisa y, aún con la lengua acorchada por el efecto de la cocaína, reconoció:

—Divina Coré. No sé si estoy contigo o no. No sé si eres realidad o espejismo, pero cuántos cambiarían todo lo que tienen por el privilegio de disfrutar este sentimiento increíble, al menos una vez en la vida.

Luisa se levantó de la cama pletórica. Le gustaba complacer a D'Annunzio. Le resultaba excitante y fascinante colmar cualquier deseo sexual del escritor e incluso anticiparse a ellos. Le hacía sentirse poderosa.

—Déjame que coloque la antorcha, para que Fersen conozca nuestra inagotable satisfacción —pidió Luisa dirigiéndose al balcón para reproducir una vez más el ritual pactado.

La antorcha llameante quedó colocada. Su cóctel de droga y sexo había funcionado a la perfección y quedaba confirmado con el visible fuego. Fersen, sin embargo, no llegaría a verlo. Ese mismo día, tras ingerir cinco gramos de cocaína disueltos en champán, el propietario de la famosísima Villa Lysis cayó muerto sobre el suelo de esa misma casa de placeres que, a partir de entonces, quedó cerrada para siempre.

29

—Tengo que irme —anunció Luisa de pronto, aún sin despegarse del abrazo del escultor—. No quiero estar aquí.

Gabriel la miró como quien disecciona a un animal: parte a parte, entraña a entraña.

—Escucho tu voz, pero intuyo tu alma. Y sé que no es verdad —repuso él sujetando su rostro entre sus manos.

—Te equivocas —contestó ella sin dudar, apartándose del escultor—. Me quiero ir. Pese a no poder moverme y aunque tenga que arrepentirme de mi marcha, debo irme. Y no es solo que tenga que hacerlo, es que quiero hacerlo.

Gabriel no dijo nada. Escrutó su rostro un instante más y después se dio la vuelta, caminó en silencio hasta la pequeña puerta situada al final del estudio, la abrió y desapareció tras ella.

Luisa, sola en aquel espacio inmenso, agrandado por su ausencia, anduvo lentamente, sin la prisa de quien huye, pero sabiendo que lo hacía, hasta la puerta principal del edificio. Antes de alcanzarla se detuvo un momento ante la mesa de trabajo de Gabriel y, como guiada por un impulso, escribió la dirección de su correo electrónico en un papel que encontró sobre ella. Luego, una vez fuera, y ya sin la mirada verde de Gabriel clavada en su nuca, caminó decidida por las callejuelas. No sabía si sería capaz de encontrar el camino de vuelta. No sabía nada, en realidad. Ni lo que quería ni lo que no. Todo era una enorme contradicción.

Decidió, mientras caminaba hacia ninguna parte, que no estaba dispuesta a desarmar toda su vida por una mirada. Ella no buscaba ni el amor ni la pasión de otro hombre; ella lo único que pretendía era recuperar su propia pasión por el arte, encontrar su don, volver a ser artista y vivir o morir por la creación. Justificó haber dejado su dirección electrónica sobre la mesa de Gabriel en el hecho de que él era un artista fabuloso, que la casualidad había colocado en su camino y con quien no quería perder el contacto. Decidió que serían amigos. Y que lo que había pasado entre ellos no era más que un espejismo, una ilusión óptica en la que los objetos lejanos aparecen reflejados en una superficie lisa, como si se estuviera contemplando el reflejo de un líquido que, en realidad, no existe. Demasiada agua. Eso había sido. Y su propia mente, velada por los impulsos emocionales, había impedido que distinguiera la realidad de la ficción. Nada más. Y nada menos. Para qué desvirtuarlo y robarle su valor. Ahora lo único que restaba era no confundirse de dirección.

Miró hacia un lado y hacia otro sin saber hacia dónde dirigirse. No era en absoluto sencillo encontrar el camino y ella no había llegado sola. Le parecía estar dando vueltas y vueltas por el mismo lugar. Ya se había hecho de noche y comenzaba a refrescar. Las minúsculas calles estaban desiertas. Solo se oía el repiquetear de sus propios pasos sobre el suelo adoquinado. ¿Dónde estaría el maldito puente? No sentía miedo, pero sí cierta angustia de encontrarse perdida. Y tenía frío. La humedad se le clavaba en los poros de la piel como si fuera un cuchillo de mil puntas. No sabía hacia dónde ir.

De pronto, de un recodo, salió una enorme figura. Ella solo vio una sombra dibujada de manera irregular sobre los adoquines del suelo y giró la cabeza con cierto temor. Era Gabriel. Se quitó la parka y la colocó sobre los hombros de Luisa, sin palabras. Aunque le quedaba inmensa, ella se la encajó, cerró los ojos unos instantes y buscó la mano de él. A los pocos minutos estaban entrando de nuevo en el estudio de Gabriel. Antes de acceder, a través del portón metálico del fondo, a la habitación del escultor, Luisa sacó su móvil del bolso y escribió un mensaje para su marido: «Me voy a la cama. No me encuentro muy bien. Mañana te llamo...». Ni una sola mentira en las palabras, todo un engaño entre las líneas.

A la mañana siguiente su melena roja desmayada sobre el escaso vello dorado del pecho del escultor hablaba de la fusión de sus almas, más allá de la de sus cuerpos.

Luisa abrió sus ojos verdes y se encontró la imagen de ambos reflejada en los espejos de los armarios.

—Los espejos de Luisa y Gabriele —murmuró sin poder dejar de contemplar su propio reflejo—. Somos ellos, aunque seamos nosotros. Todo es un espejismo.

—Es cierto —repuso Gabriel contemplando la misma imagen que Luisa—. Pero a veces solo en los espejos se encuentra la verdad de las cosas. La realidad se percibe reflejada siempre: en el agua, en un espejo, en otra mirada... No somos lo que somos, sino lo que ven de nosotros, las percepciones de los demás.

—Solo hay que tener cuidado de que el espejo, como el agua, no nos engulla y acabemos ahogados en el propio reflejo, como Narciso —reflexionó Luisa. E inmediatamente añadió mirando al vacío—: Yo no sé si quiero que esto sea realidad o un sueño, Gabriel.

—No pienses ahora —la interrumpió él mientras dibujaba formas abstractas sobre su frente con la yema de uno de sus dedos y la miraba con ternura.

—Sí, tengo que pensar —respondió Luisa, de pronto enérgica, incorporándose como si alguien estuviera tirando de ella para sacarla de la cama, al tiempo que cubría su desnudez con la sábana y revisaba la habitación casi monacal en donde no había más que una cama, un pequeño carrito a modo de mesilla, una pequeña ventana cubierta con una tosca cortina y los espejos del armario—. Tengo que pensar en cómo voy a convertir en realidad lo que ahora mismo no son más que imágenes en mi cabeza.

Luisa cerró los ojos, respiró profundamente, como siempre que tenía que hacer una declaración importante, los abrió de nuevo, miró a su amante y, esbozando una sonrisa plena de convicción, le anunció:

—Voy a volver a pintar, Gabriel. Lo sé. Incluso sé lo que quiero pintar, y es a nosotros y a nuestros célebres homónimos. Quiero llenar lienzos y lienzos de Gabrieles y de Luisas y de Venecia y de puentes y de emociones.

Se levantó arrastrando la sábana —como Luisa Casati en su primer encuentro con D'Annunzio—, dejando al escultor desnudo sobre la cama, y miró por la ventana. La imagen de un patio vacío no le decía nada de Venecia. Sin embargo, al abrirla, el aire gélido de la soleada mañana, impregnado en la característica humedad de la ciudad, le recordó que el agua no estaba lejos. El agua y su reflejo. Como el de los espejos. Su cabeza estallaba en imágenes en las que navegaban Luisa Casati, D'Annunzio, ella misma, su propio Gabriel y los reflejos de sus vidas entrecruzadas. Los veía tan claramente que estaba segura de poder reproducirlos con sus pinceles. Incluso los matices de los colores destilaban cierto brillo en su imaginación que, tan poderosa de nuevo como en su juventud, le volvía a otorgar las capacidades adormecidas durante tanto tiempo. Su don había vuelto a hacerse presente en los muros del sótano de su casa de Madrid gracias a Luisa Casati. Y ahora sabía que no se iba a desvanecer como una nube de verano, sino que se quedaría en ella gracias al influjo de su amante escultor y al de la propia Venecia.

Gabriel, que se había levantado de la cama y había desaparecido unos minutos, ahora regresaba caminando desnudo sin pudor con una taza de humeante café en su mano.

—¿La compartimos? —preguntó sonriendo.

Luisa no pudo evitar sonreír también mientras sujetaba la sábana con ambas manos para cubrir su cuerpo desnudo.

—Si agarro la taza... —comentó sonriendo pícara—, se me caerá la sábana.

La taza quedó en la mesilla improvisada y ellos volvieron a un sexo que parecía de siglos, en el que los cuerpos se reconocían como si hubieran vivido siempre juntos y se acoplaban el uno al otro cual si fueran prolongaciones del contrario. Las pieles de igual textura se resbalaban en el abrazo, sin más esfuerzo que el del propio goce. Tras el sexo antiguo recuperado en un día, Luisa se subió a la espalda de Gabriel como si fuera una costumbre establecida. La imagen de ella encastrada sobre él, como si sus dos cuerpos pertenecieran a un único ser, quedaba recogida en el espejo junto a sus brillantes y verdes miradas refulgentes tras el placer.

Luisa cerró los ojos un instante y al volver a mirar al espejo sufrió un *déjà vu*. Era como si ya hubiera vivido aquella situación con anterioridad. O, mejor dicho, como si Casati y D'Annunzio la hubiesen protagonizado un siglo antes y ahora ocuparan el reflejo de la Luisa y el Gabriel del presente en el espejo.

Sintió a la Marchesa en la estancia, impregnando su espíritu de búsqueda en el ambiente. Notaba que el espectro de su tocaya se hacía casi físico, que incluso la rozaba y susurraba en su oído: «Píntame, píntanos. Todos debemos ser parte de tu arte, como lo somos ya de tu historia».

—Voy a volver a pintar —repitió Luisa con convicción—. Haré una exposición. Se titulará «Luisa y los espejos».

30

Tras el fallecimiento de su propietario, Villa Fersen quedó convertida en una completa ruina. Su pérdida fue inesperada para cuantos le rodeaban, pero los años de guerra habían logrado que la muerte formara parte de tal manera de las vidas de los supervivientes, que una desaparición más o menos no alteraba el orden de las cosas. Aun así, y aunque las marcas del conflicto bélico hubieran llegado hasta el espíritu de «la isla donde se esconden las sirenas», Capri parecía el único lugar del gran mundo en el que la herencia de exceso y extravagancia de la Belle Époque continuaban vigentes. En las grandes capitales europeas, como París o Roma, la guerra no solo había remodelado las artes o la moda, sino también las conductas sociales, hasta el punto de haber convertido la venerada excentricidad de antaño casi en un crimen.

Luisa parecía justo el prototipo de mujer destinado a desaparecer a menos que se adaptase tras un cambio radical; pero la Marchesa no estaba dispuesta a que la oscura realidad empañara su sueño de vida, por lo que decidió afrontar el tiempo que ahora le tocaba vivir siendo más ella que nunca. Y, por supuesto, sin abandonar esa extravagancia natural que la había hecho famosa en la pasada década.

Por eso, tras dejar Capri y volver a Roma después de su aventura con Romaine Brooks, combinada con otras relaciones lésbicas, como la que sostuvo con la no menos excéntrica princesa Violette Murat —famosa por su adicción a las drogas, su obsesión por la limpieza y por tener una rata blanca como mascota, y a la que Proust describió diciendo que parecía «más una trufa que una violeta»—, Luisa fue reinventándose a sí misma por enésima vez. Su remodelada imagen, aún más extremada, quedó recogida en los trabajos de diversos artistas, como la holandesa Annie Fokker Cottrau, que creó una máscara de Luisa como si fuera una Cleopatra moderna en estilo art déco; el polaco Jan Styka, que pintó varios retratos suyos; la joven artista también polaca Sarah Lipska, que realizaría una extraña obra a partir de un bloque de madera; o el retratista francés Adrien Désiré Étienne, que firmó varios sofisticados dibujos de Luisa realizados en carboncillo. También se cruzó en el camino con la retratista art déco Tamara de Lempicka, pero pese a vivir un breve apasionado idilio con ella, no llegó a pintarla.

Lempicka, la misma mujer de la que D'Annunzio se enamoraría locamente tiempo más tarde, y a la que, pese a sus denodados esfuerzos, no lograría seducir en Il Vittoriale, era una mujer de gran carácter. La enorme personalidad tanto de ella como de Luisa hizo que su choque de temperamentos fuera tan apoteósico que les imposibilitó disfrutar siquiera de su pasión compartida por el arte.

Romances aparte, la vida de Luisa seguía repartida entre sus viajes, sus animales y las recepciones a sus amigos. Uno de aquellos días recibió, en su villa romana, la visita de Catherine Barjansky, a quien no veía desde el inicio de la guerra. Luisa le tenía cariño a aquella talentosa escultora con quien viviera el final de una época. La artista atravesó el gran jardín de la mansión y llegó hasta la entrada que flanqueaban los inconfundibles y ya famosos ciervos dorados de su propietaria. A su alrededor, las rosas y un espectacular árbol de mimosa perfumaban con delicadeza el ambiente. Barjansky llamó a la puerta, que abrió un altísimo y tostado mayordomo perfectamente uniformado. Tras él se encontraba su pequeño y rubísimo ayudante. El deliberado contraste resultaba chocante, pero no sorprendió en absoluto a Catherine, que conocía bien el peculiar sentido del humor de Luisa. Mientras uno de los criados se encargaba del abrigo de la escultora y el otro del sombrero, ella no daba crédito a las maravillas que veían sus ojos: una espléndida estatua egipcia, que representaba a tamaño real a una mujer, las altísimas sillas tapizadas en pálido brocado azul, con aplicaciones de oro y plata, las fantásticas telas de las cortinas, las flores por todas partes, el hediondo mono en su jaula de oro y, finalmente, la pequeña biblioteca, sin ventanas, con muros enteramente repletos de libros encuadernados en oro. Allí, sentada en el centro y vestida exquisitamente, como de costumbre, en esta ocasión con un cuerpo de terciopelo negro extremadamente escotado y una larga falda plisada de lana blanca y negra, se encontraba la Marchesa. Su pelo color zanahoria, algo más largo de lo que la escultora recordaba, se descolgaba en largos rizos sobre sus hombros. Catherine fijó su atención en el rostro de Luisa: sus inmensos ojos remarcados en negro devoraban su cara, aún más angulosa que años atrás, y emanaban cierta dosis de locura.

—¿Cómo estás, Catherine? —le preguntó sonriendo mientras exhalaba elegantemente el humo de su cigarrillo encastrado en una boquilla de ónix y diamantes.

—Sorprendida, como siempre —respondió la escultora, que verdaderamente lo estaba. Y añadió—: He visto al pasar la escultura egipcia de la que me hablaste hace años. Es muy interesante.

—Ah, sí —contestó Luisa—. La compré por un detalle mágico y sobrenatural: sus medidas son exactamente las mías. ¿Crees que es casualidad o que tal vez yo viví en Egipto hace siglos?

—Imposible saberlo —repuso Barjansky—. Pero tú misma eres sobrenatural. Nada de lo que me cuentes puede sorprenderme ya.

Sorprendente resultó la amistad de Luisa con un compatriota de la escultora, el príncipe ruso exiliado en Roma, Félix Yusúpov, miembro de la corte imperial de San Petersburgo, famoso por haber sido el artífice intelectual del asesinato de Rasputín, así como por sus tendencias homosexuales, aun habiéndose casado con la sobrina favorita del zar Nicolás II, Irina. La pareja, que abandonó su país de origen con una fortuna en joyas escondida en sus ropajes, abrió una exclusiva cadena de boutiques en París, Londres y Berlín llamada Irfé —las dos primeras letras de cada uno de sus nombres—. Vivieron juntos hasta el final de sus días, pese a la supuesta homosexualidad de él e incluso a su afición a travestirse con tanta exageración como para que, según cuenta Osbert Sitwell en sus *Nobles essences*, Eduardo VII creyera que era una mujer y le dedicara sus cariñosas atenciones.

Durante su estancia en el Grand Hotel, en Roma, el príncipe Yusúpov quiso conocer a uno de los mitos vivientes de la época, la Marchesa Casati, a quien precedía la fama de sus excentricidades y su elegancia. Y desde luego no le defraudaron ni ella ni su amante oficial, Gabriele D'Annunzio, por quien el ruso siempre había sentido una especial admiración desde la distancia.

Todos eran, en realidad, los últimos vestigios de otros tiempos que iban expirando poco a poco, al ritmo de una realidad que se traducía en infinitos cambios en la manera de vivir y que tenía su reflejo en todos los sectores.

Que el propio Yusúpov hubiese tenido que dedicarse a los negocios era un claro indicio de que la nueva sociedad hacía que se tambalearan los cimientos de la antigua. Un mundo nuevo, atormentado por la sombra de la crisis, vivía sin embargo a toda velocidad, a ritmo de charlestón y apostando por una imagen radicalmente distinta a la anterior.

Las publicaciones de moda más prestigiosas mostraban las nuevas tendencias, con faldas mucho más cortas, funcionales melenas Bob —cortadas en cuadrado a la altura de las mandíbulas por delante y un poco por encima de la nuca por detrás— e infinidad de artículos con recomendaciones para ser elegante, pero adaptándose a un reducido presupuesto.

Muchas de las grandes casas de costura tuvieron que cerrar en Londres y París debido a la falta de encargos. El mundo, sin duda, era otro. No parecía quedar mucho espacio para una Luisa siempre excesiva y extravagante, a punto de alcanzar la cuarentena. Pero la Marchesa no se rendía jamás. Estaba segura de que también aquella Europa sobre la que planeaba la sombra de la sordidez se asombraría ante su personalidad indómita.

Dispuesta a comprobarlo, apareció en los salones de sociedad incluso más exagerada que antes. Su pelo rojo más rojo que nunca, su palidez cadavérica llevada hasta el delirio, sus ojos enmarcados en un profundísimo kajal y sus labios pintados con el más brillante tono escarlata. Y todos aquellos rasgos llevados al extremo, lejos de causar rechazo al estar tan fuera de los gustos de la época, volvieron a epatar a las personalidades más celebradas del momento. Desde el financiero y armador griego Basil Zaharoff, quien debía su fortuna al tráfico de armas, al enormemente rico duque de Westminster, Hugh Grosvenor, pasando por el millonario chileno Arturo López Willshaw, homosexual, casado en París con su prima Patricia para guardar las apariencias y cuya familia debía su riqueza a la comercialización del guano, o el riquísimo barón de Rothschild, hasta uno de los fundadores y presidente de la liga musulmana Pan-India, el Aga Khan III. Todos cayeron rendidos ante los encantos de la Marchesa Casati.

Luisa continuaba siendo impactante y poseyendo ese extraño imán que la dotaba de una belleza extrema y única, pese al excesivo maquillaje y al grotesco vestuario, ya pasados de moda. Sus devotos la requerían en todo momento y la acompañaban a todas partes, descartando otros compromisos. Tal fue el caso de Giovanni Battista Serra, príncipe de Geraci y duque de Terranova, quien, aun estando casado con la princesa María Antonia Oliva Grimaldi, viajó a Capri con la Marchesa. Ella disfrutaba de ese poder sobre los hombres que hacía que la antepusieran incluso a sus parejas. Aunque no siempre: algunas adoraciones excesivas, lejos de complacerla, llegaban a exasperarla. Cuando esto sucedía, como fue el caso de su enamoradísimo marqués Ranieri Bourbon del Monte, cuya familia de rancio abolengo había sido una de las más importantes de la Toscana en la Edad Media, Luisa se transmutaba en el ser más desagradable de la creación y era capaz de maltratar a sus admiradores sin el menor recato y a la vista de todos.

—¡Deja de examinarme! —le advirtió molesta a Ranieri Bourbon del Monte uno de los días en que el noble se prestó a acompañarla a su casa en taxi desde uno de los más lujosos restaurantes de la ciudad—. Tengo la sensación de que eres un perro faldero y que si pudieras hasta me olisquearías. ¿No puedes mirar hacia otro lado?

—No hay nada más bello a lo que pueda mirar —replicó él, empalagoso, contemplándola extasiado, sin poder evitarlo.

—Ya —aceptó ella malhumorada—, pero yo no soporto más que lo hagas. Ni tampoco verte. Así que bájate del coche. ¡Ahora!

El marqués descendió del vehículo obedientemente. En la acera se encontraba uno de los examantes de Luisa, el pintor Augustus Edwin John, a quien Bourbon del Monte le confesó entre lágrimas: «Ahí está la mujer que amo».

Se trataba de la misma mujer con la que, poco antes, el propio Augustus había protagonizado un intenso romance. La misma a quien aún seguía amando Kees van Dongen y que nunca dejó de amar a Gabriele D'Annunzio.

Poco después de aquel episodio, en 1921, Van Dongen compartiría el santuario de Luisa, el palazzo Venier dei Leoni, en Venecia, con su «desnuda hechicera», como al pintor le gustaba llamarla. Luisa le recibiría no solo para disfrutar de nuevo de su pasión amorosa, sino también para salvarlo del salvaje ataque de la prensa tras su retrato del renombrado escritor Anatole France.

Su relación sexual sería tan desenfrenada entonces que haría estallar el escándalo en el mundillo artístico. Más todavía al conocerse que el artista había hecho saber a su agente que no vendería ninguno de los retratos de su amada.

Pero ni siquiera aquella excitante aventura supuso el suficiente aliciente como para que Venecia no le resultara ya pequeña y aburrida a Luisa Casati, ahora que D'Annunzio, encerrado en su casa a orillas del lago di Garda, no visitaba la Ciudad de los Canales. Le sucedía lo mismo con Roma: la ciudad ya no la divertía como antaño, y la villa de la via Piamonte no conservaba el mismo encanto a sus ojos. La Marchesa necesitaba algo distinto. Debía crear su propio santuario en algún lugar en el que su estrambótica existencia pudiera continuar teniendo sentido. Ella aún no sabía que sería dentro de otro palacio, en el de un poeta muerto, donde viviría sus últimos tiempos de esplendor.

31

Cuando el avión despegó con destino a Madrid la invadió una asfixiante sensación de intranquilidad. Su marido no sospechaba nada de su episodio veneciano y ella no pensaba contárselo. Siempre había considerado imprescindible la lealtad, pero no la fidelidad.

Era un resquicio de su personalidad de antaño, un poco masculina según los tópicos, que la hacía capaz de separar el mundo sentimental del físico y anteponer una vocación o incluso una devoción momentánea a una obligación cotidiana.

La infidelidad no le parecía el gigante que se describía. Había infidelidades tan inocentes como comerse un helado de chocolate. Y, a veces, incluso podían servir para dinamizar una relación exhausta. Lo importante era la lealtad. La traición solo aparecía cuando la lealtad se esfumaba; y esto podía suceder cuando se cambiaba un cuerpo por otro o cuando se aceptaba la falta de complicidad de los sueños.

La peor de las deslealtades era acabar quedándose cuando uno quería irse.

Ella no le había sido infiel a su marido en esos veinte años de matrimonio, pero sí a sí misma. No obstante, su inquietud no se encontraba en las infidelidades reales o abstractas, sino en la responsabilidad, repartida entre ambos, de hallarse cautivos en una vida perfecta tras haber asesinado sus deseos comunes y haberlos cambiado por un aburrimiento compartido, germen de todos los engaños.

Ahora ella había sido infiel a su marido, quizá para recuperar la fidelidad hacia ella misma, e incluso hasta al recuerdo primigenio de su relación. No tenía por qué contárselo si solo se quedaba en ese sexo liberador. Sin embargo, algo embarraba sus pensamientos: ¿había sido una infidelidad ingenua, un mero intercambio puntual de ilusiones fluidas vehiculadas por una complicidad intelectual? ¿O quizá era algo más sólido que preludiaba el sentimiento amoroso duradero?

Antes de irse había recibido la llamada de Marcello. No podía verla ya en Venecia, pero la emplazaba a un encuentro en Roma o tal vez en Madrid, adonde pensaba viajar para promocionar su último libro recién traducido al castellano. Quiso pensar que el hecho de que fueran dos los hombres que habían irrumpido de la noche a la mañana en su adormecida existencia era el resultado de su vuelta a la vida, no solo corpórea, sino también artística; pero sabía bien que, aunque le halagase el interés de Marcello y le divirtiera la posibilidad de trabar una amistad con él, su relación nada tendría que ver con la de Gabriel. ¿Una relación de dos días podía tener tanta intensidad? ¿Era una relación intelectual? ¿Sexual? ¿Amorosa?

Le gustaba el sexo, pero al igual que le sucedía a Luisa Casati, ahora no era tanto el acto sexual en sí lo que le interesaba como la complicidad entre dos personas, escrita piel a piel, máxime si podía derivar en un episodio de creación artística. Y ella sabía que aquella experiencia le había devuelto su alma de artista y que, gracias a ella, volvería a pintar. Como también esperaba que su encuentro hiciera emerger de esa agua que Gabriel controlaba mediante la técnica y el sentimiento artístico una prodigiosa escultura que le liberase por fin de aquel tenebroso suceso por el que abandonara su habitual manera de crear.

No podía olvidar la mirada del escultor, ni la ternura de sus caricias; pero, además, estaba toda esa conversación diferente a cuantas había sostenido en los últimos años. Sintió ganas de reír al recordar algunas ocurrencias de su fugaz amante y también de llorar al pensar en que no sabía cuándo volvería a verlo. Pero, sobre todo, sintió temor de su incierto futuro. ¿Qué le demandaría la razón y qué la pasión? Recordó ese viejo mito platónico del auriga, donde la razón era el cochero de un carro movido por caballos díscolos y desbocados, las pasiones... Y en ese momento se sentía tan acelerada por la pasión carnal y la pasión creativa que pensaba que le resultaría muy difícil escuchar a la razón.

—Esto no ha sido el principio de una historia de amor. Solo es un espejismo —se decía a sí misma tratando de autoconvencerse—. En cuanto llegue a casa recuperaré a la Luisa real. Y ella también podrá pintar. Estoy segura.

Juan la esperaba en el aeropuerto. Nada más abrirse la puerta que separaba la sala de recogida de maletas de la de espera de llegadas vio su rostro sonriente. Se acercó a él y se abrazaron.

—¿Qué tal los chicos? —preguntó Luisa pretendiendo forzar la normalidad.

—Bien, ¿no has hablado con ellos? —se extrañó Juan.

—Sí, sí —respondió para tranquilizarle—. Esta mañana me ha llamado Juan y tenía un mensaje también de Jacobo.

—Bueno, ¿y cómo te ha ido? —disparó él, desbordado por los acontecimientos, mientras caminaban hacia el aparcamiento.

—Bien —contestó Luisa sin mirarle—, muy bien. Creo que este viaje me ha aclarado mucho las ideas.

—¿Y? —volvió a preguntar él ansioso.

—Y... quiero volver a pintar —soltó con entusiasmo y convicción sonriendo a su marido.

—Bueno, sí —dijo él recuperando el aliento, como si esperase alguna otra noticia, desde su punto de vista, más importante—. Pero eso ya lo estabas haciendo. Ahora lo que hace falta es que cambies las paredes por lienzos y asunto solucionado, ¿no?

—Pues no —contestó ella con contenida irritación—. Cuando te digo que quiero volver a pintar me refiero a que he recuperado mi don y a que voy a preparar una exposición. Incluso te puedo decir ya el título: «Luisa y los espejos».

—¿Exposición? —se extrañó Juan—. Creo que vas muy rápido; pero me parece perfecto, como siempre. Ya sabes que yo desconozco el mundo del arte, así que si crees que puedes hacerlo será porque puedes. Supongo. Pero te diré que me sorprende el nombre, ¿los reflejos de Venecia te han vuelto narcisista?

—No, Juan —contestó con cierta impaciencia—; solo he descubierto que a veces es más sencillo vivir en los espejos que en la propia realidad.

—Creo que te equivocas, Luisa —respondió su marido dándose cuenta de que algo sucedía—: es la realidad la que se refleja en ellos.

—¿Te sorprendería si te digo que a veces también se reflejan los sueños?

—Te engañas, Luisa —insistió—. Eso poco tiene que ver con los espejos. Tú hablas más bien de espejismos.

—Tal vez sea así, pero te aseguro que hasta los espejismos pueden quedar dibujados en los espejos —aseveró Luisa recordando, sin poder evitarlo, la imagen de Gabriel y de ella juntos, impresa sin remedio en su memoria.

—Está bien —zanjó él cansado ya de una conversación que no le parecía que condujese a ninguna parte—. «Luisa y los espejos» me parece un bonito título para una exposición, e incluso si me apuras para una novela. Y estoy deseando que hagas algo que te haga recuperar la ilusión de vivir. Solo dime si yo te puedo ayudar y si cuentas conmigo en esta nueva etapa.

Ella no contestó. No sabía qué decir. No tenía nada que decir. Quería a Juan y ni siquiera el recuerdo persistente de esos dos intensos días junto a Gabriel empañaba su amor sereno; pero no sabía si a esas alturas de su relación, rotos los puentes de los hijos, desaparecidas las obligaciones y, mucho antes, la magia de la relación sexual, podría inventar las ganas de compartir con él algo tan distinto a lo habitual.

Ambos se subieron al coche en silencio. Era un silencio grueso e incómodo que a Luisa le hizo recordar aquel otro, confortable y cómplice, que disfrutara hacía apenas unas cuantas horas con Gabriel. De pronto se sintió muy culpable. Juan no era el responsable de cómo se había desarrollado su vida. Era ella quien había renegado de la pintura para autocastigarse tras la muerte de su madre y de su pareja. Había sido ella también quien eligió mortificarse trabajando en la empresa paterna y quien decidió tener hijos y dedicarse enteramente a ellos. Juan no había hecho más que ampararla, escucharla, respetarla y proporcionarle un entorno de bienestar. Todo eso y demostrarle su amor incondicional siempre. Le miró con cariño. Sabía que se sentía tan despistado que le resultaba imposible comportarse con naturalidad, pero también que no quería molestarla ni agobiarla ahora que casi la acababa de rescatar de las garras de la muerte. Juan la quería. Y ella le quería a él, pero no estaba segura de si su amor aún tenía posibilidades de sobrevivir fuera de la monotonía... Tenía que ponerse a pintar. Cuanto antes. El arte la salvaría de la realidad y ella misma se volvería espejismo. Y, tal vez, algún día, milagrosamente, Juan podría acabar creyendo también en la magia de los espejos.

Su teléfono móvil emitió un par de pitidos. Acababa de entrar un mensaje en su correo electrónico. Provenía de GQ. El asunto era Venecia.

—¿Algo importante? —preguntó Juan, casi más por romper el hielo que por curiosidad.

—No, no —mintió Luisa—. Es un mensaje de Raimundo. Ya lo leeré luego.

Al llegar a su casa Luisa sintió cierta sensación de alivio. Era su hogar, su refugio. Ya no se oían las voces de los niños que durante tantos años reclamaron su atención a cada rato. Los chicos ya habían crecido y se encontraban a kilómetros de distancia, terminando sus carreras y casi estrenando el camino de la independencia de sus vidas. Juan y ella estaban solos y con tiempo para reencontrarse o perderse para siempre jamás. La importancia de reconstruir su mundo creativo era extrema para el éxito de su relación. Si Luisa restablecía ese mundo íntimo tendría más que compartir con su marido y hasta sería posible que le interesara más el de él. Pero debía reconocer que ahora lo que ansiaba no era remodelar su vida conyugal. Anhelaba sobre todas las cosas volver a pintar. Y, también, para qué engañarse, poder leer aquel mensaje que continuaba encerrado en el parpadeo de su móvil.

Mientras Juan dejaba su maleta en el vestidor, ella se dirigió hacia su despacho. En su mesa, junto a la pantalla del ordenador, impecablemente colocados los sobres de las facturas, las listas de la compra y los menús, también los datos de los últimos pedidos encargados por ella para la empresa de su padre. Y, además, un cuaderno de notas garabateado con bocetos de Luisa Casati, así como varios libros, todos con la misteriosa imagen de la Marchesa en la portada.

Juan tenía una cena de trabajo que no podía anular, así que, según dejó la maleta, se acercó a ella, juntó brevemente sus labios a los suyos en un gesto que pretendía parecerse a un beso, y corrió hacia la puerta.

Luisa aprovechó para sentarse frente a su mesa de trabajo. Respiró. Conectó su ordenador y abrió ese mágico sobrecito amarillo que alertaba sobre la presencia de un mensaje. Allí se encontraban las primeras líneas de Gabriel.

> Querida Luisa,
>
> Apenas unas horas después de tu marcha Venecia tiene otra luz. Ha empezado a llover. El repiqueteo del agua sobre la cúpula de mi estudio es a veces un bálsamo y otras una tortura. Cuando la tormenta arrecia resulta atronador, y cuando hay un relámpago parece que todo fuera a estallar. A mí no me impresiona. Sé que a ti sí. Me dijiste que nunca habías visto Venecia bajo la lluvia y que temerías verte sola caminando por esta ciudad que flota bajo la misma agua que puede acabar por engullirla. No te preocupes, que yo te abrazo si llega el caso.
>
> Gabriel Quiroga

Luisa leyó varias veces aquellas líneas: ninguna obviedad, ninguna referencia al sexo. Sutileza. Complicidad. Lo único que le extrañaba era que la carta llegara firmada con su nombre y apellido. Como si destinatario y remitente fuesen dos extraños. O como si él quisiera dejar su impronta de artista en lo escrito. O como si pretendiera recordarle que ella le había prometido convertirse en la artista que algún día estuvo a punto de ser. Decidió contestarle de inmediato.

Querido Gabriel,

Llueve también en Madrid, como si la Providencia hubiera querido enlazar de esta manera nuestros recuerdos. Y también en Madrid me da miedo la lluvia. Pero menos. Ya sabes que en mi casa tengo los pies sobre la tierra y no navego por los espejos. Al menos de momento. Enseguida me pondré a pintar e, inevitablemente, todo serán reflejos. Gracias por abrazar mis temores venecianos.

LUISA

Mientras le daba a «enviar» sintió una especie de corriente física en las yemas de sus dedos, como si fuera un calambre que se esparcía por todo su cuerpo inoculándole diminutos pinchacitos. Era una sensación parecida al miedo, pero más intensa y ligeramente más placentera. En realidad, era la primera y levísima evidencia de un deseo que, pronto, junto al arte, ocuparía todo su espacio.

32

El 25 de noviembre de 1899, el naviero Arthur Schweitzer y su esposa compraron un terreno en Le Vésinet, un exclusivo suburbio parisino, diez millas al oeste de la ciudad, donde años más tarde construirían su mansión privada, el Palais Rose. El lugar tenía unas vistas privilegiadas sobre el lago de los Ibis y la Grande Pelouse, así que resultaba perfecto para levantar el gran palacio que el matrimonio deseaba. En 1900 ese palacio emergió por fin de la tierra con una arquitectura inspirada en el Gran Trianon de Versalles, construido con llamativos mármoles rosados. El inmenso edificio era sin duda espectacular, pero el matrimonio, que pronto se arruinó, no pudo disfrutar demasiado tiempo de su propiedad, y en 1906 tuvo que vendérselo al multimillonario indio Ratanji Tata, quien, según la leyenda, lo compró a cambio de tres perlas y una esmeralda. Dos años más tarde, Robert de Montesquiou visitó la casa y, al verla, se encaprichó tan perdidamente de ella que exclamó, como luego contaría en sus memorias *Les pas effacés*: «Que me muera si esta casa improbable, imposible y, sin embargo, real, no es mía mañana».

La venta se llevó a cabo el 29 de octubre de 1908. El poeta agrandó la propiedad comprando el terreno boscoso contiguo, en donde edificó un pabellón al que llamaría la Ermita, en el que ubicó su extensa biblioteca, y también construyó una pérgola en el jardín, conocida como el Templo del Amor, inspirada en la del Petit Trianon de Versalles, que albergaba la Caldera, una bañera de mármol que perteneció primero a madame de Montespan y más tarde a madame de Pompadour, y que fue colocada en el centro a modo de fuente. «Aquí lloraban y jugaban las ondas y, por la noche —escribía Montesquiou—, la electricidad acorralada bajo la cúpula lo hacía aparecer en el centro de este paisaje como un quiosco luminoso sostenido por ocho columnas de sombra». En este escenario de ensueño, el estilizado Montesquiou, siempre vestido con sus pantalones de cuadros, su corbata y su pañuelo color frambuesa, recibía impecable y perfumado a su confidente y, según algunos también, amante, el peruano Gabriel de Yturri, y a sus innumerables amigos: desde Gabriele D'Annunzio, hasta Cécile Sorel, pasando por Ida Rubinstein, Claude Debussy, Maurice Rostand, Colette o Jean Cocteau, entre otros muchos intelectuales y artistas.

Tras muchos años de interminables recepciones, en 1921 Montesquiou, mayor y enfermo, abandonó su Palais Rose para pasar unos días en la Costa Azul. No regresaría jamás. A su muerte, el 11 de diciembre en Menton, su propiedad pasó a pertenecer, por su voluntad, a su secretario, Henry Pinard. Todos los muebles, pinturas y los restantes objetos de valor que adornaban el palacio fueron puestos a la venta, como también la misma propiedad poco después. Y fue la Marchesa Casati quien aprovechó la oportunidad, pensando que, finalmente, había encontrado el palacio de sus sueños.

El 30 de mayo de 1923 Luisa Casati se convirtió en la nueva propietaria del Palais Rose, adonde llegó, para inquietud de sus vecinos, junto con sus aves, sus serpientes y el resto de sus inusuales animales. Colocó una enorme jaula de reptiles con calefacción en el jardín de invierno, al oeste del gran salón, y decidió redecorar a su gusto los espacios adornados por Montesquiou, desbordados de bibelots y vasos de cristal de Gallé en los que descansaban esas hortensias azules que tanto amaba el escritor. Luisa lo remodeló todo, tanto el edificio, como los magníficos jardines que el dandy, desde su estética un tanto tortuosa, había mandado diseñar agrupando la vegetación en una franja que se viera desde cada una de las ventanas del palacio. Con la llegada de la Marchesa el Palais Rose se transformaría por completo, una vez más, ahora desde el criterio de su nueva ocupante, que lo llenaría de columnas y vasos de alabastro egipcios y colocaría sus venados de bronce a la entrada, tal y como hiciera en sus casas de Roma, Venecia o Capri. Luisa, además, tiraría paredes para agrandar el espacio, colocaría el mismo suelo de damero de mármol en blanco y negro de su villa romana, que usara en el palazzo Venier dei Leoni, y también el sol de alabastro a modo de lámpara que brillaba iluminado por las bombillas ocultas en su interior.

Comparada a como era en los tiempos de Montesquiou, la casa de Luisa parecía casi vacía. Tenía pocos muebles y solo tres colores en la decoración: oro, blanco y negro; los tres colores que, en mayor o menor proporción, había utilizado en todas sus casas. En uno de los sorprendentes baños destacaba una enorme bañera de alabastro que sostenían a su espalda unos leones dorados. Los grifos eran peces de jade. En la esquina de uno de los salones reinaba un cuerno retorcido que Luisa juraba que había pertenecido a un unicornio, y sobre los suelos numerosas pieles de tigres y leopardos volvían a introducir la magia en su domicilio.

Era una mansión hecha a su medida, que compartía con varios loros de colores y su enorme boa constrictor Anaxagarus, instalada en una cámara de cristal situada en el vestíbulo del palacio. Durante algún tiempo la Marchesa mantuvo a uno de los guepardos que normalmente caminaban por los jardines de su palazzo veneciano, pero finalmente se vio obligada a deshacerse de él por exigencias vecinales, aunque más tarde alquilaría un par de tigres de Bengala para alguna de sus más estrambóticas veladas. Y eso que no siempre eran animales salvajes los que utilizaba para sorprender a sus invitados: en otra ocasión la Marchesa llegó a soltar dos millones de mariposas para recibirlos.

Además de ese zoo vivo, Luisa mandó disecar una pantera negra a un taxidermista parisino a la que se le colocó un mecanismo en su interior para hacerla parecer real. En poco tiempo, aquel «juguete» suyo se convirtió en la mayor atracción de la mansión. En palabras de la propia Luisa, «sorprende a mis invitados y desconcierta a los ladrones». Controlada electrónicamente, la criatura era capaz de mover la cabeza y la cola, iluminar sus ojos verdes y rugir ferozmente. Entre la multitud de leyendas que se contaban respecto a la Casati circulaba una según la cual esa pantera había tenido que ser sacrificada y después disecada tras asesinar a dos hombres. Era una historia falsa, como tantas otras que se narraban sobre ella, pero que a ella le gustaba difundir.

La Ermita, el edificio que anteriormente contuviera la extensa biblioteca de Montesquiou, sirvió primero para acoger sus numerosos libros de magia y hechizos, encuadernados en cuero dorado, y poco después, en 1932, se convirtió en la magnífica galería privada de los retratos de la Marchesa y llegaría a albergar más de ciento treinta imágenes de ella inmortalizadas por Depero, Boccioni, Martini, Zuloaga, Beltrán Masses y otros muchos artistas. Entre ellas se encontraba el primer retrato de Boldini, e incluso el excepcional bronce de Troubetzkoy. Para inaugurar este santuario narcisista, Luisa encargó al español

José María Sert pintar un mural. El artista era especialista en murales a gran escala, como los que adornaban la Catedral de Vic o algunos hoteles de lujo de Nueva York como el Waldorf Astoria. Para crear el impactante mural de aquella galería, Sert se inspiró en la monumental serpiente del vestíbulo y la retrató sobre una ancha pared del pabellón, junto a la propia Luisa convertida en Eva desnuda en los jardines del Edén.

Tan lujoso e inmenso palacio requería un cuerpo de servicio a la altura de sus necesidades, así que Luisa no dudó en contratar una extensa plantilla. Como de costumbre, colocó a un altísimo negro al frente de todos ellos. Siempre lo hacía. Le gustaban las pieles oscuras. Le parecía que tener criados negros dotaba de un cierto exotismo a todas sus residencias. Su nuevo «hombre negro de cabecera» se llamaba Yamina y era casi un gigante que le servía para todo: lo mismo conducía el nuevo Rolls-Royce azul noche con el que a la Marchesa le gustaba viajar a París que daba órdenes al ayuda de cámara tunecino, al chef ruso o al batallón de doncellas y jardineros que debían estar siempre pendientes de los deseos y las exigencias de la caprichosa Luisa Casati.

Luisa se sentía feliz en su Palais Rose. Era el lugar de ensueño que siempre imaginó. Y era suyo. Su nueva residencia, y esta vez en propiedad, no alquilada como la de Capri o Venecia. La Marchesa decidió que, ya que había cambiado de residencia, también necesitaba renovar su joyero. Concluida la era del art nouveau, Luisa, algo desencantada y aburrida de los diseños de Lalique, comenzó a interesarse por la casa Cartier. La diseñadora de la marca, Jeanne Toussaint, solía viajar personalmente y con una cierta frecuencia desde la calle de la Paix, donde se encontraba Cartier en París, a Le Vésinet, llevando una colección completa de las tradicionales cajas rojas ribeteadas en dorado de la casa repletas de la más fabulosa selección de esmeraldas y diamantes, así como enormes y carísimas perlas blancas y negras a las que la Marchesa no podía resistirse. Tras una de esas visitas, Toussaint, impactada por la fastuosa apariencia de la enorme pantera negra de Luisa Casati, escribió una carta a Louis Cartier en la que le revelaba que quería recrear tan bello animal en uno de sus diseños. Así nació la que más tarde se convertiría en la más emblemática de las joyas de Cartier, tanto que la propia Toussaint, su artífice, se quedaría para siempre con el sobrenombre de la Pantera.

Luisa, reinventada una vez más y habitando por fin el que consideraba el palacio de sus sueños, sentía enormes ganas de compartir aquel espacio inigualable y de exhibir y celebrar todas las reformas que había llevado a cabo en él. Después de considerar diversas posibilidades, decidió optar por una cena más reducida y exclusiva que por una gran fiesta para inaugurarlo.

Eligió cuidadosamente un grupo de los selectos invitados entre los que figuraba, cómo no, su amiga Cécile Sorel, a quien, al terminar la cena, pidió que deleitase a la concurrencia recitando algunos versos. El escenario era magnífico: un suntuoso comedor iluminado por incontables velitas colocadas en magníficos candelabros de plata que brillaban sobre el terciopelo negro de las paredes. Nada parecía poder estropear la magia del momento. Hasta que comenzó a llover ¡y no solo en el exterior! Mientras Cécile Sorel casi cantaba con su voz prodigiosa los versos, Luisa comenzó a observar, con desesperación, cómo se iban marcando en el techo unas inmensas goteras de las que pronto comenzó a caer el agua, primero levemente y luego casi a borbotones. Los invitados huyeron como pudieron del desastre mientras que la anfitriona, decepcionada por el resultado de la primera reunión social del Palais Rose, decidía regresar a su villa de Roma.

Pero sabía que no sería en ese destino donde encontraría consuelo a su fracaso. Lo que ella necesitaba era ver a D'Annunzio, estar con él de nuevo, gozar de su conversación y de sus caricias. Llevaba tiempo sin verle y le echaba de menos. Sabía que el poeta ya no salía de su encierro en la casa del lago, así que le escribió preguntándole si podía visitarle allí. El escritor respondió de inmediato reconociendo que también él deseaba verla con urgencia y que la esperaba cuanto antes. Parecía una cita tan ansiada como ineludible por parte de ambos, pero Luisa... no apareció. La Marchesa quería exaltar una vez más la imaginación de su amante, agrandar su imagen de ella en la distancia y volver a resultar tan impredecible como irresistible para él. Y una vez más lo consiguió. D'Annunzio le escribió una carta en la que le describía ese sentimiento que le taladraba el alma, motivado por su ausencia.

> *¡Cómo me conmueven los misterios del espíritu, que me rodean cada vez más de cerca! ¿Por qué en los días anteriores tenía la imaginación constantemente ocupada por Coré? (...) Hace semanas me ofreció la posibilidad de verla. Y me quedé perplejo. No puedo y no quiero volverla a ver mundanamente. Ya no sé superar ciertas repugnancias y ciertas contrariedades. (...) Coré ha vivido tanto «dentro de mí» que tengo miedo de volver a verla «fuera de mí». Prefiero quedarme en esta espera casi mística. Sé que Coré tiene que decirme cosas que no diría a ningún otro mortal. De esto estoy seguro, ¿no es verdad? Contestadme. Es verdad (...).*
>
> *Con infinita amistad.*
>
> Gabriele D'Annunzio

La contestación tardó varias semanas en llegar. Y cuando lo hizo no fue ni desde el Palais Rose de Le Vésinet ni desde la villa de Roma, sino desde los Alpes suizos.

Gracias, querido amigo, por la inmensa alegría de esa carta. Acabo de abandonar las olímpicas alturas de Saint-Moritz con la intención de ir a verle en su retiro. ¿Podré verle? ¿Vendrá conmigo a Sevilla en abril?

D'Annunzio no quería ir a España ni a ninguna otra parte. No quería abandonar su encierro escogido de Il Vittoriale por muchas ganas que tuviera de estar con Luisa. Y realmente quería ver a aquella mujer cuyo efecto delirante no había producido ninguna otra jamás en él. A esas dos cartas siguieron otras.

Hoy he visto un lirio —una abeja—, un ruiseñor.

CORÉ

Y la contestación del poeta, enviada desde su retiro a Saint-Moritz:

Creo que hoy me he comido los tres granos de la granada de Coré. Stop. He visto en mi jardín las primeras mariposas.

GABRIELE

Tampoco el vuelo de las primeras mariposas llevaría a Coré hasta Ariel. El escritor tendría que esperar, con los anhelos contenidos, más de un año hasta la llegada de la Marchesa.

Durante ese tiempo, Luisa volvió a viajar por toda Europa sin pasar inadvertida en ninguno de sus destinos, donde siempre acababa por hacer nuevas amistades. Fue en esos días cuando conoció al fascinante duque italiano Achille Lecca di Guevara, quien le propuso dar la vuelta al mundo en aeroplano. Luisa no podía resistirse a un reto de esas características y lo aceptó sin reservas. A su vuelta, el duque no cesó de presumir, más que de los vuelos, de cómo, durante ellos, la Marchesa Casati y él se habían entregado a todo tipo de prácticas amatorias. Luisa no desmintió sus palabras, pero resultaba poco creíble que aquello fuera posible sin que se hubiera producido ningún accidente.

Antes de reinstalarse en el Palais Rose, mientras pasaba algún tiempo en el hotel du Rhin de París, Luisa recibió la visita de una de las empleadas de la boutique de Elsa Schiaparelli, situada justo al otro lado de la misma plaza Vendôme. La diseñadora sabía que Luisa gastaba enormes fortunas en ropa y quería captarla como cliente, por lo que decidió enviarle una dependienta con un regalo. La empleada, que esperaba encontrarse con una dama exquisita, halló a la Marchesa Casati, tal y como contaría más tarde la propia Elsa Schiaparelli en su autobiografía, en la cama, totalmente maquillada al estilo de las antiguas vampiresas, cubierta con una colcha de plumas de avestruz negra y desayunando pescado frito y Pernod, con una bufanda de periódico al cuello. La joven, que tras entregar el regalo corrió despavorida a relatarle el singular episodio a su jefa, nunca olvidaría aquella visión surrealista de la Marchesa, que jamás se convertiría en cliente de la boutique de Schiaparelli.

Por distintas razones, tampoco podría olvidarla Emmanuel Radnitzky, más conocido como Man Ray. El fotógrafo americano llevaba más de un año en París tras haber trabado amistad con el grupo de combativos artistas que fundarían los movimientos dadaísta y surrealista —Max Ernst, André Breton y Salvador Dalí— cuando conoció a Luisa Casati. La Marchesa, que había oído hablar de él, no solo quería conocerle, sino que, además, deseaba ser retratada por su cámara. Se presentó en su habitación del Grand Hôtel des Écoles abrumadoramente maquillada, totalmente vestida de negro y tocada con un turbante para encargarle una sesión fotográfica.

Man Ray aceptó con rapidez y le propuso realizar las fotos en su hotel. Él ya conocía algunos datos sobre las excentricidades de la Marchesa, que seguían corriendo de boca en boca por todo París y, de entre todos ellos, le llamaba la atención en especial que aquella altísima y extraña mujer conviviera en su suite del hotel du Rhin con muy diversos animales. El fotógrafo pensó que aquellas habitaciones del lujoso hotel parisino —que ella, además, decoraba en cada estancia y convertía en un catálogo de curiosidades reflejo de su persona— serían el escenario perfecto para retratarla en toda su singularidad. Man Ray creyó que se encontraría con una mujer arreglada y sofisticada, pero Luisa, siempre imprevisible, le recibió ataviada con una sencilla bata de seda y el pelo despeinado por completo. Pero la indumentaria era lo de menos; el fotógrafo se sintió hipnotizado por los extraordinarios ojos verdes de la singular Marchesa. La intensidad de su mirada, perfilada por el kajal negro, era tal que Man Ray solo deseaba capturarla cuanto antes con su cámara.

Colocó un ramo de flores artificiales hechas de jade y otras piedras preciosas al lado de la Marchesa, en el interior de una vitrina de cristal, y comenzó a disparar; pero tras uno de los fogonazos que acompañaban a sus rápidos disparos, todo quedó a oscuras.

No era la primera vez que la Marchesa se encontraba en la penumbra en una habitación de hotel parisina. Los interiores franceses solían estar equipados con muy poca corriente y eran frecuentes los fallos de luz, así que Luisa, como en previas ocasiones, llamó al conserje del hotel para que cambiara los fusibles. La luz regresó de inmediato, pero el fotógrafo se dio cuenta de que los voltios de los que se disponía en aquel cuarto no eran suficientes para que él pudiera conectar su propia iluminación, así que tendría que conformarse con la de la habitación.

—Me temo que necesitaré que sus poses sean muy largas, Marchesa Casati. Con tan poca luz es la única manera de que las fotografías no salgan movidas —le advirtió Man Ray a Luisa.

—No creo que sea muy complicado para mí —contestó ella rotunda.

A partir de ese momento, debería haberse quedado quieta, pero, en cambio, Luisa comenzó a actuar como si fuera la actriz de una película muda, mientras el fotógrafo, embelesado, disparaba una y otra vez. La sesión fue ganando en complicidad, segundo a segundo, hasta que ambos se encontraron tan cómodos como si se conocieran de siempre. Al concluirla los dos se sentían satisfechos. Man Ray se despidió deprisa y corrió a su estudio para ver los negativos de las fotos. Le palpitaba el corazón. Sentía una enorme curiosidad por el resultado de aquella sesión única. Había disfrutado fotografiando a la Marchesa, pero también sabía que aquel encargo de la mujer más rica de Italia podría abrirle las puertas de la fama y el reconocimiento. Si la sesión salía bien, no solo le reportaría una excelente remuneración, sino que le introduciría en los círculos aristocráticos internacionales; así que estaba ansioso por ver el resultado. Al hacerlo se quedó horrorizado: las imágenes estaban borrosas. Parecían pertenecer más a una sesión espiritista que a una velada real.

Desazonado, le comunicó a la Marchesa su fracaso. Ella le escuchó con atención y luego insistió en su deseo de ver las pruebas para comprobar por sí misma su estado.

Man Ray escogió apenas seis y se las llevó al hotel du Rhin. Luisa las observó con detenimiento y finalmente sentenció conmocionada:

—Mi querido amigo, no entiendo cómo se puede hablar de fracaso mirando estas imágenes. Solo puedo decir, con emoción, que son tan insólitas como impactantes.

El fotógrafo, perplejo, volvió a revisar las fotos una a una y vio algo que no había percibido antes: las fotos, casi sobrenaturales, parecían contener el espíritu de la modelo. Cualquiera de ellas —ya fuera en la imagen en la que miraba a través de la vitrina de vidrio en la que guardaba el ramo de enjoyadas flores, mientras sostenía una bola de cristal en la mano; o aquella otra en la que la esfera quedaba a la altura de la cara de la Marchesa y a su lado se descubría el reflejo del propio Man Ray tras la cámara— ofrecía una delirante e inesperada visión. Cada una de aquellas fotografías mostraba a una Luisa enigmática y con la locura pintada en sus dramáticos y gigantescos ojos. Una de ellas, sin embargo, resaltaba sobre las demás. Era distinta de las otras. Se trataba de la que reflejaba el fallo eléctrico. Era una instantánea en la que la protagonista aparecía con tres pares de ojos y, según la opinión del propio artista, parecía una versión surrealista de Medusa.

Luisa no pudo disimular su entusiasmo al verla:

—Ha retratado mi alma —exclamó casi convulsionada—. Quiero decenas de copias.

Aquella foto de Luisa no solo se convertiría en uno de sus más famosos retratos, sino que quedó considerada, con el pasar de los años, como una de las más potentes y surrealistas imágenes jamás tomadas a lo largo de la historia de la fotografía. Man Ray comenzó a recibir encargos de la gente más exclusiva e influyente de París, que demandaba el mismo milagro fortuito de aquella sesión fotográfica.

Fue tal el impacto de las fotografías de la Marchesa Casati, que Man Ray empezó a ser considerado como uno de los fotógrafos de moda más importantes del momento.

Trece años después, la Marchesa volvería a posar para

la cámara de un ya consolidado Man Ray en su Palais Rose; pero las fotos tomadas en aquel nuevo encuentro no pudieron repetir la magia que contenían aquellas otras, fruto de una primera e inquietante sesión, donde la luz y el azar jugaron un papel clave para que el espíritu del surrealismo las impregnase.

La notoriedad de Luisa aumentó de manera considerable tras las fotos, y corría paralela a la de las fiestas de disfraces que alguno de los nuevos clientes de Man Ray, derivados del retrato de la mirada triple de Luisa, como el conde Étienne de Beaumont, celebraba cada año para la flor y nata de París. La admirada Luisa de la mirada múltiple no podía faltar en ninguna velada elegante, máxime cuando ella misma, más allá del recuerdo de la fotografía de Man Ray, suponía un espectáculo para el resto de los invitados. Según la temática de la fiesta —unas veces los cuentos de Perrault, otras el universo marino—, Luisa acudía con el cabello al viento y una de sus serpientes sobre los hombros o como una venus emergiendo de las aguas de una enorme concha y con perlas gigantes en sus pies. Siempre sorprendía con sus logrados atuendos. Aunque con ninguno tuvo tanto éxito como con el exquisito disfraz que llevó al baile que se celebró en la Casa de la Ópera de París, en 1922.

Su viejo amigo Léon Bakst concibió para ella una de sus más sorprendentes creaciones, que sería conocida como «La Reina de la Luz». El original disfraz consistía en unos pantalones —¡quién podría llevar unos pantalones sino Luisa!—, un cuerpo y una sobrefalda, confeccionados en seda azul transparente, sobre los que se salpicaron cientos de auténticos diamantes dibujando cuadros y estrellas. El traje se completaba con un altísimo y puntiagudo sombrero/tocado metálico fabricado con una explosión de zarcillos de oro y plata, adornados con símbolos celestiales, del que pendían más aritos de tan nobles materiales a modo de flequillo, y sobre el que se había colocado una tiara de brillantes a juego con varios brazaletes. De la espalda del traje, casi a modo de alas, brotaban, misteriosas, unas plumas doradas y plateadas, algunas de ellas rematadas también con brillantes estrellas. Era la obra de un genio. Un sueño de las mil y una noches cuya innegable luz costó más de veinte mil francos y que tardó en realizarse más de tres meses.

Según las crónicas de la época aquel vestido superaba incluso a los de cualquiera de sus bailes venecianos. Era tan excepcional como para robarle el protagonismo al de su amiga Cécile Sorel, disfrazada de la Serenísima. Y no era extraño, porque a la magnificencia del traje de la Marchesa había que añadir que los excelsos brillos del vestido transparentaban la desnudez del aún bellísimo cuerpo de Luisa, que entró al baile, resplandeciente, portando un lirio blanco en la mano.

El éxito fue tan notable que Luisa decidió que su próximo disfraz debía ser igual de epatante o incluso más. Desconocía que tratar de superar la inigualable creación de Bakst estaría a punto de costarle la vida. Para conseguirlo, decidió acudir a la nueva mascarada de los condes de Beaumont con un disfraz eléctrico de san Sebastián. Tal vestido era en realidad una armadura acribillada de saetas y tachonada de estrellas, bajo las cuales cientos de bombillas debían encenderse justo cuando la Marchesa apareciera en el salón. Luisa pidió permiso a los Beaumont para instalarse en una pequeña dependencia de su casa, acompañada de una legión de sirvientes y electricistas preparados para atender sus necesidades estéticas y técnicas.

Cuando estaba ya maquillada por completo y con su melena peinada en una cascada de rizos, la Marchesa se dejó embutir, de cintura para abajo, en las calzas del disfraz mientras su cuerpo quedaba preso en una armadura cerrada con cadenas y candados. Todo estaba ya preparado para su aparición estelar cuando, en el momento de la conexión eléctrica, sobrevino el desastre: se produjo un cortocircuito y la potente descarga, en vez de iluminar con miles de estrellas a Luisa, la derribó haciéndola caer de espaldas. La Marchesa no pudo recuperarse a tiempo para la fiesta, así que presentó sus excusas al conde de Beaumont en una nota y desapareció de la casa.

Ese pequeño «fracaso» que pudo costarle la vida no la desanimó para participar en la siguiente fiesta de Beaumont. En este caso, la velada estaba diseñada por el mismísimo Pablo Picasso, por lo que Luisa, en consonancia con el estilo cubista, eligió un conjunto de alambre y bombillas construido a imagen y semejanza de un dibujo del artista español. Pero como siempre quería ir un paso más allá, no se contentó con llevar tal disfraz, sino que se empeñó en volver a brillar con luz propia encendiendo las bombillas que llevaba incorporadas. Un nuevo cortocircuito estuvo a punto de electrocutarla.

33

Venecia resultó un increíble revulsivo. A su vuelta, una Luisa distinta y segura comenzó a reorganizar su universo habitual para colocar en él sus sueños artísticos como prioridad. No le daba tanto miedo el fracaso, al que todo artista teme, como la incomprensión, que sabía que se instalaría en su casa. No quería hacer daño a Juan, pero era consciente de que ese proceso creativo, para él ajeno, aún agrandaría más la distancia entre ellos, quizá de manera irreversible. Sus hijos estaban lejos, así que no la juzgarían, al menos de momento; pero era posible que, a su regreso, tampoco admitieran bien a esa madre tan distinta de aquella siempre abnegada y pendiente de ellos desde su infancia. Por eso decidió que necesitaba un apoyo incontestable, como sabía que sería el de su padre, además del de su buen amigo Raimundo y, en la distancia, el de Gabriel.

—¡Sabía que volverías a pintar algún día, Luisa! ¡Lo sabía! —exclamó su padre pletórico al conocer sus propósitos de volver a pintar e, incluso, su secreta ambición de exponer a sus Luisas y sus Gabrieles—. Y necesitaba que lo hicieras. Era una deuda que tenías contigo misma y también con tu madre, hija.

Luisa era otra. Contraviniendo las modas y las prohibiciones, e incluso poniendo en peligro su propia salud, volvió a fumar, recuperó sus viejos vinilos de distintas óperas de Verdi, Puccini y Offenbach, que habían sido perfectas compañeras de su pintura en otro tiempo, e hizo del spritz su bebida habitual. El rojo era el color de su bebida, de su pelo y de sus labios. Y, además de su delgadez y de su ropa, mucho menos formal que de costumbre, el brillo de su mirada verde, pese al influjo de Luisa Casati desprovista de maquillaje, no solo le restaba años, sino que la dotaba de un atractivo inusual. Estaba en su mejor edad y en su mejor momento.

—No hay nada que rejuvenezca más que la ilusión —le dijo Raimundo al verla radiante a su vuelta de Venecia—. ¿Pero esa ilusión tuya nace exclusivamente de la pasión desatada por Luisa Casati, por atreverte a volver a redescubrirte a través de tu talento, o hay algo más que no me cuentas? Tu sonrisa es demasiado amplia y tu mirada esconde secretos, lo sé.

Luisa negó con la cabeza mientras reía.

—No hay nada más que debas saber —mintió pensando que ni siquiera su amigo debía tener pistas de esa aventura de un día, que crecía línea a línea en su ordenador—. Tú has sido el acicate de todo. Tú y tu Luisa, tu Luisa y ya un poco mía, que me arrastra hacia el arte como hizo con tantos hombres y mujeres de su tiempo.

—Te creo. Pero también te advierto: Luisa vivió un espejismo. Nada fue realidad. Y menos aún la devoción de cuantos parecían adorarla. El amor de tantos por ella se desvaneció junto con esa fortuna gracias a la que pudo construir un personaje tras el que salvaguardar su timidez desde la extravagancia más absoluta, pero no contar con compañía desinteresada cuando ya no tenía nada que ofrecer.

—Tal vez ella no quería el amor, ni casi el contacto de

nadie en el declive de su vida —explicó Luisa—. Ella quería ser una obra de arte viviente. Y yo creo que prefería que la recordaran en los tiempos de ese incomparable esplendor, que por desgracia no acompañó sus últimos años. Pero discrepo respecto al asunto del amor. Yo creo que D'Annunzio la amó y mucho.

—No te engañes, Luisa. D'Annunzio amaba el reflejo de Luisa. La Luisa que él mismo había inventado y la que se reinventaba en cada encuentro para él. No olvides que no contestó a su última y urgente llamada.

—Era muy mayor. Y estaba encerrado en Il Vittoriale, pero... en todo caso, ¿qué hay de malo en amar el sueño mientras dure? ¿Por qué todo ha de ser realidad? La realidad a veces es muy aburrida, Raimundo.

—Veo que la Luisa de mi juventud ha vuelto a ocupar tu cuerpo —observó él—. Espero que te haga feliz. Pero recuerda que también lo fuiste mientras habitaste esa otra Luisa, esposa y madre durante años. Sin Juan no hubiera sido posible. Y tu transformación tampoco, sin el infarto, el coma y tus hijos a kilómetros de distancia y sin reclamarte más que en breves conversaciones telefónicas. Pinta, sí. Pero no creas que para pintar necesitas disfrazarte de Luisa Casati.

—No necesito hacerlo —contestó Luisa airada—, la Marchesa forma ya parte de mí. Ya veremos quién soy yo. De momento, quiero jugar a ser lo que me apetezca.

Luisa alquiló el viejo caserón de una amiga de la infancia que ahora vivía en Roma, y ubicó allí su estudio. Se trataba de un antiguo caserón que perteneció a la madre de tal amiga, pintora en su juventud y una mujer tan moderna como para derribar todos los muros de su vivienda y dejarla convertida en un único espacio. El jardín, descuidado durante años, ahora era casi una selva en la que los cedros, los pinos y los macizos de rosas de otros tiempos sepultaban una piscina en forma de riñón, oculta entre el entramado de plantas y flores. El lugar ofrecía un aspecto algo fantasmagórico, que a Luisa le parecía fascinante. Los grandes ventanales permitían que la luz, tras serpentear entre los árboles, acabase derramada por los rincones de la casa, reinterpretando su intensidad según se iba acercando el invierno y la potencia de los rayos del sol se atenuaba.

Comprar los lienzos en la Facultad de Bellas Artes de la Universidad Complutense de Madrid donde un día estudiara le supuso una enorme excitación, al igual que volver a encargar los óleos y seleccionar los colores de su paleta en la tienda Jeco de la calle Pelayo, 38, que tantas veces visitara en compañía de su primer amor. Los lápices, sin embargo, eran los de antaño. Los guardó mucho tiempo atrás junto con sus recuerdos, sus añoranzas y su tristeza. Ahora los sentía libres de dolor. Al tomarlos en su mano para dibujar de nuevo notó que su tristeza era ya melancolía, y sus remembranzas, un impulso para la propia pintura.

El gran salón de la casa, con sus paredes blancas, sus grandes ventanales y su suelo de tarima de roble, era ya el estudio soñado de Luisa Aldazábal. Sobre alguno de sus muros se apoyaban varios lienzos virginales mientras otros, igual de inmaculados, ya estaban colocados sobre los caballetes. Encima de una larga mesa, donde los lápices impecablemente ordenados convivían con los óleos colocados por colores, descansaba su ordenador portátil.

Contaba también con una pequeña cocina impoluta, con los útiles justos para poder hacerse al menos un café o algo de comer por si le entraba apetito tras la ardua tarea de abandonarse a la creación; y la casa tenía, además, un pequeño y austero dormitorio, pero con sus necesarios elementos: la cama, la mesilla, un galán de noche y un espejo, elegido con el mayor de los cuidados, así como un baño antiguo pero inmenso, con suelo de damero en blanco y negro y una bellísima bañera decimonónica. Esas eran las estancias que configuraban todo lo que, a partir de ese momento y durante un largo espacio de tiempo, iba a ser todo su universo. El proceso creativo comenzaba. Su cabeza bullía. Veía las imágenes y sus manos estaban deseosas de descifrar todos los enigmas de su mente, dándole forma a todo lo que veía en su cabeza.

En noviembre, al mes de volver de Venecia, ya estaba organizada gracias a la impagable ayuda de su amigo Raimundo, y dispuesta para comenzar a pintar. Desde entonces Luisa se encerró en ese cosmos particular y solo regresaba a su casa a la hora de dormir. Al ver que cada vez coincidía menos con su marido, empezó a quedarse también alguna noche en el estudio. Juan se sentía tan apartado de ella como de su proyecto. Ni entendía su transformación ni le gustaba, pero sabía que no podía frenarla, que la decisión de Luisa era inamovible y que ella, con su propia determinación y el respaldo de su padre, no solo intelectual sino también económico, no necesitaba el suyo. No es que quisiera retenerla contra su voluntad, pero albergaba ciertas dudas sobre el personaje que su mujer estaba creando. Tal vez la Luisa que emergía fuera la auténtica y él solo hubiese conocido al simulacro, pero la enigmática mujer de ese ahora no le parecía mejor que aquella otra con la que llevaba veinte años de feliz matrimonio.

¿Feliz? Desde luego él lo había sido. Y pensaba que ella también. Era cierto que sus noches de sexo dejaron de ser lo que fueron hacía ya mucho tiempo, pero ¿no pasaba eso en todas las parejas? Él aún la amaba. Con menos pasión, tal vez con más distancia, pero la amaba. Ahora se arrepentía de no haber insistido más sobre su vuelta a la pintura en los inicios de su relación. Quizá si hubiera pintado a lo largo de todos esos años ahora no tendría esa necesidad de... ¿reencontrarse? No sabía. Y, en todo caso, era muy tarde para mirar hacia atrás. Además, si hubiera pintado, si hubiese sido la Luisa que pretendía ser, ¿se habría quedado con él? ¿Y él se habría enamorado de ella? La quería, sí, pero a quién. Esa Luisa renacida tras el coma era una Luisa muy diferente.

A él nunca le interesó el arte, ni la creación, ni tuvo más contacto con la intelectualidad que los propios libros de su carrera de Derecho. Era un hombre práctico, sano, deportista, un gran amante de la naturaleza, un hombre realista que pretendía ofrecer a los suyos una vida acomodada y tranquila, sin aventuras ni sobresaltos. Y eso había hecho desde que se casara con Luisa. Ahora ella quería otra cosa. Quería pintar. Ser artista antes que esposa o madre.

La vuelta del coma, los hijos fuera del nido, el tiempo inexorable que todo lo deteriora y lo altera... Sabía que debía apoyarla, pero no tenía muchas ganas, porque estaba seguro de que en ese viaje la perdería, si es que no la había perdido ya. No obstante, intentó ser un buen compañero, por muy exento de complicidad que estuviera, diciéndole que podía contar con lo material. Juan desconocía que aquello era lo que Luisa, al menos la Luisa emergente, la deudora de aquella joven Luisa artista a la que él no llegó a conocer, menos necesitaba.

—Sabes que todo lo que tengo es de ambos —le había dicho—, pero no solo porque nuestro régimen matrimonial sea de bienes gananciales, sino porque siempre he sentido que todo es nuestro, de los dos. Dispón de cuanto necesites.

—No te preocupes, Juan. No necesito nada. Catalina me alquila la casa por un precio simbólico, así que no tendré que afrontar más que los gastos. Y papá me ayudaría, si fuera necesario. No creo que el sueño de mi exposición suponga una inversión demasiado exagerada.

—Nos la podemos permitir, en cualquier caso —insistió Juan tratando de demostrar un entusiasmo que no sentía—. Y más si sirve para que te encuentres y sepas cuál es tu camino.

Pero ¿cuál era su camino? La realidad era que, pese a los esfuerzos de su marido, Luisa era consciente de que sus sentimientos ya no eran los mismos. Tampoco los suyos. Si el verdadero amor solo surge cuando se experimenta plenitud propia y un amante se convierte en cómplice del bienestar del otro, ella nunca pudo estar enamorada de él.

Rememoraba esos veinte años de vida en común, como si pertenecieran a otra persona. Ni siquiera sus dos maternidades le reportaron total plenitud, porque llegaron desde la aceptación de un estado personal que nada tenía que ver con su verdadera identidad. Ella, antes del accidente y de su mutación, no deseaba tener hijos, pretendía otro tipo de trascendencia en la vida que la de la sangre. Era cierto que, desde su nacimiento, los amaba más que a nada en el mundo y que su entrega hacia ellos durante los años de letargo había sido total; pero ahora sabía que, ni siquiera por amor a sus hijos podría frenar esa necesidad de recuperar a la Luisa que podía haber sido y nunca fue.

Y sucedía algo más. Algo que crecía incontrolable en su interior desde su vuelta de Venecia y que, por más que quisiera disfrazarlo de algo diferente era, sin duda, un sentimiento de unión tan profundo como innegable. Las pruebas de su incomparable y creciente pasión quedaban registradas, día a día, en una incesante correspondencia entre Gabriel y ella. Las constantes cartas que el escultor le enviaba a su correo electrónico, y que ella respondía al segundo, potenciaban esas imágenes que quería retratar y, al mismo tiempo, le impedían dejar de pensar que, tal vez y solo tal vez, había estado esperando adormecida, toda la vida, a un hombre así, a un amor así.

Querida Luisa,

Desde que dejaste Venecia recorro todos los días los puentes por los que anduvimos juntos en espera del milagro que me haga volver a encontrarte en alguno de ellos. Los puentes, los canales y hasta el cielo de esta ciudad, que harás tuya a través de tu pintura, llevan impreso tu nombre: Luisa, Luisa, Luisa. Cuando lo repito en voz alta el viento me devuelve tu aliento soplando implacable sobre cada uno de mis párpados. No pienses que estoy triste o melancólico, simplemente soy así y miro siempre tan lejos que se me duerme la vista en los espejismos. Menos mal que el sueño me hace como ellos y me quedo ronroneando entre mis anhelos.

GABRIEL

Querido Gabriel,

Ahora que ya ando instalada en mi sueño de volver a pintar me tiembla el pulso. No sé si con mi pintura iniciaré una aventura que ahogará mis últimos veinte años. Tengo miedo a no ser la pintora que pude ser y a dejar de ser la mujer que sobrevivía en su burbuja de monotonía y tranquilidad. ¿Y si mi arte no es como yo espero? He empezado un cuadro. No tengo más modelos que mi memoria y las imágenes difusas de Luisa Casati y Gabriele D'Annunzio. Tu rostro, de tanto querer recordarlo, se me desdibuja a cada rato. Por eso he empezado por ellos. Por ella, desnuda bajo una capa de piel oscura, paseando con sus guepardos por la plaza de San Marcos. He visto varios dibujos de Luisa Casati así, tocada con su casquete de pluma vertical y adornada por sus collares de perlas infinitos. Mi retrato será distinto, por mi manera de interpretarla y porque ella será ella, pero también yo: ella acudiendo a una cita con D'Annunzio en el Caffè Lavena, y yo, en ella, de camino a ese mismo Lavena donde inesperadamente tú y yo nos encontramos.

LUISA

Querida Luisa,

Pinta, pinta, llena tus lienzos de esa fuerza tierna sobre la que te sostienes en dudoso equilibrio. Deja la huella de la Luisa que me ha cautivado y que yo reinvento. Sí, yo también, en esta ausencia de ti, hilo una Luisa irreal, modelo unas facciones de memoria y descubro un corazón aletargado. Tú lo sabes, lo sientes de igual manera y no quieres que se alce como un globo por encima de lo que somos. Temes, como yo, que este sentimiento solo pueda existir alimentándose de sueños y espejos. Que empiece a existir ajeno a nosotros, monstruo del despecho, y se pierda en el horizonte. Lo sé porque yo mismo me encuentro por las noches dándole de comer las mejores frutas y los trozos de mi propia carne. Pero es tan hermoso que, cómo voy a negarle ese paraíso de brumas y afectos. ¿Es verdad, verdad, mi querido y soñado espejismo, mi querida Luisa, mi «mirage»?

GABRIEL

Querido Gabriel,

Se supone que las Luisas no debemos asustarnos, pero me empieza a inquietar esta dependencia epistolar. Tanto sentimiento encerrado en las palabras y siempre a punto de desvanecerse como todos los espejismos. Yo soy ya, sin remedio, tu «mirage», y lo peor de serlo es saber que me daría miedo ser real, porque cuando los espejismos se vuelven reales no tienen el mismo color de los sueños. Ojalá, al menos, pueda recoger el color de tales ilusiones en mis lienzos.

LUISA

Querida Mirage,

Recupera todos los colores y enciérralos en el lienzo para que yo los vea. Así sabremos si el espejismo tiene los mismos tonos en tus sueños que en los míos. Sí, has leído bien. Los veré. Tengo que ir a Madrid. He avanzado mucho en mi trabajo. Evocarte me empujó a dar un paso más en mis técnicas creativas y decidí mezclar los fluidos dinámicos de plomo y agua con el sensual y erótico sentimiento de la arcilla húmeda, que siempre había utilizado en mi obra. Percibí que, utilizando una estructura interna, sin armadura, podía conseguir formas que tuvieran una presencia humana real y, una vez más, liberado mientras pensaba en ti, de la tortura de algunos de mis recuerdos, me volví a sentir como si fuera Dios, creando a un Adán limpio y nuevo, desde la tierra. Ese tacto de la arcilla no pegajoso, en realidad, sino más bien como si fuera una especie de terciopelo fluido, tan puramente sexual, merecía formar parte de mi trabajo. Te confieso que, al volver a la arcilla, me sentí más como un alfarero que como un escultor golpeando la piedra. La modelé mientras aún estaba húmeda y la convertí en un simple molde. Luego lo abrí, retiré la arcilla sobrante, y lo lavé en el lago antes de ponerlo en el interior del tanque, sujeto por un alambre. Coloqué el molde de tal manera que se quedara todo él bajo el agua excepto su cuello, su boquilla, que justo debía encontrarse sobre su nivel. Le hice muchos orificios para permitir el movimiento de agua y plomo. Entonces vertí el plomo desde el crisol y al hacerlo generosamente obtuve una erupción de vapor proveniente de los agujeros. Las cosas estaban de alguna manera controladas: si lo hacía desde cierta altura la reacción era violenta y resultaba impredecible, e incluso el molde podía explotar; pero en los demás casos parecía mucho más pronosticable. La falta de control total me incomodó un poco al principio, pero pronto me di cuenta de que todos los resultados tenían algo que ver con el proceso, y también conmigo.

Me gustó no tener que tomar decisiones sobre la apariencia de mi trabajo y, al mismo tiempo, ser capaz de responder de las increíbles formas que emergían desde el tanque. Eran formas distintas a aquellas idénticas a las de sus propietarios. Unas formas libres y puras, arrancadas a la naturaleza cambiante, y no copiadas de personajes con miradas turbias.

Estoy, no sé si satisfecho, pero sí, tal vez, menos insatisfecho. En breve recibiré a mi cliente y mecenas inglés para comenzar a enseñarle en qué se está transformando esa inversión suya llena de fe en mí. Pero antes debo pasar por Madrid a hablar con un amigo, Adam Lowe, un científico del arte, uno de los grandes artistas de nuestro tiempo, un hombre con apofenia, que ve significados con sentido en todas las imágenes. Creo que este mago al que le gusta ser invisible, que trabaja con el material y transforma las cosas y que siempre está preocupado por la comprensión de la realidad y los diversos métodos posibles para representarla, podrá ayudarme a concretar, aún más, lo que quiero conseguir.

Solo estaré tres días. ¿Crees que podremos vernos?

GABRIEL

Luisa terminó de leer la última carta de Gabriel e inmediatamente se sintió navegar entre la sobreexcitación y el pánico. Mirage. Si D'Annunzio bautizó a la Marchesa como Coré, para Gabriel ella era Mirage. Ambas Luisas ya eran reinas de los espejos, la Marchesa, además, se adjudicó en su día la oscuridad y el infierno. Y a ella, ¿qué le tocaba?, ¿solo el espejismo? Al final, ¿acabarían ella y el espejismo que ahora era diluidos en los reflejos?

Dos meses después de su primer encuentro se notaba muy distinta. Luisa Casati, Venecia, la pintura, Gabriel. El camino de otra vida estaba iniciado. Apenas pisaba su casa. Pasaba horas y horas en su estudio, pintando. Allí, en el lienzo, su Luisa Casati, bien definida entre las luces y las sombras de un rostro que podía ser el suyo o el de su pintora, parecía viva entre sus líneas curvas y rectas, entre la delicadeza del propio retrato y el sentimiento de quien lo pintaba. Tan bellos como ella, sus guepardos. Gatos salvajes amaestrados. Gatos de una Venecia llena de ellos hasta en los estudios de los escultores. Vería de nuevo a Gabriel. Así, tal vez, podría descubrir si su pasión, contenida en decenas de cartas electrónicas, era o no producto de un espejismo momentáneo. Entre sus temores, el de haberse imaginado durante dos meses el uno al otro, y uno incluso mayor: el de enfrentar el criterio y la fe de Gabriel al primero de sus cuadros.

34

Luisa se encontraba muy sola en el Palais Rose. Las últimas mascaradas de los Beaumont estuvieron a punto de costarle la vida. Sin embargo, lo que a ella le hacía sentirse muerta no eran las locuras ni el riesgo, sino la soledad y el silencio de su palacio de Le Vésinet. La residencia se encontraba en un lugar paradisiaco, pero demasiado alejado de París como para que sus admiradores la visitaran tan a menudo como ella deseaba. Luisa, tan solitaria como en su niñez, solía elegir ligeros conjuntos de seda transparente para conducir a toda velocidad por el campo su Hispano-Suiza amarillo limón o hacerse llevar por su conductor en su Rolls-Royce.

Aquella calma la desesperaba tanto que buscó emociones una vez más a través de las drogas. Las desoladoras tardes parecían más llevaderas con los efluvios de la absenta y el opio. Y quizá fue el efecto de los alucinógenos, o tal vez las reflexiones respecto a la opresión que le producía la propia soledad, lo que contribuyeron a exacerbar sus extravagancias con sus visitantes. Algunas veces sus comportamientos resultaban tan ridículos como los de una niña pequeña, sin más criterio que el de su propio capricho.

Una de aquellas tardes, todas iguales para Luisa, apareció por sorpresa en su palacio su viejo amigo Cecil Beaton. La Marchesa salió a recibirlo con los guantes y el sombrero puestos. Beaton, acostumbrado a sus excentricidades, no se extrañó hasta que ella le arrastró, esta vez hacia su propio coche.

—Cecil, querido, ¡cuantísimo tiempo sin verte! —exclamó arrojándose a sus brazos.

—Eso pensaba yo cuando me he decidido a venir a visitarte —respondió el fotógrafo y escritor, contestando a su abrazo con la contención británica característica.

Luisa se separó inmediatamente de su lado, se arregló los guantes y el sombrero y, tras colgarse del brazo de su amigo, comenzó a caminar hacia su vehículo, sin dejarle otra opción a su acompañante.

—No sabes en qué buen momento has llegado —le dijo sonriente y zalamera—. El mejor. Necesito que me acompañes a París —propuso sin soltarle el brazo ni dejarle quitarse el abrigo.

—¿A París? —preguntó sorprendido Beaton—. ¡Si vengo desde allí para verte!

—Lo sé, pero necesito algo naranja —repuso Luisa sonriéndole—. Cecil, tú sabes que el naranja es el color de moda y yo no puedo pasar sin algo naranja.

No había alternativa y Beaton lo sabía. Así que no opuso más resistencia y acompañó a Luisa a París. Una vez allí, anduvieron de boutique en boutique hasta que, finalmente, Luisa encontró una tabaquera de Fabergé esmaltada en color naranja y, satisfecha, dio por concluido el entretenimiento de aquel día.

También para matar el aburrimiento, la Marchesa ofrecía ostentosas fiestas a los más prominentes miembros de la nobleza rusa. Sabía que no podían rechazar sus invitaciones por lejos que estuviera el Palais Rose, dados sus exiguos medios y la extraordinaria generosidad de su anfitriona quien, naturalmente, corría con los gastos de sus desplazamientos. Todos, incluido el gran duque Alejandro Mijáilovich, almirante en el pasado de la Armada rusa y hermano político del último zar Nicolás II, acudían encantados, sin importarles la distancia que les separaba de París. Además de cenar gratis, el palacio les hacía rememorar aquellos tiempos ya lejanos de feliz opulencia, en los que jamás imaginaron que acabarían convertidos en humildes refugiados. Los rusos eran unos divertidos acompañantes, pero sus escasos recursos lo eran tanto que en algunas ocasiones llegaban hasta a robar algunos objetos de la mesa de la anfitriona. Una noche, según revelaron Ryersson y Yaccarino en su *Infinite Variety,* justo cuando el príncipe Yusúpov se disponía a abandonar el palacio, se le cayó accidentalmente del bolsillo una jarrita de mostaza que se había guardado con disimulo junto a otras menudencias. El príncipe ruso, avergonzado, no encontró más excusa que la de echarle la culpa al fantasma de Rasputín que, según él, le perseguía allá donde fuera, empeñado en darle caza.

Entre los más rendidos admiradores de la Marchesa por aquel entonces se encontraba Francis Cyril Rose, un pintor de quien la escritora Gertrude Stein se confesaba admiradora entusiasta y al que había acogido entre su círculo de intelectuales y artistas. Rose llegó a París procedente de su Inglaterra natal y asentó su residencia en la capital francesa. Empezó a dar muestras de su sobrado talento mientras aprendía con Francis Picabia y José María Sert, pero no comenzó a ser reconocido como pintor hasta que retrató los Ballets Rusos de Diáguilev. A través de este conoció a Luisa Casati, casi al tiempo que a la que se convertiría en su futura esposa, la escritora Dorothy Carrington, y a otro pintor británico llamado Christopher Wood, con quien colaboraría en algunos trabajos y de quien sería amante ocasional.

Cyril Rose sintió verdadera fascinación por Luisa Casati desde el mismo día en que fueron presentados. Solía decir que era tan bella y terrible como una pantera negra real, mucho más que aquella mecánica que guardaba su palacio. Recorría sin esfuerzo los doce kilómetros que separaban Le Vésinet de París con tal de encontrarse con ella y vivir cualquiera de esas situaciones estrambóticas que Luisa provocaba a diario.

Una noche, como más tarde contaría el propio Rose en sus memorias, el pintor acudió al Palais Rose en compañía del pintor, modisto, diseñador, figurinista e ilustrador Christian Bérard. Este era hijo de André Bérard, arquitecto oficial de París y también gran amigo de Gertrude Stein, con quien compartía su adoración por la Casati, aún más pintoresca en aquellos días de uso incontrolado de opio y belladona.

Al llegar, uno de los criados les condujo, en vez de al salón, directamente al dormitorio de Luisa. Allí les esperaba ella vestida de tul blanco y coronada por un florero de plata adornado por una única pluma de avestruz. Parecía estar muy disgustada.

—¿Sucede algo? —preguntó Cyril Rose extrañado—. No se os ve en absoluto feliz, Marchesa.

—Lo estaré si me ayudáis —respondió ella recuperando la sonrisa.

—Estamos dispuestos —afirmó Bérard sin dudar—. ¿Qué debemos hacer?

La Marchesa, brincando entre las flores artificiales que emergían de la moqueta verde, que cubría el suelo de la habitación simulando ser un cuidado césped, rescató dos pares de tijeras doradas de su tocador y le entregó uno a cada uno de los artistas.

—¿Veis esas terribles flores que han crecido en mi hierba? —dijo señalándolas teatralmente y llevándose después el dorso de la mano a la frente—. ¡Son absolutamente intolerables! ¡Cortadlas, os lo ruego!

Los dos amigos, anonadados, se miraron el uno al otro y comenzaron a podar las flores evitando reírse. Parecía que la escena no podía ser más surrealista hasta que, repentinamente, apareció uno de los sirvientes con una cesta de pícnic y Luisa extendió un mantelito sobre el suelo y colocó sobre este *foie-gras* y *champagne*. Los pintores jamás olvidarían la escena.

Tales extravagancias, cada vez más insólitas, no solo aumentaban la extensa fama de Luisa, sino que servían de imán para los nuevos artistas, que siempre querían conocerla y esperaban la satisfacción de alguno de sus encargos. Entre sus nuevas «adquisiciones» se encontraba Adrien Désiré Étienne, más conocido como Drian. Había nacido en el seno de una familia modesta, en Lorena, Francia, y asistió a la academia de Philippe Jullian, donde tomó su pseudónimo. Con él, y gracias a su particular estilo, totalmente a contracorriente del arte moderno, se convirtió en un icono del movimiento de vanguardia, el art déco. Poco después de que sus exclusivos dibujos comenzaran a demandarse en las publicaciones más prestigiosas del momento, Drian dibujó a Luisa de muy diversas maneras: disfrazada de Sarah Bernhardt, de Sol, de esfinge de los jardines del Palais Rose, o simplemente como la estilizada señora del palazzo Venier dei Leoni, recibiendo a sus invitados al desembarcar de sus góndolas. Drian solo pintó dos óleos de Luisa, uno vestida con una simple blusa blanca y una estola de piel, cuya imagen quedaba recogida a tamaño natural, y otro en la que ella era la virgen responsable de la captura del unicornio. Ambos eran muy interesantes, pero no tanto como sus ilustraciones, a las que debía su fama. La ilustración y el diseño eran su fuerte, hasta el punto de que, además de realizarlos para varios catálogos de subastas en París, llegó a trabajar con el mismísimo Paul Poiret, como diseñador de moda. Su inspiración y el tema recurrente gracias al que consiguió reconocimiento internacional era la mujer parisina. Y Luisa Casati había nacido en Italia, pero para Drian aquella mujer internacional, de ninguna parte y de todas, resultaba más parisina que cualquiera nacida en la ciudad de la Torre Eiffel.

Los envidiosos solían decir que el magnetismo de Luisa no era producto de otra cosa distinta a su fortuna, pero quienes la conocían de cerca, sobre todo los artistas, acababan por descubrir que su atractivo residía, más que en su dinero, en esa voluntad de conseguir satisfacer cualquiera de sus caprichos y locuras por descabellados que fueran.

Además de sus grandezas como mecenas o de su talento para reconocer a los artistas y potenciar sus cualidades, lo que la convertía en un ser asombroso para todos era esa total libertad con la que actuaba en cualquier parcela de su vida. La libertad era inconcebible en una dama de su época. No le hubiera sido posible sin su fortuna, desde luego, pero más allá de ella, era su voluntad de enfrentarse a las convenciones lo que le permitía una libertad que solo compartía con unas pocas mujeres de su tiempo, casi todas volcadas en la creación ajena como ella y decididas a lograr su propio espacio. A excepción de ese puñado de mujeres diferentes —casi siempre ricas—, el resto de la sociedad femenina debía observar las normas de comportamiento establecidas por los varones sin discutirlas, y desde su posición recibían a las mujeres que se las saltaban, como la Casati, con infinita prevención. Pero pese a ella y a que a Luisa le interesaban poco las mujeres, la Marchesa solía despertar la admiración en cuantas la conocían. Lo mismo ocurría con los hombres más remisos.

El conde Knut Bonde, un diplomático sueco gran amigo del doctor Axel Munthe, con quien conversó sobre variados asuntos —así lo recogió en un libro titulado

À l'ombre de San Michele—, no sentía ninguna simpatía por Luisa Casati tras haber escuchado hablar a su amigo sobre ella. Cuando tiempo después coincidió con la Marchesa, aunque sentía cierta curiosidad por su persona, tras haber escuchado algunas de las insólitas historias que Munthe narraba de ella, su predisposición era muy negativa y estaba seguro de que nada podría cambiarla.

Bonde conoció a la Marchesa en un almuerzo que ofrecía un rico artista americano en Faubourg Saint-Germain. Nada más aparecer por la puerta, el aristócrata supo que aquella mujer, vestida de brocado dorado, no podía ser otra más que Luisa. La Marchesa saludó, miró con intensidad a cada uno de los invitados y, de inmediato, comenzó a beber cócteles de manera compulsiva mientras contaba, con su potente voz de contralto, todo tipo de anécdotas. El conde, hipnotizado, no podía retirar los ojos de ella ni prestar atención a nada más. Y menos aún cuando al servir el almuerzo fue testigo de la increíble voracidad de la Marchesa, que comía y bebía sin parar mientras enumeraba los últimos escándalos parisinos, indicaba dónde se celebrarían las nuevas exposiciones o cuáles eran las últimas novelas que se acababan de publicar, y ofrecía minuciosos detalles referentes a las actuaciones de los políticos y hombres de Estado. Era como si hubiera vivido tales escándalos, atendido a las exposiciones, leído las novelas y hasta compartido las hazañas políticas. El conde Knut Bonde seguía embelesado por su relato, mientras ella agitaba sus larguísimas manos adornadas por unos brazaletes de oro tan pesados que parecía que fueran a resbalarse de sus delgados brazos hasta caerse. Tras el almuerzo, Luisa citó un pasaje de Proust y analizó cada término del mismo. El resto de los comensales entró entonces en la discusión, mientras el conde permanecía en silencio, estupefacto, escuchando embobado a aquella prodigiosa mujer y sin poder pronunciar una sola palabra.

Precisamente, Marcel Proust, Oscar Wilde o Robert de Montesquiou, entre otros afamados escritores, fueron habituales en los salones de la baronesa Elsie Deslandes. La noble dama solía repetir una estampa que se recogería en muchos textos literarios, como por ejemplo los de *Queer Episodes in Music and Modern Identity* (en *Ravel's Way*), de Sophie Fuller y Lloyd Whitesell. La baronesa recibía a todos sus visitantes tumbada sobre la alfombra, bajo su retrato realizado por Burne-Jones, mientras alimentaba a un sapo de bronce con brillantes gemas de colores.

Durante muchos años, la singular baronesa contó con la estima de grandes personajes que desaparecerían de su vida al tiempo que su fortuna. Sus años de gloria, durante los que se hizo famosa por sus poderes adivinatorios, acabaron en una completa miseria. Luisa Casati, amante siempre del otro lado de la realidad, se interesó mucho por esta mujer e incluso la unió a su carrusel de magos, feriantes y adivinadores a los que ella consideraba también artistas. Cuando comenzaron los problemas económicos de la baronesa, Luisa no dudó en ayudarla pagando generosamente por los objetos que a ella no le quedaba más remedio que poner a la venta. Lo que más valoró la adivinadora fue que su cliente y amiga adquiriera dos objetos que guardaban un significado no solo sentimental, sino también mágico para ella, porque los consideraba sus talismanes. Eran su unicornio dorado con los ojos de ónix y el cuerno de marfil y su cordero de bronce. Sabía que Luisa apreciaría sus connotaciones mágicas, por lo que se sintió muy aliviada cuando tras comprarlos la Marchesa supo que los incorporaría a su museo del Palais Rose.

Luisa parecía encontrar suficiente diversión en Francia en aquellos días, o quizá prefería no regresar a su Italia natal, donde las huelgas y los arrestos se sucedían y la situación política era cada vez más complicada. D'Annunzio continuaba en su retiro del lago di Garda cuando tuvo lugar la revolución fascista del 3 de agosto de 1922 y él mismo y Mussolini —para disgusto de este último, que no quería compartir tal gloria con el poeta— pasaron a ser considerados los salvadores de la patria. Diez días más tarde, durante una cena ofrecida en Il Vittoriale, D'Annunzio cayó por una ventana a siete metros del suelo y se facturó el cráneo.

Jamás se llegó a saber si aquella caída fue un accidente, un intento de suicidio o un fallido asesinato pese a que el hecho fue recogido y seguido por la prensa italiana y también por la española. Hubo diversas investigaciones sobre las personas que se encontraban en aquel momento en la hacienda y distintas interpretaciones por parte de cronistas y biógrafos, pero, pese a las sospechas, ninguno llegó a concluir otra cosa distinta a un accidente.

Había especulaciones de todo tipo. Entre otras la de que una de sus amantes, la pianista Luisa Baccara, celosa de las atenciones que el escritor le estaba dispensando a su hermana Yolanda aquella noche, le empujó por esa ventana. Otra más plausible era que tras el «accidente» estaba el propio Mussolini, para quien D'Annunzio se había convertido en un personaje muy incómodo. El accidentado no quiso dar ninguna explicación ni sobre quiénes le acompañaban aquel día ni sobre lo que realmente sucedió. Pero tras aquel desafortunado episodio nunca esclarecido, su vida y su fama como escritor cayeron en un declive irreversible.

Ni la Marchesa, quien pese a vivir su vida en otro país continuaba manteniendo los lazos con el poeta a través de su habitual correspondencia, recibió explicaciones sobre el asunto. Tampoco preguntó. Prefirió intentar contentar a su amante enviándole uno de sus más surrealistas retratos, firmado por Man Ray. Se trataba de una de las fotografías en blanco y negro de la primera serie. Si ya la escasa luz propiciaba una imagen misteriosa, en la que casi parecía que su alma emergía de sus ojos, el retoque que Luisa hizo sobre las líneas de su cuello, alargándolas hasta convertirlo en infinito, aún la volvía más enigmática. A cada lado de la cabeza la Marchesa escribió sus nombres privados, Ariel y Coré, en tinta púrpura. Bajo ella dejó otra leyenda: LA FIGURA DE CERA. La fotografía se quedó para siempre en Il Vittoriale.

El pasar de los años no logró extinguir ni la complicidad ni la pasión de los amantes y amigos que, ahora, desde sus respectivos encierros en el lago di Garda y en las afueras de París, notaban cómo renacía la conexión entre ellos. En los últimos años D'Annunzio había ido recibiendo incontables objetos y retratos de su Coré, pero ahora quería verla, estar cerca de ella, sentirla a su lado. El escritor le escribió una carta que sabía que no dejaría indiferente a la Marchesa. No solo le contaba lo hondo que le llegaba cuanto tenía que ver con ella y lo mucho que sentía que nunca hubieran tenido tiempo suficiente para disfrutar el uno del otro, sino que le confesaba cómo recordaba aquel día ya tan lejano, en el que se encontraron siendo ella una joven, esbelta y tímida amazona y él, tras cruzar fugazmente su mirada con la suya, su rendido admirador para siempre.

«Yo lo recuerdo —le escribió el poeta en una de sus cartas—, Coré no».

Ciertamente habían pasado muchos años. En marzo de 1923 D'Annunzio había celebrado su sesenta cumpleaños. Dos meses antes, su musa, amante y amiga cumplía cuarenta y dos. Ambos sabían que el implacable paso del tiempo iba mermando sus capacidades y cada vez se sentían menos poderosos. Acostumbrados por la vida no solo a cumplir cada uno de sus deseos, sino a sentir la permanente admiración ajena, el peso de los años les resultaba un castigo mayor que al resto de los mortales. Y lo que era más grave en el caso de la Marchesa: tal pena llegaba acompañada de la cruda realidad del desmoronamiento de su estatus económico, tras años y años de gastar cantidades ingentes de dinero a manos llenas. Sus finanzas no atravesaban un buen momento y cada vez le resultaba más difícil sustentar su más que lujoso estilo de vida. Además, comprar el Palais Rose no había sido una buena idea. No solo porque estaba demasiado lejos de París sino porque su mantenimiento era impagable. Quizá en otro tiempo Luisa se lo hubiese podido permitir, pero ahora que su fortuna empezaba a mermar de manera considerable su contable la informó de que la única solución era vender su amada casa de la infancia, Villa Amalia, la residencia de los Amman en Erba. Se desplazó hasta allí para hacer efectiva la venta, pero ni siquiera tras ella consiguió suficiente efectivo para afrontar sus gastos, así que no tuvo otro remedio que deshacerse también de las fábricas de algodón de su padre. Lo más paradójico era que, mientras procedía a tales ventas, ocupaba una suite en el hotel más caro y lujoso de la villa de su niñez.

Desde esa misma suite, la Marchesa escribió un telegrama a D'Annunzio que este respondió de inmediato. Ambos intercambiaron un lenguaje críptico y oscuro habitado por la magia y la reencendida pasión. Pero el mensaje era claro: querían verse. Se echaban de menos. Se necesitaban. Era el momento idóneo para que Luisa visitase el encierro del escritor.

Gabriele había transformado Il Vittoriale en un paraíso de surrealismo y decadencia, donde la prosaica realidad quedaba prohibida. En el arco de la entrada de la fortaleza se encontraba grabada una inscripción: *IO HO QUEL CHE HO DONATO.*[2] Tras él, un confuso mundo de

2. «Tengo lo que he dado».

sensaciones creado a imagen y semejanza de su personalidad tan pintoresca como barroca. Habitaciones estucadas abarrotadas de misteriosos armarios en cuyo interior podían esconderse los más impensables objetos; estantes y vitrinas cargadas de figuras, libros, vasijas y dibujos, baños repletos de ornamentos de colores azules o verdes, cuartos aromatizados con sofocantes perfumes, fotografías en sepia, cartas, medallas, uniformes, relojes... Los moldes de arcilla de las esculturas de los esclavos de Miguel Ángel con sus torsos desnudos pintados en color carne y luego vestidos con ropas de Poiret y enjoyados hasta el delirio, la copia en escayola de la *Aurora* del escultor italiano; otra estatua de bronce de san Francisco, el santo preferido de D'Annunzio, ataviado como un cowboy; otra más del caballo del Partenón; varias escribanías repletas de libros; infinidad de plumas de oca y tinteros... Cualquier cosa, tesoro o baratija, podía aparecer en la villa del escritor: incluso el mismísimo biplano en el que D'Annunzio realizó sus vuelos propagandísticos colgaba de un gancho en el auditorio, y podía hallarse también un cráneo que le servía de copa y que se decía que había pertenecido a una joven que se suicidó por su amor. A la entrada, aparcado junto a una limusina amarilla, se encontraba el Fiat Tipo 4 con el que el poeta entró en Fiume; y navegando en un mar de cemento, el acorazado Publia, último rescatado de la Armada italiana, que había quedado encallado allí para siempre, desde ese entierro forzado desde el cual miraba, tal vez con envidia, las orillas del lago. El escritor solía saludar con salvas de aquella embarcación fantasma a quienes le visitaban en ese particular reino suyo, que él gobernaba unas veces enfundado en un hábito de terciopelo marrón, adornado con una larga cruz de diamantes, otras impecablemente uniformado y algunas incluso con un caftán blanco y unas babuchas. El surrealismo de aquella estrafalaria imagen se completaba con el contraste que formaba junto a su sirviente ataviado en oro y plata y una doncella vestida normalmente de monja y en ocasiones de hada, que atendían los deseos y caprichos de tan extravagante soberano.

Cuando Luisa llegó a la fortaleza de Gabriele, el poeta la condujo directamente a la habitación de Leda, cuyo nombre hacía referencia a la fuente de la casa de su niñez. En el cabecero de la cama se encontraba una imagen tallada de un cisne violando a una ninfa desnuda. En realidad, según la mitología, tal cisne era el propio Zeus convertido en ese animal para conseguir acercarse a Leda, la esposa de Tíndaro, y cohabitar con ella. Según la leyenda, esa misma noche, Leda yacería con ambos —Zeus y Tíndaro— y, como consecuencia, pondría dos huevos de los que nacerían Helena y Pólux —inmortales e hijos de Zeus— y Clitemnestra y Cástor —mortales descendientes de Tíndaro—. D'Annunzio sabía que a Luisa le gustaría esa habitación, pero él prefería la de Leper, una cámara escarlata repleta de imágenes y signos religiosos profanados. En las paredes, a modo de trofeos, se encontraba la colección de guantes de satén que un día pertenecieron a las diversas amantes del escritor y que tanto impactaron en su visita al lugar a su más tarde biógrafo, Philippe Jullian. Justo al lado de la cama del escritor, sobre la que descansaba la almohada rellena con mechones de cabello de las mujeres de su vida, podía verse la estatua de tamaño natural de un ensangrentado san Sebastián. Y, rodeando el lecho, se encontraban las fotografías de los pasados amores del escritor frente a los cuales, durante su estancia, colocó uno de los retratos de Luisa tomados por De Meyer.

La Marchesa no podía llegar con las manos vacías, pero como a lo largo de su historia de años se habían intercambiado todo tipo de objetos, ya no resultaba tan fácil provocar la sorpresa de su amante. Sin embargo, ella lo consiguió una vez más al entregarle un anillo que previamente perteneció a Lord Byron.

—¡Del propio Byron! —se admiró el escritor mientras trataba de colocarse sin éxito el regalo de su amante—. Aunque me temo que no podré llevarlo. Mis dedos no son tan delgados como los suyos.

—Eso es lo de menos —dijo Luisa sin mirarle mientras revisaba divertida todos los elementos decorativos elegidos por D'Annunzio—, lo importante es que lo tengas, que sea tuyo. No es necesario que te lo pongas.

—Cierto —aceptó el poeta dejando el anillo olvidado sobre una de sus escribanías entre decenas de objetos—. Aquí encontrará su espacio, y yo lo disfrutaré.

Luisa tenía pensado quedarse solo un par de días en el fantasmal paraíso de su querido Gabriele y, de hecho, abandonó Il Vittoriale apenas cuarenta y ocho horas después; pero ambos sintieron tal soledad tras su marcha que, cuando Luisa llegó al hotel La Villa Milano, un telegrama de D'Annunzio le devolvió la alegría. Apenas acababa de marcharse y ya esperaba su vuelta.

> Ariel está inmerso en melancolía y batalla contra el rencor.

Al día siguiente llegó un nuevo telegrama:

> He encontrado una pequeña ánfora dorada caída de alguno de tus collares. Está vacía y no tiene ni esperanza en el fondo.
>
> Ariel

Tras la segunda carta azul, la Marchesa no se lo pensó más y decidió paliar las soledades de ambos regresando de inmediato a Il Vittoriale. Después de enviar el correspondiente telegrama llegó en la tarde del 24 de diciembre con una emoción compartida por su anfitrión, que dejaba constancia del regreso de la magia que durante años les había unido.

D'Annunzio la recibió con el júbilo de un niño a punto de desenvolver un regalo, la acompañó hasta el corredor que hacía las veces de biblioteca, donde se alineaban más de dos mil volúmenes, y le mostró la inscripción que se podía leer sobre la puerta. Era *FORSE CHE SÌ FORSE CHE NO*, en honor a la novela del mismo título que escribiera años atrás inspirándose en ella. Al verla, la Marchesa recordó aquella noche de desbordante pasión tras el éxito de la representación de la obra, que el escritor no pudo culminar, y sonrió.

—Sé lo que estás pensando —dijo él.

—¿De veras? —respondió Luisa clavando su mirada traviesa en la de Gabriele—. No me extrañaría. Ya sabes que desde que nos conocimos siempre hemos intercambiado los pensamientos, incluso en la distancia. La telepatía ha sido una constante entre nosotros.

—El «puede que sí, puede que no» también lo ha sido: siempre juntos pero separados. ¿No he sido yo el eterno capricho de Coré?

—Naturalmente. Y Coré siempre ha sido el capricho de Ariel. ¿Hay algo más sublime que un capricho que a nada obliga? Y, sin embargo, aquí estamos, solos y juntos, recordando...

—... aquella noche en la que la edad quiso hacerme reconocer que yo también era mortal, o más bien ¡que mi pene no era infalible! Sin embargo, han pasado los años y, aún hoy, verte me hace sentir como el sátiro que persigue a la ninfa que he mandado colocar sobre la mesa de la cena.

Luisa se mordisqueó el labio inferior.

—Cenemos antes, luego me gustaría que me recompensaras con un «fracaso» como el de aquel día. ¿Podrás?

Iluminados por la llama del deseo, y devorándose con las miradas, como siempre hacen los amantes cuando se encuentran tras largo tiempo sin verse, cenaron en el comedor ambientado en rojo y dorado. Sobre la mesa, decorada con enormes lazos y copas de cristal veneciano, a modo de vaticinio, la estatua art déco de Le Faguays que representaba a ese sátiro en celo persiguiendo a una ninfa.

A solas con sus remembranzas, la conversación, plagada de risas, no parecía tener fin.

—Cuando Coré se ríe conmigo resuena en el desierto mundo un acorde de la risa inhumana. ¿De dónde eres, bella Coré?

—Del Reino del Infierno, lo sabes. ¿No me bautizaste tú como Coré?

—A veces pienso que fui yo la damisela que se transformó en mujer fatal tras conocerte y no al revés, pero sé en lo que piensas —afirmó el escritor sonriendo maligno mientras la apuntaba con su índice.

Coré hizo sonar su risa espectral mientras Ariel, poseído, buscaba otra forma de entretenerla para seguir escuchándola reír. Buscó entre sus mil y un objetos y descubrió una antigua marioneta rusa de cara de porcelana, que decía bromas obscenas y bailaba sobre la montaña de felicitaciones de Navidad que descansaban sobre el escritorio del poeta. Coré rio y rio, mientras en el rostro del escritor se dibujaban el deseo y la urgencia.

—Acompáñame a la habitación de Leda —pidió Luisa—. Quiero que me poseas bajo ese cisne violador y que lo emules. Si es necesario mañana pondré cuatro huevos como la mismísima Leda. Aunque serán todos tuyos, y en vez de hijos de carne y hueso contendrán arte, talento, belleza y magia.

—Coré ha vuelto a casa —anunció por toda respuesta D'Annunzio mientras perseguía en una carrera a la Marchesa hasta su cuarto.

Tras varias horas compartidas de extraño e indescifrable amor, Luisa y Gabriele, más Coré y Ariel que nunca, aceptaron su obligada separación. La complicidad entre ellos nunca fue mayor, pero Luisa debía regresar a Milán sin falta. Necesitaba liquidar sus propiedades para poder volver a disponer de cierta fortuna.

Aquella fue, quizá, la vez que más les costó separarse. Al llegar a Milán, Luisa se encontró con un inesperado regalo al deshacer la maleta: la marioneta.

Entusiasmada como una niña con su muñeca, una vez más con los labios inflamados y casi el sabor a sangre emergiendo de ellos tras el voluptuoso encuentro con su amante, le escribió un telegrama contándole que estaba sorprendida porque la marioneta «saltó a mi maleta». Y añadió: «¿Qué debo hacer?, ¿tengo que mandarla de vuelta?». La nota acababa con un «infinitas gracias por las Navidades... Coré».

35

Ataviada con un amplio jersey de cuello vuelto negro y unos pantalones elásticos hasta el tobillo del mismo color, bajo un guardapolvo gris antracita en el que solía embutirse para pintar, Luisa observaba su cuadro, recién terminado, mientras fumaba un cigarrillo, escuchaba *La Traviata* de Verdi y seguía el ritmo de la música con uno de sus pies descalzos. El sol matinal del otoño madrileño ya casi no calentaba, pero aún tenía la fuerza suficiente como para iluminar la estancia a través de los grandes ventanales desprovistos de cortinas. Luisa miró su reloj. Las doce y media. Llevaba en pie, trabajando, desde las seis de la mañana. Era una buena hora para un receso. Caminó hasta la cocina y se dispuso a prepararse un spritz. Sacó hielo del congelador, introdujo varias piedras en una copa de vino ligeramente aflautada y sobre ellas vertió el vino blanco, agua con gas San Pellegrino en vez de soda, tal y como le recomendara un camarero veneciano, y después iluminó el conjunto en rojo con un ligero chorro de Campari. Añadió una rodaja de limón y, al tiempo que tarareaba la música, se dispuso a beber el primer sorbo. Nada más hacerlo, recreándose al sentir el leve amargor de la bebida en el paladar, oyó el motor de un coche.

Desde la casa, escondida tras la salvaje arboleda, era imposible divisar el exterior. Dejó la copa de spritz sobre la mesa y, descalza, salió corriendo hacia la puerta. Rodeó la piscina que, oculta por la vegetación, más bien parecía una charca verde de ranas, y finalmente llegó a la entrada de la parcela. Oyó el ruido seco de la puerta de un coche al cerrarse. Sintió el acelerado latir de su corazón y, una vez más, la angustia se apoderó de ella. Beber, fumar, emociones fuertes... No era lo más aconsejable para alguien a quien el infarto había llevado hasta el coma; pero prefería morirse a no experimentar todo aquello. Sonó el timbre y ella intuyó que era Gabriel, al que esperaba impaciente, quien estaba al otro lado de la puerta. La abrió con la respiración contenida. Era él.

—Buenos días, Mirage —le dijo bañándose en los destellos verdes de los ojos de Luisa y ofreciéndole un ramo de trece rosas rojas—. Esto es para ti.

—Gracias —contestó ella casi sin voz, sin dejar de sonreír y sosteniendo sus pupilas en las de él, mientras recibía las flores.

Gabriel la miró de arriba abajo, reconociéndola más que estudiándola con un gesto de inmensa satisfacción, hasta que llegó a sus pies, frágiles y blanquísimos, impecables con una delicada pedicura roja.

—Estás descalza.

—Sí —contestó ella con cara de resignación—, parece que últimamente me he vuelto alérgica a los zapatos. Y al menos por el jardín debería llevarlos puestos porque, como ves, esto es una auténtica jungla. Pero prefiero desatenderlos durante el día y mimarlos por la noche. Mientras los embadurno de crema de una manera ritual reflexiono sobre los asuntos menos importantes. Y, luego, no lo puedo evitar: decoro las uñas casi con el mismo cuidado que pinto mis cuadros.

Gabriel sonrió. Se acercó a Luisa y la miró como si

fuera una niña. Besó la esquina de sus labios y la alzó en sus brazos.

—Evitemos entonces que, al menos en este viaje, te hagas daño en esos pies perfectos. ¿Me guías o saco mi brújula de explorador?

Luisa, riendo, le indicó el camino a seguir hasta llegar a la casa. Una vez allí la dejó sobre el suelo con la misma delicadeza que si fuera un frasco de perfume. Luisa aspiró el aroma de las flores y las abandonó sobre la mesa.

—Ahora mismo las pongo en agua —dijo Luisa—, pero antes necesito que me abraces.

Gabriel la estrechó con fuerza entre sus brazos, en silencio. Luisa se escuchaba a sí misma respirar agitadamente y se acurrucaba en el torso poderoso, para ella casi de bronce, de su escultor.

—Dios, cuánto he soñado con este momento —susurró Gabriel en su oído mientras paseaba sus vigorosas manos por la espalda de Luisa—. No sé qué droga me has inoculado, pero no puedo pasar sin tenerte, al menos entre líneas. Llevo dos meses sintiendo tan intensamente tu ausencia y tan pegado a ti, carta a carta, que aún no sé si este momento es verdadero o lo estoy imaginando. ¿Cuántas veces nos hemos escrito? Da miedo sentir que, pese a la distancia, no hay barreras entre nosotros, que empezamos, no a querernos sino a necesitarnos —se separó de ella y la miró fijamente—. Media vida lejos de ti. No me lo puedo creer. ¿Sabes hasta dónde puedo extrañar tu presencia?, ¿cuántas decenas de cartas tengo que escribirte para satisfacer los deseos de mi cuerpo y de mi alma? Luisa, Luisa —añadió entre besos urgentes—. Había olvidado esta forma de sentir hasta que apareciste.

Luisa no podía hablar. Se ahogaba en medio de tanto sentimiento. Ella también había olvidado que existía una forma de amar así. Gabriel le había devuelto el recuerdo de muchas cosas. Aunque si lo pensaba con detenimiento, era posible que ni siquiera el gran amor de su juventud le hubiera hecho experimentar lo que ahora sentía.

—Necesito hacerte el amor, Luisa —dijo Gabriel sujetándola por la cintura mientras aspiraba el olor de su pelo sembrado de amapolas, germen del opio y de su esencia—. Necesito respirar tu cuerpo para seguir alimentando tu recuerdo en mi cabeza y saber que eres tan real y carnal como imagino cada vez que te evoco carta a carta.

Luisa le tomó de la mano y le condujo a su habitación. Una cama que ocupaba casi todo el cuarto, con varias almohadas y vestida en impoluto blanco, les esperaba en medio de la pequeña estancia, también completamente blanca, y casi tan austera como la del propio Gabriel en Venecia en cuanto al número de objetos, aunque aquí todos estuvieran seleccionados con precisión. A la derecha, de nuevo, los espejos de los armarios, esperando volverse cómplices de la pareja; a la izquierda, un ventanal de pared a pared, resguardado por unos ligeros visillos transparentes. Frente a la cama otro espejo más, veneciano, del tamaño de una puerta, apoyado sobre el muro. En la esquina contraria, un galán de noche art déco y, al lado de la cama, una mesilla del mismo estilo, con una lámpara de mesa de colores, estilo Tiffany y dos velas. Luisa sacó un mechero del cajoncito de la mesilla y las encendió. Una era de incienso y otra de canela. La mezcla del olor resultaba embriagadora y excitante. Gabriel trató de derribarla sobre la cama, pero ella esquivó su intento.

—Espera —le dijo con dulzura mientras corría a subir el volumen del «Brindisi» de *La Traviata* y a por su copa de spritz—, quiero que todo sea perfecto.

La música de Verdi se fue colando por los rincones de la casa y por los sentidos de sus dos ocupantes. Luisa regresó de inmediato al lado de Gabriel con la copa de spritz en la mano.

—¿La compartimos? —preguntó reavivando el recuerdo de su último encuentro.

Gabriel bebió un trago, dejó el spritz sobre la mesilla y se volvió hacia Luisa.

—Ven —le pidió, sentándose sobre la cama y extendiendo sus inmensas manos hacia ella—, me encanta compartir cosas contigo. Lo que no sé es si podré compartirte con nadie.

A los pocos minutos, despojados ya de sus ropas y de la distancia, el espejo, una vez más, era testigo de su amor. Las voces de la Violetta y el Gastón de *La Traviata* se alzaban sobre su vuelo amoroso dotándolo de una irrealidad aún mayor. La magia de su abrazo se extendía en aquel luminoso mediodía. Al terminar, exhaustos, el escultor agarró con suavidad el rostro desmayado y blanquísimo de Luisa y, con sus pulgares y sus índices, caminó sobre su frente y sus párpados haciendo que su semblante regresara a la niñez, a ese lugar lejano donde, sin tensiones, la piel brillaba en la penumbra antes de dormir. En esa imagen quedaba contenida el alma de ella, su inconsciente serenidad. Ahí estaba la ermita que él buscaba en Luisa y a la que había llegado, por fin, caminando y saltando a través de besos y mordiscos dibujados sobre su carne y de un paisaje modelado con el viento del recuerdo.

Durante un largo rato, imposible de medir, ambos permanecieron quietos, sin hablar. Refugiados el uno en el otro, pero sin contarse todas sus verdades y mentiras. No hacía falta, ellos estaban por encima de la realidad y la realidad les sobraba a ambos. Al poco, Gabriel se incorporó, besó a Luisa suavemente en los labios y le dijo:

—Levantémonos, ¿quieres? No tengo mucho tiempo y quiero ver tu cuadro. Siento una inmensa curiosidad por contemplar tu primer trabajo tras el letargo.

Luisa fue a ponerse una bata, pero Gabriel la retuvo frente al espejo veneciano pegando su cuerpo dorado al níveo de Luisa. Los dos frente al espejo y tan juntos como si él siguiera en su interior, como si ambos fueran uno. Igual que D'Annunzio y su Marchesa en su primer encuentro bíblico.

—Yo, yo, yo... —dijo Luisa desconcertada y temerosa—, ya he vivido esto. O lo he leído de ellos, no sé. Ya he visto esta imagen. Tengo miedo, Gabriel: no puedo jugar a que se me pare el corazón.

—Te equivocas, Mirage —repuso él—. Cuando tu corazón estuvo verdaderamente parado fue antes de ese infarto. Por eso ahora pretendes recuperar tu vida viviendo también la de Luisa. No te apures. Seguro que la tuya será más plena que la de ella, porque tú no eres el objeto del arte, sino su creadora. Crear proporciona otra dimensión a las cosas. Vamos. Llévame hasta tu cuadro.

Luisa se envolvió en una antigua bata de terciopelo granate herencia de su madre, cogió la copa y se fue a la sala a esperar a Gabriel, mientras él se aseaba y se vestía. Se sentó frente a su cuadro, encendió un cigarrillo, aspiró con vehemencia el humo y lo exhaló inundando de niebla la imagen de esa Luisa Casati con sus guepardos amarillos, desnuda y alarmantemente pálida bajo su capa de terciopelo negro y sus pieles, y tocada con un casquete con una delirante pluma vertical. No sabía si estaba orgullosa de lo que veía, pero estaba segura de que la Luisa del cuadro, con su mirada verde y colosal, podía salir de él caminando en cualquier momento. También de que aquellos guepardos eran tan reales que resultaba fácil que acabaran tumbados a los pies de la propia pintora. Los tres estaban vivos. Su madre los habría aprobado.

Gabriel ni siquiera interrumpió sus cavilaciones cuando llegó y se situó tras ella contemplando la pintura sin decir ni una palabra. Pero su presencia avivó la impaciencia de Luisa que, en silencio, reclamaba su veredicto. Él se acercó y se alejó de la pintura sin que su expresión diera muestras de entusiasmo o desagrado. Mientras, Luisa notaba el pesado pasar de los minutos como si fueran horas, aterrada ante el juicio del hombre que, en ese momento, más la podía alentar o desanimar en su empresa.

—«Entre cientos de pinturas tú podrás reconocer la mía» —dijo sin desviar la mirada de la pintura.

—Es la frase de Tamara de Lempicka —reconoció Luisa—. Parece que vuelve a ser cierto que mi pintura y la suya son paralelas, ¿no?

—Lo son, desde luego. Aunque la mujer de tu cuadro, esa Luisa, es mucho más delicada que las que pintaba ella. Está claro que tú también te mueves entre el constructivismo y el cubismo, como si te hubieras rendido a las influencias del art déco, y también entiendes que el poder de las luces y de las sombras juega un sorprendente papel en tu cuadro, como ocurría en los de ella. Pero tus líneas son menos rotundas, más suaves, y tus colores menos estridentes. Esta Luisa tuya que navega entre la Casati y tú misma es tan etérea, tan enigmática y tan desprovista de carnalidad como no lo hubiera podido ser ninguna de las protagonistas de los cuadros de Tamara de Lempicka. Aunque realmente los guepardos parecen casi esculpidos a su lado, y eso también recuerda a la pintora polaca. Eres la Tamara de Lempicka del siglo XXI.

Luisa exhaló el humo de la última calada de su cigarrillo, bebió un poco de spritz y frunció el ceño con disgusto mientras apagaba el pitillo en el cenicero casi con violencia.

—¿La Tamara de Lempicka del siglo XXI? —preguntó forzando una sonrisa muy poco creíble—. La verdad es que no sé si me gusta la descripción. La influencia de Tamara de Lempicka en mi pintura siempre fue notable. Y tal vez su espíritu haya evolucionado desde sus cuadros a los míos caminando en el tiempo, pero... ¿Eso es todo lo que tienes que decir? ¡Ni siquiera sé si realmente te gusta Tamara de Lempicka!

Gabriel no se inmutó. Observó su enfado entornando la mirada y casi esbozó una sonrisa antes de decir con cierta ironía:

—¡Vaya con la Aldazábal! ¡Al final vas a tener más genio que Casati y Lempicka juntas! —Luego su puso serio y preguntó—: ¿Qué esperabas?, un ¡qué bonito!

Gabriel se acercó a Luisa, la agarró fuertemente por los hombros, y dijo:

—Escucha. Tu pintura es magnífica, sorprendente y personal. Solo tuya, aunque recuerde a la de Tamara de Lempicka. Pero yo ya lo sabía. Llevo en este viaje contigo desde mucho antes de conocerte. No sé si ocupamos juntos una prisión por algún pecado de otra vida, pero sé que pertenecemos al mismo cielo o infierno. Este es el primer cuadro de una exposición que tiene que asombrar al mundo. Está bien que empieces a enfadarte y a tomártelo en serio. El camino del arte no es tan sencillo como crees. En cada pincelada vas a dejar parte de ti, y no todos cuantos observen tus cuadros lo sabrán. Deberás olvidarte de los juicios ajenos y estar segura, muy segura, del tuyo. Las dudas, todas, cuando estés creando. Una vez que lo hayas hecho deben desaparecer, borrarse de ti, para que no contamines la opinión de los demás.

Luisa sintió un extraño vértigo de emociones no solo por las palabras de Gabriel sino por su tono y porque, tras ellas, como si fuera un vampiro, el escultor se lanzó sobre su larguísimo cuello y, en su base, casi a la altura de la clavícula, le robó toda su sangre, más en un mordisco que en un beso.

—Oh, Dios mío, Dios mío —susurró ella con la misma excitación que temor mientras se apartaba y notaba que ya empezaba a emerger una marca roja en su piel.

—Lo siento —dijo él retirándose de su cuello aún con los labios humedecidos por la intensidad de su propio beso—, no he podido evitarlo. Necesitaba contagiarte mi pasión. Y también sentirte más mía.

—No importa —contestó Luisa aún temblorosa—. Apenas voy a casa para dormir. No creo que mi marido perciba las marcas de una piel que le queda ya tan lejana. Además, según creo, lo que ya ha notado son las marcas de mi corazón. Sí me preocupa que las vean Raimundo o papá. Hasta ahora no me sentía culpable por una infidelidad puntual, estando como estaba mi matrimonio; pero las cartas y este encuentro que confirma tanto sentimiento... Aborrezco la mentira, la traición. Y, por otra parte, casi egoístamente, no me veo preparada para derrumbar los muros de mi vida de golpe. Necesito estar centrada en la pintura, flotando en esta historia que parece un poco irreal. No quisiera que nadie supiera de tu existencia, al menos de momento.

Gabriel sonrió casi maligno, acariciando al tiempo, con la palma de su mano, la señal carmesí que él mismo había dejado en el cuello de Luisa:

—Yo no existo más que cuando te toco, Mirage —dijo—. Soy el producto de tu propia imaginación. Apenas un espejismo. ¿Aún no te has dado cuenta?

36

La devoción por los animales de Luisa y las compras realizadas de especies diversas a lo largo de los años le habían proporcionado numerosos contactos en distintos zoológicos del mundo. Mucha gente pensaba que era esa tropa de gitanos y echadores de cartas que la rodeaban, siempre acompañados de su propia fauna, los que le conseguían de estraperlo algunos de sus mejores ejemplares, pero lo cierto es que ella solía recurrir directamente a las más altas esferas para lograr sus propósitos. Como no escatimaba en gastos, la Marchesa acababa por obtener siempre los especímenes más curiosos.

Desde que abandonara Il Vittoriale tras la inolvidable Navidad compartida con D'Annunzio, Luisa pensaba en cómo podría sorprenderle. Buscaba un regalo especial para su amante, algo que le dejara una vez más sin palabras. No se apresuró en encontrarlo, no le servía cualquier objeto por maravilloso que fuese. Quería regalarle un ser vivo, un animal que le acompañara siempre. Y finalmente lo encontró en el zoo Hagenbeck de Hamburgo. Ya era primavera cuando descubrió una preciosa tortuga que enseguida enviaría a su escritor. Entusiasmada, escribió a Gabriele para comunicarle que pronto le llegaría un extraordinario regalo, y diez días más tarde la criatura se incorporó al universo de ficción en el que vivía el poeta.

D'Annunzio contestó al presente con una tarjeta: «La tortuga ha sobrepasado en velocidad a Coré, quien quizá vendrá el año que viene. Trabajo mucho y pienso en mi lejana amiga».

La nota no iba sola sino acompañando a un pequeño cocodrilo negro domesticado. Y tampoco eran unas simples letras de agradecimiento. El escritor quería que Coré regresara, la seguía necesitando a su lado; pero Luisa no respondió a tal requerimiento y el escritor tuvo que consolarse a sí mismo rememorando lo vivido. Esta vez la Marchesa optó por desatender a su amigo y quedarse durante la primavera y el principio del verano en el Palais Rose mientras París volvía a brillar a la luz de un nuevo acontecimiento: los Juegos Olímpicos de 1924, donde ella participaría como conductora en una carrera de coches internacional. Poco después se embarcó en un periplo urgente y desesperado: voló a Roma y a Milán, donde tenía que hacer consultas legales, pero parando en Verdún, para conocer de primera mano el lugar de la legendaria batalla de la Gran Guerra. Luego viajó a Constantinopla a bordo del Orient Express y, en el camino, pasó algunos días en Budapest.

D'Annunzio no sabía cómo convencerla para que volviera a Il Vittoriale y recurrió a sus mejores armas: las letras. Fuera donde fuese, Luisa encontraba un telegrama de su amante y amigo invitándola a volver:

> Sigo maternalmente a Coré, a cualquier parte, como si fuera Demetrio. Stop. Pido a Coré que vuelva enseguida al Infierno donde Hades la espera con un cinturón de veinti-

dós ágatas, acabado esta noche por Mastro Paragon Coppella, orfebre de Il Vittoriale.

ARIEL

Luisa, pese al empeño literario de su amante y a su obsequio prometido, no podía retornar a su surrealista universo. Muy a su pesar, tenía otras ineludibles obligaciones. Sus posesiones y activos financieros estaban desapareciendo a una velocidad vertiginosa y no le quedaba más remedio que ir a Venecia para desprenderse de su querido palazzo Venier dei Leoni, escenario de tantas fantasías y momentos únicos. La irrepetible visión dorada del Gran Canal a través de las cortinas que Luisa colocara en su día en las arqueadas ventanas del palazzo de estructura truncada ya no volvería a producirse. Al menos ella no la vería nunca más. Aun en medio de la angustia de deshacerse, no ya de tan preciada posesión, sino de tantas emociones y afectos que quedaban prendidos a ella, Luisa luchó encarnizadamente por lograr que aquel palazzo irrepetible fuese declarado Monumento Nacional. Y fue entonces y solo entonces cuando contestó, por fin, a los innumerables telegramas de D'Annunzio, para pedirle, en uno suyo, el apoyo en esta cruzada. La respuesta del siempre colaborador D'Annunzio fue inmediata. Le aseguró que haría todo lo posible para respaldar sus propósitos. Y seguramente lo hizo... pero sin éxito. Siete años más tarde, el palazzo fue transformado en un descuidado museo gubernamental, sin ningún interés artístico.

De vuelta en Milán, Luisa recibió de nuevo otra nota urgente de D'Annunzio, quien no cejaba en su empeño de convencerla para que regresara a su lado: «Llevo esperando desde el 29 de julio. La habitación de Leda está preparada».

Finalmente, Luisa aceptó la invitación repetida en tantos sobres azules durante meses y llegó a Il Vittoriale en la primera semana de agosto, aunque sin que el escritor estuviera del todo seguro de si a quien quería visitar era a él o a la tortuga que le había regalado. Nada más llegar, la Marchesa corrió a ver al animal, que se encontraba paseando tranquilamente por el jardín.

—¡Ah, qué criatura tan fantástica! —exclamó Luisa—. ¿Qué nombre elegiste finalmente?

—Carolina —respondió serenamente D'Annunzio.

—¿Cómo Carolina? —preguntó Luisa torciendo el gesto y mostrando repentinamente un visible enfado—. ¡Ese no es un nombre adecuado! ¡Es un nombre ridículo para una tortuga! ¿Elegiste ese nombre para contrariarme?

—Cálmate, Luisa —intentó apaciguarla él—. No ha sido una decisión mía, sino de los propios jardineros.

—¡Estaba segura de que la llamarías Cheli! ¿No quedamos en que elegirías ese nombre derivado de la palabra griega para definir a las tortugas? ¿Acaso no lo acordamos así? ¡Tu comportamiento es inaceptable! ¡Es una provocación! ¡Sabes bien que no soporto que no se cumpla la palabra dada!

Il Vittoriale, pese a su sólida estructura, temblaba ante la ira tan creciente como efímera de Luisa quien, en pocos minutos, como por arte de magia, pasó de esa encendida indignación a una mansa condescendencia, pero con la decisión ya irrevocable, de marcharse de inmediato. Lo hizo al poco tiempo, dejando expectante al escritor, quien hubiera deseado compartir con ella las mismas complicidades que en su anterior viaje. En menos de una semana partió para España con la intención de visitar al pintor Ignacio Zuloaga y luego regresó a Roma, donde aún tenía que terminar de llevarse todos los objetos de su también recién vendida casa, para que su siguiente inquilino la encontrase liberada de sus pertenencias. Se aseguró de que la estatua egipcia de sus mismas proporciones fuera transportada a su palacio de París y, una vez con las cuentas bancarias insufladas de fondos tras las ventas de las acciones del algodón y de sus dos hogares italianos, se dispuso a volver a su habitual vida de locos dispendios. Entre ellos, la colección de lencería de su heroína de la niñez, la condesa de Castiglione, que compró junto con un abultado lote de otros objetos que pertenecieron a la mujer de Napoleón III, entre los que se hallaban retratos, libros e incluso un par de sugerentes sandalias. Sumó todos los nuevos objetos que acababa de adquirir a las dos imágenes de la condesa realizadas por artistas anónimos que adquiriera un par de años atrás en una exposición en el Museo del Louvre. Con todo aquel ajuar estaba segura de que sería, no solo una coleccionista, sino, al menos por una noche, la propia condesa de Castiglione. Y lo fue, cómo no, en uno de los bailes del Gran Prix, concretamente el de la Fiesta Española que se celebró en la Casa de la Ópera de París durante aquel verano, donde lució un diseño del sin par Erté.

El diseñador ruso, cuyo apodo provenía de la pronunciación francesa de las iniciales de su verdadero nombre, Romain de Tirtoff, fue el encargado de diseñar todos los vestidos del evento. Entonces aún era ayudante del gran Paul Poiret, pero en muy poco tiempo él mismo sería reconocido como uno de los más populares diseñadores de moda, joyería, artes gráficas, decoración de interior y vestuario y escenografía para cine, teatro y ópera.

Luisa y Erté habían sido presentados por Olga de Meyer unos meses atrás, y ya entonces pactaron cómo sería la entrada de Luisa en el baile. El diseño de Erté para el vestido de la Marchesa era sencillamente espectacular: un enorme tul y un miriñaque con un gran lazo negro salpicado de diamantes. Pero no lo eran menos los trajes diseñados para los tres acompañantes masculinos de la marquesa-condesa —entre los que se encontraba el propio Erté— en brocado gris y plata y en lamé dorado. Uno de ellos iba acompañado de un pequeño monito que lucía un diminuto sombrero emplumado y el propio diseñador portaba una capa dorada, delineada con rosas rojas recién cortadas que esa misma mañana le habían llegado desde Les Halles y cuyo olor perfumaba el aire deliciosamente.

Tras casi un mes de ensayos bajo la batuta del prestigioso Léo Staats, la comitiva que conformaba el disfraz de condesa de Castiglione, con los pajes que abrirían la marcha diseminando pétalos de rosa en el camino, estaba preparada para hacer su aparición. Les precedía un cortejo de entorchados, pese a la prohibición del director de la ópera quien, por miedo a un incendio, había vetado el uso de cualquier tipo de llama en el edificio. La respuesta a la restricción por parte de la siempre insolente Luisa fue que, si la ópera ardía, ella pagaría los daños. La ópera no se quemó, pero sucedió algo mucho más inesperado: Luisa sufrió un ataque de pánico escénico antes de entrar en el escenario.

Erté estuvo insistiéndole durante un buen rato hasta que, al final, optó por empujarla al auditorio para hacerla bajar por la gran escalera decorada con pétalos de rosa. Su aparición recibió una lluvia de entusiastas aplausos. Luisa sufrió incluso en medio de ellos. Pese a lo que sus espectadores pudiesen creer, ella siempre había sido enormemente tímida y muchas de sus extravagancias nacían del deseo de controlar y esconder esa timidez. Aun así, nadie notó sus miedos una vez que apareció en escena convertida en una muy reconocible condesa de Castiglione, haciendo realidad otro de sus sueños: ser esa mujer de los relatos de infancia de su madre al menos por una noche. Su interpretación del personaje era más el espectro de la condesa de Castiglione que el propio personaje. Sus más íntimos, que sabían que muchas de las piezas del disfraz habían pertenecido en su día a la condesa, la veían como si acabara de salir del sepulcro de la noble dama.

Alberto Martini se apresuró a recoger tan estelar momento de Luisa en un lienzo en el que ella aparecía entre los enseres de Erté y los efectos personales de la condesa, con los ojos ocultos tras un antifaz. El cuadro se expuso al año siguiente en la XV Bienal de Arte de Venecia.

El propio Erté tampoco se resistió a plasmar el esplendor espectral de la Marchesa en un enorme guache titulado *El retrato*, que mostraba un claustro de susurrantes admiradores observando a una mujer alta y delgada vestida de gasa y perlas y coronada por un penacho de egregias plumas, que fue colgado en una de las paredes del Palais Rose. Erté nunca olvidaría a esa Marchesa que escondía su timidez tras esa excentricidad perpetua, que la convertía, según las propias palabras del diseñador en su autobiografía, *Things that I remember*, «en la más extravagante y excéntrica mujer que yo haya conocido jamás».

Ese comportamiento extremo, que resguardaba su timidez, era lo que más aborrecía de ella su hasta entonces marido, Camillo Casati. No habían vuelto a verse ni a hablarse desde su separación al inicio de la Gran Guerra, pero ahora él, que siempre fue un hombre tradicional y deseoso de llevar una vida tan acomodada como carente de estridencias, quería casarse de nuevo, por lo que ambos excónyuges idearon un nuevo pacto: Camillo asumiría toda la culpa de su fallida unión para que ambos obtuvieran el divorcio y él pudiera contraer matrimonio con una mujer griega que le tenía conquistado. De este modo conseguiría también mantenerse alejado y protegido de los derroches de Luisa, por cuya ruinosa cascada de deudas no quería verse arrastrado.

Después de volver a encontrarse en el despacho de abogados, donde Luisa no pidió nada y Camillo tampoco ofreció nada, el matrimonio quedó oficialmente disuelto.

Camillo permaneció en la Villa Casati Stampa de Cisinello Balsamo, mientras la hija de ambos viajaba a Inglaterra para acabar sus estudios. La joven no los completó porque, antes de hacerlo, conoció a Francis Hastings, vizconde Hastings y futuro decimosexto conde de Huntingdon, y se casó con él. Corría el año 1925, los contrayentes tenían ambos veinticinco años y se decidieron por una boda secreta que enfureció a los padres del novio, quienes se enteraron del enlace, como la propia Luisa, por la prensa. Pero si tal matrimonio secreto les enfadó, enterarse de que la pareja tenía unas más que probadas simpatías comunistas les enojó mucho más a todos. Hastings, que por entonces comenzó a ser reconocido como pintor de notable talento, convenció a su ya mujer y, al poco tiempo, ambos decidieron abandonar Londres y aventurarse por Australia, México y los Mares del Sur.

Luisa siguió los avatares de su hija como una espectadora más. Su distante relación de infancia no mejoró en la adolescencia de la niña, ni era más cercana ahora en su juventud. A la Marchesa no solo no le preocupaba que Cristina abandonara Europa y se dedicara a viajar por el mundo, sino que le parecía algo casi propio de su sangre, así que restó importancia al asunto mientras ella, con la estabilidad financiera recuperada temporalmente, intentaba reinstalarse por enésima vez en los más destacados puestos de la sociedad, sin demasiado éxito.

El estilo Casati estaba pasado de moda. Hasta su íntimo amigo, el barón de Meyer, la rechazaba en público, en conversaciones y revistas. Nadie quería ser tachado de excéntrico ahora que el derroche se consideraba una atrocidad. Eran los tiempos de los diseños de líneas depuradas de Chanel y de la nueva y vistosa bisutería que destronaba a las grandes y costosas joyas. Pero Luisa no sentía el más mínimo interés ni por unos ni por otras. Estaba fuera de aquel mundo. Y el suyo, el de los grandes excesos, empezaba a diluirse en medio de la velocidad de ese nuevo sentir moderno, representado por coches y aeroplanos, que parecía no dejar lugar a la melancolía.

Entretanto, algunos de los más claros referentes de la época más brillante de Luisa estaban presos por las nostalgias. Entre ellos D'Annunzio, cuya tristeza azul y desgarrada quedaba patente en su último telegrama: «La tortuga ha caído en la hibernación y no despertará hasta la primavera. A las diez de esta mañana me he sentido muy viejo».

Y debía de estarlo, porque ya no sentía las mismas ganas de seguir disfrutando con las locuras de su vieja amiga. Como los de ella, los años de conquistas y éxitos sociales del escritor quedaban ya muy lejos. Solo conservaba sus reflejos, atrapados en sus propios recuerdos y custodiados por los muros de Il Vittoriale, su fortaleza y cárcel: el cementerio donde enterrar sus errores en aquellos últimos años de su vida.

El tiempo, imparable, comenzaba a cercenar, con definitiva lentitud, todo el universo de Luisa. La primera prueba tangible de ese cruel e irrefrenable paso del tiempo fue la muerte de la boa constrictor más famosa de su entorno animal. Ni siquiera el sofisticado sistema de calefacción que Luisa había colocado en su jaula de cristal pudo evitar que Anaxagarus sucumbiera a la neumonía. Con su muerte terminaron las pesadillas de tantos y tantos sirvientes de la Casati que, en hoteles y palacios, tuvieron que conseguir pollos, conejos y ratones vivos para alimentar al temible animal al que la Marchesa adoraba. Luisa hubiera querido que la piel de su amada serpiente descansara extendida sobre una góndola en Venecia y así se lo pidió a Martini. Pero el pintor rehuyó tal encargo y se esfumó sin querer saber nada del ofidio.

La Marchesa intentó sustituir a su desaparecida boa con otra serpiente que encargó a la Casa de Reptiles de los

Jardines Zoológicos de Londres. Pidió una serpiente amarilla y negra de Taipán, de la costa norte australiana, la más venenosa del mundo; pero para regocijo de sus criados y vecinos el ejemplar no soportó el viaje y murió. Luisa, desolada, decidió dejar la caja de cristal, vacía, «como monumento a la pitón desconocida»; así se lo hizo saber a Martini mientras llevaba el larguísimo cuerpo inerte del animal a la taxidermista de la Academia de Ciencias para reconstruirlo y enviárselo como regalo a D'Annunzio. La doctora le dijo que el ejemplar era tan perfecto que lo examinaría con minuciosidad antes de disecarlo para escribir un artículo para el periódico de la institución. Luisa se enorgulleció tanto que antes de mandarle el reptil le envió una carta relatándoselo a su amante/amigo.

Querido Ariel,

He visitado el Jardin des Plantes y he visto el esqueleto de la serpiente. Madame Phisalix me asegura que lo acabará el 20 de febrero. Ya verás, parece encaje. Te envío un artículo de la Academia de Ciencias publicado en un periódico sobre mi pitón. El viernes, los condes de Beaumont celebrarán un baile de máscaras, «Los tipos y las previsiones de 1925-1935». Yo iré como embajadora de Marte. Por favor, mándame un telegrama pronto describiendo la naturaleza de los marcianos. Tú debes de conocerla. Conmigo tendré un magnífico enano del Nuevo Circo. Camina con su cabeza.

CORÉ

D'Annunzio no contestó ni proporcionó detalles a la Marchesa sobre los habitantes de Marte. Tampoco llegó a recibir a la pitón. Una vez disecada, a Luisa le gustó tanto que eligió dejarla como centinela en su caja de cristal donde, desde el tronco al que estaba enroscada de manera realista, vigilaba a los visitantes que desconocían que estuviera muerta. Entre ellos su amigo, el prominente abogado e industrial del cobre Thomas Pears Williams, al que la Marchesa invitó a ver al reptil haciéndole creer que estaba vivo, o como Alberto Martini, a quien reclamó con enorme urgencia no solo para que contemplara a la serpiente disecada, sino también para que la retratara una vez más. Fue tal el apremio de su llamada que el artista partió a toda velocidad desde París, rumbo al palacio de la Marchesa, esa misma noche.

Era otoño, el cielo estaba despejado y, antes de llegar, Martini contempló la silueta del bello palacio alumbrado por la luz de las estrellas. Al acercarse, comprobó que las ventanas estaban iluminadas por una misteriosa luz violácea. En la puerta del edificio se encontraba el sirviente negro de la Marchesa, que le acompañó a una gran sala de espera donde ardían unas hogueras egipcias en torno a la gigantesca caja de cristal que albergaba a la pitón muerta, enroscada a un tronco de sicomoro. Martini encontró a la Marchesa en su templo perfumado de ámbar persa y enfundada en una armadura, con un casco emplumado y con una daga auténtica de los Borgia en la mano. Necesitaba que la pintara. Esa era su premura. Como él ya estaba allí, aceptó hacerlo. Sobre todo, porque ese fue el primer cuadro de un nuevo acuerdo que firmaron, ese mismo día, el artista y su mecenas, y a ese retrato seguirían otros muchos en todo tipo de materiales: óleo, tinta, pastel... Los incontables cuadros diferentes que Martini pintó de la Marchesa la mantuvieron entretenida durante cierto tiempo, pero luego volvió a aburrirse de la soledad y de su encierro palaciego. Necesitaba viajar, recorrer mundo, descubrir algún lugar donde recuperar la magnificencia de otros tiempos vividos. No la inspiraba ya esa Europa vapuleada por la Gran Guerra y temerosa de nuevos conflictos, así que se embarcó rumbo a América en el lujoso barco de crucero llamado Leviathan.

En la suntuosa embarcación parecía haberse detenido el tiempo. Otras grandes personalidades de la época, quizá también queriendo escapar de su inevitable destino, viajaban junto a la Marchesa: artistas, exploradores, aventureros, grandes damas..., todos provocaban la curiosidad del resto del pasaje, pero ninguno tanto como la Casati, que viajaba acompañada una vez más por una boa adquirida para tal fin. El reptil se escapó y los pasajeros, sobre todo los emigrantes que viajaban hacinados en los camarotes más humildes del barco, empezaron a temer por la seguridad de sus hijos. Incluso se llegó a correr la voz de que el animal había devorado entero a un niño que viajaba en tercera clase. Una vez más, Luisa era objeto de murmuraciones y leyendas. La boa, según el relato de Francis Cyril Rose en sus memorias, *Saying Life*, jamás apareció, y la Marchesa solo encontró consuelo entre los vapores del alcohol del bar que el mismísimo Ritz instaló en el buque.

El agitado viaje concluyó con la llegada del Leviathan al puerto de Nueva York, donde se estampó contra el propio muelle, por fortuna sin daños. No faltó quien asegurase que también aquel hecho tenía que ver con la peculiar Luisa, practicante de rituales de magia negra. Sin embargo, ni siquiera tales chismes evitaron que esta se convirtiera, desde su llegada a Estados Unidos y durante toda su estancia en el país, en una auténtica celebridad. Los reporteros la perseguían allá donde fuera describiendo su belleza y su extravagante elegancia, que incluso fue el germen de una película protagonizada por Theda Bara y Valentino. Nada más desembarcar, vestida con un escotadísimo vestido dorado, Luisa se registró en el neoyorquino Ritz-Carlton de la avenida Madison e hizo dos peticiones a un amigo americano: un vino tinto decente y que le reemplazaran la serpiente perdida por otra de no menos de treinta pies. Entretanto, recorrió todas las tiendas de la ciudad, sin encontrar ninguna que le interesara, hasta llegar al taller de Giulio de Blaas, a quien le encargó un nuevo retrato con un vestido de lamé dorado y un tocado de plumas.

Luisa pasó la Navidad y el Año Nuevo en Manhattan, e incluso prolongó su estancia en la ciudad hasta mediados de enero. Durante este tiempo, admirada por todos, hizo nuevos amigos en las distintas fiestas a las que acudió, entre las que destacó el Baile de Caridad para ayudar al hospital de San Marcos. Después se marchó a Palm Beach, en Florida, donde su vestuario volvió a causar sensación. Entre las crónicas de la época se recoge una de las cenas celebradas por la revista *Vogue*, en la que su atuendo dorado, a juego con un casco del mismo color rematado por unas plumas negras, fue lo más aplaudido de la noche. El mismo éxito tuvo en San Francisco, donde nada más llegar el periódico local ofreció una detallada descripción de su vestuario y de su persona, en la que se destacaba no solo su belleza y atractivo sino también su gusto por lo exótico y lo espectacular, el glamour, el misterio y el romance que la rodeaban, así como su capacidad para asombrar al mundo. La crónica culminaba asegurando que los admiradores de los retratos de la Casati podían pensar que sus expectativas no quedarían satisfechas al verla en persona, pero era tal cual la imaginaban.

La presentación de la Marchesa resultó tan excitante para los lectores que, a partir de ese momento, devoraron cuanto se escribía sobre Luisa Casati, incluidos unos comentarios suyos, dignos de la mismísima Garbo, en los que decía: «Ser diferente es estar solo. A mí no me gusta lo normal. Así que estoy sola». Como pronunció la frase en el transcurso de una entrevista durante la que no se retiró los velos que le cubrían el rostro, empezaron a correr nuevas fábulas sobre la Marchesa. Se llegó a asegurar incluso que tenía la cara arañada por sus exóticas mascotas o que, al plantar a un conde, este le grabó sus iniciales en la frente con una daga antes de dispararse a sí mismo y morir.

Su halo de misterio conseguía que, allá donde fuera, todos la requirieran. En Hollywood fue la invitada del magnate William Randolph Hearst, conoció al actor John Barrimore, se citó en varias ocasiones con lady Pamela Paged, la nieta de lady Diana Cooper, e incluso visitó la enorme mansión del multimillonario mecenas del arte Templeton Crocker.

Después volvió a Nueva York, donde coincidió de nuevo con Francis Cyril Rose, a quien una vez más consiguió impactar con su inmenso sombrero del que colgaban los velos que cubrían sus ojos, sus pantalones de leopardo y sus babuchas árabes. A su regreso a Europa desde Nueva York, a bordo del RME Majestic, el lujoso transatlántico en el que coincidió con importantes empresarios americanos, Luisa le pidió a Martini que la inmortalizara como una india nativa norteamericana. Una figura de romántico exotismo para los primeros años del siglo XX en una Europa muy distinta a la que Luisa cautivara pocos años atrás.

37

Tras la partida de Gabriel, Luisa, ya sola, corrió a mirarse en el espejo. La marca de su cuello comenzaba a amoratarse. El solo recuerdo de la boca de Gabriel absorbiendo su sangre, lejos de desagradarle, le hacía sentirse tan intensamente suya que no pudo reprimir un gemido escapado de su garganta. La marca en el cuello, el recuerdo de sus manos, las trece flores que había colocado en un jarrón transparente sobre la mesa en la que descansaba su ordenador, guardián de tantas palabras de amor... Todo estaba lleno de esa historia que cada vez ocupaba más espacio en su vida.

Retiró el cuadro terminado, lo apoyó sobre la pared y en su lugar colocó un lienzo nuevo sobre el caballete donde empezó a esbozar su siguiente dibujo. En pocos trazos quedó clara la escena conocida, de la que ella debía formar parte: un hombre desnudo detrás de una mujer también desnuda y tan pegado a ella como si estuviera en su interior, enfrentados ambos a su reflejo. El hombre, por su corpulencia, su cabello rubio y largo y sus poderosas manos agarrando los hombros de ella, era claramente Gabriel; pero la mujer infinita, de pechos ligeros y caderas huesudas, no era la autora del cuadro, sino Luisa Casati.

Era obvio que la Marchesa ocupaba su puesto, o tal vez el escultor había usurpado el del escritor. Y ella había dibujado la escena así porque así era la imagen que veía en su cabeza.

Resultaba extraño. Apenas unos minutos antes había compartido cama y espejo con su amante y, sin embargo, lo pintaba ahora tras otra mujer que, más allá de los parecidos razonables, no era ella.

¿Qué significaba aquello? Tenía a Luisa Casati demasiado metida dentro de sí. Y le aterraba que aquella mujer sobrenatural en la vida y en el recuerdo, que la empujaba a conseguir todos sus anhelos y a no reprimir sus ansias creativas, la dominara por completo y acabara por convertirla en el reflejo de ella misma en otro tiempo y en otro lugar.

Por otra parte, también le inquietaba el sentimiento que estaba ramificándose por su interior: notaba a Gabriel en su cabeza, en su corazón y hasta navegando por esa sangre que se coagulaba tras sus besos. Y sentía también que ella misma formaba parte de la sangre de él, que viajaba en sus deseos más ocultos, que su amor por ella era tan total como irreductible y que guardaba un firme propósito: lograr que ambos fueran uno solo. Un solo corazón. Una sola alma.

Colocó otro lienzo en un caballete que tenía libre y, como si alguien guiara su mano, dibujó a toda velocidad y con absoluta precisión los rasgos de Gabriel. La memoria instantánea no falló y recogió su mandíbula marcada, sus rubias y rectas cejas, su melena lacia y dorada, su boca siempre sujeta por una media sonrisa y su misteriosa mirada. La mirada de un hombre que ha vivido muchas vidas y que no se siente orgulloso de todas. Una mirada tierna al fijarse en ella, sí, pero tan enigmática como si ocultara algo en su fondo. «Es difícil pintar sin analizar lo que se pinta, y más cuando se ama a quien se pinta», se dijo.

Miró el reloj. Eran las doce y cuarto de la noche. El día había pasado a la velocidad de la luz. La luz que todo lo mide y todo lo cambia. Iluminar desde un ángulo o desde otro depara una imagen distinta de lo mismo. Lo sabía bien por las luces y las sombras de sus cuadros, como también sabía que las cosas nunca están en el sitio en el que parecen estar porque en cuanto la luz las toca, según el principio de incertidumbre de Heisenberg, las desplaza. El tiempo y la luz, la luz y el tiempo. El tiempo eterno sin luz, apresurado con ella. Gabriel lo había iluminado todo en su interior y el tiempo, antes detenido, ahora se escurría a toda velocidad. Llamó a su casa para avisar de que se quedaría a dormir en el estudio. No podía enfrentarse a una conversación con su marido tras haber pasado el día con Gabriel, y menos con esa marca en el cuello. Además, tampoco creía que su ausencia le perturbara demasiado. No obstante, le llamó.

—Hola, Juan.

—Hola, Luisa.

—¿Estás en casa?

—No, estoy en una cena de trabajo. Iré en un rato. No te he querido llamar para no interrumpirte. ¿Estás bien?, ¿necesitas algo?

—Nada, gracias —contestó ella—. Quería avisarte de que no voy a casa a dormir. Prefiero acostarme ya y levantarme pronto mañana para seguir trabajando.

—De acuerdo —repuso él sin ofrecer resistencia—. Entonces hablamos mañana. Duerme bien.

—Tú también. Hasta mañana.

Luisa colgó el teléfono, molesta. Debería estar contenta de la apática reacción de su marido, porque ella estaba en otra relación..., pero no se sentía preparada para perderle. Debía reconocerlo. De pronto lo quería todo: su marido, su amante, la pintura, sus hijos... ¡Sus hijos! Temía encontrarse con ellos cara a cara cuando llegase el mes siguiente. Sabía que ambos estaban sorprendidos por su extraña conducta. Jacobo, el pequeño, aplaudió su vuelta a la pintura como si la hubiera esperado siempre. Juan, por el contrario, mostró un desconcierto rayano al enfado, muy parecido al de su padre. Hablaba poco con ellos. Los atendía y escuchaba cada día, pero no les contaba nada. ¿Qué podía contarles? Ellos querían a su abnegada madre de siempre y ella era otra. Una mujer diferente que, además, estaba traicionando a su padre. Se sintió mal. Tal vez todo aquello no conducía a ninguna parte: la pintura, Gabriel... Acababa de comprobar con su casi muerte que no era eterna, que el tiempo se agota, que la vida se acaba, y los años que le quedaban por vivir, ¿quería compartirlos con Gabriel?, ¿querría Gabriel compartirlos con ella?

Pensaba en el arte, en el proceso creativo, en la trascendencia, la pasión... Y frente a ellos, en la prosaica realidad: la tranquilidad, el compromiso, la responsabilidad... Estaba repleta de dudas. Recordaba haber escuchado decir a su madre que a la luz del asombro surgía el conocimiento y que, una vez ligeramente rozado con los dedos, sin más, aparecían las dudas. ¿Cómo no dudar si los sentidos suelen darnos informaciones tan imprecisas que ni la razón puede darles respuesta? Si colocamos un dedo frente al Sol y nos dejamos guiar por las impresiones sensibles, el dedo es más grande que el astro. Todo es relativo. Todo se ve de distinta manera según la luz. Otra vez la luz de la que todo depende. Sin ella nada existe. Ni los reflejos de los espejos, que desaparecen en la oscuridad.

Alzó su mano hasta la marca de su cuello y, mientras acariciaba su única prueba de que los espejismos existían, vio que la pantalla del ordenador se iluminaba con una nueva carta de Gabriel.

Mirage,

Sé que estás pensando en mí, en nosotros, en el tiempo compartido. Como yo. ¡Se esfuma tan deprisa! Ahora queremos tiempo para estar juntos. Y tal vez antes queríamos que el tiempo pasara, como la corriente, para llegar al agua remansada. Tú eres mi remanso de agua y de paz. Mi fortaleza. En ti se desvanecen todos mis terrores de otras vidas. Tengo grabada en mi memoria tu mirada ausente de maquillaje y de miedo, atrapada en el reflejo de nuestro amor carnal. Una mirada sin edad, sin pasado, casi de recién nacida, con todo su tiempo por delante. Toda esa ingenuidad contrasta con tu historia de tragedias, familia, muerte y resurrección. Y más aún con ese talento rotundo, recuperado, que dejará a tu alma trémula casi sin ese precioso cuerpo. Un cuerpo y un alma delgados, entregados a la creación y también a mí, a quien ya, de alguna manera, pertenecen. Enhorabuena por ese primer cuadro. Te lo repito, es magnífico. Pero todavía tendrás que entregar más carne y más sangre a tu obra. Y no es sencillo. Yo estaré aquí.

Mañana no podré verte. Pero pasado, si quieres, iré a despertarte a tu guarida.

Suéñame, mi amor. Yo también lo haré. Pronto nos encontraremos en los reflejos.

GABRIEL

Luisa releyó un millón de veces las líneas de Gabriel antes de contestar. Sus palabras la proveían de esa luz tan necesaria para vivir y aplacaban los temores y las dudas. La emoción la paralizaba cada vez que leía sus cartas. No hablaban por teléfono. Solo se escribían a cada rato. ¿Lo seguirían haciendo si estuvieran cerca? ¿Si fueran algo más que amantes? Se lo preguntaba sin pretender respuesta. Era como si jamás fuesen a ser algo distinto a eso, amantes, pero también como si su historia de amor pudiera acabar siendo eterna. Un poco como la de Luisa y Gabriele. Pese a la certeza de la incertidumbre no pudo evitar preguntarse por qué Gabriel no podría verla al día siguiente. ¿Ni un rato? Iba a estar tres días en Madrid y luego regresaría a Venecia, ¿y pasaría un día entero sin verla? Realmente era un amor distinto. Y no quería analizarlo. Recordó que no había comido nada en todo el día, así que se preparó un sándwich y volvió con él a la pantalla del ordenador para contestar la carta de Gabriel.

Querido Gabriel,

Es muy extraño. Hoy te he vuelvo a ver tras un mes de ausencia y ha sido como si ayer hubieras compartido mi cama. Hay algo en este amor extraordinario y cómplice que me tiene perversamente atrapada. Miro la marca que has dejado en mi cuello y en vez de enfado siento una extraña fascinación. Sé que no tengo edad contigo. Siento que no la tengo. Los años cumplidos y vividos se han desvanecido. Acabamos de nacer, sí. Al menos yo. Y tengo toda una vida por descubrir a tu lado, aunque durante este tiempo espeso y extraño aún finja ser la mujer de otro. Gracias por no presionarme y entender que la realidad pesa demasiado. Gracias por seguir siendo, al menos, de momento, puro espejismo.

TU MIRAGE

A la mañana siguiente Luisa se despertó cansada. En sus sueños anhelantes la confusión se mezclaba con esa ansiedad que le provocaban los sentimientos desbocados. Era muy pronto, apenas las siete de la mañana. Una hora perfecta para comenzar a trabajar. Se preparó un café en la cocina. Sobre la pequeña mesa a la que se sentaba a comer descansaba un libro de imágenes de Luisa Casati: *The Marchesa Casati, Portraits of a Muse*, de Scot D. Ryersson y Michael Orlando Yaccarino. No recordaba haberlo dejado allí, pero le gustó volver a ver las deliciosas reproducciones de las obras de diversos artistas.

No todos los retratos de la Marchesa le impactaban por igual, pero algunos la embelesaban. En especial los pintados por sus amantes más reconocidos. Se detuvo en uno de ellos, firmado por Kees van Dongen. Luisa, desnuda frente al espejo, escasamente cubierta por una prenda ligera y transparente, apenas sujeta por sus muñecas y desplomada para dejar al descubierto su cuerpo y sus nalgas y traslucir sus piernas y sus tobillos apoyados sobre unos altísimos tacones, tan rojos como su pelo. En el espejo se veía mejor su cuello, remarcado por un collar de perlas, y sus ojos, que casi devoraban su pequeño rostro. A su lado, una fuente de la que manaban flores de colores y una mesa sobre la que se encontraba un ramo blanco, que casi ocultaba un cuadro colgado en la pared en el que aparecía esbozado un jinete, quizá oriental, y en la que descansaba, también, una calavera; y bajo ella, un galgo blanco con los ojos abiertos y casi tan inquietantes como los de su dueña.

Pasó las páginas y se encontró con las pinturas de Augustus Edwin John, también amante en su día de la Marchesa. En ellas, más que otra cosa, quedaba reflejada esa alma que se desbordaba en su mirada. Pero había más: tal vez un poso de tristeza o de desconfianza e incluso de dureza. Ambos retratos fueron pintados por el artista británico en medio de una tempestuosa relación. Al parecer, Luisa demostró ser igual de gratificante en la cama que como musa, y tal vez por eso el segundo de los retratos pintados por John, casi adicto al sexo, se convirtió en el más famoso y aclamado por la crítica del pintor. En él se capturaba, probablemente más que en ningún otro de sus retratos, la singular personalidad de la Marchesa Casati. El pintor mostraba a una Luisa desprovista de esa máscara de maquillaje bajo la que de manera habitual se escondía, probando que aquella mujer era igual de única sin ella.

Bebió su café con calma mientras miraba las imágenes y luego regresó a la sala junto a sus cuadros. Luisa Casati con sus guepardos, Luisa Casati desnuda sujeta por Gabriel Quiroga, también desnudo, frente al espejo. El rostro indescifrable del propio Gabriel Quiroga. De pronto se preguntó cómo podría justificar la presencia de Gabriel en sus pinturas. «En el arte está todo justificado», escuchó en el aire. Sabía, aunque jamás la hubiese oído realmente, que aquella voz grave y categórica pertenecía a Luisa Casati. Seguía allí, con ella a su lado. Notaba su presencia fantasmal y recibía sus mensajes. «En el arte todo está justificado —volvió a oír—. En la vida, tal vez no».

¿Qué quería decir aquello? ¿Era de verdad Luisa la que le hablaba desde el Más Allá? ¿O sencillamente eran sus propias reflexiones? Antes de prepararse para pintar fue a encontrarse con Gabriel en el ordenador. El sobrecito amarillo anunciaba una vez más su presencia.

Mirage,

Duermo azotado por el recuerdo de tu piel invisible de mujer desvanecida. No sé si te amo a ti o a cuanto construyo e invento de ti. Pero ya he comprobado que tu carne existe y que tu alma viaja para visitarme como si tuviera cuerpo. He abierto las ventanas, corre la brisa sobre mi cama y sé que eres tú, disfrazada de sosiego y de serenidad. Súbitamente me pongo en pie y las cierro aprisa para dejar fuera el ruido de la ciudad y atraparte a solas conmigo. Estás aquí. Lo sé al seguir sintiendo el baile del aire sobre mi piel. Estás aquí, tan desnuda como ayer en tu carne y hoy en tu invisibilidad. No quiero encerrarte, sin embargo, si no quieres ser mía, así que abro de nuevo las ventanas y digo en voz alta, como si el aire que eres tú me escuchara:

vete si quieres. Y es entonces, cuando ya puedes elegir, cuando definitivamente te quedas. Apago la luz. Sé que prefieres la oscuridad. O acaso soy yo quien hoy teme mirarte y no verte. Pero te siento a mi lado, desnuda, invisible y tibia. Las yemas de mis dedos temen ofender a una mujer mitad recuerdo mitad espejismo, pero en el silencio mágico en el que se envuelve la oscuridad sé que contienes la respiración expectante ante mi roce, nuestro roce, que revoluciona el tiempo y los espacios y nos hace encontrarnos, aunque no estemos juntos. Sé también que mi caricia perturbará tu respiración. La excitación creciente de tu aliento dirige mis dedos y, merced a esa guía, puedo componer el dibujo de tu cuello y de tu hombro, de tu clavícula —estás boca arriba— y, pronto, de tu pecho. Pero es el descenso hacia el vientre el que te acelera. Voy por buen camino, vamos ambos, van nuestras respiraciones y cuerpos. Y es entonces, cuando mis dedos intuyen que pronto, bajando un poco más, tu aliento agitado navegará en humedades densas, cuando caigo en la cuenta de algo: tal vez tu larga ausencia de mí te haya hecho añorar la ternura más que el placer carnal. Apostándolo todo a esa percepción, renuncio a continuar el camino emprendido por los dedos ansiosos y te abrazo. Dejando la ventana abierta de nuevo por si te aburre mi opción tierna y prefieres marcharte, te abrazo y espero.

Ahora, pegado a ti, sin ti, en la oscuridad, invisible como tú por causa de ella, soy yo quien contiene la respiración. ¿Qué habrás pensado, Luisa, de este abrazo tierno?

Pegado a ti, sin aliento, espero...

GABRIEL

Los ojos de Luisa se llenaron de lágrimas. Las palabras de Gabriel constataban el milagro de un hallazgo: un hombre que la mordía, la marcaba y era capaz de sosegar su ímpetu sexual y su deseo implacable solo con adivinar su necesidad de ternura. Un hombre, incapaz de amar sin ella, que le hacía volver la mirada, sin remedio, a esa realidad suya de años, sujeta en la consistencia devastadora de las certezas y las rutinas. Sin pasión. Sin complicidad. Y frente al recuerdo torturante de la monotonía de la costumbre, su respirar de ahora, agitado, casi desmayado en la falta de aire provocada por la pasión y la incertidumbre de la aventura.

Nunca hubo mejor escenario para la creación. Luisa se sentó frente al lienzo y volvió a su pintura. Allí, atrapada entre colores, luces y sombras, se derramó entera y revivió lo vivido o lo soñado.

38

Pese a regresar al Palais Rose triunfante, Luisa se encontró con esa abrumadora soledad casi olvidada en su viaje transatlántico. La comunidad cercana a Le Vésinet, además, no sentía ninguna dicha por el regreso de la Marchesa, sobre cuya persona, una vez más, se narraban todo tipo de leyendas: que paseaba desnuda por la villa, que tomaba baños durante horas mientras sus sirvientes atendían a sus peticiones, e incluso que sostenía una intensa relación sexual con Yamina, su musculoso y siempre impecablemente uniformado chófer negro.

Satisfecha como siempre tras desatar los rumores, aunque cansada de los pobres dimes y diretes pueblerinos, Luisa decidió alimentarlos a través de nuevas y sorprendentes fiestas que convirtieran otra vez una de sus mansiones en el escenario de diversión de la más alta sociedad. Pero ni su poder de convocatoria ni su imaginación eran los de antaño y algunos de sus invitados acudían solo por piedad o por la perversa curiosidad de verla haciendo el ridículo. Eso pensaba su amiga Cécile Sorel cuando le contaban que la Marchesa se había paseado desnuda por su jardín con un cirio en la mano y diciendo «Yo soy la verdad», o al mirar su rostro cada vez más apantallado tras el ya absurdo yeso de su cara: que hacía el ridículo. Incluso que su comportamiento rayaba la estupidez. ¿Cómo si no podría ocurrírsele inventar un nuevo baile, el Baile del Negro, en el que los invitados tuvieran que presentarse maquillados de tal color? No hubo nadie que no creyera que aquella mascarada era un homenaje a su amante y conductor negro, a Yamina. Todos, incluida la propia Cécile, parecían haber olvidado la fascinación que sentía la Marchesa por las pieles oscuras y su obsesión porque siempre hubiese algún exótico negro en todas sus propiedades. «Eso es parte de su conducta viciosa y reprobable», aseguraban sus detractores. Pero también era parte de su personalidad, incuestionable hasta aquel momento, en el que su fortuna y su poder comenzaban a tambalearse.

La velada empezó mal porque algunos de los asistentes, con los rostros teñidos con productos tóxicos, casi no podían respirar, pero acabó... peor: un potentísimo trueno hizo temblar el Palais Rose y decenas de los valiosísimos objetos de ébano de la Marchesa rodaron por los suelos. Los invitados, asustados, comenzaron a correr apresurados, destiñéndose bajo la lluvia y manchándolo todo, mientras Kees van Dongen, en recuerdo del amor vivido, permanecía con Luisa, consolándola.

Por mucho que fuera el que la Marchesa siempre había soñado, aquel palacio rosa no debía albergar suficiente energía positiva, porque si la primera recepción tuvo mal final y el Baile del Negro tampoco acabó bien, hubo otra celebración más, que tampoco concluyó como Luisa esperaba: tuvo lugar el día en que un sinfín de improvisados espectadores, que deseaban saber si las historias que circulaban sobre los entretenimientos de la Marchesa eran ciertas, treparon por las paredes del jardín para comprobarlo por sus propios ojos. Mientras la multitud increpaba a los asistentes de la fiesta, Luisa Casati, adornada con una serpiente que, como en tantas ocasiones, le hacía las veces de joya, y acompañada por dos asistentes que eran el vivo retrato de Adán y Eva, se negaba a abandonar su habitación.

Todo el mundo se preguntaba qué era lo que sucedía en las recepciones de la Marchesa, incluso ella misma. ¿Por qué antes, en cualquiera de sus mansiones, sus fiestas eran inigualables y perfectas y ahora todas acababan mal? Tal vez la cantidad de *champagne* y de drogas que circulaban por las celebraciones actuales tenía mucho que ver con su desordenado desarrollo y con las locuras que cometían tanto los participantes como la anfitriona. Los vecinos estaban tan hartos de ruidos, de animales raros, de comportamientos extraños y de no tener la paz anterior a la llegada de la Marchesa, que presentaron una queja en la alcaldía; pero de nada sirvieron sus lamentos, porque el alcalde fue incapaz de tranquilizar a la siempre temperamental y caprichosa Luisa, acostumbrada a hacer cuanto le venía en gana.

Pese a los fracasos anteriores, Luisa decidió organizar el Baile de la Rosa de Oro en mayo de 1927. Entre las invitadas se encontraban Isadora Duncan y su amiga y admiradora Mary Desti, quienes llegaron en medio de otra pavorosa tormenta. La imagen con la que se encontraron parecía pertenecer a un musical. El edificio estaba todo rodeado de bombillas, y los caminos del jardín, flanqueados por miles y miles de rosas iluminadas a su vez por bombillas rosas y amarillas. Parecía una escena sacada de un cuento de hadas en el que los protagonistas eran poetas, escritores, artistas, echadoras de cartas... Ambas mujeres buscaron a la anfitriona sin suerte. ¿Dónde estaba Luisa Casati? La Marchesa finalmente apareció diciendo que se había retirado a sus aposentos tras encontrarse mal al inicio de la fiesta.

Pese a asegurar no sentirse aún del todo bien, su bellísimo disfraz de maga, adornado en los brazos, hombros y cuello por innumerables joyas, despertó la admiración de todos. Mary Desti, que nunca había coincidido antes con la Marchesa, quedó atónita ante la magnificencia y el terror que se desprendía de la mirada de aquella mujer delgadísima y altísima, cubierta de la cabeza a los pies por una capa negra con capucha salpicada de brillantes. Sus ojos, semiocultos tras una máscara negra, brillaban como los de un gato en la oscuridad.

Pero no solo Desti quedó hipnotizada por la imagen de Luisa Casati, el resto de los invitados tampoco podía retirar la mirada de aquella mujer irreal, que parecía provenir del mundo de los sueños. La breve presencia de la Marchesa fue el colofón de la que fuera tal vez la mejor de sus fiestas celebradas en el Palais Rose. Como broche de oro, cada invitado recibió el regalo de una rosa dorada que ocultaba en su interior un vial de perfume del mismo olor que la flor. Una bonita fiesta, según describiría después la propia Mary Desti en su libro sobre la vida de Isadora Duncan, *The Untold Story*, pese al malestar y la consiguiente desaparición de la Marchesa, que no hacía sino preludiar que la siguiente sería una auténtica tragedia.

Luisa no acababa de sentirse satisfecha con el resultado de sus celebraciones. Las primeras fueron un fracaso y, en la última, ella había tenido muy poca participación, por lo que pensó que debía conseguir un tema que anonadase de verdad al todo París si quería volver a formar parte de él. Para Luisa seguía sin existir asunto más interesante que el universo de lo esotérico y lo oculto. Y, sin duda, no había quien reflejara mejor esa oscuridad que Giuseppe Balsamo, más conocido como el Conde de Cagliostro, el ocultista más legendario de la historia de Italia.

La Marchesa no quería que se le escapase ningún detalle en esta fiesta. Necesitaba un éxito indiscutible. Por eso, para empezar, diseñó unas invitaciones por completo exquisitas y totalmente sobrenaturales. En ellas se reproducía, en papel dorado, su retrato como Medusa firmado por Martini. Las invitaciones, que costaron una auténtica fortuna, auguraban una fiesta distinta a las demás. Y eso era lo que Luisa quería: una fiesta realmente diferente que se desarrollase desde el principio en la oscuridad que el tema requería. Por eso convocó a sus invitados a las once de la noche. Ya había señalado la hora cuando advirtió que también el camino desde París hasta Le Vésinet estaría sumido en la negrura, y que los invitados podrían perderse, de modo que intentó arreglar el problema pintando una serie de signos en el recorrido que, al ser iluminados por las luces de los coches, servirían de guía a sus ocupantes.

Pensando que el problema estaba resuelto, la Marchesa se entretuvo en preparar el palacio para recibir a los invitados. Luisa, nacida en la era de la electricidad, la detestaba. Sobre todo, para las fiestas, que siempre prefería iluminar con antorchas. Para tan señalada ocasión eligió unas bellísimas de Lalique, que colocó rodeando el palacio en lugares estratégicos del jardín y, por supuesto, en la fuente. Además, ordenó extender preciosas alfombras sobre la hierba y acondicionar el pequeño pabellón adyacente con largas mesas de espejo, sobre las que se serviría la cena. En realidad, se trataba de un bufé, donde los suculentos manjares y las torres de pasteles estaban a la vista de todos, flanqueado por esculturas de hielo que se iban derritiendo a la luz de las incontables velas negras.

Un batallón de sirvientes, colocados a lo largo del camino y uniformados en blanco, con pecheras plateadas y guantes del mismo color, sujetaban entre sus manos unos candelabros ardientes destinados a iluminar el camino a los invitados. Los bármanes, vestidos de terciopelo negro y adornados con cuentas de azabache, ocultaban sus rostros bajo máscaras diabólicas. La recreación del ambiente era perfecta. E incluso contaba con el aditamento de la presencia de los más devotos seguidores de Cagliostro, como William Randolph Hearst o el dramaturgo Maurice Rostand que aparecieron acompañados por dos amigos, disfrazados una de la famosa cortesana Madame du Barry y el otro del cardenal de Rohan.

Otros disfraces destacados de la noche fueron el de Pedro el Grande, de lady Colebrooke, que incluía bigote y espada; el de Casanova, de Mrs. Reginald Fellowes; y el de la cantante de ópera polaca Ganna Walska, famosa por su voz y por su afición a las joyas caras y los hombres guapos, que más que un disfraz era un llamativo vestido multicolor, que no pasó desapercibido.

Parecía imposible que entre todas aquellas indumentarias asombrosas pudiese sorprender la de la Marchesa, pero ella, la Reina del Infierno, la Dama de lo Oscuro, no solo era especialista en cuanto tuviera que ver con lo esotérico sino también en deslumbrar a los participantes en cualquier fiesta con su elegancia y creatividad. Y lo consiguió. Preparó hasta el más nimio detalle de su disfraz de Cagliostro, que era una recreación perfecta de la ropa del ocultista del siglo XVIII. Constaba de pantalones de montar, abrigo, guantes y tricornio emplumado, todos confeccionados en telas de oro y plata salpicadas de diamantes. Como remate, unas botas de tacón que realzaban su destacadísima altura, un antifaz de oro puro y una espada de cristal, para Luisa repleta de atributos mágicos. La Marchesa estaba sensacional, imponente.

Las cosas parecían estar saliendo bien. Pero solo lo parecían. Alguien o algo en el ambiente debía de andar conjurando los azares y los vientos para que la fiesta, que tenía que ser la más sonada de la temporada, se convirtiera en una auténtica tragedia.

Así, los coches que recorrían el sendero marcado desde París a Le Vésinet, al atravesar un área periférica, se encontraron con vecinos del distrito, que les insultaron y hasta tiraron tomates a sus lujosos automóviles. Al tiempo, empezó a bramar un viento huracanado que removió el cielo hasta dejarlo cubierto de nubes. La marcha de disfraces por el jardín tuvo que desarrollarse, sin remedio, en el inicio de aquella tempestad. Se había preparado que el comienzo de la marcha comenzara con la aparición de un esqueleto que emergiese de una oscura cueva. Y así se hizo, solo que coincidió con un rayo que fue el primer susto de la noche. El desfile debía concluir con la salida de una carroza de época decorada en tonos dorados y tirada por dos corceles blancos, de la que tenían que descender María Antonieta y el conde de Artois, a quienes encarnaban la muy agraciada condesa de Segonzac y el último de sus amantes, el actor Pierre Meyer. A la espera de su turno de salida, la carroza con el cochero y los pasajeros había sido aparcada en una caballeriza en desuso, que se encontraba al lado del pabellón de los retratos, tras unos árboles; cuando les tocó salir fue cuando advirtieron que alguien les había encerrado. «¿Dónde está la llave?», se preguntaban unos y otros. Pero la llave no aparecía. Mientras se intentaba forzar la puerta, los gritos y los golpes pusieron nerviosos a los caballos, que estuvieron a punto de volcar la carroza. María Antonieta se desmayó en tanto su conde-amante, tan pálido como el cochero, trataba de mantener la compostura tras el episodio. Fue solo el inicio del caos. Porque cuando todo parecía ya tranquilo tras el incidente, de repente el cielo se encabritó y comenzó a chorrear agua. Llovía a raudales. La lluvia apagaba las antorchas, calaba la comida y deshacía las esculturas de hielo en tanto los rayos iluminaban escenas de pánico. Los invitados corrían en estampida para guarecerse hacia los pabellones donde Luisa guardaba su colección de retratos y entraban en ellos frenéticos, como animales, destrozándolo todo a su paso.

Cuando todos se fueron, Luisa Casati se encontró sola en su palacio devastado, rodeada de plumas de avestruz, de flores pisoteadas, de candelabros derrumbados sobre los suelos y de sombreros olvidados. ¿Qué había sucedido?, se preguntaba la Marchesa, aún aterrada por la furia incontrolable de aquella jauría humana, que no había dejado nada por arrasar.

Ya no quedaba nadie, pero ella, con la espada entre sus manos y aún enfundada en su traje dorado, seguía viendo visiones. Tanto que, de pronto, levantó su arma de vidrio y amenazó a alguien inexistente. Tal vez Cagliostro se enfrentaba a Cagliostro y le pedía explicaciones por haber desbaratado su propia fiesta. El esfuerzo fue demasiado para la Marchesa quien, exhausta, se desplomó sobre el suelo gélido de su palacio maldito.

Quizá por pura magia, el relato del Baile de Cagliostro que recogieron las revistas de la época, lejos de reflejar su sonado fracaso, describió un evento amable y divertido que se ilustraba con fotos de los invitados más selectos y un dibujo de Drian del vestido de la anfitriona. No fue suficiente: en los salones más selectos, era ver aparecer a Luisa y cuchichear sobre lo ocurrido, que según algunos no era más que el producto de la conducta excesiva y viciosa de la excéntrica Marchesa.

Ella estaba muy acostumbrada a las habladurías, pero poco a los fracasos. Se sentía sola. Desamparada. No sabía cómo escapar de esa maldición que parecía perseguirla desde que ocupara el Palais Rose. Tal vez debía abandonarlo, se decía. Pero ni siquiera intuía que pronto se vería obligada a hacerlo por la fuerza, a causa de su penosa situación financiera.

Para muchos, cuanto le sucedía a Luisa no era más que una advertencia divina por sus pecados, por su devoción a la brujería y por haber sido capaz, incluso, de organizar una fiesta diabólica.

Todos estos argumentos quedaban señalados por el dedo de su Eminencia, el arzobispo, el poderoso cardenal Louis-Ernest Dubois. Un hombre cuya dedicación a luchar contra «las Fuerzas del Mal» había merecido las honrosas condecoraciones de Gran Oficial de la Orden de la Corona de Bélgica y la Gran Cruz del Águila Blanca de Polonia, así como la Gran Cruz de San Saba de Serbia, de la Orden del Nilo, de Nicham Iftikhar, de Malta y muchas más. Según la opinión pública, era el arzobispo más íntegro de París.

Luisa era el paradigma de ese mundo elegante de sinrazón contra el que se rebelaba el arzobispo. Y tal vez por eso, para la Marchesa este constituía un reto tal que estaba empeñada en conocerlo con la intención de domesticarlo.

Cuando el prelado fue rechazando todas y cada una de sus invitaciones, Luisa, casi a modo de huelga, decidió encerrarse por completo. Abandonó todas las diversiones mundanas y empezó a ir a misa cada día, al tiempo que se dedicó a visitar a pobres y enfermos. Un periodo de virtud que no duró más que un mes.

Pasado ese tiempo, Luisa anunció que estaba poseída por el Demonio y reclamó un exorcismo del arzobispo. El hombre respondió con una nueva negativa, alegando que estaba en la cama con bronquitis y comunicándole que en cuanto mejorase iría a salvarla. La impaciencia de Luisa le impidió aceptar tal demora y envió a un emisario, en medio de la noche, a golpear la puerta de su casa para informarle de que se estaba muriendo tras un accidente de coche y le rogaba que fuera a proporcionarle los sagrados sacramentos. El hombre, pese a la fiebre, corrió al palacio de Luisa. Cuál sería su sorpresa al encontrarla preparada para recibirle cubierta de velos blancos, con una vela en la mano derecha y un lirio en la izquierda. La bendición duró cinco minutos, todo lo más. Cuando el arzobispo se marchó, los sirvientes encontraron a Luisa postrada sobre el pavimento, envuelta en lágrimas. Dos días más tarde, el 23 de septiembre de 1929, Dubois fallecería a causa del agravamiento de su pulmonía.

La Marchesa fue considerada por todos responsable de la muerte de este hombre, enfermo de setenta y tres años a quien había sacado de su cama por la noche. Del relato de los hechos y de la exaltación de su culpabilidad se encargó la principessa Jane di San Faustino, quien trataba de vengar así el insensible y humillante trato que le había dispensado Luisa Casati a su único nieto: el marqués Ranieri Bourbon del Monte.

Luisa se quedó muy afectada por la muerte del arzobispo, pero más que por su presunta culpabilidad y por las duras críticas de la sociedad, que no le importaban en absoluto, porque sentía como si a su alrededor no hubiese más que muerte y decadencia. En muy poco tiempo falleció su amigo y diseñador Léon Bakst, el genial Nijinsky fue confinado en un asilo, Isadora Duncan perdió la vida en su absurdo accidente en Niza, y no mucho más tarde murió también Diáguilev. Por si fuera poco, Boldini, tras su exilio durante la guerra en la Riviera Francesa, regresó a París casi sordo y ciego, se casó con su secretaria de treinta años y, dos años después de tal enlace, también murió, casi nonagenario.

Por mucho que ella se negara a reconocerlo, su universo se estaba extinguiendo lenta y dolorosamente, al tiempo que lo hacía también su patrimonio. Ese mismo año, la Marchesa viajó de nuevo a Milán para revisar sus finanzas y encontrarse con sus abogados y con su paciente contable personal, quien se había ocupado de los negocios monetarios del matrimonio Casati y ahora continuaba haciéndolo del suyo tras su divorcio.

Luisa no quería aceptar las sombrías noticias que su empleado le procuraba, y menos aún sus oscuros pronósticos de futuro. Pero la realidad era que sus últimas excentricidades habían vuelto a dejar sus arcas casi vacías.

De momento continuaba siendo solvente, pero sus desmesurados gastos hacían vislumbrar el peligro de una ruina inminente. El contable no sabía cómo convencerla de que fuera prudente, en tanto revisaba con angustia y preocupación los inimaginables gastos, aún impagados, del fatídico Baile de Cagliostro, cuyo coste excedía los quinientos mil francos de oro.

Luisa, como respuesta, y cual si fuera una niña, se abandonó a la inconsciencia y huyó a un lugar en el que la realidad no existía: la fortaleza de D'Annunzio.

Cuando la Marchesa vio al escritor tuvo un momento de debilidad: en su rostro se reflejaba, inclemente, el paso del tiempo. Gabriele, su travieso Ariel, era ya un anciano. Pese a todo, ella sabía que sería capaz de ofrecerle cuanto necesitaba. Y así fue. No solo la recibió con el calor de siempre, sino que consiguió hacerle olvidar su precaria situación financiera narrándole descabellados relatos repletos de las más imbatibles anécdotas.

Una vez más la conversación fluyó entre ellos y la risa iluminó su ánimo como si fuera una antorcha. Luisa se sentía bien arropada por las bromas del poeta, aún genial, pese al paso de los años. En medio de la charla, la Marchesa recordó de pronto que aún no había visto dónde se encontraba su último regalo.

—¿Dónde está la tortuga, Gabriele? —preguntó algo inquieta.

—Murió —respondió él sin compasión.

—Pero cómo, cuándo... —demandó Luisa desconsolada.

—Hace apenas un año. Se comió los nardos del jardín y murió tras un terrible cólico.

Luisa, de pronto, comenzó a llorar. D'Annunzio no recordaba haber visto jamás lágrimas en sus inmensos ojos verdes, y se sintió conmovido.

—Todo se muere, Gabriele —dijo ella entre sollozos—. Todo se agota. Todo expira. Y no es la muerte lo que me preocupa, sino desaparecer sin dejar huella. Y más aún vivir como si ya estuviera muerta.

—Tú no morirás nunca, Luisa —la consoló él—, tu recuerdo vivirá por toda la eternidad, y el de tu tortuga también. Para eso la he inmortalizado como sabía que te gustaría que lo hiciera. Ven. Acompáñame.

D'Annunzio tomó a Luisa de la mano y la llevó hasta el comedor, como si fuera una niña, para descubrirle una nueva maravilla. Para sorpresa de la Marchesa, a la cabeza de la mesa, sobre una almohada de satén rojo, descansaba la tortuga fallecida, en dorado esplendor. A su muerte el poeta había enviado su concha a su orfebre privado para que la dorara por completo; el trabajo se terminó recubriendo la cabeza y los pies del animal muerto en bronce y el resultado era una estatua que parecía verdaderamente viva. Por si aquel detalle no resultara suficiente para contentar a Luisa, el escritor decidió honrar a la bestia situándola de modo que presidiera el comedor, que fue rebautizado como la Sala de Cheli.

Infinitos detalles, para su dama de siempre, a quien incluso decidió encargarle una especialísima pieza a su joyero particular. Por desgracia, la Marchesa jamás llegaría a saber qué era aquello que con tanto amor encomendara para ella el escritor, porque ese fue su último encuentro.

A su regreso a Le Vésinet con el espíritu apaciguado por los mimos recibidos de D'Annunzio y su inestimable complicidad y comprensión, Luisa tuvo que afrontar una nueva tragedia: su viejo jardinero había sido hallado muerto y con los ojos destrozados por los picotazos de uno de sus loros. Estaba claro que ni en su fortaleza de mármol estaría protegida de la muerte y de la destrucción. Fue un mal presagio que volvió a sumirla en una desgarradora tristeza. Aquellos loros asesinos, además, agredieron al conserje del Palais Rose, quien, gravemente herido, tuvo que abandonar la propiedad y acudir al hospital. Durante su ausencia, los ladrones entraron en el edificio y arramplaron con buena parte de los objetos más preciados de la Marchesa. No fue tanto la pérdida de tales objetos valiosos lo que conmocionó a Luisa, sino el sentirse invadida y con miedo a que el episodio se pudiera repetir.

Estaba tan obsesionada con la posibilidad de que los ladrones volvieran, que decidió enseñar a sus empleados a activar su pantera mecánica, y muy en especial su rugido, que era lo que le hacía parecer más feroz y asustaba a los desconocidos. Pero los empleados se reían de ella. ¿Cómo iba a estar protegida la propiedad por un artilugio mecánico, máxime cuando la Marchesa había convertido sus jardines en el paraíso de las bandas de gitanos, por cuyos animales y ritos ocultos sentía tanta fascinación?

Tantos gitanos se habían acomodado en los jardines de palacio rodeados de sus loros parlantes y sus monos entrenados, mientras vendían hechizos y encantamientos, que su fiel Yamina se vio obligado a expulsarlos de la propiedad. Una propiedad donde ya no se celebraban fiestas y solo quedaba el recuerdo del desastre del Baile de Cagliostro, agravado por la situación financiera de Luisa. Pese a su angustiosa situación, la Marchesa aún acudía a las fiestas de otros como invitada y aún lograba impactar al resto de los asistentes, como ocurrió en el Ball Blanc organizado por un peluquero de la alta sociedad, al que asistió disfrazada con una recreación de la figura de Salvador Dalí.

Pero, aunque Luisa seguía vistiéndose distinta por completo al resto de los mortales e iluminando diversas aristocráticas veladas con su puesta en escena y su conversación, ahora ya era casi más mito que realidad. Tanto como para que, en un baile de disfraces una de las invitadas la emulara y apareciera disfrazada de Luisa Casati.

Ya no ofrecía fiestas extravagantes y carísimas, y su corte de admiradores cada vez era menor; pero sus gastos no descendían en absoluto. Desde sus oficinas en Milán, su contable trataba de convencerla de que la situación era desesperada y de que tenía que reducir sus gastos con urgencia. La Marchesa, que durante algún tiempo aún pudo afrontar los pagos de los créditos debidos vendiendo joyería y otros costosos objetos de su propiedad, o entregándolos como pago de algunas de sus deudas, no quería darse cuenta de su verdadera situación. Y no lo hizo hasta que se vio obligada a abandonar el alquiler de la «Villa San Michele» en Capri, dejando cincuenta mil liras de atrasos.

Entonces, una Luisa desesperada reclamó la ayuda de D'Annunzio y le propuso que compartieran el alquiler de la propiedad, así como los gastos de alojamiento. El escritor ni siquiera le contestó. Pese a todo, Luisa no estaba aún demasiado preocupada. Le quedaban tantas cosas por vender que no se sentía en peligro. De hecho, liquidó un préstamo en un instante con una estatua de marfil de Jesucristo que una vez perteneciera al papa Alejandro II. Sabía que era posible que el valor excediera en mucho la deuda, pero... qué más daba. Lo importante era disponer del dinero cuando lo necesitaba, aunque tuviese que vender cualquier cosa muy por debajo de su precio. Todo con tal de obtener liquidez. Incluso desprenderse de algunos de sus objetos más preciados, como aquel primer retrato de Boldini que pasó a pertenecer al barón Maurice de Rothschild, o la estatua egipcia con sus mismas proporciones que tanto impresionara a Catherine Barjansky y que le compraron el marqués

George de Cuevas y su mujer Margaret Rockefeller, o los ciervos de bronce que le acompañaran en sus villas de Capri, Roma y París, que adquirió Coco Chanel.

Luisa ya se había desprendido de brazaletes de diamantes, anillos de esmeraldas y collares de perlas en muchas ocasiones, a lo largo de su vida, incluso para pagar a los gondoleros o a los taxistas con ellos; pero antes los recuperaba con facilidad, mientras que ahora no se percataba de que los prestamistas, que se aprovechaban de su credulidad, no le repondrían todos esos objetos de valor y de que ella ya no tenía fortuna, no ya para volver a comprarlos, sino tampoco para deshacerse de ellos tan a la ligera.

La nueva fortuna reunida tras la reciente venta de sus acciones y de sus propiedades fue dilapidada con insospechada velocidad. Las facturas llegaban a diario al Palais Rose, y Luisa, como no podía satisfacerlas, decidió escaparse a Roma para visitar por última vez a la familia de su hermana. A su vuelta a Le Vésinet no le quedó más remedio que enfrentarse a sus acreedores. Cuando en enero de 1931 cumplió cincuenta años, tenía acumulada una deuda de más de trescientos mil francos en Francia y cerca de veinte millones de liras en Italia.

Aterrado por el escándalo, su contable pidió la intervención de la embajada italiana en París, pero su petición fue rechazada. Y lo peor estaba por llegar: Luisa ofreció dos tiques de empeño de una estatua de ónix adornada con piedras semipreciosas y un águila con diamantes como pago de la factura de un vendedor de carbón parisino; cuando se comprobó que el valor ofrecido era menor a la deuda, la Marchesa fue arrestada. La Justicia la condenó a dos años de prisión, aunque después redujo la sentencia a dos meses y al final suspendió la pena, pero no sin antes fijar una fecha para que se vendieran sus últimas propiedades.

Luisa mandó un último telegrama a Il Vittoriale en diciembre de 1932 demandando con desesperación la ayuda de D'Annunzio y pidiéndole que le enviara diez mil liras a cambio de la obra de arte que él eligiera de entre las que aún conservaba. Lo firmó como Luisa Casati, no como Coré. Los mágicos días de poesía y excesos de los amantes quedaban ya muy lejos. La oscura y prosaica realidad lo invadía todo. Tal vez por eso D'Annunzio, aferrado al recuerdo de otros tiempos y escondido entre los muros de su fortaleza, no quiso contestar.

39

Mucho antes de terminar de leer distintos libros sobre la vida de la Marchesa, Luisa constató que esta fue una trituradora de fortunas hasta el punto de que, tras dilapidar la suya, que parecía ilimitada, se vio obligada a abandonar su mundo de excesos sobrenaturales y a aceptar la más austera de las existencias. Sin embargo, supo también que la Casati se enfrentó a esa situación con una gran dignidad, sosteniendo su personaje hasta el final y probablemente sin echar de menos otra cosa que no fuera lo material. El resto, sus escasos afectos reales: los de sus padres, el de su hermana o el de D'Annunzio, no le faltaban porque pertenecían ya a ese Más Allá al que ella huía constantemente a través de su imaginación, ayudada por todas sus herramientas adivinatorias.

No era, en todo caso, la Luisa Casati amante del derroche o de las fiestas la que Luisa Aldazábal pretendía reflejar con sus pinceles. Tampoco la más decadente y vencida por la adversidad. Ella quería retratar a esa mujer sensible y poderosa a un tiempo, capaz de jugárselo todo, hasta su fortuna, por vivir un instante irrepetible de gloria. La misma que llegara a transformarse de la mano de D'Annunzio y que fue capaz de disfrutar de su sensualidad de una manera casi masculina.

Ella, al pintarla, no pretendía juzgar a su homónima, ni tampoco analizar su personaje. Sabía bien que en cualquier persona cabían, como cupieron en la Marchesa, el acierto y el error, el calor y el frío, la luz y la sombra. Y lo que le interesaba de ella era su singular magnetismo, derivado de su capacidad para transmutarse una y otra vez y para sobreponerse a todas esas transformaciones.

Era posible que su final fuera más dramático de lo esperado, pero no se miden las tragedias futuras cuando se vive y se disfruta el presente con total intensidad. Estaba segura de que, si a Luisa Casati le hubiesen preguntado por su vida, con sus mejores y sus peores años, hubiese respondido: «Mereció la pena». Si la inquisidora hubiera sido Luisa Aldazábal habría añadido una nueva pregunta: ¿Todo? ¿Hasta constatar que D'Annunzio también podía fallarle en el momento en el que más le necesitaba? ¿Cuál había sido el verdadero motivo del silencio del escritor? ¿Y su escultor? ¿Estaría a su lado si algún día ella reclamaba su ayuda?

Cuando Gabriel llegó a su estudio, dos días después de su primer encuentro en Madrid, el cuello devorado de Luisa parecía un arcoíris. Y sus nuevos lienzos, esbozados tras terminar el primero, tal vez dirigidos desde el Más Allá por el poderoso espíritu de la Marchesa, preludiaban ya la intensidad del primero.

No sabía de dónde venía el escultor ni tampoco quería preguntar. Él le ofreció algo parecido a una explicación.

—Mi vida en Madrid nunca es sencilla. Y menos ahora que el resultado de mis técnicas artísticas aún no está delimitado. Tenemos unas horas antes de mi marcha a Venecia. Tres días tuyos en la Ciudad de Agua, tres míos en la de luz velazqueña extendida por una sierra que ampara mis recuerdos de niñez. Seis días, ni siquiera compartidos en su totalidad, serán suficientes para que sigamos entretejiendo nuestros destinos a través de las palabras.

—¿Vuelves hoy a Venecia? —se atrevió a preguntar ella.

—Mañana por la mañana. A primera hora —respondió él sin añadir nada más—. Hoy el día es nuestro. Pero déjame que vea lo que ha sucedido en tus lienzos tras nuestro encuentro. Hummm, casi soy yo más el objeto de tu arte que la propia Luisa Casati.

—Tienes razón —reconoció Luisa sonriendo—. En realidad, quien casi ha desaparecido de la historia que cuento soy yo. Tú estás con ella en esa imagen frente al espejo que anteayer compartimos ambos.

—Pero según se cuenta, también ellos estuvieron frente al espejo, ¿no? —la tranquilizó Gabriel—. No te inquietes, estás narrando una historia de pasiones y extravagancias de la que tú quieres y no quieres formar parte. Por eso entrarás y saldrás de ella, sin remedio, según la propia pintura te lleve a través de las luces y de las sombras.

—¿De los propios cuadros?

—No, las luces y las sombras de tu propia vida, que no tiene por qué ser la que pintas, pero sí la que te sostiene cuando pintas.

—¿Por eso tú has querido recurrir a los subterfugios que te ofrecen las nuevas técnicas?, ¿para evitar esculpir con tus propias manos y acercarte demasiado a la realidad? ¿Tu nueva forma de entender y ofrecer ahora el arte es un modo de olvidar el dolor de aquella realidad que te llevó a contar con tus manos algo que no querías revelar? —quiso saber Luisa, que necesitaba conocer más a fondo a ese hombre que desataba las tempestades de su pasión carnal y de su mundo creativo.

El rostro de Gabriel se transfiguró por unos instantes.

Parecía albergar no solo dolor, sino también una extraña mezcla de impotencia e ira que Luisa nunca había visto antes en su mirada verde, a veces perdida en algún lugar del que ella sabía que no formaba parte.

—La realidad no es para mí otra cosa —contestó Gabriel—, en este momento, que ese cuello tuyo de colores que refleja tu pasión y la mía escritas en tu piel. Pero sí, es cierto. El dolor de la realidad puede paralizar la vida y el talento, como te sucedió a ti, o incitar una huida a otros universos, como ha sido mi caso. Pero yo ya no quiero seguir huyendo. En ti, o en el reflejo de lo mejor de mí mismo que hallo en ti, he encontrado la armonía, que es ese estado esencial, según los grandes filósofos, para que se dé la belleza. Por eso hay interpretaciones armoniosas de la máxima fealdad, e incluso de la abyección, que resultan bellas. Y tales armónicas interpretaciones, de lo bello o de lo feo, dependen fundamentalmente de la luz, que es la que revela la belleza o la falta de ella en todas las cosas. La luz es la manifestación física básica de la vida y tal vez en su resplandor se esconde la esencia de Dios.

—Quizá por eso es en las luces y las sombras del arte cuando el hombre llega a sentirse más cerca de Dios, o a descubrir que le falta.

—Así es —concedió él mientras se dedicaba a revisar uno a uno los esbozos trazados por Luisa—. Y cuando alguien delimita la luz y la sombra como tú, casi desde los primeros trazos, es que ni la presencia divina ni el talento son discutibles. Debo repetirte que el primero de tus cuadros, ya terminado, es magnífico. Y sin duda, será una de esas pinturas aclamadas con unanimidad por la crítica. Lo será porque contiene el bello encanto del aspecto más arrebatador de Luisa Casati: el de ser una mujer audaz, deslumbrante y distinta, deseosa de epatar al mundo. Ese cuadro era tu reto. Yo ardo en deseos de ver terminado este otro, que recoge el reflejo de la Marchesa y mi propio reflejo tras ella en el espejo. Lo más curioso es que ella, en esta imagen, aún no es más que el germen de lo que luego sería: apenas una niña intrépida aceptando el reto de la posesión del momento. Quien manda sobre ella soy yo. En realidad, su D'Annunzio convertido en otro por la pintora. Yo estoy en tu cuadro en vez de él y miro como quien ama a lo que encuentra reflejado en el espejo. Pero tú y yo sabemos que no es a Luisa Casati a quien veo, sino a ti, niña también de nuevo entre mis brazos.

Gabriel detuvo un momento sus palabras mientras desentrañaba los misterios de las pinturas de Luisa. Caminó entre ellas saltando con la mirada de una a otra hasta que, al final, sin dejar de contemplar el cuadro en el que Luisa Casati aparecía desnuda con el escultor tan pegado a ella como si ambos fueran uno, reconoció:

—Se me hace difícil apartar mi amor de mi admiración, sorprendido como estoy al ver cómo tus ansiedades y desvelos encuentran refugio seguro detrás de un dibujo firme, que enmarca jardines planos de color bañados por una sombra que se desliza y que los convierte en vitrales. Eres tú y no ella quien se yergue en este desnudo trazado con pinceladas tan esmeradas que es imposible astillarlas. Tus ojos se miran en los ojos de la otra, mezclando ensoñación y pezones afilados, inalcanzables y ajenos a los hombres que os aman, hombres que se pierden al mirarte a ti... y al mirarla a ella.

Luisa se dejó acariciar por sus palabras cómplices, pero estaba tan excitada viéndole repasar su aún escasa obra que necesitaba que siguiera haciéndolo.

—¿Y qué ves en este otro lienzo, en esas líneas aún escasamente ordenadas, desde las que ya emerge tu propio rostro? ¿Te ves a ti? ¿Ves tus luces y tus sombras?

Gabriel no respondió. En vez de eso volvió a vagar de un cuadro a otro, examinando cuanto veía como si Luisa no estuviera. Su silencio desprendía una emoción y un nerviosismo incontenibles. Pasados unos inacabables minutos se dirigió a ella de nuevo.

—Necesito pedirte algo —solicitó Gabriel despacio, pronunciando cada palabra como si hacerlo le supusiera un enorme esfuerzo.

Lo decía con tal vehemencia que Luisa supo inmediatamente que la petición del escultor no sería sencilla, pero las horas compartidas, los renglones intercambiados sobre los que resbalaban sus sentimientos y el efecto extraordinario que él obraba sobre ella le hicieron saber, de antemano, que no podría negarse a nada de cuanto le pidiera.

—Quiero que poses desnuda para mí —le pidió entonces él perdiendo su mirada en el horizonte del boscoso jardín. Luego se volvió hacia Luisa y añadió—: Sobre la cama que hemos compartido. Con las piernas abiertas. No puede haber pudor.

A Luisa se le heló la sangre. Gabriel ya no hacía ese tipo de esculturas. Estaba enfrascado en otros procesos artísticos, enormemente ambiciosos, en los que la figura humana se diluía a través de los caprichos de la naturaleza, coautora de sus obras, ¿por qué quería que ella posara para él? Y, sobre todo, ¿cómo iba a posar de la manera en la que él le pedía sabiendo que esa escultura la verían más tarde su marido, sus hijos...? Además, tenía cuarenta y cinco años, ¿por qué desnuda e impúdica cuando, al parecer, hasta su subconsciente había hecho que en su pintura le dibujara a él, a quien la desnudez le parecía insólitamente normal, pero con Luisa Casati, seguramente para no aparecer ella misma en el cuadro sin ropa?

—No puedo posar desnuda para ti —reconoció, sintiéndose en segundos al borde de la histeria, mientras paseaba por la habitación—. ¡No sabría! Tal vez en mi juventud, con mi seguridad de entonces, sí. Pero ahora...

Me siento incapaz. Además, ¿durante cuánto tiempo?, ¿y cómo podría justificar mi presencia en una escultura tuya?

—En el arte todo está justificado, en la vida... tal vez no —admitió Gabriel recreándose en la pronunciación de cada una de las palabras.

¡Las mismas palabras que había escuchado en su interior! ¡Las palabras de Luisa Casati! ¡Oh, Dios! ¿Se estaría volviendo loca? Gabriel prosiguió:

—Necesito que me ayudes, Luisa —imploró él—. Solo tú puedes devolverme el entusiasmo artístico que una vez tuve cuando retrataba almas límpidas. La tuya lo es y quiero poseerla, que sea mía a través del polvo gris de la arcilla y del bronce que la inmortalice más tarde. Tengo que esculpirte. Y para ello debo llevarme tu recuerdo no solo en la memoria, sino en el papel. Pero no te apures, sabiendo que no te resultaría sencillo posar para mí, he traído algo que te ayudará a hacerlo, algo que te permitirá esconderte en tu desnudez y que te hará sentirte más cómoda.

Gabriel rebuscó en sus bolsillos y sacó de uno de ellos una media máscara veneciana.

—¿Un antifaz? —preguntó Luisa turbada.

—Sí —respondió él mirándola fijamente—, quiero que te quites la ropa y que te escondas tras él. Te estoy pidiendo que a tu belleza y a la seducción añadas la indecencia, el placer de saber que excitas a quien te contempla hasta que pierde el juicio. Necesito que con tu mirada y tu sexo seas su perdición, que no haya hombre ni mujer que pueda ya dormir tranquilo después de contemplarte, que necesite poseerte.

Luisa no se atrevió a preguntar por qué. A qué respondía tal necesidad. Simplemente supo que debía obedecer lo que Gabriel le pedía. Gabriel, el dulce Gabriel que unas cuantas horas antes le había ofrecido un tierno abrazo virtual en vez del puro sexo que deseaba, ahora le pedía indecencia. Como D'Annunzio a Casati al inicio de su historia.

No hubo más tiempo para dudar. Gabriel tomó la mano de Luisa y la condujo hasta su habitación, donde la dejó sola unos instantes, preparándose, mientras él rescataba sus útiles de dibujo.

Luisa se desnudó despacio y dejó toda su ropa ordenada con cuidado sobre el galán de noche de su cuarto. Luego subió a la cama con calma y se colocó sobre sus rodillas, frente al espejo, desnuda. Su cuerpo delgado y blanco parecía aún más frágil sostenido sobre sus muslos bien formados. Su abultado pecho, ya no tan firme como antaño, pero aún redondo y terso, su fina cintura, sus rotundas caderas y su pubis castaño, casi desprovisto de vello, se reflejaban en el espejo y formaban parte de la imagen de una desconocida de ondulada melena roja que se ocultaba tras el perverso antifaz. No pudo evitar que la situación le provocara una excitación desmesurada. Se mordió el labio inferior, casi hasta hacerse sangre, mientras esperaba inmóvil la aparición de Gabriel y su reacción.

El escultor entró despacio, la examinó con detenimiento, sin prisa, se sentó frente a ella delante del espejo, y le dijo casi en un susurro:

—No te muevas, quédate así. Nunca hubo una mujer más deseable en el universo. Déjame esbozar este dibujo y, después de él, que pase cuanto tenga que pasar.

40

La mañana se despertó fría y gris. Un viento helado y ligero volaba entre las personas que paseaban por París, ya atareadas desde las primeras horas del día. Era sábado y la ciudad tenía un movimiento diferente al del resto de la semana, tal vez más amable. Por eso no parecía que nada malo pudiera suceder. Sin embargo, era el sábado 17 de diciembre de 1932: la fecha que había determinado el tribunal para subastar todas las posesiones personales de Luisa Casati.

La Marchesa estaba preparada para cuanto iba a ocurrir. Repasó mentalmente la lista de objetos confiscados por las autoridades francesas y no pudo evitar rememorar, a través de ellos, algunas parcelas de su vida de constantes privilegios: los muebles dorados Luis XVI que tanto brillaran en sus casas; los juegos de té de porcelana de Sèvres, con servicio de café, con los que remató alguna de sus cenas de París; doscientos libros encuadernados en cuero marroquí con la corona familiar labrada en oro que guardaban tantas palabras leídas; candelabros de Vermeil que iluminaron momentos inigualables; un set de antorchas de cristal de Lalique que solía utilizar en las más extravagantes fiestas; un cuerno de unicornio y mármol que ella juraba auténtico y creía mágico, y que en su día perteneciera a Elsie Deslandes. Probablemente solo Luisa entendía el significado de aquellos enseres entre los que se encontraban también otros más personales: sus álbumes de fotos, sus excelsas ropas de cama con su escudo de armas bordado en ellas y los cubrecamas de satén con dibujos de tigres, ciervos y gacelas bordados en oro. Y, cómo no, parte de su siempre admirado vestuario: un vestido de brocado persa de Worth, seis pares de zapatos de oro y plata hechos a mano por Hellstern en la plaza Vendôme, un abrigo de piel de pantera, seis vestidos de noche, dos pares de guantes rematados con piel de zorro plateado, un par de guantes de piel de tigre, un par de zapatillas con diamantes, un abrigo de seda color vino con botonadura de la corona de Casati, un abrigo de plumas de avestruz, doce juegos de ropa interior de satén y encaje y quince excepcionales vestidos entre los que se incluía uno realizado en brocado y diamantes, la entera colección de objetos que un día pertenecieron a la condesa de Castiglione y, también, su más preciado tesoro: la mayor parte de la Galería Casati. Tras la venta de dibujos de Boldini y John, óleos de Beltrán Masses y de De Blaas, el guache de Brunelleschi, la acuarela de Montesquiou, el bronce de Troubetzkoy, los lienzos de Corcos y la extensa colección de retratos de Drian y Martini, las paredes de su galería quedaron vacías.

Luisa había pasado media vida recopilando su imagen a través de la mirada de distintos artistas para poder guardarla en sus muros y contemplarla, como si se tratara de su alma, fuera de su carne. Esa alma, que repartida entre tantas obras de arte le hacía sentirse eterna, quedaba ahora en poder de los desconocidos que la adquirían sin conocer su historia, o sabiendo solo cómo la vivió exteriormente.

Todo el cuerpo de servicio: el conductor, el jardinero,

las doncellas, los ayudas de cámara y los jardineros fueron despedidos y abandonaron el Palais Rose, ya hipotecado para poder afrontar el pago de los impuestos y las deudas. El palacio de los sueños de Luisa no era ya más que un edificio fantasma, deshabitado y despojado de todas sus maravillas.

Tras la subasta, la mayor parte de sus deudas quedó satisfecha, pero Luisa apenas tenía ya dinero para vivir decentemente. Decencia. Era una palabra curiosa para Luisa. Recordó aquella frase de D'Annunzio en su primer día de aventura: «Entre nosotros solo cabe la indecencia». No pudo evitar sonreír. Su amplia desgracia no le arrebataría sus recuerdos, que podían ser cualquier cosa excepto decentes. Su manera de vivir la vida, de disfrutarla, de exprimirla, era sin duda indecente. Ahora esa impúdica exhibición de riqueza no podría seguir siendo una constante en su vida, porque casi no le quedaba nada. Solo lo justo para encontrar un pequeño apartamento en París donde, pese a todas las carencias, también quedaría reflejado el exquisito gusto de la Marchesa, que impregnaba todos los lugares por los que pasaba y en los que dejaba, inevitablemente, su impronta para siempre.

Cuando algunos años más tarde se vendió el Palais Rose no cesaron los rumores sobre su anterior propietaria. Se decía que los nuevos dueños y sus sirvientes habían encontrado numerosos objetos pertenecientes a Luisa Casati, como aquella pantera mecánica que, al accionarse repentinamente, mató de un susto a uno de los trabajadores contratados para acondicionar la mansión. Se contaba que su cuerpo inerte quedó desmayado sobre el suelo de mármol. Luisa y sus animales, vivos o muertos, seguían generando leyendas.

Entretanto, la Marchesa permanecía en el pequeño apartamento, pero se ahogaba en tan poco espacio. Por eso trató de alquilar la casa de la afamada bailarina Elise

Jouhandeau, más conocida como Caryathis, a quien conoció en aquel tiempo, pero no lo logró. Su fama hizo que la bailarina temiera cualquiera de las habituales extravagancias de Luisa, y aún más que pintara sus árboles de dorado o llenara su casa de todas esas salvajes mascotas que siempre la acompañaban. Con algunas de ellas vagabundeó por París sin dirección permanente durante algún tiempo. A veces residía en el hotel Lucas gracias a la generosidad de algunos amigos, como Filippo Marinetti, pero gastaba tanto y tan deprisa que ni sus más devotos podían sostener su ritmo de vida.

¿Qué podía hacer? Nunca en toda su vida había dependido de nadie, ni económica, ni sentimentalmente. Ni siquiera de D'Annunzio. Era cierto que, durante años, había necesitado del reflejo del escritor para remodelarse y hacer emerger su personaje de sí misma, pero nunca existió compromiso de ninguna clase entre ambos, ni ella lo deseó. Tal y como defendiera durante su viaje a Estados Unidos, estaba sola porque era diferente. Aunque lo cierto era que, justo antes de decidirse a recorrer Norteamérica, dado el ya endeble estado de sus finanzas, pensó por primera y única vez que la solución podría ser casarse de nuevo. De hecho, había llegado a elegir a un rico neoyorkino para tal fin y así se lo comunicó a su amiga, la cantante de ópera Lucrecia Bori, que vivía en la ciudad de los rascacielos. Esta le respondió por carta que su elección era del todo imposible, porque el hombre que había señalado estaba casado, pero la Marchesa contestó: «No importa, se divorciará». La soprano se quedó tan asombrada de su seguridad que, finalmente, arregló una cita con el millonario a la llegada de Luisa Casati a Nueva York. La Marchesa y su pretendido novio no llegaron a cruzar ni dos palabras porque, en cuanto él la vio llegar con una serpiente enrollada en el brazo, huyó, aterrorizado, a toda velocidad.

Luisa había ejercido una poderosa fascinación sobre muchos hombres y mujeres durante años, pero, aunque se negara a reconocerlo, su influjo se iba desvaneciendo día a día entre sus deudas, y algunas de sus extravagancias —como su amor por las serpientes— resultaban demasiado aterradoras como para que hubiera algún pretendiente capaz de sobreponerse al pánico que le producían y se mostrara dispuesto a rescatarla de su complicada posición económica.

La situación era grave y empeoraba cada día porque ya no tenía a quién recurrir. Su hija Cristina y su marido, John Hastings, tras su viaje por los Mares del Sur, en el que concibieron a su hija Moorea —a la que llamaron así en homenaje a una de las islas visitadas—, se encontraban viajando por América y viviendo su vida tal y como hiciera ella en el pasado. De hecho, su hija y su yerno estaban en ese momento en México con Diego Rivera y Frida Kahlo, y las malas lenguas decían que Cristina, tal vez emulando el romance de su madre con Romaine Brooks, sostenía una aventura con la pintora mexicana. Lo más probable era que la amistad del cuarteto estuviera sustentada más en la ideología comunista que todos compartían que en la presunta relación entre las dos mujeres.

Fuera como fuese, Cristina Casati fue inmortalizada por su supuesta amante durante su estancia en México en tanto su madre, pese a su estado de ruina, seguía encargando retratos a Alberto Martini y a algunos otros artistas que ya no corrían a hacer realidad sus deseos. En recuerdo de otros tiempos, Martini la pintó una vez más, en aquella ocasión como Euterpe, la musa de la música griega, tocando un curioso instrumento y con múltiples ojos, en claro homenaje a la famosa fotografía de Man Ray; pero tras aquel retrato, que acabó en la colección de un príncipe extranjero, el artista y su mecenas y modelo nunca más volvieron a verse.

Parecía como si Luisa estuviera cerrando capítulos de

su vida, primero el del arte con aquellos últimos encargos, y poco más tarde el de los disfraces, acudiendo por última vez al famoso baile anual de los condes de Beaumont. El tema, además, parecía escogido para ella: los retratos célebres. Se requería a los invitados que se disfrazaran como las famosas imágenes capturadas por artistas de todos los tiempos, ya fueran reales o inventadas. Desde luego Luisa, más retratada que nadie, podía haber ido de ella misma, pero decidió elegir a otro de los ídolos de su infancia como modelo: la emperatriz Elisabeth de Austria. Su interpretación del famoso retrato del artista austriaco Franz Xaver Winterhalter fue gloriosa, con su traje de montar adornado con plumas de avestruz blancas y negras y su peluca de largos rizos anaranjados, adornada por una tiara de estrellas. Man Ray inmortalizó ese final de otro de los capítulos de su vida con una instantánea que, con el tiempo, quedaría entre las más famosas fotografías de la Marchesa.

Nunca más se volvería a disfrazar.

Luego viajó hasta Venecia como invitada del príncipe Luis Fernando de Orleans. Él y su amante, Antonio de Vasconcellos, habían formado parte, diez años atrás, del cortejo del disfraz de la Marchesa como la condesa de Castiglione, en el Baile del Gran Premio. Ahora residían junto a sus pekineses en una villa en las islas Giudecca que, casualmente, se llamaba Ca' Leone. También por casualidad los cuidadores de la casa eran unos viejos conocidos de la Marchesa: su exgondolero particular, Emilio Basaldella, y su esposa Italia, quienes habían contraído matrimonio gracias a su intervención. Italia, eternamente agradecida a Luisa Casati, aunque estaba muy ocupada con sus tareas de casa y sus seis hijos, se encargó de la Marchesa durante su estancia en Venecia y trató de alejarla de los excesos de la pareja anfitriona, incluido el consumo de ingentes cantidades de cocaína.

Luisa, tal vez invadida por los recuerdos, devoró las páginas del último libro de D'Annunzio, *Le cento e cento e cento e cento pagine del libro segreto di Gabriele D'Annunzio tentato di morire*. Quienes sabían que el escritor no había respondido a su última y desesperada demanda de ayuda se preguntaban qué hacía la Marchesa leyendo aquel libro. No sabían que Luisa Casati no exigía ese tipo de compromisos a nadie y menos a Gabriele. Que no hubiera respondido a su llamada no significaba que saliera de su vida; y menos aún si, como era el caso, escribía un libro en el que ella estaba tan presente a través de ese personalísimo relato de «La figura de cera» escrito en sus primeros tiempos de pasión.

Luisa permaneció algún tiempo más en Venecia, pero el resto de su estancia no lo pasó junto a sus anfitriones, sino en una pequeña villa que le alquiló a la violinista americana y amante de Ezra Pound, Olga Rudge, en la calle Querini.

Su apariencia al llegar a aquella casa, no ya acompañada por los animales exóticos de otra época, sino tan solo por un pekinés y un gato negro, tocada por un sombrero más siniestro que lujoso, y envuelta en una capa negra, era más la de una bruja que la de una gran dama. Lejos quedaban los tiempos en los que una joven hechicera encantara a cuantos la veían sobre la Ciudad de Agua, donde ella se sentía mejor que en ninguna otra parte. Aquellos años en los que D'Annunzio le contagiara esa veneración por la ciudad líquida, le arrastrara a alquilar su Palazzo Nonfinito, le presentara infinidad de artistas, compartiera con ella toda suerte de situaciones surrealistas e incluso la amara con pasión y a dentelladas.

D'Annunzio, ahora mudo a los requerimientos de su amiga, y sabiendo que su propia muerte no tardaría mucho en producirse, solo mostraba atención hacia ese mundo de lo sobrenatural y de lo oculto que durante tantos años fuera el más poderoso cordón umbilical entre Luisa y él.

Para el escritor, ya anciano, ahora no existía otro interés más que el de los tableros de ouija y los naipes del tarot. Y precisamente sería a través de tales herramientas de adivinación como descubriría, según las investigaciones de algunos biógrafos, que «un hombre famoso moriría el 1 de marzo de 1938». Así lo dejó escrito en un calendario. Tal día como ese, D'Annunzio sufrió una hemorragia cerebral y falleció a la edad de setenta y cuatro años.

Otra de las páginas de la vida de la Marchesa, la más fantástica, la más fascinante, la que más marcas le dejara en la piel y en el alma, quedaba cerrada para siempre.

41

Sola en su estudio, tras la marcha de Gabriel, Luisa, con los labios inflamados tras los besos ardientes y casi antropófagos del escultor y su cuello todavía marcado con la señal de su pertenencia, aún temblaba al recordar la mirada del artista fija en la suya cuando se retiró su antifaz. Tras el dibujo no hubo más que esos besos mordidos con ferocidad en sus labios y la práctica huida de Gabriel después de abrazarla y jurarle amor y arte a partes iguales. Sin embargo, a las pocas horas de su marcha, Luisa recibió una nueva carta.

> Mi querida Mirage,
>
> Te llevo a Venecia conmigo en este dibujo, pero te espero allí. No quiero convertir en costumbre lo que ya es costumbre, tu ausencia presente, aunque mis manos, cuando no estás, agradecen tenerte en el horizonte y poder rescatarte en las cartas o en este retrato. Con ellos podré traerte con delicadeza hasta mis recuerdos y, a medida que te aproximes, sentiré ese canto amargo pero dichoso del corazón, que atrapas con las uñas, que arañas con esas alas verdes de mantis, que despliegas antes de devorarme el alma cada vez que nos amamos.

Hoy, al liberarte de tu antifaz, de tu pelo rojo he visto descolgarse, entre cortinas, a tus ojos. Los he visto atrapados en el sentimiento doloroso, casi trágico, de la separación. Tu rostro me ha recordado al de los cuadros italianos de Botticelli o Fra Angélico, que hubieran rezado por tenerte desnuda en sus estudios. Sin embargo, era yo el que tenía poseídas tu carne y tu alma en el papel. Y cuando te haga barro, será Dante o quizá El Bosco o Brueghel quienes envidien mi suerte por hacerte la reina de mis pecados.

GABRIEL

Luisa, conmocionada una vez más por el recuerdo de su escultor, pero más inspirada que nunca, volvió a sus lienzos para dejar sus emociones atrapadas en ellos. Nada tenía más sentido que un amor así, cada vez más incierto, para crear.

En los días posteriores su correo permaneció desierto. Ni una carta de Gabriel. Ella no se atrevió a reclamar y tampoco le escribió. Todo ese sentimiento de los tres días del escultor en Madrid, de los que habían compartido dos, afluía a borbotones a sus cuadros, cada vez más entregados a las luces y sombras de sus insinuantes figuras, construidas a través de geometrías cubistas.

En ese tiempo sin cartas tampoco pudo recobrar el equilibrio matrimonial. Luisa permanecía encerrada en su estudio, comiendo poco, fumando, bebiendo spritz y pintando acompañada a veces de la música de *La Traviata* de Verdi y otras muchas de *Los cuentos de Hoffman*, de Offenbach, de entre los que escuchaba sin cesar esa canción veneciana titulada «La Barcarola».

En los escasos encuentros con su marido ambos se sentían dos extraños sin apenas nada que compartir. Se esforzaban en hablar de sus hijos, pero eso era todo. Ahora sí vivían en dos mundos separados por completo el uno del otro y, aunque su cariño mutuo aún persistía, los dos sabían que su historia en común llevaba extinguiéndose, poco a poco, desde hacía ya mucho tiempo.

Juan ni siquiera podía imaginar que en la vida de Luisa había otro hombre. Creía que la devolución de la muerte a la vida de su mujer era la responsable de su irrefrenable metamorfosis, y que entre aquella Luisa nueva y él ya no existía ni la sombra de esa conexión amorosa que hubo en el inicio de su relación.

Ella, sin noticias de Gabriel casi en un mes, herida de muerte, atormentada por tan extraña desaparición, no podía pensar ni en deslealtades ni en traiciones. Solo pensaba en Gabriel. A todas horas. Gabriel en los espejos, en Venecia, con la Marchesa y con D'Annunzio... Para Luisa ya no existía otra cosa más que los espejismos que dejaba atrapados en sus cuadros. El mundo real se había desvanecido casi por completo y era incapaz de prestarle atención.

Le explicó a su marido, aun conociendo su escaso interés por su trabajo, que ahora no existía universo fuera de su pintura y que debía posponer cualquier asunto hasta que acabara los cuadros para su exposición. Una pintura fantasma, incluso para sus familiares y amigos que, de momento, no compartía con nadie. No permitía ni siquiera a su padre o a su devoto amigo Raimundo que explorasen sus lienzos y descubriesen lo que estaba dejando plasmado en ellos. No quería juicios ni dudas. Ella, rota de dolor en la ausencia de Gabriel, sabía que cuanto ahora pintaba estaba tocado por esa gracia imposible de aprender o de rogar, que solo aparece cuando se posee un don.

Miraba cada día su correo esperando nuevas noticias de Gabriel y seguía pintando sin descanso. Cuando ya no podía más y su vista se nublaba, se refugiaba en los relatos de Luisa Casati y disfrutaba con sus leyendas y locuras al tiempo que rogaba al cielo que entre sus paralelismos con la Marchesa no cupiera esa incapacidad para discernir entre lo real y lo irreal.

Ahora que ya había aflorado su arte y que se sentía dichosa, sabía bien que su vida acabaría por cambiar y no podía evitar su temor a la soledad. Nunca había estado sola. Y aunque gozaba en sus horas sin compañía en su estudio, era consciente de que, aunque no necesitaba público como la Casati, tampoco soportaría ser una solitaria ermitaña sin nadie con quien compartir la vida como ella. A la Marchesa ese tipo de soledad tan temida por Luisa jamás le preocupó, tal vez porque llenaba los espacios afectivos con sus bestias. Pero sí existía un pánico común que ambas compartían: el de no trascender.

En su estereotipada vida anterior, parecida a la de tantas otras mujeres de su tiempo y de su entorno, cómoda y anodina, no cabían los riesgos. En su nueva vida el fracaso acechaba como un buitre sobre las dudas siempre presentes en el proceso creativo. ¿Y si sus obras no tuvieran alma por mucho que ella se las viera? Recordó las palabras de Gabriel: «Todas las dudas mientras crees, ninguna una vez que hayas creado...». Gabriel, Gabriel, ¿dónde estás?

Mientras pintaba y pensaba en su escultor, en sus caricias, en su mirada, en su ausencia dolorosa y trágica, volvió la vista hacia su escritorio, alertada por el temblor de la vibración de su teléfono. Se levantó desde el taburete que a veces utilizaba para pintar y corrió a responder. Sabía que no era Gabriel. Ellos solo se comunicaban por carta y no esperaba ninguna llamada. ¿Quién podría ser?

—¿Luisa? —inquirió una voz masculina desde el otro lado del teléfono.

—Sí, soy yo —contestó sin reconocer a su propietario.

—Soy Marcello, ¿me recuerdas? Nos conocimos en Venecia.

Luisa casi había olvidado a aquel apuesto escritor

con el que compartiera una interesante conversación al salir del Museo Peggy Guggenheim. Marcello enseguida le contó que tras el rotundo éxito de su nueva novela y su traducción al castellano los editores de Archinto habían decidido que era imprescindible que acudiera a algunas ciudades españolas para promocionarla. Uno de los destinos era Madrid, así que allí estaba. La llamaba para que se vieran. Un café o una comida, todo lo más, porque la editorial le arrastraba de entrevista en entrevista. Tenía ganas de verla, le dijo. Y Luisa no opuso resistencia. Todo lo contrario. Sabía que le vendría bien abandonar su guarida un rato, y más si era para recibir noticias de otro mundo ajeno al suyo y, sin embargo, ligado a la Venecia constante ya en su vida.

—Si te parece —convino Marcello— nos encontramos en el Café Gijón. Ya sé que es un lugar antiguo y que se come mal, no creas. Pero me vienen a entrevistar allí justo después y así puedo aprovechar el tiempo. Estos viajes relámpago son terribles.

—Me parece bien —aceptó Luisa—. Te diré que soy una sentimental y aún le encuentro al Gijón algún resquicio de magia. Y más si acudo al encuentro de un afamado escritor. ¿Nos vemos allí a las dos?

—Perfecto.

Luisa eligió un atuendo sencillo para la cita, unos pantalones masculinos beis, unos zapatos de cordones del mismo color, una camisa blanca y un blazer corto azul marino.

Escondió su mirada verde tras unas gafas de sol redondas de carey de la colección heredada de su madre y se pintó los labios de rojo, a juego con su pelo ondulado y brillante.

Al llegar a la cita, el escritor, nuevamente con un jersey de cuello vuelto, esta vez negro y sobre un vaquero desgastado, la recibió con un enorme entusiasmo.

—¡Luisa! —le dijo admirándola deslumbrado—. Estás mejor que en mis recuerdos.

—Muchas gracias —respondió ella sonriendo. Y añadió coqueta—: Yo debo confesarte que no he tenido demasiado tiempo para pensar en ti.

—Ah, muy bien —aceptó él con ironía—. Una puñalada en mi vanidad de hombre y en la de escritor, que la duplica. Bueno. Estoy tan en forma tras el éxito de ventas de mi novela y los halagos de la crítica que tu desprecio casi ni me toca.

—No, no —negó ella reculando y sonriendo—, no he querido decir eso. Pero estoy muy ocupada —hizo una breve pausa y levantó su misteriosa mirada verde oscura para colarse en los ojos amarillos de lobo de su acompañante, y desveló—: estoy pintando.

—¡Finalmente! —celebró él—. Me alegra. Seguro que es tu destino. ¿Y sigue siendo Luisa Casati tu fuente de inspiración? Tu pelo es ya tan rojo como el de ella, aunque por suerte lleves la mirada desprovista de maquillaje.

Luisa sonrió con cierta melancolía.

—Sí —afirmó ella—, Luisa Casati es mi inspiración. Luisa y sobre todo su pasión alocada y estrambótica por Gabriele D'Annunzio. Aunque creo que también mis propias pasiones quedarán recogidas en mis lienzos: siento que cada golpe de luz y de sombra que deslizo en ellos provoca un estallido en mis vísceras. Es interesante.

—Es inevitable y maravilloso que los artistas tengáis que dejar tanto de vosotros mismos en todo lo que hacéis.

—«¿Tengáis?» —preguntó Luisa sorprendida—. Te refieres a los artistas como si tú no fueras uno de los nuestros.

—Sé que te sorprende —explicó Marcello—, pero yo he trabajado demasiado tiempo como periodista y me cuesta creer que mi creación literaria sea fruto de la expresión del arte como don. Es más bien producto del trabajo o de la voluntad.

Justo en ese momento entraba en el Café Gijón el escritor Arturo Pérez-Reverte. Iba solo, con el periódico doblado bajo el brazo, y ocupó una mesa vacía al tiempo que llamaba al camarero.

—¿No es un artista entonces? —preguntó Luisa señalándolo con la mirada—. No sé a qué tipo de periodismo te dedicaste antes de zambullirte en la literatura, ¡pero podría ser casi una réplica de ti mismo!

—Tienes razón —coincidió Marcello—, pero no sé por qué creo que, pese a nuestra conocida y reconocida vanidad, a los escritores, sobre todo a los que antes fuimos periodistas, nos cuesta más ver nuestra propia obra como arte. ¡Y más aún reconocer el arte en la obra de otro escritor contemporáneo, claro! Mira. En la esquina de este café, que hoy acumula presencias literarias como antaño, se encuentran también Carmen Posadas y Fernando Marías, ¿los ves?

—Es cierto —confirmó Luisa mirando a través de los espejos—, ahí están.

—Ella, una grandísima escritora admirada por miles de lectores internacionales, tardó tiempo en obtener el reconocimiento que merecía por parte de sus colegas. Era demasiado atractiva y, además, había pertenecido a ese mundo de celebridades y dinero de la primera era socialista española.

La escritora, como si supiera que estaban hablando de ella, giró la cabeza, vio a Marcello y le sonrió cautivadora mientras le saludaba desde lejos con la mano y él contestaba de la misma manera a su saludo.

—No son muchas las ocasiones en las que los escritores reconocemos el arte de otros escritores cuando están vivos. Casi siempre encontramos algún detalle que justifique una crítica negativa hacia su obra en algún momento, en voz alta o *sotto voce*.

—¿Y acaso crees que eso no sucede en el mundo de la plástica? —preguntó ella—. También hubo pintoras famosas que, al deslumbrar en la sociedad por su belleza y su personalidad alejada de la convención, tardaron más tiempo en recibir el reconocimiento que merecían. Como Tamara de Lempicka.

—Tamara de Lempicka... —repitió Marcello—. Hacía tiempo que no oía hablar de ella. Es una de mis pintoras preferidas. Probablemente sería inaguantable, una caprichosa, entregada a demasiados vicios y a ella misma, pero... su pintura es prodigiosa. Y es cierto: era bellísima y hubo quien cuestionó su arte por su modo de comportarse.

En el semblante de Luisa se dibujó una expresión de confusa tristeza.

—Alguien me dijo hace no demasiado tiempo que yo era la Tamara del siglo XXI.

—¿De verdad? —se asombró él—. ¡Estoy deseando ver tu pintura!

—Tendrá que ser en otra ocasión —respondió ella señalando a un equipo de televisión que se acercaba—. Ya te están esperando tus excolegas. ¡Qué lío de cámaras! ¡Me alegra que aún haya quien entreviste a artistas en televisión! Creía que ya no quedaba espacio para nosotros. Te dejo —añadió mientras se levantaba.

—Espera —la frenó él—, no quiero que te vayas sin mi novela.

Luisa la tomó entre sus manos y leyó el título en voz alta: *Lo que de verdad importa. Historia de un espejismo.* Cerró los ojos impactada ante la nueva estocada de la casualidad. Los abrió despacio y, tras buscar en las primeras páginas del libro, leyó la dedicatoria: «Para Luisa. Para que se libere del espejismo y se convierta en realidad. Con cariño, Marcello». Levantó la vista con los ojos húmedos y se encontró con la mirada urgente de este.

—No te dejes atrapar por el espejismo —le dijo—. Tal vez a Luisa Casati le compensó porque ella no amó de verdad, ni tampoco encontró quien de verdad la amara. D'Annunzio solo se amaba a sí mismo. Y ella también. Te llamaré pronto.

Marcello acarició su pelo rojo, la besó en la mejilla y corrió al encuentro de sus entrevistadores. Luisa salió del Gijón sin mirar atrás. Una vez en su estudio, antes de volver a sus lienzos, revisó el ordenador esperando una vez más noticias de Gabriel.

El sobrecito amarillo le confirmó que de hecho las había. Antes de abrirlo notó el calor de sus lágrimas descendiendo cálidas sobre sus pómulos.

Mirage, Mirage...

Ahora que mis palabras parecen barridas por la arcilla y que el único aliento a salvo es el de mis manos cansadas de modelar, quiero agradecer tu silencio cómplice y comprensivo. Imagina el pánico si de esta ausencia no brotara el talento, si de mi abandono no surgiese «la obra». Tantas veces he repetido el camino que no dudo, pero qué poco te estoy entregando a cambio de esa fe que mostraste en mí al desnudar tu cuerpo pálido y delgado para dejarme que lo recogiera en mis trazos.

De mi arcilla, mi plomo y mi agua salieron unas caras que contienen un gran gentío. Ninguna de ellas está completa. Probé sin armaduras internas y luego con ellas dentro del molde. Ambos resultados fueron extraordinarios. Son rostros inacabados, con sus sueños y esperanzas de futuro y pasado encerradas en sus rasgos, modelados por mí y por la imaginación de la naturaleza. Todos tienen distintas miradas y todos expresan diferentes ánimos. Pero tras el éxito de ese reto solo hay algo que me devuelve la vida y es mi nueva escultura. Tú, ella, ambas. Las dos Luisas en una princesa veneciana que os contiene a las dos bajo su antifaz.

A pesar de la distancia y del tiempo que hace que no nos abrazamos, noto que seguimos unidos por mucho que el destino se empeñe en evitarlo.

Te escribo después de haber ido a por más arcilla. Llevo puestos en la estructura más de doscientos kilos para lograr el volumen general, pero creo que aún tendré que poner cien más. Al final siempre quitas una parte, pero eso es lo de menos, porque ya modelas sobre las facciones, corrigiendo, que es lo verdaderamente inquietante. Poco tiempo antes de terminar sueles odiar el trabajo, porque no ves la figura como anhelas, pero de repente, un día, aparece lo que buscas y ya está. Sería imposible que entendieras mis ausencias y silencios sin saber qué ha capturado esa energía, esos sentimientos. ¿Recuerdas que cuando nos conocimos hablamos de si la escultura era un arte menor que la pintura? Creo que he vuelto a despejar mis dudas tras tocar tu barro con mis manos. Crearte a ti es como crear a Eva.

Tengo ganas de verte, de mirarte, de saber que estás ahí, librando esta dulce y amarga aventura que nos une y al tiempo nos distancia, pero que nos hace a ambos empeñarnos con más fuerza en crear. Yo el barro y tú la pintura.

GABRIEL

Luisa se aferró a cada una de las palabras de aquella carta como si fueran salvavidas en medio de un océano despiadado y enfurecido. Gracias a ellas respiraba de nuevo y se sentía revivir. Tantos días de silencio y vacío la habían vuelto frágil, casi quebradiza; pero ahora, en esos renglones, encontraba la respuesta a todos sus miedos y volvía a sentirse capaz de pintar los espejismos. Cerró los ojos y, antes de disponerse a contestar la carta de su escultor, lo imaginó galopando a lomos de un corcel blanco, con la rubia melena al viento, como un dios vikingo. Quizá también él sacrificaría un ojo para alcanzar la sabiduría si fuera preciso, al mismo tiempo que encanecía su pelo. Quizá su Gabriel fuese el mismísimo Odín.

Querido Gabriel,

Tus palabras me vuelven las pupilas de agua y el corazón de papel. Me siento tan frágil como una mariposa blanca, de vuelo ligero, de esas que, dicen, cuando se ven será que se recibirán buenas noticias. Las tuyas lo son.

Gracias por hacerme sentir tantas cosas. Por todo ese espacio recorrido desde la distancia, en el que he descubierto tantos lugares mágicos de mí misma, y también por tu cariño de hombre y de artista. Mientras apareces y desapareces de los reflejos de los espejos no ceso de preguntarme si podríamos habernos encontrado antes, haber transitado juntos todos los caminos, o si este era el único momento de hacerlo. Nos unen Luisa Casati, Venecia y el arte. Nos unen muchas cosas, ¡pero siento que nos separan tantas otras! No hablamos de nuestras vidas y, aunque nada reclamas, cuando hablas de la dulce y amarga aventura que compartimos supongo que te refieres a mi falta de libertad. Sin embargo, te diré que no me siento bifurcada. He dejado mi senda anterior atrás, justo en la encrucijada. Es cierto que aún no me he decidido por la que me conduciría a ti, porque hay algo que me aterra en ese camino. ¿Me dirás qué es?

Mientras mi pintura se multiplica antes de que nos volvamos a encontrar, tu recuerdo se mezcla con el de Odín, creador de las runas, inspirador de los poetas, mago y conductor de las almas... Conduce la mía.

TU MIRAGE

42

Luisa se empeñó en no aceptar la muerte de D'Annunzio. No acudió a su funeral ni tampoco mandó flores a su tumba, repleta de cientos de miles de ellas, no porque la falta de respuesta de su amante a su último telegrama y petición de ayuda hubieran quedado sin respuesta, sino porque, sencillamente, rechazó su desaparición. «D'Annunzio está en Il Vittoriale», se decía a sí misma en un intento de conservar algo de su vida de fantasía.

Pero D'Annunzio estaba muerto y enterrado, como todo cuanto vivieron juntos.

Fue por entonces cuando su hija Cristina, tras varios viajes por motivos políticos a Brasil y a España, donde actuó como activista, regresó a Gran Bretaña para reunirse con su hija Moorea. Los Hastings dividieron su vida entre la casa de Wellington Street de Londres y Blackbridge House, la mansión Hastings en Hampshire. La Marchesa, aún en Venecia, iba a visitarlos de cuando en cuando. Durante uno de aquellos viajes su yerno la pintó vestida de negro, sentada y con una bola de cristal en la mano. Su aspecto era el de la elegante bruja de un cuento.

Luisa se sentía bien con la pareja. Y más tras descubrir que, después de todo, su hija también tenía algo de artista. De hecho, Cristina preparó una exposición de pinturas y tapices en Londres y se vendió todo. Pero ella no era tan temperamental como su madre y prefería permanecer en un segundo plano, amparada por su marido. Así que abandonó su carrera de inmediato y cedió por completo el terreno del arte a su esposo.

Tal vez en otro tiempo su madre le hubiera insistido en que continuara, pero por entonces tenía poca autoridad, porque ya estaba fuera de los circuitos artísticos, al menos como mecenas, aunque seguía siendo fuente de inspiración para algunos artistas. Ya no podía permitirse encargar más retratos porque no tenía dinero para pagarlos. No tenía casi para vivir, al menos a su manera. Los gastos de la casa alquilada en Venecia se multiplicaron y no pudo seguir afrontándolos. Además, de pronto se sentía incómoda en la Ciudad de Agua. No quería permanecer allí. Aunque se resistiera a aceptarla, sabía que la muerte de D'Annunzio restaba interés a aquella ciudad a la que llegara de su mano tantos años atrás. Debía marcharse, pero... no sabía adónde. En Francia e Italia le aguardaban excesivas deudas pendientes y su reputación seguía siendo demasiado conocida entre la alta sociedad como para poder requerir la generosidad de alguno de sus miembros. Su reinado como gloriosa y divina Marchesa había concluido. Iba a cumplir sesenta años y no tenía ningún domicilio al que volver. ¿Dónde podía o debía ir? Decidió volar a Londres. Al fin y al cabo, allí vivía su hija.

A su llegada a la capital británica, Luisa aún contaba con algo de dinero para vivir aunque fuera sin los dispendios de tiempos pasados. No es que ella lo hubiese guardado, sino que la fortuna que había ido dilapidando durante años era tan extensa que pese a su irresponsabilidad aún quedaba un remanente de dinero en sus arcas; pero no era suficiente. Luisa, empapelada en facturas y deudas, era incapaz de controlar sus desembolsos. De hecho, una vez que, en Londres, ocupó una casa en el selecto barrio de Mayfair, volvió a no reparar en gastos y, como era su costumbre, lo transformó en un majestuoso palacio renacentista. Se trataba de una casa de inmensas habitaciones que ella encontró idónea para poder moverse con total libertad vestida con sus trajes de plumas de flamenco negro y sus capas de pieles. En tan impactante escenario Luisa trataba de esconder su realidad, que caminaba hacia una ineludible miseria. Pero lo cierto era que, si podía responder al alquiler de tal mansión era solo porque sus enormes dimensiones hacían que nadie la quisiera. Calentar aquella casa costaba una fortuna de la que ella ya carecía. Luisa cayó enferma y decidió regresar a París por algún tiempo.

Nada más hacerlo, la dueña de la residencia londinense retomó la posesión de la casa y se deshizo de todas las pertenencias que Luisa había dejado diseminadas por sus enormes cuartos. Sin que se supiera bien cómo, pero gracias a su extraordinaria habilidad, la Marchesa consiguió recuperar la mayor parte de ellas pese a no encontrarse en sus más saludables horas.

Azotada por los vientos del infortunio y la enfermedad, no tuvo más opción que la de retirarse de la sociedad durante algún tiempo. Necesitaba reconducir sus pasos, aprender a encarar esa nueva vida que le esperaba y que tan poco se parecía a la que había vivido. No renunciaría a su esencia, al amor por el arte, a la magia, a la extravagancia... pero tal vez un tiempo de reflexión podría resultarle benéfico.

Luisa encerrada era como el aire enjaulado: se escapaba circulando entre los barrotes. Quizá por eso decidió que, si no podía viajar de un país a otro y vivir sus propias aventuras, no estaría mal que, al menos durante un tiempo, le prestara total atención a las de otros personajes y se dedicara por completo a la lectura. Eligió la Biblia: «No hay novela más interesante en el mundo para quien se la lee al completo», solía comentar.

Sin embargo, aun a pesar de su enorme variedad y fascinante contenido, la Biblia no logró sujetar a una Luisa que, de vuelta en Londres, buscó a sus viejos amigos, no solo para disfrutar de su compañía y devoción, sino también para pedirles un dinero que ella ya no tenía. Quien más calurosamente la recibió fue uno de sus examantes, el pintor galés Augustus Edwin John.

Quizá el recuerdo de aquel apasionado y breve pero intenso amor del que ambos disfrutaron veinte años atrás, o tal vez la generosidad de Luisa durante aquella lejana época compartida, sirvió de base para que John conservara un enorme afecto por la Marchesa. El extraordinario artista no solo la acogió con entusiasmo, sino que casi se convirtió en su protector. Hubiera querido agasajarla más y procurarle una recepción más exuberante, pero la presión de un mundo volcado en esforzarse por impedir una inminente guerra no hacía de Londres una ciudad feliz.

Luisa trató de adaptarse a su nuevo escenario recuperando algunas de las amistades de antaño, como la del multimillonario chileno Tony Gandarillas, la de su querido lord Berners y la de lord Alington. Este último ahora era propietario del primer retrato de Luisa, pintado por Augustus Edwin John en 1919, así como de otras obras que la representaban, entre las que se encontraba el famoso busto de Epstein. Además de retomar contactos, la Casati hizo algunas amistades nuevas y acudió a las reuniones a las que le invitaban. Durante algún tiempo sostuvo el espejismo de su propia vida. Incluso volvió a tener a una persona a su servicio. Se trataba de Vittorio Scarpa, un admirador de la Marchesa que decidió ocupar tal lugar, sabiendo que ella no podría pagar sus servicios. Se convirtió en su sirviente y en su chófer, y la paseaba por la ciudad en un gran coche verde. Pero tanto Scarpa como el vehículo desaparecieron en cuanto los medios de la Marchesa fueron mermando. Además, la nueva guerra mundial estaba a punto de comenzar y Scarpa, como tantos otros inmigrantes italianos, fue confinado en un campo de concentración en la Isla de Man. Luisa corría el riesgo de que le sucediera lo mismo a causa de haber alterado su edad en el pasaporte, por lo que decidió acercarse hasta la comisaría de policía local y resolver tan peligrosa situación. Tal y como cuentan Ryersson y Yaccarino en *Infinite Variety*, aunque la devolución de su seguridad le supuso sumarse unos cuantos años más, lo consiguió.

Como también narran los mismos autores, poco antes, en abril de 1939, mientras ocupaba un piso en Stratton Street, la Marchesa hizo amistad con una familia austriaca reubicada en Londres al inicio de la guerra: Rose Reitlinger y su hijo Carl trabaron una gran amistad con Luisa en aquel tiempo. Fue precisamente Carl quien tomó la última foto glamurosa de la Marchesa en 1942. Luisa, influida por su amistad con los Reitlinger, acudía los domingos junto a ellos a la iglesia de la Inmaculada Concepción, en Farm Street, pero era incapaz de aguantar los largos sermones de los curas y no evitaba decirlo en voz alta.

—Esto es insoportable —bramaba la Marchesa en medio del estupor de todos y de la vergüenza de sus acompañantes—. No se acabará nunca.

Por supuesto, esa religiosidad sobrevenida de pronto convivía con su interés de siempre por lo sobrenatural, por eso alternaba la compañía de los Reitlinger con la de la espiritista Mary Churchill y la clarividente Estelle Roberts, de la que era cliente y a quien pagaba con cualquiera de sus objetos más valiosos.

Al inicio de los años cuarenta la situación financiera de la Marchesa empeoró, como era de esperar. Luisa era incapaz de no gastar. También de pensar que no debía continuar cambiando sus bienes por cualquier tipo de servicio u objeto que se le antojase en vez de venderlos para conseguir algún dinero. Seguía pagando a los taxistas con los últimos vestigios de su fortuna de otros tiempos, y tal vez gracias a la reminiscencia y el recuerdo de sus años de gloria, o al excesivo valor de los objetos con los que les pagaba, conseguía que los conductores la siguieran tratando como si fuera una gran dama e incluso que le llevaran y trajeran los paquetes como si fueran sus sirvientes personales.

Las exiguas sumas de dinero que recibía de sus familiares o amigos acababan sirviendo de pago de una carrera en coche o de cualquier absurdo objeto relacionado con lo oculto, pero, al menos, ese mundo sobrenatural la mantenía ocupada y entretenida, y así no percibía con tanta severidad la soledad en la que vivía.

En todo caso, seguía paliando la falta de compañía humana, como hiciera en previas ocasiones, con la de sus animales. Ahora que ya le resultaba imposible rodearse de exóticas fieras, andaba siempre con un montón de pekineses que había adquirido en Londres. Tenía cinco, y entre ellos se encontraba el que había sido un regalo de lady Violet Munnings, esposa del famoso pintor de caballos sir Alfred Munnings. Se llamaba Spider y era su preferido. De hecho, el pequeño can recibía, además de todos sus mimos, lo mejor de sus provisiones. El perrito comía más y mejor que la propia Marchesa quien, cada vez más delgada, parecía alimentarse del aire. Y lo cierto era que, más que comer, bebía vino, *whisky*, o cualquier otra bebida estimulante que cayera en sus manos.

Tampoco tenía dinero para pagarse tales alcoholes, pero si tenía que elegir prefería una botella a un plato de sopa. Por eso su delgadez se hacía más pavorosa día a día. Sus manos se convirtieron en afiladas garras, deformadas por el reumatismo, y su cuerpo ya no era más que un saco de marcados huesos. Pero incluso en tales condiciones su altura y delgadez contribuían a que aparentase menos edad de los sesenta años que ya había cumplido, y seguían confiriéndole un extraordinario porte, al menos en la distancia. Para alimentar esa ilusión, tapaba su cara con velos que se retiraba en presencia de muy pocas personas, y hasta le prohibió decir a su nieta que eran parientes. Le importaba poco no tener para comer, pero mucho dejar de ser, al menos, el recuerdo de lo que fue.

En 1942, con sus fondos totalmente agotados, la Marchesa vivía por completo de la generosidad de la familia y de sus amigos, quienes se desesperaban al comprobar que no utilizaba el dinero que le entregaban para comprar comida o abonar el alquiler, sino para beber, pagar el sustento de sus perros, viajar en taxi o comprar cualquier estúpida herramienta adivinatoria.

Por entonces su relación con su hija Cristina se intensificó mucho. La Marchesa, que tan poca atención le había prestado a lo largo de su vida, necesitaba a Cristina para sobrevivir. Curiosamente, aunque rechazaba compasiones, no sentía ningún reparo en pedirle dinero a ella o a sus conocidos que, viendo su actitud más absurdamente derrochadora que nunca, no tenían ningunas ganas de dárselo.

Augustus Edwin John, apenado por la situación de su amiga y apesadumbrado al saber que tenía que pedir limosna entre sus amigos, decidió abrirle una cuenta en el banco. Todos los amigos de la Marchesa, el propio John, lord Berners, lord Alington, Tony Gandarillas y su propia hija contribuyeron a esta iniciativa con algún dinero. Incluso una de sus rivales del pasado, la marquesa de Cuevas, se sumó a la iniciativa. Como todos conocían la manera de gastar de Luisa Casati, aportaban pequeñas cantidades de dinero cada semana para que tuviera exclusivamente para vivir. Eran muchos los que querían ayudarla. Incluso el doctor Axel Munthe, que acudió en su ayuda tras recibir una carta en la que Luisa le describía su penosa situación, tal y como recogió el conde Knut Bonde en el libro que escribió sobre el médico sueco.

Se encontraron en el bar del hotel en el que ella se hospedaba en aquel tiempo en la más absoluta austeridad.

—¿Le apetece un *whisky* con Coca-Cola, doctor? —propuso ella con amabilidad mientras llamaba al camarero.

El camarero trajo la bebida de inmediato, pero antes de dársela a la Marchesa le advirtió:

—Debo pedirle que me la pague, señora. El hotel no da crédito.

—Pero no tengo dinero —respondió la Marchesa sin vergüenza.

Munthe sacó dinero de su bolsillo y prometió a la Marchesa que la cuidaría.

El médico sueco se quedó impactado con la visión de aquella mujer, aun en sus terribles condiciones, de una incomparable altivez que ahora provocaba pena; sin embargo, tras aquel *whisky* que él nunca se tomó, jamás volvió a recibir noticias de Luisa Casati.

Ella, pese a todo, seguía deambulando por las calles de Londres. A veces se acercaba al estudio de Augustus Edwin John vestida de terciopelo negro y piel de leopardo, siempre oculta tras sus velos y tocada con un sombrero del que asomaba su pelo siempre rojo como una llama. De lejos alguien podía confundirse por su porte de gran dama, pero de cerca la realidad mostraba a una mujer cansada y enferma, presa de la más rotunda pobreza, con toda su ropa agujereada.

John volvió a pintarla. Primero la dibujó en una caricatura y más tarde volvió a retratarla sobre una silla alta y negra de cuero, acompañada de un gato del mismo color, que miraba desafiante al espejo. John, conocedor de sus gustos por lo oculto, la pintó, sencillamente, como si fuera una bruja.

El pintor la apreciaba de verdad. Soportaba sus excentricidades, en ese momento y condición más fuera de lugar que nunca, y no le avergonzaba llevarla con él a sus tertulias en el Soho. Luisa se lo agradecía sin palabras. Ella no sabía dar las gracias como los demás seres humanos, pero tampoco se quejaba de nada, pasara lo que pasase. Y lo que sucedía era que tenía que ir cambiando de lugar de residencia constantemente, según lo demandaban sus necesidades financieras.

Durante algunos años residió en el ático de Hamilton House en Piccadilly, cerca de la esquina de Hyde Park, en habitaciones compartidas. Vivía en medio de sus cajas, sus fotografías, sus abalorios siniestros, sus agujereados terciopelos, sus desgastadas pieles de tigre y sus perlas falsas, que conservaba junto con algunos cosméticos de sus días de esplendor. El lugar, que antes albergó unos opulentos salones por los que pasaron lord Nelson, lady Emma Hamilton y el mismísimo Byron, había sido reconvertido en humildes apartamentos. Mucho antes de que aquello sucediera, Luisa Casati fue una de las invitadas de las fiestas que allí celebraban los barones d'Erlanger, así que el edificio georgiano le resultaba más que familiar. La Marchesa terminó pasando allí los desoladores años de la Segunda Guerra Mundial, en compañía de otras grandes personalidades extranjeras arruinadas, que aceptaban mejor ese lugar con excelso pasado y buen precio, aunque el servicio fuera más que precario, los muebles viejos, los colchones estuviesen raídos y los apartamentos se mantuvieran en unas condiciones miserables.

En ellos se encontraba Luisa Casati durante los bombardeos de la Alemania nazi sobre Londres. Pero ni siquiera la tristeza en que la guerra y el caos sumieron a la capital británica consiguieron que se tambaleara su espíritu. De entre los fenómenos inexplicables que rodeaban a la inexpugnable Luisa, el más sorprendente de todos era cómo lograba que, incluso en los peores momentos de racionamiento y devastación, su perrito pekinés no pasara hambre.

Luisa tuvo unas cincuenta direcciones en las dos décadas que vivió en Londres entre apartamentos, habitaciones compartidas, hoteles y hasta estudios y casas de amigos que aprendieron a resistirse incluso a invitarla a tomar el té, porque sabían que se podía quedar varios días y, lo que era peor: que podía acabar trayendo sus ya pobres, pero siempre particulares enseres.

Fue entonces cuando se reencontró con otro de sus grandes amigos y rendido admirador de otras épocas, el reputado fotógrafo de moda y teatro Cecil Beaton.

Beaton tuvo que contenerse para evitar que su amiga advirtiera la desazón que le causaba su estado. Ver a una mujer incomparable convertida en una parodia de sí misma le resultaba desalentador. Decidió invitarla un día a almorzar en su casa y, cuando fue a recogerla a su habitación de Hamilton Room, la encontró maquillándose los ojos de manera estrafalaria mientras la degradación de las flores artificiales, los relojes rotos y las botellas la rodeaban.

Luisa disfrutó como una niña en aquel almuerzo, donde los Beaton no le racionaron los alcoholes. Tras aquel encuentro, unas fotos tomadas por Beaton de la Marchesa sin su permiso pondrían fin a su amistad.

No fue ese el caso de lord Alington ni de lord Berners, que continuaron siendo sus camaradas hasta su muerte por más que, de cuando en cuando, se rieran de ella. Berners llegó a difundir el cruel rumor de que Luisa Casati, desesperada por conseguir dinero, había aceptado el empleo de fantasma en un castillo escocés en cuya terraza debía aparecer a medianoche cubierta por sus velos. La realidad no llegaba a tanto, pero Luisa, espectral por su delgadez y su estado de miseria, vivía de la venta de los pequeños regalos que le hacían algunos de sus amigos benefactores, como libros encuadernados en cuero, porcelanas, cristales...

La Marchesa casi había perdido la cabeza, sobrevivía con sus recuerdos y su ginebra, iba dando tumbos entre sus conocidos vestida con harapos arreglados con la intención de que no se viera que lo eran, y continuaba maquillándose como un payaso siniestro. Era el reflejo de la desolación y las drogas. Ya no tenía dinero para taxis y su ridícula apariencia le impedía utilizar el transporte público. Algunas amigas que se ofrecieron a ayudarla y a arreglarla fueron expulsadas a gritos. Quería seguir paseándose por las calles con sus conjuntos de leopardo, sus faldas hasta los tobillos y sus ojos adornados con pelos de la piel de potro de su sofá, a modo de pestañas postizas y maquillados con betún porque ya no podía permitirse otros cosméticos. Un cubo de carbón como sombrero, del que colgaba su inevitable velo negro, completaba su desgraciada indumentaria.

Seguía consumiendo todas las sustancias que podía conseguir. Cualquiera le valía. Daba lo mismo que fuera cocaína, alcohol o cualquier otro tipo de estimulante. Bajo sus efectos, Luisa podía resultar brillante o incoherente, dependiendo de qué hubiera tomado, pero cuando tales efectos desaparecían se volvía tan impredecible como insoportable.

Entretanto, además de atender a las dificultades de su madre, Cristina intentaba salvar su fallido matrimonio. No pudo. Su marido y ella se divorciaron tres años antes de la muerte de su padre. Camillo Casati había encontrado la paz con Anna Ewing Cockrell —hija del general y senador de Missouri y viuda del embajador griego en Estados Unidos Lambros Coromilas—, y había reconocido al niño que tuvo con ella sin casarse; este niño sería quien, tras la muerte de Camillo, recibiría su título de marqués de Casati Stampa de Soncino.

En cuanto a Moorea, su nieta, fue enviada a un colegio en Suiza, pero en vacaciones, cuando regresaba a Londres, acompañaba a su abuela a los almuerzos en un restaurante de Sloane Square. Su madre la dejaba ir, pero no sin advertirle de que no debía nunca darle dinero a Luisa.

—Le puedes llevar regalos y comida, pero jamás dinero. Y tampoco puedes dejar que entre en casa, porque la haría suya de inmediato y tendríamos un problema.

A la niña le divertía ir con su abuela. ¡Todo el mundo se volvía a mirarla! Además, ella necesitaba construirse un mundo particular en el que refugiarse de la separación de sus padres, como sucede con todos los niños cuando sus progenitores se divorcian. Los suyos, además, volvieron a casarse cada uno por su lado. La nueva esposa de Hastings fue la escritora Margaret Lane, mientras que Cristina contrajo matrimonio con Wogan Philipps, quien más tarde, en 1962, heredaría el título de lord Milford y pasaría a ser conocido como el Par Rojo por su pertenencia al partido comunista.

La pareja se retiró a vivir a una granja en Gloucester y fundó una cooperativa agrícola en Italia. Philipps no soportaba a la madre de su esposa y se negó a dejarla entrar en su casa. Alegaba que su negligencia para con Cristina durante la niñez era totalmente inaceptable, y que sus visiones políticas estaban enfrentadas a las suyas. Esta actitud del marido de Cristina hizo que Luisa y su hija casi no se volvieran a ver.

En 1950 a Cristina le diagnosticaron un agresivo cáncer de mama. Los tratamientos no fueron efectivos, la enfermedad se extendió a velocidad de vértigo y falleció al poco tiempo en la misma granja en la que vivía junto a su marido. Tenía cincuenta y un años. Su madre no fue a su funeral.

No fue un acto de desprecio ni de desapego. Simplemente ella no iba a entierros ni a funerales: accedía al mundo de los muertos de una manera muy diferente que el resto de los vivos. No le gustaban los cuerpos sin vida, prefería reencontrarse con ellos ya hechos espíritu. No lloraría a su hija, se reencontraría con ella en el Más Allá.

Cristina sí quiso dejar una prueba fehaciente de las complejas relaciones que había sostenido a lo largo de su vida con sus padres y recogió su historia y sus sentimientos más íntimos en unas cintas magnetofónicas autobiográficas en las que se describían estas con detalle. Tras su muerte, su marido las destruyó. No quería que el mundo las conociera. Pero, sobre todo, quería evitar que el mundo supiera, por las palabras de su esposa, cuánto quiso y admiró Cristina a su madre, la Marchesa Casati.

43

Quedaban pocos días para la Navidad. Sus hijos llegarían al día siguiente y después todos juntos celebrarían la Nochebuena. Sería un extraño viaje al pasado. Durante los últimos tiempos no solo vivía alejada de su casa y de su marido —ya prácticamente todas las noches dormía sola en el estudio—, sino que lo hacía a través de su pintura y de las cartas de Gabriel. Sentía, tal vez por la ausencia de su amante, una pavorosa soledad. Pero tampoco quería otra compañía que no fuera la de las óperas —en ese momento estaba entregada a *Madama Butterfly*, de Puccini—, la pintura, la correspondencia con Gabriel y la lectura de esas otras cartas que se habían intercambiado Luisa Casati y Gabriele D'Annunzio, recogidas por la editorial Archinto bajo el título *Infiniti auguri alla nomade*. De entre las decenas de libros en los que aparecía la Marchesa, y que Luisa había ido recopilando desde que Raimundo le entregara aquellos primeros volúmenes, aquel era su preferido. Esas cartas encerraban la esencia de una historia de amor sin la cual Luisa Casati no habría sido la misma. Luisa Aldazábal las leía una y otra vez al tiempo que progresaba en la biografía de la Marchesa. Cuanto más avanzaba en su historia, más cercana la sentía. Sabía que su espíritu merodeaba por el estudio. A veces la notaba asomada sobre su hombro mientras pintaba, e incluso en ocasiones creía percibir su presencia en el aire. No compartía estas sensaciones con nadie, para evitar que pensaran que estaba enloqueciendo, pero para ella eran tan reales como el propio sentimiento que Gabriel le trasladaba a través de cada una de sus cartas, desde donde revivía, una y otra vez, los recuerdos compartidos en las pocas horas que pasaran juntos en Venecia y en Madrid.

Querida Mirage,

Cada noche, igual que tú, también yo me refugio en los continuos desvelos para revivir los momentos que viví a tu lado. Pero es entonces cuando más noto tu ausencia, poderosa cola de cometa, que llena el horizonte de mis párpados, me devuelve a las playas de carne cálida y gemidos de gaviota, me trae a los poetas rodeando los cristales de hilos de agua y se vuelve insoportable. Para calmarla, recuerdo que ya han pasado más de ochenta días desde que te encontré en la plaza de San Marcos y que, desde entonces, los pájaros vuelan de otra manera, los árboles se cimbrean con otra armonía, el invierno es primavera y la lejanía solo distancia. Reniego de los tiempos perdidos y me lanzo a los sueños colgados de ese futuro que no existe y de ese pasado que jamás tuve en mis manos, mientras escribo cartas para ti y tiemblo al vislumbrarte ya en ese barro que yo he modelado, y te imagino a mi lado, durmiendo sobre mi pecho y reflejada en los espejos.

Tu Odín

Querido Odín,

Esta ausencia de ti hace que los días se vuelvan más

largos y grises, pero también me proporciona la fuerza necesaria para ser tu Mirage y tu refugio. No sé lo que fui antes de esos ochenta días que ahora recuentas, ni tampoco lo que pude ser; pero quisiera crecer en tu presente y diluirme en tu cuerpo, mientras acaricio tu pelo sembrado de mariposas amarillas y tú me vuelves barro y yo te inmortalizo en mis lienzos, unas veces como el Gabriel de la plaza de San Marcos, y otras como ese Odín poderoso, de iris verdes y pupilas de confuso mercurio que, tal vez un día, me ayude a conquistar esos espacios infinitos en los que se mecen montes, valles, arroyos y puestas de sol.

MIRAGE

Coré y Ariel se habían convertido en Mirage y Odín. La fantasía y la magia encontraban su espacio en sus nombres de amantes y, a través de ellos, en ese universo epistolar repleto de poesía y solo suyo, donde se iba escribiendo una historia de amor tan única como lo fuera la de la Marchesa y el escritor. Luisa, en vez de recuperar el tarot clásico que nada más utilizara una vez al inicio de su comunión con Luisa Casati, guiada por la fantasía de Odín decidió buscar su destino a través de las runas. Aquel dios vikingo, líder de dioses, cuyo nombre significaba viento y espíritu, y que viajaba sobre su caballo Sleipnir —de ocho patas, en representación de los ocho puntos cardinales—, acompañado de dos cuervos a sus hombros —Hugin y Munin, pensamiento y memoria—, encargados de vigilar el mundo e informarle de cuanto ocurría, era el creador de las runas. Y las runas eran esas piedras de los secretos que, más que favorecer la adivinación, potenciaban la conexión con el inconsciente para poder recuperar la sintonía con el Cosmos y volver a sentir y vivir de forma armónica. El legado de Odín a la humanidad eran esas piedras mágicas, que ayudaban a ver los propios problemas e incluso los propios sentimientos desde una perspectiva de crecimiento interno y autosuperación.

La Marchesa recurrió en su día a otros sistemas oraculares, pero ella, que nunca antes creyó en la magia, ahora encontraba en las runas esa señal correcta y oportuna para saber hacia dónde dirigir sus pasos en el futuro e, incluso, para tomar consciencia del presente y de ella misma. Sabía bien que nada requiere más trabajo que aprender a reconocer y aceptar lo que uno es, por cuanto resulta fácil ver hacia fuera, hacia los lados y hacia atrás, pero no a uno mismo, de no ser en un espejo. Y sabía también que, al igual que el tarot, las runas podían ser ese espejo en el que viera el reflejo de Gabrieles y Luisas, e incluso de su propia pintura.

En sus cuadros comenzaron a aparecer espejismos pintados e incluso el esbozo de la figura de Odín a través de la de Gabriel. La magia y el arte se fundían en su vida, como un día sucediera en las de D'Annunzio y Casati. Luisa pensaba en las muchas veces que la Marchesa habría caminado, como ella, sobre un universo de soledad y de recuerdo. Se preguntaba quién de las dos era ahora el espectro y cuántos otros fantasmas compartían con ellas ese estudio, expectantes ante el papel que les correspondería tras cada una de las tiradas de las runas consejeras.

En la última, se le animaba a aceptar lo inesperado y se le anunciaba un viaje. Luisa guardó las piedras mágicas en su bolsa de terciopelo, las introdujo en su bolso y salió de su estudio.

Al llegar a casa para recibir a sus hijos no pudo sentirse más lejos de todo cuanto formaba parte de su vida real. Sin embargo, azuzada por un indómito sentimiento de transmutar todas las cosas, se dispuso a embellecer esa realidad que, aunque le costara trabajo identificar, seguía formando parte de sí misma.

—¿Estás bien, Luisa? —preguntó Juan al verla más delgada y pálida que nunca.

—Perfectamente —respondió ella mientras le besaba en la mejilla—. ¿A qué hora llegan los chicos?

—A las nueve —concretó él—. Los va a recoger tu padre. Estarán en casa a las nueve y media.

—Bien, entonces tenemos cuatro horas para vestir esta casa de Navidad. ¿Se te había olvidado?

—Luisa, por favor —se incomodó Juan—. Ni siquiera he pensado en la decoración de Navidad. Eso siempre fue cosa tuya. Además, he tenido mucho trabajo y no me parecía que conservaras mucho interés en la Navidad, ni en esta casa, francamente.

Luisa le miró como si fuera un extraño, sonrió y se encaminó al sótano para recoger todos los adornos de Navidad, tarareando «Di Provenza il Mare», una de las canciones de *La Traviata* de Verdi. Juan aceptó sus deseos y subió el inmenso árbol que cada Navidad Luisa solía decorar, mientras ella cargaba con una gran caja donde se guardaban todos los cachivaches acumulados durante años. Decidió seleccionar solo los de color dorado. Su sentido de la estética hizo el resto. El árbol, más barroco que nunca, tal vez por influencia de la Casati, quedó convertido en oro puro a través de exquisitas bolas y otros símbolos navideños que, en esta ocasión, Luisa no quiso mezclar con nada que no refulgiera como el valioso metal al contacto con las diminutas bombillitas amarillas que dispersó por toda la casa. En un par de horas su hogar quedó, una vez más, dispuesto y perfecto para cualquier acontecimiento. Luisa subió a su vestidor a elegir el atuendo. Entre sus prendas vintage halló un vestido de lamé dorado que ni siquiera recordaba cuándo se había puesto por última vez. La Nochebuena no llegaría hasta el día siguiente, pero ella decidió que también aquella noche quería sentirse distinta. Con el vestido dorado, unos largos collares de perlas, la melena escarlata, los labios del mismo color y los ojos delineados en un negro ahumado, Luisa llevó al salón una vela de incienso y otra de canela y, tras encenderlas, fue a prepararse un spritz, con el que volvió al salón a esperar a sus hijos.

—Caramba, Luisa —se asombró Juan—. Estás radiante..., pero la Nochebuena es mañana. Hoy estaremos solos con los chicos. ¿Y qué es eso que estás bebiendo?

—Perdona —se excusó Luisa con el spritz en la mano—, no te he preguntado si querías beber algo. Esto es un spritz, un cóctel veneciano que conocí hace años de la mano de mi madre. Y me da igual que la Nochebuena sea mañana: ya que nos vemos tan poco, lo mejor es que cuando lo hagamos tengamos el mejor de los aspectos, ¿no crees?

Juan se encogió de hombros. No tenía ganas de hacer esfuerzos ni de jugar a entender a esa Luisa que tan distinta parecía de su mujer de siempre. Esperaba que pudieran pasar unas Navidades tranquilas, pero adivinaba que no sería sencillo.

Cuando sus hijos llegaron, mientras el pequeño Jacobo piropeaba a su madre, pudo ver cómo el mayor, Juan, se extrañaba ante su aspecto distinto.

—Estás... diferente, mamá —observó titubeante.

—Sí, hijo, sí. Es bueno cambiar de vez en cuando —contestó ella sin darle importancia mientras se levantaba para buscar un cigarrillo. Cuando se lo encendió, los tres varones cambiaron de gesto.

—¡Pero mamá! —se alarmó Jacobo—. ¿Se puede saber qué haces? ¡No puedes fumar! ¡No ha pasado ni un año desde que volviste del coma! ¡Tu corazón no volverá nunca a ser el que fue!

Su madre siguió aspirando el humo del cigarrillo lenta e intensamente, y miró desafiante a sus hijos y a su marido.

—Queridos —reconoció finalmente con un atisbo de

provocación—. Ya estuve muerta. Y no solo durante el coma. Sé que no entendéis de qué os hablo, pero yo sí; y sé que ahora necesito sentir la vida. Y para ello tengo que pintar, fumar, beber y vivir. Y si me muero, será una desgracia, pero todos tenéis una vida por delante y yo quiero vivir también la mía.

—Eso es una tontería, mamá —sentenció su hijo Juan.

—Probablemente —respondió ella—, pero llevo media vida cuidando de vosotros y siendo la única que no hacía tonterías. Tal vez ahora sea el momento.

La actitud de Luisa les irritó a todos. Ninguno de los tres podía aceptar la transformación de su esposa o madre, e incluso el pequeño de los chicos, especialmente unido a ella de siempre, la sentía a kilómetros de distancia.

La cena, pese a todo, se desarrolló entre risas, y no faltó la constatación del cariño familiar que, pese a la distancia tangible o intangible, no había desaparecido. Al terminar la cena Juan y Luisa subieron a su dormitorio. Llevaban sin compartirlo casi un mes y sin tener relaciones sexuales desde antes del coma. Estaban más lejos que nunca y, sin embargo, Juan se encontró en la alcoba con una Luisa casi salvaje, a cuyos encantos le fue imposible no rendirse.

Los tres días posteriores, en los que Luisa no regresó al estudio, los dos Juanes y Jacobo compartieron la vida con una mujer siempre ocurrente y divertida, que hablaba de los temas más diversos y mundanos, se reía con cualquier ocurrencia y comía y bebía sin parar. Aquella mujer, que tras esas setenta y dos horas se despidió para retirarse de nuevo a su estudio y seguir pintando, no se parecía en absoluto a Luisa Aldazábal.

44

La muerte de su hija dejó en Luisa Casati una huella de irreparable tristeza que nunca compartió con nadie. En medio de aquella época en la que ya vivía de la caridad ajena, la pérdida de Cristina, su mágica Cristina, bautizada con el nombre de la princesa de Belgiojoso, le recordó los sinsabores de la muerte de su madre, a quien no llegó a ver antes de que se fuera para siempre. Su único consuelo era saber que, con su hija, como con todos aquellos seres que había ido perdiendo a lo largo de su vida, podría seguir manteniendo una conexión incluso más real a través de la magia espiritista. Casi nadie entendía su total devoción a tales prácticas desde la niñez, pero fue entonces cuando comenzó a necesitarlas más que nunca, para poder seguir en contacto con sus desaparecidos protectores. La muerte, primero de su madre y poco más tarde de su padre, fue el desencadenante de esa necesidad de comunicación con el mundo sobrenatural que, a partir de tales fallecimientos, regiría buena parte de su vida. Ahora era su hija la que la abandonaba. Desde la dureza que le imponía su escogido hermetismo sentía el dolor de la pérdida. Trató de ahogarlo en el recuerdo del escándalo que se produjera al elegir el nombre de su hija: Cristina. Como la médium Cristina de Trivulzio. Una vez más los recuerdos de su propia audacia le hicieron sonreír. También le hizo gracia comprobar que, con tantos años ya sin otra fortuna que no fuera la dignidad, seguía iluminando a diversos artistas.

Aunque carecía de salud y de medios para seguir cuanto aparecía sobre ella en la prensa, aún le llegaban los ecos de cómo su legendaria figura seguía sirviendo de inspiración a escritores, poetas o cineastas.

Se lo contaban algunos amigos a los que a veces ni siquiera reconocía. Le hablaban de cómo la Marchesa Casati seguía maravillando al mundo. Ella, sin poder atender a las tendencias ni inventar nada nuevo, no se sentía ya esa mujer que tanta admiración parecía seguir despertando. Por eso a veces rechazaba las visitas y prefería encerrarse en su universo de recuerdos y resbalarse por esa soledad cada vez más colosal, desde la que le resultaba tan inevitable como grato revivir pasajes de su magnífica historia.

Como no olvidaba cuántos grandes personajes la habían acompañado en sus peripecias, no había un solo día en el que no se colocara su gruesa máscara de maquillaje y se disfrazara de ella misma con esos harapos sorprendentes, último vestigio de aquella que fuera en un tiempo ahora muy lejano.

Muchos la creían una pobre loca, que no discernía no solo entre las personas, sino tampoco entre el pasado y el presente. Y algo de cierto había. A veces, mirando sus fotografías y recortes de prensa, se trasladaba a los mejores años de su vida. Así, arropada por la bruma de la semiinconsciencia, soportaba mejor su sórdida realidad.

Una tarde de lucidez, antes de apurar una botella de ginebra que tenía escondida tras su mil veces recortado sofá de piel de potro, acudieron a ella los remordimientos y las dudas. ¿Y si no hubiese abandonado a Camillo Casati? ¿Y si hubiese prestado más atención a la niñez de su hija Cristina? ¿Y si no se hubiera dejado arrastrar por la intensidad de D'Annunzio? ¿Y si no hubiera dilapidado toda su fortuna? ¿Cómo habría sido entonces su vida? ¿Cómo, todos esos recuerdos que ahora desgranaba?

Sentada frente a la luna del espejo que tantas satisfacciones le proporcionara a lo largo de su vida, escrutó su rostro marchito, oculto tras el yeso, las pestañas postizas robadas al sofá, los trazos negros de sus ojos dibujados con el betún... Siempre se había sentido segura de su imagen e incluso de su maquillaje, por disparatados que pudieran parecerles a los demás. ¿Y ahora? ¿Le gustaría que volvieran a pintarla?, ¿a esculpirla?, ¿a fotografiarla? No. Ciertamente no. Ya no era ella. Era su sombra, su espectro. Su verdadero yo navegaba en ese mundo paralelo al que se habían escapado sus seres más queridos.

Cogió la botella y, antes de bebérsela, trató de recordar quién se la había llevado. ¿Quién? ¿Quizá la había traído ella misma en ese taxi con el que fue a pedir el mismo dinero a unos ricos amigos que luego tuvo que entregar al taxista en pago a las tres horas de viaje por la carrera? No podía recordarlo. Qué más daba. Sería feliz con ese pobre alcohol bebido a solas, como otras veces lo fuera en las grandes celebraciones con otras drogas más suntuosas. La vida estaba construida de momentos; si ella contaba con la gloria de tantos instantes gozados y celebrados, podía concluir que el balance de su existencia era positivo. Sobre todo, porque sabía que su esencia permanecería en todos aquellos retratos que, pese a no pertenecerle ya, seguirían impregnando de su magia a todos cuantos la contemplaran. Viviría para siempre en todos esos cuadros, en las esculturas, en las páginas escritas, en las películas... Y seguiría inspirando a los artistas desde ese Más Allá que cada vez intuía más cercano.

Ahora no era ya más que huesos y espíritu. Caminaba como si fuera una sombra, deseosa de abandonar aquella existencia gris y miserable. ¿Cuánto tiempo tardaría en hacerlo? No lo sabía. Pero sí que nadie escucharía de sus labios una queja, ni la vería jamás agachando la cabeza. ¿Acaso alguna vez alguien pensó que dejaría de ser la que fue? Jamás sería otra. Siempre sería Luisa Casati. La Marchesa. La mujer más sorprendente de todos los tiempos. La única que maravilló a Gabriele D'Annunzio.

Ofreció la botella de ginebra a su reflejo en el espejo y se la bebió en un suspiró. Poco después sintió cómo se le nublaba la vista y se quedó dormida.

45

La Navidad pasó a toda velocidad. Los diversos encuentros familiares hicieron que Luisa abandonara de cuando en cuando su estudio, pero al acabar las fiestas, volvió a enclaustrarse en aquel viejo caserón donde día a día se encontraba más a gusto.

Mientras pintaba sin descanso, las cartas de Gabriel iban y venían entrecruzadas con las suyas, exhalando un sentimiento cada vez más poderoso. Su separación no parecía hacer mella en el ardor de sus palabras, que incendiaban todos sus delirios. Aunque la razón de Luisa, más que arder, se diluía entre los vapores de las numerosas copas de spritz diarias, las horas incontables gastadas entre los lienzos y esas tiradas de runas que le iban marcando los pasos de su destino incierto, en el que siempre encontraba una sombra de Luisa Casati.

Las últimas lecturas sobre la Marchesa le crearon una cierta desazón. Por una parte, tenía la impresión de que ninguno de los relatos sobre aquella mujer había conseguido describir lo suficiente ese espíritu inolvidable para quienes la conocieron. Ni novelas, ni películas, ni obras de teatro... Ni siquiera la magnífica biografía de Ryersson y Yaccarino, *Infinite Variety*, la más documentada y extensa, la más entretenida y completa, la única que se podía considerar, de verdad, su auténtica, sorprendente e imprescindible biografía. En todas las páginas escritas sobre ella estaban descritas sus proezas y hazañas, sus fracasos y errores, pero... ¡la Marchesa había contado tan poco! Incluso en sus cartas faltaba su dolor, su miedo, su angustia, sus remordimientos, sus momentos de debilidad. Y ella sabía todo eso de Luisa. Lo notaba dentro de sí. Por eso se decidió a pintarla no como John ni como Boldini, ni como Montenegro ni como Van Dongen o Martini, sino como solo la propia Luisa se hubiera pintado a sí misma.

En los tres meses siguientes, su estado empezó a parecerle preocupante a su familia y amigos. Luisa no salía de su estudio y tampoco respondía a las llamadas telefónicas. Sus hijos, de nuevo en Estados Unidos, hablaban con ella cada vez menos, y Juan, rendido, empezó a acudir a las cenas de sociedad a las que le invitaban con asiduidad y a asimilar que estaba solo, que Luisa no formaba parte de su vida y él menos aún de la suya. Solo su padre y Raimundo eran capaces de sacar a Luisa de su ensimismamiento pictórico llevándola a comer o, al menos, acercándole la comida a su propio estudio, para que no se le olvidara que debía alimentarse.

Y Luisa siempre los recibía nerviosa, como si le perturbara otra presencia que no fuera la de los protagonistas de esos cuadros, que se negaba a mostrar. En cuanto la avisaban de sus visitas ella lo disponía todo para que pasaran directos a la cocina sin ver nada de cuanto estaba pintando.

—¿Cuánto va a durar esto, Luisa? —le preguntó Raimundo impaciente y nervioso mientras almorzaba con ella.

—No lo sé —contestó Luisa con unos enormes semicírculos morados bajo sus ojos—, de verdad que no lo sé. Pero poco. Pronto acabaré los cuadros de mi exposición.

¿No ves que no hago otra cosa más que pintar? Ya ni duermo.

—Estoy convencido de que tu pintura será sensacional, Luisa, pero... ¿de verdad quieres alejarte tanto de todo por ella? ¿De verdad crees que merece la pena?

—¿Ser una artista? —inquirió ella sonriendo y con la mirada más allá de su amigo—. Es lo único que merece la pena. El arte esconde la magia de las cosas y es puro sentimiento reconvertido. Sin embargo, aunque quiero exhibir mi obra, no quiero venderla. ¿Sabes por qué?

—¿Por qué? —preguntó Raimundo cada vez más preocupado por el extraño estado de su amiga.

—Porque lo cierto es que me parece que tienen más valor las cosas que no se pueden comprar. ¿Sabes que Cecil Beaton se quedó fascinado con los *collages* que confeccionaba la Marchesa Casati en sus peores tiempos y le propuso venderlos? Se le ocurrió que debería exhibirlos, porque todo cuanto hacía la Marchesa tenía un encanto casi hipnótico, pero en cuanto ella intuyó que aquello podría llegar a tener un fin lucrativo, se le acabó la inspiración. Ella, que pagó fortunas por el arte, nunca quiso recibir dinero por el suyo. Era, por así decirlo «incomprable». Una obra de arte viva y única que desprendía un *allure* que no se podía pagar con dinero.

Raimundo observó a Luisa con detenimiento, alarmado. Aquella mujer no tenía nada que ver con la de los últimos años, pero tampoco con la que conociera en su facultad. Era una mujer que vagaba por un desesperado mundo de creación que no le permitía vivir una vida real. Parecía una extraña maldición que Luisa Aldazábal no hubiera podido ser ella misma durante años a causa de una tragedia y que, vuelta a la vida tras un coma, tampoco fuese a poder serlo por estar presa entre las garras de un fantasma.

—Luisa —le dijo tomándole cariñosamente la mano—.

Eres Luisa Aldazábal, no Luisa Casati. No debes olvidarlo.

—No lo hago, Raimundo —repuso ella clavando su mirada verde en la de él—. Sobre todo, porque yo soy Mirage. Algún día lo entenderás.

Raimundo abandonó su estudio desconcertado mientras ella volvía a sus cartas.

Mi adorada Mirage,

Tus cartas son, y lo creo, lo más real que conozco. Mezcla de anhelos, sueños a medio realizar, cariño y amor. Nada que ver con la rutina de Adán y Eva, y más bien próximas al viaje de la certeza por los mares de la duda. Vuelvo a tu barro redentor, ya casi tan carnal como tú. Aunque intuyo que, ni siquiera cuando la escultura esté terminada y tú hayas quedado inmortalizada para siempre, dejarás de ser Mirage.

ODÍN

Mi amado Odín,

Ya no sé si soy carne o espíritu. Aunque si cierro los ojos y recuerdo tus dedos tibios recorriendo mi cuerpo noto que comienza a arder todo lo que no se puede quemar. Aunque sea en sueños, te visitaré pronto, con la respiración contenida y ese rumor de ola que tan bien conoces. Me percibirás porque soplaré cuando estés dormido sobre cada uno de tus párpados y te dejaré en ellos el delicado beso de una libélula.

MIRAGE

Siete meses después de su viaje a Venecia, ahogada en decenas de cartas diarias y en la pintura que ocupaba todas sus horas, Luisa descubrió que había perdido a su marido. Al entrar un día en su casa para recoger algo de ropa encontró una carta en su escritorio en la que este le decía, simplemente, en un texto sin poesía y sin complicidad, que se había enamorado de otra mujer. No le sorprendió. Tampoco creía que le importara. Le parecía justo. Su amor por Gabriel era ya tan omnipresente que no le quedaba más sentimiento que entregar, ni siquiera al recuerdo de algún otro tiempo más feliz, disfrutado con Juan.

Su matrimonio estaba roto y su exposición terminada: era el momento de volver a aquella Ciudad de Agua a encontrarse con el Dios de la Sabiduría. Su propio dios del viento y el aire. Su Odín. El único hombre terrenal capaz de sustentar una historia de amor sobre las palabras, tras haber probado la pasión de la carne e incluso haberla casi arrancado en apasionados mordiscos.

Revisó uno a uno los cuadros que había pintado. El primero mostraba a Luisa con su capa de terciopelo negro, sus pieles, su casquete con una pluma vertical y sus dos guepardos acompañándola. En el segundo, la Marchesa y su escultor estaban frente al espejo, desnudos, con sus cuerpos tan pegados el uno al otro que resultaba imposible saber si él estaba en su interior o no; la mirada de la Marchesa destilaba un destello de poder, y su media sonrisa resultaba triunfal. Otro de los lienzos recogía el rostro de Gabriel Quiroga, con sus rasgos delimitados por implacables líneas rectas y con una inusual dureza impresa en sus ojos verdes. En otro de los cuadros, ella misma, pero vestida con una falda de oro y una camisa de seda, que bien podrían haber pertenecido a Luisa Casati, tiraba las runas sobre una mesa. En el siguiente, Casati y D'Annunzio cenaban animadamente en una mesa con candelabros parecida a la del Palazzo Nonfinito, mientras ella misma estaba encerrada en una urna de cristal, como si fuera la muñeca de cera. Una de las imágenes más curiosas recogía a la Luisa Casati de mirada cuádruple vestida de adivinadora, con una serpiente enrollada en uno de sus brazos, y sujetando en la otra mano la bola de cristal que le regalara D'Annunzio. Dentro de la esfera de vidrio se distinguían las figuras de otra mujer, también de cabello rojo, y un hombre de pelo amarillo. En el penúltimo, D'Annunzio estaba besando la mano enguantada, no de Luisa Casati, sino la de la pintora, vestida de amazona; y en el final, ambas Luisas se encontraban cogidas de la mano, desnudas frente al espejo, más parecidas que en la realidad, pero con las diferencias de la altura de una respecto a la otra y las caderas rotundas y el pecho generoso de la pintora frente al cuerpo longilíneo y de pocas formas de Luisa Casati. Tras ellas se veían varios perros y gatos jugando sobre una alfombra y una mesa redonda sobre la que descansaba, desafiante, un tablero de ouija, y a cada uno de sus lados, una carta, cada una con una firma visible: Ariel y Odín.

Dos mundos entrelazados, confundidos, inexplicablemente cercanos. Como si alguien hubiese decidido no solo que tuvieran ciertos paralelismos, sino que estuvieran contenidos el uno en el otro.

Tras aquellos cuadros le resultaba imposible pintar más. Había plasmado en cada lienzo lo que su emoción le iba dictando sin motivo alguno y sin explicación. Era obvio que allí estaba reflejada la historia de Luisa Casati, que le había acompañado a lo largo de su proceso creativo y que incluso había inspirado toda su creación y la remodelación de su vida. Pero también se encontraba el reflejo de su propia historia con Gabriel, aunque distorsionada por la presencia de Luisa Casati. No era extraño, fue la Marchesa quien la condujo hasta los brazos del escultor y quien la llevó a viajar hasta Venecia para recuperar allí las ganas de volver a crear. El convencimiento de que sería capaz de recuperar su don llegó de la mano del artista.

Había llegado el momento de volver a Venecia. Y encontrarse de nuevo con Gabriel.

Abandonó los cuadros y, antes de volver a su equipaje, se sentó frente al ordenador y escribió al escultor, una vez más.

> Querido Odín,
>
> Te escribo preparando las maletas para mi viaje a Venecia. Son muchas las veces en las que me he preguntado por qué no hemos corrido a encontrarnos durante estos meses en los que vivíamos haciendo el amor entre renglones y adjetivos. Pero ahora sé que, simplemente, no era el momento. Tú tenías que volver de tu condena del pasado y yo transformarme en quien ahora soy, la misma que ocupa la escultura que estás terminando y que te hará regresar a esos orígenes tuyos de figuras que cuentan sus historias y secretos a través de unos cuerpos delimitados por tus dedos y de unas almas que se les escapan por las miradas rotas. Viajo a Venecia creyendo que me amas, pero sin saberlo. Y sin saber del todo si te amo yo. D'Annunzio le escribió a Coré: «Ahora conozco la necesidad de Coré: el peligro está en la presencia. La presencia para ella lo estropea todo, lo destruye todo. Muchas veces he sentido que, a su lado, la presencia me disminuía o me desvirtuaba inevitablemente». Y yo tiemblo. Tanto nos hemos agrandado en la distancia que temo que nos hagamos pequeños en el encuentro.
>
> MIRAGE

Fue la última carta que Luisa envió antes de su viaje. Y la anterior a la suya, la última que recibiría de Gabriel.

46

Luisa Casati, sentada frente a una mesa camilla en su habitación alquilada del 32 de Beaufort Gardens, desplegaba sobre ella todas sus herramientas adivinatorias. Ya no podía pagar los servicios de los hechiceros, pero no podía prescindir de la magia. Y ella era una experta. Quizá más aún de lo que lo fueran muchos de los que se presentaban como profesionales. Su vida había sido pura magia soplada por el viento que ella movía en sus extraordinarias villas o en las lujosas suites que habitaba como si fuera parte de ellas. No echaba de menos el esplendor de su palazzo veneciano, ni siquiera el mármol rosado del palais parisino. Sin embargo, sí extrañaba confundir los recuerdos, no saber si fue en Venecia o en Roma donde vio bailar por primera vez a Isadora Duncan o cuáles fueron aquellos primeros versos que Montesquiou le dedicó. Y, más que ninguna otra cosa, le faltaba el apasionado amor tan intelectual como físico de D'Annunzio, de quien guardaba como espléndido tesoro un retrato con su nombre, Gabriele, escrito en verde sobre el lienzo. Aún contaba con la amistad de Augustus Edwin John, cuyo amor transformado en verdadera e incondicional amistad resultaba inestimable, pero le costaba aceptar que carecía ya de esa capacidad de antaño para encantar a su entorno y hacerse admirar y venerar por los personajes más extraordinarios. Apenas tres años antes, cuando se realizó una exposición honorífica de Augustus en la que se exhibieron los dos primeros retratos de Luisa de 1919, la Marchesa aún pudo comprobar, con placer, cómo los estudiantes de arte no podían reprimir un evidente asombro al contemplar su innegable exquisitez plasmada en aquellos cuadros.

No sentía ningún desgarro por haber dilapidado su fortuna para recrear su propio universo; ni siquiera deshacerse de sus maravillosos trajes de Bakst o de sus abrigos de Fortuny le supuso una tragedia. No. Aunque un tratante de Portobello se quedara con sus últimas posesiones —el sofá de piel de potro, un reloj de cuco roto, varios ramos de flores artificiales o aquel relicario de cristal con el dedo de san Pedro—, nada ni nadie podían arrebatarle su entusiasmo por la vida, que celebraba cuando su nieta Moorea o algún conocido le regalaban diez chelines, llevando a cabo algún plan tan descabellado como comprar una botella de vino barato o dar una vuelta en taxi.

Luisa se divertía pensando en el estupor que seguía causando a su alrededor, sin proponérselo, simplemente dejándose llevar por sus impulsos. Los mismos que la convirtieron en mecenas, con tanto olfato artístico para los otros como capacidad para olvidar su propio talento, sin duda tan real como desaprovechado.

Miró las cartas del tarot sobre la mesa y una larga llave de bronce coronada con la figura de un ángel, que también solía utilizar como herramienta de adivinación. No le quedaba mucho tiempo y lo sabía. Pero tenía muchas cosas que hacer. Retiró las cartas y la llave y las guardó junto a un tablero de ouija —cuyo anterior propietario había sido un afamado mago—, y volvió a una de sus tareas más habituales en aquellos días: la de ordenar sus recortes de prensa, sus fotos y algunos pequeños y extraños objetos. Con todos ellos construía unos insólitos y bellísimos *collages* con un extraordinario contenido artístico.

Unos *collages* desde los que se contaba una historia, más allá del puro entretenimiento. ¡El osado de Cecil Beaton llegó a proponerle que los vendiera! ¡¡¡A ella!!! Vender su arte hubiera sido como vender su vida, y su vida se encerraba también en aquellas listas que escribía cada tarde sobre los personajes conocidos: los artistas devotos que la habían retratado, los amigos que la hicieron reír y las personas que le fallaron.

Mientras seguía pegando pedacitos de vida en aquellos cuadros compartimentados acarició a su perrito pekinés. El tacto de su pelo sedoso le proporcionaba una inmensa alegría. Ella sabía bien que las alegrías y las penas pasaban como la corriente, sin que se pudieran retener ni detener. Recordó su malestar hacía pocos años cuando precisamente el admirador de esos *collages*, su antes buen amigo Cecil Beaton, la traicionó fotografiándola sin su permiso. No quería ser recordada con esa imagen tenebrosa que ahora ofrecía. Ella era luz y debía dejar una estela de luz al partir. Un sendero luminoso que tal vez sirviera a otras vidas posteriores a la suya para encontrar el camino.

Beaton la engañó diciéndole que quería fotografiar a su perro y disparó sin piedad sobre la Marchesa. Ella le ordenó que aquellas imágenes no salieran a la luz, y Beaton juró deshacerse de la película; pero en vez de hacerlo, publicó un libro sobre el mundo de la moda en el que incluyó aquellas últimas fotografías ilícitas. Luisa se vio, con horror, en una enorme imagen que ocupaba prácticamente todo el gran escaparate de Harrod's, en Brompton Road, para promocionar el libro *The Glass of Fashion*.

No solo el recuerdo de aquel «robo de su alma» a través de la cámara la enfurecía, sino también el hecho de que en ese libro se contara que, en la casa de los condes de Beaumont, durante la preparación de su fallido disfraz de san Sebastián, llamaba sin cesar a los sirvientes para pedir tazas de café. ¿Café? Ella en una fiesta así no bebía más que *champagne*, y así era como deseaba que se recordase la historia que su amigo quería empañar.

Tal vez debería recurrir a la magia negra ahora que, pese a la demanda interpuesta contra Beaton, pagada por su nieta Moorea, no había conseguido que los jueces tomaran en serio las acusaciones contra su estética.

Los espíritus le ayudarían a matar a Beaton, ya que la Justicia terrenal no le procuraba satisfacción a su afrenta.

—Le mataré —pensó y casi dijo en voz alta—. O mejor: otros lo harán por mí.

Luisa escribió varios mensajes en distintos pedacitos de papel, destinados a malograr la existencia de Beaton, hasta que lo asesinó. El fotógrafo viviría veinticinco años más, pero en la memoria de la Marchesa, a partir de aquel instante, quedó muerto y sepultado para siempre.

Pese a aquellas últimas fotos, la fascinación de la personalidad de la Marchesa ganó la batalla a cualquier intento de extinguir su excéntrica genialidad.

Mientras ella se iba diluyendo en sus recuerdos, en diversos puntos del planeta se seguían realizando exposiciones en las que se la representaba, y aún ocupaba un sorprendente espacio en las conversaciones de todos los artistas de vanguardia. Sin embargo, su entendimiento, perfumado por ese incienso con el que acompañaba sus interminables sesiones espiritistas, cada vez quedaba más plegado a los avatares de la ouija.

Su nieta Moorea se ocupaba de sus ínfimos gastos, reducidos a esa habitación casi embrujada, la poquísima comida con la que se alimentaba ella y alimentaba a su pekinés, al que a su muerte llevó al taxidermista, y a esa enfermera que la cuidaba y seguía vistiéndola cada día de terciopelo y pieles de leopardo, ya completamente desgastadas y rotas.

—No descuide mi pelo —solía decirle Luisa a la misma enfermera que ya ni se empeñaba en evitar que la Marchesa siguiera poniéndose la venenosa belladona en sus ojos.

Una tarde de 1957, durante una sesión de espiritismo, Luisa notó cómo la llamaban:

—Luisa, Luisa... —decía una voz susurrante.

De inmediato, esa voz tan conocida, la de D'Annunzio, comenzó a mezclarse con la dulce pero firme voz de su madre:

—Te contaré una historia, Luisa. En la que todos los personajes serán reales.

De pronto notó cómo su padre le cogía de la mano con dulzura, mientras veía sonreír a su hermana Francesca, a cuyo cuello se enroscaba una inmensa pitón.

—Es Anaxagarus, hermana, ¿la recuerdas?

Luisa sonrió ante la visión, e inmediatamente preguntó:

—¿Y dónde está Cristina?

—Aquí, mamá, ven —le indicó su hija desde el Más Allá, tendiéndole la mano.

En ese momento Luisa sintió que su cerebro se nublaba mientras su espíritu ascendía y se mezclaba con todos aquellos seres y tantos otros con los que compartiera una vida tan insólita como ella misma. Notaba cómo flotaba su sustancia, aún pensaba en que, siendo ella Coré, tal vez acabaría cabalgando entre las almas oscuras patrimonio de Hades.

—Mi querida y hermosa Coré —dijo el espíritu de D'Annunzio—, ¿quién nos hizo pensar que el Infierno estaba abajo y el Cielo arriba?, ¿quién que nuestra vida se acababa con la muerte?, ¿quién que no volveríamos a la existencia en otros cuerpos? Dame la mano que ya no tienes, princesa de lo oscuro, compartamos la luz de la magia que siempre nos amparó. Quizá en el futuro volvamos a recorrer Venecia refugiados en otros corazones que emulen nuestro amor.

Eran las tres de la tarde del 1 de junio de 1957. Luisa Casati, Coré, la Marchesa, había fallecido víctima de una hemorragia cerebral. Contaba setenta y seis años.

Su nieta, lady Moorea, se ocupó de que fuera enterrada junto a sus pekineses disecados y vestida como siempre en los últimos años, como tantos la recordarían también en sus días de esplendor: de piel de leopardo y terciopelo. Y también de que, en su tumba, figurase el epitafio que su propia abuela eligiera:

AGE CANNOT WITHER HER, NOR CUSTOM STALE
HER INFINITE VARIETY[3]

Una única línea a compartir por dos reinas: la Cleopatra descrita por Shakespeare y la Marchesa Casati.

3. «La edad no puede marchitarla, ni la costumbre envejecer su infinita variedad».

47

Luisa no leyó el final de la historia de la Marchesa Casati hasta que terminó los cuadros de su exposición. Al hacerlo, sintió el deseo de ir a Londres antes de a Venecia para visitar la tumba de aquella extravagante mujer con la que sentía una unión tan profunda como inexplicable; sin embargo, decidió viajar directamente a Venecia, no solo porque se moría de ganas de ver a su escultor, sino porque se resistía a quedarse con el recuerdo de aquella Luisa tan deteriorada en posesiones, cuerpo y alma, y prefería preservar en su cabeza esa imagen casi mitológica de una diosa del arte, una mujer inmortal y todopoderosa, capaz de descubrir el talento en todas sus manifestaciones y de ser arte ella misma.

Al llegar a Venecia, Luisa se sintió en casa. Una vez más esa ciudad extraordinaria la recibía con ese sol tan poco frecuente como celebrado. Sobre el *vaporetto*, divisando puentes, canales y palacios, le parecía que aquel extraño lugar, sacado de un cuento mágico, era el único sitio del planeta verdaderamente real. Pese a sus brillos de artificio, Luisa reconoció en Venecia, de inmediato, el mismo aire que la ayudara meses atrás a respirar de diferente manera, a volver a acariciar los sueños de colores y a ser capaz de arriesgarse por lograr materializar su entonces aún escondido y casi olvidado don.

En cuanto pisó San Marcos y fue caminando hacia el Caffè Lavena advirtió cómo se aceleraba su corazón. Se sentó en la misma mesa en la que Gabriel la descubriera siete meses atrás y cerró los ojos esperando que se produjese el milagro y él apareciera a su lado y le susurrara palabras de amor al oído, similares a las que había leído en la pantalla de su ordenador durante meses. Pero solo se acercó el camarero. Era la una de la tarde, así que ya era hora de tomar un spritz, aunque no fuera en el Florian. Lo pidió acompañado de un sándwich de queso con tomate y revisó extrañada su teléfono móvil. Ni rastro de nuevos correos electrónicos. ¿Se le habría desconfigurado el teléfono al cambiar de país? No era la primera vez que le sucedía. Y era la única explicación plausible a no haber recibido ni una sola carta de Gabriel desde que dejara Madrid.

Mordisqueó la esquina de su sándwich, bebió un poco de su spritz y se fue aprisa, con urgencia, para alcanzar cuanto antes su hotel; el mismo de aquel viaje anterior, el Splendid Venice. En cuanto dejara el equipaje en su habitación bajaría al *business center* a encontrarse con Gabriel en la pantalla. No tenía otra forma de ponerse en contacto con él. Jamás se habían llamado en aquellos meses. Ni siquiera llegaron a intercambiar los números de sus teléfonos.

Volvió a la misma suite de su primer viaje y sintió el mismo entusiasmo al abrir la ventana y contemplar Venecia acariciada por los rayos de ese sol tenue pero delicioso, que parecía reservarse para cuando ella llegaba. Después dejó su equipaje en el portamaletas, colgó su abrigo en el armario y corrió escaleras abajo hasta el ordenador.

Introdujo sus claves con emoción pensando en el tiempo que hacía que no se veían Gabriel y ella —Odín y Mirage— y esperando, ansiosa, una carta de bienvenida, repleta de la impaciencia del amor. Pero no encontró ningún sobrecito amarillo. No tenía ningún mensaje. No había cartas.

De inmediato, como solía hacer cuando los correos de Gabriel tardaban más de la cuenta, decidió releer los anteriores, pero tampoco los halló: todos, los recibidos y los enviados, habían desaparecido como si alguien se hubiese esmerado en borrarlos sin dejar rastro. Supuso que aquello tendría que ver con algún fallo del sistema y que se debería a aquellos traviesos duendes de internet, siempre dedicados a jugar con los nervios de los internautas, que pretendían cruzarse en esa gran autopista. No había otra explicación. «No pasa nada —se dijo a sí misma—, le enviaré un nuevo correo y en cuanto sepa que estoy aquí vendrá a recogerme e iremos juntos a recorrer Venecia». Tecleó la dirección de correo de Gabriel, que tan bien conocía y que durante meses había sido su refugio en cada hora y sensación del día y escribió.

> Querido Odín,
>
> Mirage se ha hecho real. Estoy aquí, en tu Venecia, en mi Venecia, en nuestra Venecia. No tardes en compartir esta ciudad de agua y reflejos conmigo o me moriré.
>
> MIRAGE

Casi al instante de enviar el correo recibió uno de vuelta que le advertía del fallo del envío. ¿Internet no reconocía esa dirección? ¡Pero cómo podía ser! Estuvo a punto de chillar. Gabriel había desaparecido, aunque fuera cibernéticamente. Intentó tranquilizarse. «Puede haber sucedido cualquier cosa —pretendió convencerse—. tal vez tenga algún problema con su ordenador o haya un retraso en el envío y recepción de los mensajes. A veces sucede...». Sin embargo, algo le decía en su interior que lo que ocurría era bastante más grave, aunque no sospechara, ni remotamente, qué podía ser.

Decidió que iría a su estudio. Era de día y no se perdería como aquella noche de su primer amor carnal. Cerró su correo, volvió a su habitación a por su abrigo y su bolso y casi corrió hacia la plaza de San Marcos para tomar la línea 2 del *vaporetto* en dirección San Giorgio.

El barco le devolvió cierta sensación de paz. Ya iba al encuentro de su amado. Recordaría el camino y se encontrarían en ese mismo taller en el que se amaron por primera vez. Cerró los ojos e intentó imaginar la cara de Gabriel, pero no lo consiguió. Su rostro se desvanecía entre los recuerdos de la faz de D'Annunzio e incluso se mezclaba con la blanca tez de Luisa Casati. Respiró hondo dejando que sus pulmones se llenasen del reconfortante aire de Venecia, frío y mortal, pese al sol algo más potente a esa hora que a la de su llegada. Una vez en San Giorgio aún tuvo que esperar esas dos paradas en dirección Piazzale Roma-Redentore, y allí descendió y fue en dirección de aquel hotel, ¿cómo se llamaba? Sticky, Stichi... ¡Hilton Molino Stucky! En cuanto lo vio supo por dónde tenía que seguir. «Era pasando la iglesia del Redentore», se dijo a sí misma recordando el relato de Gabriel sobre la fiesta que allí se celebraba. Y allí estaba ese pequeño restaurante en el que Gabriel solía comer. Ahora solo le quedaba atravesar los almacenes transformados en espacios para la Bienal en el propio astillero y... sí, aquel era el portón metálico del taller de Gabriel.

Golpeó con fuerza una vez. No hubo respuesta. Volvió a golpear con mayor energía. Nadie contestó. Notó tal angustia en su pecho que trató de descargarla a puñetazos sobre aquella endeble portezuela de metal que finalmente se abrió, como si un fantasma hubiera accionado el mecanismo desde dentro.

No había nada tras ella. Nada. No estaba la plataforma, ni los pedazos de mármol, ni la mesa sobre la que descansaba su ordenador. El espacio se hallaba completamente vacío. Luisa corrió desesperada hasta la pequeña puerta tras la que debía esconderse esa cama que compartieron, pero tampoco encontró nada en esa habitación. Ni siquiera los espejos. No quedaba ni el más leve indicio, no ya de su amor, sino siquiera de que Gabriel Quiroga hubiese pasado por aquel lugar.

Sintió unas enormes ganas de llorar, pero ninguna lágrima acudió a mitigar su dolor. Gabriel se había ido, la había abandonado sin una sola palabra después de tantas y tantas recogidas en cientos de cartas de amor. Se sentó un minuto sobre aquel suelo desolador y pensó con amargura en que tampoco podría compartir su dolor con nadie, porque nadie conocía su historia con él. Tendría que llorar su pérdida sola, sin que nadie sosegara sus angustias.

Se levantó despacio y casi tambaleándose salió de aquel lugar tenebroso. Cerró la puerta tras de sí y, como si fuera un fantasma, caminó con infinita lentitud, para desandar lo andado y volver al hotel. Sin embargo, no pudo evitar recordar que, apenas un día antes, había recibido una carta de Gabriel y que era muy extraño que hubiese desaparecido. Se sentía incapaz de pensar, pero aun así decidió acercarse al pequeño restaurante en el que Gabriel le había contado que solía comer.

El lugar era encantador. Se encontraba sobre el pequeño puerto y era un local sencillo, con manteles rosas y flores sobre las mesas, nada sofisticado pero primoroso. Luisa sintió casi un dolor físico al pensar en cómo le hubiera gustado sentarse en alguna mesa junto a la ventana y charlar durante horas con su desaparecido Odín.

Un hombre, que parecía ser el encargado, o quizá el dueño, le preguntó si quería comer.

—*No, grazie* —respondió ella—. *Io solo voglio sapere se conoscete a Gabriel Quiroga.*

—¿Gabriel Quiroga? *Lo scultore espagnolo?* —respondió el hombre enseguida—. *Chiaro, signora, venivano qui un sacco. Ma molto tempo fa, quando aveva la sua bottega qui vicino. Ma è stato molto tempo fa, como ho detto, perchè se non ricordo male è morto dieci anni fa.*

—¡¡¡¿Muerto?!!! ¡¡¡¿Muerto diez años atrás?!!! —Luisa abandonó el local corriendo aterrorizada en dirección al muelle y subió al *vaporetto* en cuanto arribó. Se colocó sus grandes gafas de sol y notó cómo las lágrimas le abrasaban las mejillas. ¡No podía ser! ¡Su historia de amor era la historia de un espectro!

Sintió la risa de Luisa Casati flotando en el viento de Venecia, también escuchaba reírse a Gabriele D'Annunzio, e incluso se reía el propio Gabriel Quiroga. Los fantasmas venecianos le habían gastado una broma pesada a Luisa Aldazábal quien, sola y temblorosa, se dirigió a su hotel esperando encontrar alguna evidencia entre sus enseres de que no estaba loca.

Al llegar, se derrumbó en la cama de su suite sin quitarse siquiera el abrigo. Del llanto apenado, incontrolable pero silencioso, oculto tras sus gafas de sol durante el viaje hasta el hotel, pasó en la soledad de su habitación al llanto visible y ruidoso, casi histérico, intercalado con hipidos y temblores. Mientras lloraba con desesperación se daba cuenta de que no podía compartir con nadie aquel dolor. ¿Iba a llamar a Raimundo o a su padre para decirle que el hombre del que se había enamorado perdidamente, y de cuyo amor jamás les había hecho partícipes, era un fantasma, y que ni sus encuentros carnales ni sus cartas eran otra cosa más que el producto de su imaginación? ¿Cómo podía haber construido aquel espejismo?, ¿cómo llegó hasta ese hombre muerto? No recordaba haber leído nada de Gabriel Quiroga antes de conocerlo y, curiosamente, su mágica relación no le incitó en ningún momento a buscar su nombre en internet. Si lo hubiera hecho habría sabido que se estaba relacionando con un espíritu o con una aparición. Pero ¿qué decía? ¡Si aquella relación jamás existió!, ¡era pura fantasía! ¿Y por qué la había ocupado Gabriel Quiroga?

Le aterró encontrarse tan sola de pronto. Durante siete meses se sintió tan protegida y apoyada por Gabriel que no necesitó nada del resto del mundo. De hecho, lo abandonó todo, sin reparos. Dejó que su marido desapareciera de su vida, amplió la distancia con sus hijos y olvidó otros tiempos de complicidades con su amigo Raimundo. Ahora que sabía que Gabriel no estaba y jamás volvería a estar, que en realidad nunca había existido, que no era más que un espejismo, se sentía desamparada y aterrorizada. Odín, Mirage, ¿por qué habría relacionado todo aquello con Luisa Casati y Gabriele D'Annunzio? ¿Cuál era la conexión? ¿Tal vez se había vuelto loca? ¿En qué momento? ¿Cómo? ¿Por qué?

Decidió que una tirada de runas podría ayudarla. Al menos, la magia era el legado que le quedaba de Luisa Casati; y las runas, el de Odín, su espejismo.

Tiraría una única runa y trataría de descifrar su significado. Se quitó por fin el abrigo, aunque aún tenía el frío de su propio miedo en la piel, y lo colgó en el armario. Luego fue a su bolso y sacó las veinticinco runas del saquito de terciopelo negro y las cogió con ambas manos. Cerró los ojos y pensó en una pregunta, solo en una: ¿hacia dónde tenía que ir? Más que explicaciones o respuestas necesitaba una luz, porque tras la desaparición de Gabriel todo se había vuelto oscuro. Si Gabriel era un espectro, lo era luminoso, porque durante meses había hecho brillar su vida. Y ahora... todo era oscuridad, vértigo y terror. ¿Hacia dónde tenía que ir? Se concentró en la pregunta y, tras agitarlas todas, dejó caer una única runa de sus manos.

La runa que cayó fue la de Odín, la runa blanca, la de la confianza absoluta.

En su simbolismo, la runa blanca representaba la verdadera esperanza: un presente lleno de posibilidades. Al mismo tiempo preñada y vacía, guardaba en ella la fuerza de un potencial sin diluir. El más alto bien y todos los sueños estaban contenidos en su blancura.

A menudo sacar la runa blanca exigía un acto de valor equivalente a saltar al vacío con las manos también vacías. Era una prueba directa de fe. Odín recordaba con ella que los obstáculos del pasado bien podrían convertirse en las puertas que abrían hacia nuevos principios. El vacío era el final. El vacío era el principio.

Luisa se quedó mirando la runa de Odín tratando de escuchar a su propio corazón a través de ella. Todo estaba en la runa blanca, pero ¿cuál sería la prueba de valor que se le exigiría?, ¿tal vez aceptar la soledad?, ¿organizar la exposición que nació de ese espejismo carnal imaginado en el estudio de Gabriel Quiroga? Estaba claro que no le quedaba más remedio que saltar al vacío... ¡Pero no tenía las manos vacías! ¡Tenía su pintura! ¡Dios! ¡Cómo le gustaría poder recurrir a su madre! Reclamar sus consejos, su experiencia de persona creadora de historias imaginarias. ¿Historias imaginarias? Un momento. ¿Y Marcello?

Tal vez a él sí le podría contar esta historia. Él era escritor y sabía los entramados que podía llegar a urdir una mente creativa. La suya lo era, y de ello quedaba constancia en sus cuadros y ahora también en su vida. Saltaría al vacío, sí, empezaría desde el principio, pero le pediría ayuda a Marcello para tratar de darle significado a cuanto había sucedido. Al fin y al cabo, él era lo único real que le quedaba de su primer viaje a Venecia. Si es que él era real... ¿Lo sería? Marcó el número de su móvil para comprobarlo y enseguida sintió el alivio de escuchar su respuesta.

48

—¡Luisa Aldazábal! —exclamó sorprendido y contento—. ¿A qué debo el honor?

Luisa no pudo evitar sonreír tras aquella cálida bienvenida telefónica. Dio gracias a su tiempo de que aún no fueran habituales las videoconferencias entre los teléfonos móviles, porque tenía los ojos tan enrojecidos de llorar que ella misma parecía un fantasma.

—Hola, Marcello —dijo tratando de controlar el temblor de su voz—. Estoy en Venecia. He venido... Cómo explicarte. Es una larga historia. Pero presiento que solo tú me puedes ayudar a encontrarle el significado. ¿Querrás hacerlo?

—Desde luego —respondió él de inmediato—. Suena de lo más misterioso, y ya sabes que eso para un escritor es muy atractivo. ¿Has sido presa tal vez de algún espíritu veneciano enviado por Luisa Casati? ¿O quizá ella misma ha sido quien te ha arrastrado hasta el mundo de los espectros?

Luisa rio y sollozó a un tiempo.

—Solo te puedo decir, de momento —contestó—, que está claro que los escritores tenéis mucha imaginación. Pero te aseguro que la realidad, o tal vez la imaginación de alguna pintora, es capaz incluso de superar la vuestra. ¿Quieres que nos pongamos a prueba?

—Por supuesto. Cuándo y dónde —repuso él, aceptando el reto entre intrigado y divertido.

—Marcello —dijo ella ahora con voz implorante y afligida—, necesito que vengas a Venecia. Apenas nos conocemos, lo sé, pero también sé que eres la única persona con la que puedo compartir el secreto de un espejismo. ¿Vendrás?

No hubo ni un segundo de dilación en la respuesta del escritor.

—Cuenta con ello —afirmó con rotundidad—. Voy a despejar mi agenda de inmediato y a revisar en cuánto tiempo puedo llegar. ¿Ves? Es lo bueno de esta profesión. Me has encontrado en mi encierro habitual de cuando escribo una novela, pero casi creo que me vendrá bien despejarme unos días para poder retomarla después, con más ímpetu. Si me llama Venecia y una mujer como Luisa Aldazábal, no cabe ninguna duda de que mi historia puede dar un giro. ¿Lo hará?

—Tenlo por seguro —aseguró Luisa—. Te espero en el Splendid Venice, no saldré de mi habitación hasta que llegues, sea en pocas horas o en varios días.

Luisa colgó, se quitó las botas y, vestida, se acurrucó sobre su cama. De pronto las lágrimas volvieron a aflorar en sus ojos. Regresaban a ella, una tras otra, todas las palabras trenzadas en cada carta de Gabriel y todos los sentimientos alojados en su corazón. ¿Cómo era posible que todo hubiera sido pura fantasía? Cerró los ojos y de sus pestañas se desmayó una catarata de lágrimas nuevas, aunque no volvió a despegar los párpados. Se secó las mejillas con las manos y así, en aquella posición fetal, sintiéndose más desvalida e indefensa que un recién nacido, se quedó dormida.

Soñó con monstruos de barro que la devoraban, con

personajes misteriosos ataviados con suntuosos disfraces mientras ella corría desnuda, ocultando su mirada tras un antifaz; soñó también con el agua y el plomo hermanándose y exhalando vapor, y finalmente con Luisa Casati, que le decía al oído: «Soy una obra de arte viviente, por eso no puedo morir». En la nebulosa del propio sueño oyó golpear la puerta y se levantó sobresaltada de la cama. Miró el reloj. ¡Había dormido toda la tarde y toda la noche! ¡Eran las diez de la mañana!

Fue hacia la puerta con la melena revuelta y casi sonámbula, esperando hallar al camarero de turno, pero al abrir se encontró con una grata sorpresa.

—¡Marcello! —exclamó apartándose para dejarle pasar—. Oh, Dios mío, ¿cómo es posible que ya estés aquí? Oh, Dios mío —repitió—, ¡debería haberme arreglado un poco! ¡Debo de tener un aspecto espantoso!

Marcello la miró con detenimiento. Observó sus ojos color verde hoja, inmensamente tristes, aún con rastros de sueño en su expresión. Su piel blanca parecía más transparente que nunca, y su pelo, rojo y despeinado, confería a aquel rostro de huesos marcados, desprovisto de maquillaje, un cierto aire de sofisticación que resultaba curioso. Llevaba un amplio jersey azul marino de cuello vuelto sobre unos vaqueros pitillo y unos calcetines color lila. Tal vez fuera su angustia lo que le confería ese halo de ingenuidad que ahora la envolvía, pero a él le pareció irresistible. Aquella mujer le gustó desde que la vio deambulando por el Museo Peggy Guggenheim. Ya entonces la notó perdida. Ya entonces le hubiera gustado acompañarla a encontrar el camino.

—No creas —reveló clavando sus ojos amarillos en los de ella—, estás preciosa: las penas te dan otro aire.

—Si las penas embellecieran —dijo ella tratando de forzar una sonrisa y de contener las lágrimas—, ahora sería la mujer más hermosa del universo.

Él se acercó y la abrazó. Ella rompió a llorar de nuevo y pasaron muchos minutos hasta que aquel abrazo se deshizo y la fuente de sus lágrimas se secó. Él no tenía prisa. Había volado desde Roma para verla y para escucharla. Ella se sintió reconfortada: saltar al vacío ya no le parecía tan terrible.

Al cabo de un tiempo indeterminado Luisa se separó de él y le propuso que le esperase en el restaurante del hotel. Se daría una ducha y bajaría a desayunar. Tenía muchas cosas que contarle. Y necesitaba que la creyera.

Marcello bajó a esperarla y al cabo de un rato la recibió contemplando extasiado su belleza natural. Llevaba el pelo recogido en una cola de caballo algo despeinada, un jersey negro, un pantalón masculino del mismo color y los labios pintados de un rojo intenso. Estaba muy delgada, en exceso, pero en sus encuentros anteriores no la recordaba tan bella.

—Estás muy guapa —dijo.

—¿Bromeas? —contestó ella coqueta—. Si es así, debe de ser desde luego que, como dices, las penas me dan otro aire.

A partir de ese momento Luisa comenzó a narrar toda su historia: su encuentro en el Caffè Lavena con Gabriel Quiroga, el amor en el estudio, los espejos, la pintura, las cartas durante meses, la visita del escultor a Madrid, la marca en su cuello, los espejos de nuevo, los cuadros en los que aparecían ellos y Luisa Casati y Gabriele D'Annunzio, y su descubrimiento de ayer de que Gabriel Quiroga era un fantasma.

Marcello escuchaba impertérrito, sin ofrecer ni un solo signo de incredulidad, aunque cada vez más asombrado por la historia. Solo cuando Luisa terminó se decidió a hablar.

—Yo conocí a Gabriel Quiroga —dijo.

—¿¡Cómo!? —preguntó ella sin poder creer lo que escuchaba.

—Hace muchos años, tal vez catorce o quince, no lo recuerdo bien. Pero le conocí, sí. Yo debía de tener veintiséis o veintisiete años. Él hizo una exposición. Al parecer, llevaba unos años viviendo en Venecia. Se vino tras algún problema que tuvo con una escultura en Oriente Medio...

—... El crimen de la mujer de uno de sus esculpidos —dijo ella recordando la historia que le contara Gabriel.

—Sí, aquello fue muy sonado. Hasta salió en la prensa, ¿no lo recuerdas? Por eso dejó de trabajar en España y se vino a Venecia a esconderse del mundo. Y de pronto, pasados algunos años, hizo una exposición fabulosa, pero que no tenía nada que ver con lo que había hecho anteriormente. Eran...

—... eran formas de plomo... O quizá caras incompletas —terminó su frase Luisa.

—Sí —afirmó él—, pero eso no es raro que lo sepas, Luisa. ¡Salió en la prensa también! Tú eres artista, así que no parece extraño que te fijaras en esa información. Recuerdo varios reportajes internacionales que recogieron en imágenes aquella muestra. Yo la vi en una de las visitas a mi tío. Y recuerdo a la perfección a Gabriel Quiroga: un gigante rubio con cara de loco. Tenía un físico perturbador, desde luego. Hacía mucho deporte, porque la escultura de obras monumentales y toda esa manía suya de crear siempre en tamaños gigantescos le exigía un esfuerzo físico brutal y una resistencia que solo conseguía entrenándose a diario.

Luisa estaba confundida. ¿Era posible que todo cuanto le contó Gabriel simplemente lo hubiera leído en la prensa años atrás, cuando andaba atrapada, sin saberlo, en su otra vida? Pero ¿a qué se debía la reaparición de aquel recuerdo en su vida actual y con tanta intensidad?

Y, sobre todo, ¿cómo podía saber ella dónde estaba su estudio? Repitió la pregunta en voz alta:

—Puedes decirme, Marcello, ¿cómo llegué yo ayer al lugar en el que estuvo ubicado el estudio de Gabriel Quiroga?, ¿también eso lo leí en la prensa y lo retuve en la memoria durante años?

Luisa suspiró agobiada. Nada tenía sentido ni lógica. Estaba segura de que había algo que se les escapaba, algo sobrenatural.

—Y una cosa más, Marcello, ¿qué relación puede tener todo esto con Luisa Casati?, ¿por qué los he pintado juntos a ellos?

—No lo sé —repuso Marcello—, pero intentaremos averiguarlo. Vámonos —dijo cogiéndola de la mano. Ella no rechistó y le siguió.

Marcello la llevaba a ver a su tío. Él conocía todo lo que se movía en la ciudad relacionado con el mundo del arte. Las antigüedades y el arte siempre habían estado unidos en Venecia, y la ciudad era lo suficientemente pequeña como para que todos se conocieran. Tomaron el *vaporetto* rumbo a L'Accademia y desde allí anduvieron hasta la pequeña y exquisita tienda del tío de Marcello. El hombre, mayor pero de elegante aspecto y delicados movimientos, regañó a su sobrino:

—*Sei a Venezia e non mi avvisi? Sopratutto stando in tale bella compagnia!*

—Te aseguro, tío, que ayer por la mañana no sabía que hoy estaría aquí. Te presento a Luisa Aldazábal. Necesitamos preguntarte muchas cosas.

—Bien —dijo el tío de Marcello respondiendo ya en castellano—, vayamos al Cantinone Storico. Ahora está cerrado, pero son amigos y nos dejarán tomar un *espresso*.

Los tres caminaron hasta el restaurante, donde el dueño les cedió el salón principal para ellos solos y les sirvió tres cafés.

—Podéis preguntar. *Che volete sapere?*

—¿Conoció usted a Gabriel Quiroga? —disparó Luisa sin poder evitarlo.

El hombre entornó los ojos mientras asentía, como si estuviera rebuscando en su memoria.

—Sí, le conocí —dijo unos segundos más tarde—. Murió muy atormentado. Hay quien piensa que se suicidó. Y si no fue así, su última historia de amor lo mató.

—¿Puede, puede... explicarse, por favor? —rogó Luisa impaciente.

—Quiroga llegó aquí en busca de paz y Venecia le concedió la reconversión de su creatividad, hasta entonces destinada a plasmar directamente la realidad. Jugó con el agua, con el plomo e hizo, lo recordaréis porque ya no eráis unos niños, una gloriosa exposición que tuvo una enorme repercusión internacional. El mecenas inglés que financiara su proyecto ganó mucho dinero con él. Y Quiroga recuperó su gloria y su capacidad económica. Pero el amor de una mujer le jugó una mala pasada. Se enamoró de la esposa de un conde veneciano propietario de una de las fábricas más antiguas y lucrativas de cristal de Murano. La condesa, a quien conocían en Venecia como la Segunda Casati, una mujer bastante extravagante.

El hombre dejó de hablar al ver la expresión de aturdimiento de Luisa, que aún palideció más, si eso era posible, tras escuchar el nombre Luisa Casati en el relato del tío de Marcello.

—*Cosa gli succede?* —preguntó a Marcello mientras señalaba con la vista a Luisa.

—No te lo creerías, tío —le respondió él—, pero no te inquietes, Luisa está bien, ¿no es así?

Esta asintió con la cabeza sin conseguir pronunciar una palabra.

—Prosigo entonces —dijo el tío de Marcello, de nuevo en castellano—. La condesa Pompozzi era una mujer muy bella, pero sobre todo muy excéntrica. Vivía junto a su marido en un palacio sobre el Gran Canal, rodeada de perros, gatos y loros. La pareja solo tenía una hija pequeña a la que la condesa dedicaba mucho tiempo, pero más allá de su papel de madre le gustaba organizar fiestas y reuniones a las que siempre invitaba a los intelectuales y artistas que pasaban o se afincaban en Venecia. Por eso la relacionaban con la Marchesa Casati. Pese a parecer el reflejo de la Marchesa, la Pompozzi era una mujer muy fiel a su marido y muy entregada a la unión familiar. De hecho, los Pompozzi parecían conformar una pareja muy bien avenida y muy cómplice hasta que llegó Quiroga. Él apareció en una de sus fiestas, en compañía de una arquitecta romana, y debió de enamorarse de Marina Pompozzi de inmediato. La condesa recibía a diario ramos de trece rosas rojas, que ocultaba a su marido para no disgustarlo, con mensajes escritos en papeles azules en los que el escultor le demandaba una cita. Ella jamás los contestaba. Un día ambos se encontraron en la plaza de San Marcos. Él la condujo no se sabe con qué pretexto hasta el mágico ponte de la Ca' Bala y allí la sedujo. Acabaron amándose apasionadamente durante meses. Creían que nadie conocía su historia de amor, pero Venecia es pequeña y, al final, sin ellos saberlo, toda la ciudad acabó enterándose. Toda, menos el marido, que vivía confiado en la perfecta relación que siempre había existido entre su esposa y él. Quiroga, enamorado, recuperó su gusto por la escultura figurativa clásica, a la que se dedicara antes de su incidente en Oriente Medio, y esculpió a su amante de mil maneras, aunque siempre desnuda y con la cara cubierta con un antifaz.

Un grito se escapó de la garganta de Luisa al escuchar aquella parte del relato. No le había contado a Marcello que, en su fantasía, Gabriel también la esculpió a ella desnuda y con un antifaz.

El anciano hizo una pausa tras su grito, pero luego continuó:

—Cuando el marido descubrió el romance decidió vender sus posesiones en Venecia y abandonar a su esposa. Entonces, para sorpresa de la Pompozzi, Quiroga la convenció para que le pidiera perdón y tratara de volver con él. Ella sufrió muchísimo al tenerle que poner fin a aquella historia e incluso se resistió al principio, pero acabó haciendo lo que le demandaba su amante. Pidió perdón a su esposo y este, sin dudarlo, la perdonó. Antes de marcharse para siempre, la condesa le devolvió a Quiroga todas sus cartas y, según cuentan, le regaló la pluma con la que solía contestarlas. Pocos meses después, Quiroga, que vagaba como un alma en pena por la ciudad, sufrió tres infartos seguidos. El último le causó la muerte. Muchos pensaron que tomó alguna sustancia para acelerarla, pero jamás trascendió si realmente esa pudo ser la causa real de su fallecimiento o simplemente se trató de un accidente cardiovascular. Lo que sí se sabe es que cuando murió solo, y cayó desplomado sobre el suelo de su estudio, tenía en su mano la pluma que su amante le regalara antes de abandonar Venecia junto a su marido y, a sus pies, un ramo de trece rosas rojas secas. A su muerte, desaparecieron misteriosamente todas las excepcionales esculturas de la condesa Pompozzi menos una, que quedó en su estudio y que compró la familia de un famoso coleccionista estadounidense. El hombre, apasionado con aquella historia, que hizo enloquecer al artista hasta matarlo de amor, compró también a las hijas de Quiroga los centenares de cartas que los amantes se habían escrito durante meses y que el escultor guardaba cuidadosamente ordenadas y las colocó en diversas vitrinas de cristal en una sala de su casa de El Lido. Y, según creo, allí deben de seguir.

—¡Dios mío! —exclamó Luisa con los ojos brillantes

y casi a punto de echarse a llorar—. Estoy conmocionada de verdad. Esa historia. Usted no puede saber, pero... yo no le puedo explicar.

—Tío —intervino Marcello—, ¿crees que podríamos visitar esa casa?

—Supongo que sí, pero tendría que hacer algunas gestiones. El estadounidense pasa largas temporadas allí junto a su esposa, pero como es una especie de casa-museo, cuando no están se ocupa de mantenerla en perfecto estado un matrimonio veneciano. Creo que podría hablar con ellos.

Viendo sus expresiones de impaciencia, y en concreto la ansiedad de Luisa pintada en la mirada, el hombre hizo varias llamadas hasta que logró dar con la persona que pudiera conducirles hasta la casa de El Lido. Una vez que tuvo la información se la proporcionó a Luisa y a Marcello que, sin hablar, turbados ambos, salieron del restaurante y se encaminaron hacia L'Accademia dispuestos a subirse a un *vaporetto*.

—Preferiría alquilar una Riva —dijo Luisa—. Me parece que no podría soportar mezclarme con la multitud ahora mismo. Y, además, necesito contarte algo.

Alquilaron un taxi-lancha para ellos solos y, una vez dentro, Marcello preguntó, algo desbordado por la historia:

—¿Qué es lo que quieres contarme?

—El Gabriel Quiroga de mi fantasía también me esculpió a mí desnuda y con un antifaz.

Marcello no dijo nada, no había nada que decir. Tomó la mano de Luisa y la agarró fuerte para hacerle saber que estaba a su lado. Luisa ya no sabía qué era realidad y qué espejismo.

El trayecto hasta El Lido, en silencio y con las manos entrelazadas, se les hizo eterno. Una vez en la isla, la creciente impaciencia hizo que el recorrido hasta la playa donde se encontraba la casa pareciera también interminable. Cuando llegaron a la dirección que les había facilitado el tío de Marcello les estaba esperando una mujer de unos setenta años, de elegante aspecto y cuidados modales.

—*Buon giorno,* soy Valeria Catinni. Me ocupo de la casa de los Wolsworth. *Hanno pranzato già?*[4]

Negaron con la cabeza antes de que Marcello respondiera:

—*Pranzeremo più tardi, grazie mille. Abbiamo una certa fretta di vedere gli oggetti di cui li ha parlato mio zio. Lei parla spagnolo?*[5]

—Ah, sí, disculpen —repuso ella, y continuó como había comenzado, en perfecto castellano—. Ustedes quieren ver la escultura de Quiroga, ¿no es cierto?

—En efecto —contestó Luisa esta vez—. La escultura y las cartas, si fuera posible.

—Están en dos salas separadas —les explicó mientras abría la enorme verja de la mansión y les invitaba a pasar—. La primera es una sala pequeñita en la que están expuestas las cartas. Comunica con una sala grande, vacía a excepción de esa enorme escultura de Quiroga. Es impresionante, ya la verán.

Mientras la señora Catinni les contaba que debía su impecable español a los años vividos en España, Luisa, angustiada y ansiosa, ni siquiera reparaba en las maravillas que contenía el extraordinario palacio decimonónico de los Wolsworth, al que habían accedido tras recorrer unos bellísimos jardines mediterráneos. Ni ella ni Marcello podían apreciar los altísimos techos del hall, ni sus suelos de damero en blanco y negro sobre los que se

4. «¿Ya han comido?».

5. «Comeremos más tarde, muchas gracias. Tenemos prisa por ver los objetos de los que les habló mi tío. ¿Habla español?».

encontraban piezas de arte singulares, todas relacionadas con Venecia. Pasaron ante un grabado cubista del mismísimo Picasso, un óleo de Dalí y un dibujo de Martini, que parecía representar a Luisa Casati, sin verlos. Era imposible que, en su estado, pudieran apreciar el contraste de las paredes blancas cargadas de arte moderno y la estructura clásica del palacete. Ni siquiera la colección de arte madí que albergaba la habitación contigua, «de los años que los Wolsworth pasaron en Argentina», les contó la señora Catinni, repleta de formas diversas y colores brillantes, recibió su atención. Tras atravesarla, un largo corredor acristalado les condujo hasta la otra ala de la casa. Allí, tras una impresionante puerta de madera labrada, se encontraba «la sala de las cartas».

—Pasen, por favor —dijo la señora Catinni mientras encendía las luces de la estancia—. Observarán que los amantes en sus cartas nunca se llaman por sus nombres, y se hacen llamar Odín y Mirage. Al parecer, la condesa Pompozzi, Marina, era una gran admiradora de la Marchesa Casati. A ella misma la conocían en Venecia como la Segunda Casati, así que esa puede ser la explicación, ya que el amante de Luisa Casati, el soberbio D'Annunzio, era Ariel para su amada. Los amantes nunca se llamaron y jamás utilizaron los ordenadores para enviarse sus cartas. Las echaban al correo a primera hora de la mañana, incluso en los días en los que se iban a encontrar. Sus misivas constituían buena parte de la magia de su amor.

49

Luisa corrió hacia las vitrinas y comenzó a leer la correspondencia desordenadamente con enorme avidez.

Mirage,

Hace un día precioso. Vuelvo a sentarme junto a la ventana más cercana al puerto del astillero del restaurante Al Storico da Crea, para pensar un rato mientras me traen la comida. No se oye nada. Es como si el tiempo se hubiera detenido mientras yo pienso en ti. Me siento feliz. ¿Qué te parece? ¿Eres feliz conmigo? Yo tengo que amarte en tu ausencia y tú tienes que amarme con otra presencia, pero puede que por querernos así estemos cimentando lo que nada pueda quebrar y que con el tiempo admiremos el empeño que pusimos en ello. Desde mi soledad, ahora repleta de tu recuerdo, te pido que no te rindas, que mientras llega, si ha de llegar el que estemos juntos, sigas interpretando el papel que te ha otorgado la vida en este acto. Hagas lo que hagas aplaudiré entre bambalinas. Mi amor está en que me mires, detrás del maquillaje, sujetando el telón de nuestra obra. Disimularé, engañaré y lo que haga falta por conservarte; y tú serás esposa y cariñosa madre en tu familia hasta que el destino diga que ya es hora.

ODÍN

Mi querido Odín,

Tiemblo como una hoja cuando me hablas de ese día en el que estaremos juntos. O no. Vivo bifurcada entre dos amores y la culpa envuelve cada uno de mis pasos y hasta de mis sueños. Pero no puedo abandonar el camino, porque sería abandonarte a ti y dejarte huérfano de esta ternura que me has contagiado a través de la tuya. La misma que yo rescaté de tu barro y tu bronce y que se quedó dibujada en el reflejo del espejo.

MIRAGE

Mi deseada Mirage,

No dejes de escribirme nunca. Aunque sea una palabra. Aunque sea una carta vacía de letras. No dejes jamás de ser mi inspiración. Yo te recompensaré ofreciéndote todas mis caras y mi saliva y mi barro y mis poemas, porque en ti habitan mis nobles sueños y pecados, jardín de vanidades donde vivo aventuras, donde me equivoco, donde tus ojos extienden la compasión en mi vientre de gato inconsciente y temerario. Ayer te pregunté si me querías. Hoy sé que no sabes amar de otra manera y que tu amor carece de fisuras. Eres esposa de tu marido y madre de tu hija, pero tu amor por mí disuelve hasta la piedra. El destino juega con nosotros con torpeza, porque ignora que somos casi el mismo ser y que esto será así para el resto de nuestras vidas, por mucho que el azar se empeñe en hacer de nuestro amor una continua aventura, que nos impide respirar si estamos separados y nos ahoga de placer e incertidumbre cuando estamos abrazados.

ODÍN

Mi adorado Odín,

Tú me quieres matar con tus palabras arañadas al viento, con tus besos de seda salvaje, con tu mirada de infinitos laberintos y con esa alma transparente que te vuela entre los dedos y me posas en los párpados cerrados. Me quieres matar con tus versos y con este amor que hallamos por casualidad en el paseo de un puente mágico y a la sombra de unas rosas que siempre excedieron la docena. Tú me quieres matar y yo quiero que me mates. Y morirme contigo un día entero o un mes o un año o toda la vida. Y volverme playa en tus brazos y ser el mar que rompe en ellos como si fueran las rocas y la arena que los envuelve y el sol que los pinta y la espuma que los lame.

MIRAGE

Mirage,

Nunca nadie me habló como tú. Y son tus palabras las que me devuelven la vida como si siempre te hubiera pertenecido, como si antes de tu llegada hubiera estado muerto, esperando tu aliento para respirar. ¿Quién determinó que aparecieras en mi camino? Tal vez solo por eso vuelvo a creer en Dios.

ODÍN

Odín,

¿Que crees en Dios, dices? Mi único Dios es Odín, aún hoy, que ando secuestrada por las brumas más siniestras. Me siento morir a cada rato. Perdida entre mi vida y el espejo. Si existe un Dios, ¿por qué ha tenido que reunirnos ahora y no en otro tiempo en el que lo hubiera dejado todo por ti? ¿Y por qué no me da fuerzas para irme de tu lado y quedarme junto a todo lo que no puedo abandonar? Quizá la única salida de este amor, regalo de Dios o del Diablo, sean los puentes o los siglos. Que pase el tiempo entre nuestros reencuentros. Que pase un día, un mes o un año.

O que nos volvamos a ver cuando seamos viejos. Aunque para entonces, lo sé, tú ya tendrás otra vida en la que no quepa el reflejo de mi recuerdo, y mientras yo, en la mía, viviré pendiente de hallarte, aunque sea en un puente perdido, aunque sea en los espejos.

MIRAGE

Mirage,

Mi querido espejismo. Dejas caer tus cartas y los párrafos se encadenan suaves y se trenzan sobre mi piel. Sin ellas estaría desnudo y vivir será tan solo vivir. Sé que apaciguas tu dolor para entregarte a la luna llena. La has seguido con ese brillante palpitar, saliendo de entre las nubes y la niebla de un invierno que, a ratos, se convierte en primavera, y la has traído a mi lecho, donde ha quedado grabada y donde quiero volver a llevarte para mirarte a los ojos y cegarme en el mar transparente de tu mirada, por donde nadan peces transparentes, de espinas transparentes, mientras acaricio tu cuerpo color carne.

ODÍN

Mi esperado Odín,

Acabo de sentarme a escribirte. He llegado a la mesa, y la pluma, sigilosamente, como uno de tus gatos rubios: sin hacer ruido, casi de puntillas, lentamente, sintiendo las ganas de restregar mi cuerpo contra tu pernera. Necesitaba encontrarte en la distancia, notar en la propia tinta que recoge mis palabras que no te habías desvanecido. Y he percibido que sigues ahí, en el aire, a mi lado, como tus besos. Pegado a mi cuello y a mi vientre. Y he deseado, por un instante, que la realidad fuera el espejismo y viceversa.

MIRAGE

Mirage, Mirage,

Sobre esta fría y gris mañana en la que reposa tu tristeza y apenas se ven pájaros, voy a edificar en el manto de la melancolía una playa para tus ojos. La llenaré de sueños y arenas de bronce para recordar tus lágrimas en las despedidas. Bajo el sol rojizo de tu pelo esconderé mi luna y en tus ojos brillantes hundiré mi pena. Haré tortugas con tus manos, bocas de pez a tu espalda. De tu voz surgirán caracolas y cuentos y en mi corazón serás tierra y océano y reina y sirena.

ODÍN

Luisa leía y releía cada línea sin dar crédito. No reconocía todas las cartas y en algunas el tono era más desesperado que en las que recordaba haber recibido y enviado, pero en los renglones y acentos y puntos y comas reconocía el amor que había ocupado todo su espacio durante meses y que ahora, espectadora de la historia de otros, debía devolver a sus dueños, con parte de su carne y su sangre ya muertas para siempre.

—Estas de aquí son las cartas que corresponden al abandono —señaló Valeria—. Al parecer, ella le abandona primero a él, pero su voluntad se lo impidió y finalmente fue él quien tomó la decisión de devolverla a los brazos de su marido. No quería causarle más dolor, sabía que ella no lo soportaría.

Me rindo, Odín.

No puedo más. Apenas me reconozco en este laberinto de días y noches en los que soy incapaz de prestar atención a la vida que vivo, pensando en otra que quizá podría haber vivido tiempo atrás, pero que sé bien que jamás llegaré a vivir. Fuiste tú quien dijo que tal vez en otro tiempo o en otro universo compartimos algo inmenso que nos obligó a reencontrarnos en este, pero ha sido demasiado tarde. Yo ya tengo una vida repleta de amor, una familia, un equilibrio. Soy feliz. O lo era antes de saber que había más planetas y más galaxias. Y quiero serlo de nuevo. Y volver a dormir y despertar sin sobresaltos. Te venero porque eres Odín, el dios de la sabiduría que me ha hecho cabalgar sobre el viento, y también el escultor que ha modelado mi alma con sus manos y el hombre tierno al que adoran los gatos, pero es en tu vida donde tienes que ser Dios y artista y hombre, no en la mía. Te pido que me cuides como siempre prometiste, que guardes nuestro secreto y que me ayudes a vivir sin ti.

MIRAGE

Querida Mirage,

Son casi las doce de la noche y te sorprenderá que hasta ahora no haya tenido constancia de tu despedida. Tu carta llegó por la mañana, pero yo ya había salido. Supongo que el destino no quería hacerme esa entrega llena de dolor al comenzar el día y me lo ha dejado vivir como si aún estuvieras en mi vida. Eso creía. Ahora sí odio la promesa que te hice de alejarme de tu vida si eras infeliz. Lo eres en este momento, así que la voy a cumplir. Solo una queja, si me la consientes, como el deseo de un reo al borde del patíbulo: en lo que escribes no aparece «Te amo», y eso me mata. Por esas palabras en tu boca soportaría incluso no tenerte, pero sin ellas no sé a qué inhóspito lugar habrá ido nuestro amor. Un amor en el destierro, pero un profundo amor.

Que descanses, mi vida. Hago lo que me pides.

ODÍN

Odín, Odín, no me abandones, ni aunque te lo reclame o te lo suplique. Cada vez que te vas estoy muerta, y cuando te dejo pienso en dejar yo también la vida. No te vayas. Quédate aunque sea en el espejo para que recuerde, si no estás, que hubo un tiempo en el que fui más dichosa de lo que se puede ser fuera de los espejismos. Déjame una rendija al menos para que escape, aunque sea un instante, de ese compromiso que me hizo feliz un día y que hoy me mata por separarme de ti. ¿Qué hay más cierto que reconocer lo que el corazón, insensato, susurra? La certeza de un momento puede durar un suspiro o toda la vida. Yo no imaginaba que pudiera amar así, lo descubrí en aquel puente contigo cuando empezamos a caminar juntos, tropezando en cada escollo. He querido irme de tu lado, pero necesito volver a ti, no me rechaces.

MIRAGE

Mi inolvidable Mirage,

Cuando se ha formado parte de tu corriente es difícil salir sin mojarse. Trato de elegir cuidadosamente las piedras sobre las que dar mis pasos, pero antes o después resbalo y tengo que hacerlo atropelladamente. Por ti he elegido mirar tu río desde la orilla; verlo pasar con toda su fuerza y su incertidumbre y verlo o adivinar su rumbo. Déjame que te pierda con pena, que levante una efigie en tu nombre, que adore las rosas marchitas cayendo junto a mi cama. Deja que llore por lo que pudo haber sido, que tiemble cada vez que pise un puente, que adivine ciudades repletas de canales que no serán nuestras. Tengo un secreto dormido que no duerme y tengo un amor que no tengo y tengo mis manos para dibujar mis sueños.

ODÍN

Odín me deja sola. Para siempre jamás. No engañó al mundo con su amor por mí. Me mintió a mí. Me deja sola ahora que nuestro secreto ha sido descubierto. Me devuelve a la otra vida que antes de él sentí perfecta. ¿Dónde está la poesía de los días que compartimos? ¿Dónde la magia del espejo que nos devolvía la imagen de uno solo cuando éramos dos? ¿Por qué me atrapaste en tus telas de araña y me hiciste traicionar cuanto amaba si no estabas dispuesto a amarme para siempre jamás? Llórame cuanto desees. Tira las flores que fueron nuestras. Y nuestro amor. Y nuestras cartas. Deshazte de todo, porque nada fue sino un espejismo. Un simulacro de amor, que no un amor verdadero, en el que jamás fuiste ese héroe de bronce en el que yo te convertí, ni estuviste dispuesto a abrazarme cuando llegara la tormenta para curarme de mis miedos, ni a compartir conmigo todas las penas de nuestro amor. Nuestro querido e inexplicable amor, ahora ya muerto.

MIRAGE

Mirage de mi vida,

Leo tus palabras encadenadas en la decepción y tiemblo. Sé que sufriré más por ella que por la propia separación. Pero quiero pedirte, ¿puedo?, que no utilices tus palabras para hacer examen de conciencia de nuestro relato, porque las mías tienen un margen menos afilado y se cimbrean, y las tuyas dibujan a sangre y sin márgenes donde poder refugiar el recuerdo, donde seguir alimentando el cariño y donde la pasión y el sexo merodean por la memoria como ángeles y no como adoquines despeñados. ¿Me entiendes? ¿Adónde podrías ir con un hombre como yo, en el día a día? Soy el reflejo del hombre de tu vida, el reflejo, como tú de la mía. Por ti descubrí la poesía, el empeño, lo intrincado de la vida y ahora descubro que, desde el otro lado del espejo, te querré siempre, y que nuestro amor será esa novela que buscarán los amantes inciertos, los que beben cometas y atardeceres que se apagan, los que cultivan risas de hojas amargas y los que son capaces de encerrar en un cofre los frutos de un amor imposible para que no acabe.

ODÍN

—Esta fue la última carta. La condesa Pompozzi nunca contestó. O tal vez la carta ni siquiera le llegó. Se marchó con su marido y nunca más regresó a Venecia. Cuatro meses después Gabriel Quiroga apareció muerto en su estudio, junto a sus cartas ordenadas en una montaña, al lado de la escultura de su amada. La autopsia reveló que había sufrido tres infartos. El tercero le mató. ¿A qué se debieron los infartos de un hombre sano como él? Alguien dijo que se tomó una pócima para hacer que su corazón corriera más deprisa y estallara. Otros creyeron que le mató ese amor que nunca tuvo del todo. Esculpió siete imágenes de la condesa Pompozzi, pero inexplicablemente, cuando sus hijas y herederas llegaron al estudio, solo encontraron la que van a ver ahora que adquirió el señor Wolsworth junto a las cartas de amor. Pasen.

Valeria abrió ambas puertas a un tiempo. La enorme sala, pintada de blanco, recibía la luz de una claraboya. Justo en el centro, protagonista de todo, la escultura de Gabriel Quiroga: más de tres metros de bronce convertidos en la figura de una mujer, desnuda, arrodillada, con las piernas abiertas y la mirada escondida tras un antifaz.

Luisa se desmayó.

Epílogo

La galería de Beatriz Guereta
se complace en invitarle a la exposición titulada
«Luisa y los espejos»,
de la pintora Luisa Aldazábal.
Siete lienzos incomparables de una magia indiscutible.

Así rezaba la invitación que se había cursado para la exposición de Luisa. Ella y Marcello, cogidos de la mano, recibieron a todos los invitados, fascinados por la obra contundente de la sin par artista. Los cuadros fueron adquiridos en la primera hora, después de que Luisa abandonara su idea primigenia de no venderlos para emular el comportamiento de Luisa Casati, y las críticas que recogió la prensa en la exposición no dejaron lugar a dudas de su aceptación en los circuitos más exclusivos y exigentes del mundo del arte.

Habían pasado dos meses desde el viaje a Venecia. Luisa y Marcello buscaron toda suerte de interpretaciones a lo sucedido. Decidieron que quizá el coma hubiera alterado los recuerdos de Luisa y le hubiese hecho olvidar su interés por la figura y la obra de Gabriel Quiroga, que habría recuperado inconscientemente al volver a Venecia a seguir el rastro de la Casati. Ambos sabían que no existía una explicación plausible y, aunque jamás aparecieron huellas o vestigios de las supuestas cartas que ella y el fantasma se habían intercambiado durante meses, el cuerpo de la marquesa Pompozzi, que era el que supuestamente había inspirado la última escultura de Quiroga, recordaba demasiado al de Luisa Aldazábal como para creer que todo había sido pura fantasía.

Una vez que resolvieron que ni siquiera la magia compartida por Luisa Casati y Gabriele D'Annunzio, sus sesiones de ouijas o sus consultas a adivinadores diversos hubiesen servido para esclarecer cuanto ocurrió, decidieron aceptarlo, sabiendo que jamás podrían olvidarlo. Sobre todo, porque lo acaecido sirvió para recolocar las cosas y dejarlas en el lugar que les correspondía: Luisa Aldazábal consiguió hacer florecer su don y ser artista, Marcello reunió los datos de la historia más fascinante jamás contada para escribir su nueva novela, y juntos comenzaron una nueva vida.

Luisa Casati, por su parte, logró ser inmortalizada doblemente en una exposición del siglo XXI, y en las palabras del relato del escritor italiano, reflejo de la exhibición y de aquella historia oculta e indescifrable. Ambas muestras artísticas estaban vinculadas, como la historia de la singular dama con los espejos.

Cincuenta años después de su muerte, la Marchesa Casati, desde su tumba, volvía a dejar constancia de que tal y como deseara desde niña, siempre sería una obra de arte. Viva o muerta.

Nota de la autora

Hace cuatro o cinco años, no lo recuerdo con exactitud, mi querido y admirado Fernando Marías me invitó a participar en un libro colectivo sobre el mito de Don Juan. Seis escritoras y un ilustrador, orquestados por Fernando en calidad de editor, debíamos inventarnos un relato sobre la figura de ese personaje. A mí me vino la idea a la cabeza, casi en el momento de recibir el encargo, de reunir, removiendo los tiempos y los vientos, a los más señalados creadores de tal figura, en la mágica Venecia. Acudirían allí, retados por Lord Byron, para ver quién de ellos era capaz de conquistar a la más singular de todas las damas. Así pues, tenía a los protagonistas masculinos (Tirso de Molina, Molière, Mozart, Zorrilla y el propio Byron...), pero me faltaba ella. Como me había empeñado en que la acción de aquel relato transcurriese en Venecia, y más concretamente en el Caffè Florian de la plaza de San Marcos, necesitaba encontrar una mujer destacada de la ciudad flotante y, no sé por qué razón, algo dentro de mí me exigía que tal dama tuviera relación con el conocido Palazzo Nonfinito, que en la actualidad alberga el Museo Peggy Guggenheim. En ningún momento se me ocurrió pensar en la propia Peggy, porque no despertaba mis simpatías y porque, además, buscaba algo más alejado en el tiempo, así que indagué sobre a quién había pertenecido con anterioridad aquel palazzo y, de pronto, apareció la Marchesa Casati. Reconozco que mi fascinación fue casi del mismo calibre del de la ficticia Luisa Aldazábal y empecé a leer todo cuanto encontré sobre ella. Primero lo que aparecía en internet, luego las dos extraordinarias biografías de Scot D. Ryersson y Michael Orlando Yaccarino *Infinite Variety* y *Portrait of a Muse*; más tarde la singularísima *Coré* de Dario Cecchi; *La Casati*, de Camille de Peretti; y a partir de ahí toda suerte de publicaciones internacionales (revistas, libros, periódicos...), en las que pensaba que podría aparecer algo sobre ella. Consulté mil y una biografías: de Erté, de Catherine Barjansky, de Picasso, de Harold Acton, de Jacob Epstein, de Isadora Duncan, de Augustus Edwin John, de Francis Cyril Rose, de Man Ray, de Marinetti, de Yusúpov, de Elsa Schiaparelli, de Boldini, de Alberto Martini, de la princesa de San Faustino, y varias más que ahora me siento incapaz de recordar, para recopilar, en cada una de ellas, las breves o menos breves líneas escritas sobre Luisa Casati. Asimismo me empapé de varias biografías de Gabriele D'Annunzio escritas por distintos autores (además de varias obras del maravilloso autor italiano, como *Forse che sì forse che no*, *Le cento e cento e cento e cento pagine del libro segreto di Gabriele D'Annunzio tentato di morire*, o *Notturno*), y fui buscando diferentes libros citados en los de Ryersson y Yaccarino, y muchos de ellos, previamente, en el de Dario Cecchi; pero no fue hasta que me topé con *Infiniti auguri alla nomade*, donde se recoge la emocionante correspondencia entre Luisa Casati y Gabriele D'Annunzio, cuando me decidí a escribir esta novela. No pretendía reunir en la parte histórica de mi relato tanto la estricta realidad de Luisa Casati, como la que yo había percibido a través de páginas y páginas leídas que podía haber sido su realidad, su manera de pensar y de sentir, aunque nunca nadie hubiera podido describirlas con exactitud. Por eso, aunque traté de seguir un poco el orden cronológico de los acontecimientos, a mi entender más ajustado, de *Infinite Variety*, para ir enlazando la realidad y la ficción, me esforcé muy especialmente en que, aun respetando los datos biográficos, cada capítulo tuviera algo de magia y de fantasía. «A ella le hubiera gustado», dice Luisa Aldazábal hablando de su pintura. También yo lo digo, refiriéndome a mi novela.

Aunque creo que no he citado en el texto más que de pasada *Infiniti auguri alla nomade* y *Coré*, toda mi novela está impregnada del perfume de las cartas de estos amantes singulares y del singular retrato de Coré que hace Dario Cecchi.

Mi Luisa Casati no es ninguna de las que aparece en las obras anteriormente citadas y, sin embargo, la original debió de ser todas ellas; también la mía. Y la de Luisa Aldazábal, por supuesto. Espero, de corazón, que esta novela, además de hacer viajar a cada uno de los lectores por los mundos paralelos de Luisa Casati y de Luisa Aldazábal, sirva para recuperar la memoria literaria de ese grandísimo autor que es D'Annunzio y para que se traduzcan algunos de los libros citados sobre esa Marchesa extraordinaria que, en la actualidad, cede su título a una marca de moda y está en el corazón de todos los diseñadores, aunque ciertamente el resto del mundo parezca haberla olvidado, si es que la conoció alguna vez.

Madrid - Costa de los Pinos (Mallorca) - Madrid

Finalizada el 18 de septiembre de 2012

Agradecimientos

Esta novela no hubiera sido posible sin la complicidad de Beatriz Guereta, el apoyo de Carmen Posadas, el estímulo literario y amistoso de Fernando Marías, y la ayuda inestimable de Víctor Ochoa y Adam Lowe, gracias a cuyas extraordinarias personalidades artísticas pude construir la del escultor Gabriel Quiroga. A todos ellos mi máximo agradecimiento y todo mi cariño, impreso también, de alguna manera, en estas páginas.